KNAUR

Im Knaur Taschenbuch Verlag sind bereits folgende Bücher des Autors erschienen:
Medusa
Reptilia
Magma
Nebra
Korona
Valhalla

Über den Autor:
Thomas Thiemeyer, geboren 1963, studierte Geologie und Geographie, ehe er sich selbständig machte und eine Laufbahn als Autor und Illustrator einschlug. Mit seinen Wissenschaftsthrillern und Jugendbuchzyklen, die etliche Preise gewannen, sich über eine halbe Million Mal verkauften und in dreizehn Sprachen übersetzt wurden, ist er mittlerweile eine feste Größe in der deutschen Unterhaltungsliteratur. Der Autor lebt mit seiner Familie in Stuttgart.

Thomas Thiemeyer

Das verbotene Eden II

Erkenntnis

Roman

KNAUR

Die gebundene Ausgabe des Werkes erschien unter dem Titel
»Das verbotene Eden. Logan und Gwen«.

Besuchen Sie uns im Internet:
www.knaur.de

FSC
www.fsc.org
MIX
Papier aus verantwortungsvollen Quellen
FSC® C083411

Vollständige Taschenbuchausgabe November 2014

Ein Unternehmen der Droemerschen Verlagsanstalt
Th. Knaur Nachf. GmbH & Co. KG, München

Redaktion: Franz Leipold
Umschlaggestaltung: ZERO Werbeagentur, München
Umschlagabbildungen: FinePic®, München
Karte: Thomas Thiemeyer
Satz: Adobe InDesign im Verlag
Druck und Bindung: CPI books GmbH, Leck
ISBN 978-3-426-51315-6

2 4 5 3 1

Das verbotene Eden II

Erkenntnis

Ingran
Alcmona
Glânmor

Die alte Stadt
Kathedrale
Kloster
Verbotene Zone
Der breite Strom
Raffinerie
Grenzland

Prolog

Der Junge hob den Kopf. Das Geräusch klang seltsam. Ein tiefes Brummen von jenseits des Flusses. Wie ein Schwarm zorniger Hornissen, der langsam von Osten näher kam.

Seit gestern lag eine unerklärliche Hitze über dem Land. Sie ließ die Luft flimmern und die Pflanzen um Regen betteln. Fern über dem Meer war der Himmel dunkel, ein untrüglicher Vorbote für ein heraufziehendes Gewitter. Ungewöhnlich für diese Jahreszeit. Die Schwüle und die Gewitter kamen normalerweise erst im August.

Der Hund des Jungen hatte die Ohren aufgerichtet und stieß ein fragendes Winseln aus. Seinen Blick starr in die Ferne gerichtet, wartete er auf etwas. Die Schafe wanderten über die Weide, ganz gemächlich, wie Wolken über einen grünen Himmel. Der Junge stützte sich auf seinen Hirtenstab.

»Tja, ich weiß auch nicht. Klingt irgendwie merkwürdig, oder?«

Kein natürliches Geräusch, so viel war klar. Ein Motor, aber nicht von der Sorte, wie sie hier in der Umgebung Verwendung fanden. Sein Großvater hatte noch um das Geheimnis gewusst, wie man aus Raps Treibstoff herstellte. Nach seinem Tod hatte er es an seine Tochter und die wiederum an ihren Mann weitergegeben. Jetzt besaßen seine Eltern einige Maschinen, die mit Rapsöl betrieben wurden, und hatten gut zu tun. Die Äcker waren groß, und dazu kam ein schwerer Boden. Wenn er nicht gerade Schafe hüten oder in die Schule gehen musste, liebte es der Junge, an der Seite seines Vaters den mechanischen Pflug über den Boden zu ziehen und die fruchtbare braune Erde aufzuwühlen. Auch die Walzen, mit denen das Öl aus den Rispen gedrückt wurde, waren motorgetrieben, genau wie der dreirädrige Wagen, mit dem seine Mutter die vollen Fässer nach Honfleur fuhr, wo das Öl gefiltert und gereinigt wurde.

Auf der anderen Seite des Flusses gab es Dampfmaschinen, die waren so groß wie ein Haus. Doch keines dieser Geräte klang auch nur annähernd so wie das, was sich da aus östlicher Richtung näherte. In den paar Minuten war das Geräusch auf das Doppelte angeschwollen.

Also entweder war der Fahrer ein komplett Irrer, oder er hatte einen Weg gefunden, über holprige Feldwege zu gleiten wie ein Schlittschuhläufer über einen zugefrorenen See.

Vielleicht war es gar kein Landfahrzeug, schoss es ihm durch den Kopf. Vielleicht war es ein *Boot.*

Das Gewässer war an dieser Stelle breit genug, dass Lastkähne auf ihm fahren konnten. Nur so ließ sich der rege Austausch von Gütern mit anderen Städten bewerkstelligen. Zwar klangen auch diese Motoren anders, aber mit Booten kannte er sich nicht so gut aus. Möglich, dass es jemandem gelungen war, ein Schnellboot oder etwas Ähnliches zu bauen.

Neugierig trat er aus dem Schatten der Linde und ging ein paar Schritte den Hügel hinab. Ein Schnellboot, das wäre doch mal was! Die Vorstellung von etwas, das eine Bugwelle erzeugen konnte, erregte ihn. Vor dem Zusammenbruch hatte es Wasserfahrzeuge gegeben, die so schnell waren, dass sie einen Menschen auf Kufen hinter sich herziehen konnten. Es hatte Schiffe gegeben – riesige Schiffe –, die die unermesslichen Weiten des Ozeans durchkreuzt und andere Kontinente besucht hatten. Auch sie waren heute verschwunden, genau wie viele

andere Dinge, die früher gefahren, geschwommen oder geflogen waren. Ein paar dieser monströsen Leichen waren drüben in den Werften zu bestaunen, wo sie still vor sich hin rosteten oder als Rohstofflager verwendet wurden. Stumme Zeugen der Welt, wie sie vor dem Zusammenbruch gewesen war.
Natürlich hatte auch hier – wie fast überall auf der Erde – das Virus gewütet, aber aus irgendeinem Grund nicht ganz so heftig. Vielleicht waren die Küstenbewohner widerstandsfähiger, vielleicht lebten sie gesünder, vielleicht hatten sie aber auch einfach nur Glück gehabt, wer konnte das schon wissen? Die Geschichten der Wanderer waren jedenfalls schauerlich. Sie hatten von Landstrichen erzählt, in denen Frauen und Männer einander unversöhnlich gegenüberstanden, Kriege führten und wie Tiere ums Überleben kämpften. Die Berichte darüber waren in den vergangenen Jahren zurückgegangen. Es gab immer weniger Wanderer, die das Risiko auf sich nahmen, diese Orte zu besuchen. Viele waren getötet worden, manche in Gefangenschaft geraten; einige hatte man wie Aussätzige behandelt und davongejagt. Hinzu kam, dass niemand einen Pfifferling darauf zu geben schien, was sie zu erzählen hatten. Es sah fast so aus, als hätten sich die Menschen mit der neuen Ordnung abgefunden, als hätten sie das Leid und das Elend als etwas Gottgegebenes akzeptiert und den Kopf in den Sand gesteckt. Dabei musste doch jedem klar sein, dass es eine Krankheit gewesen war, die das alles ausgelöst hatte. Jedes Kind lernte das heutzutage in der Schule. Es war Grundwissen und fester Bestandteil vieler Unterrichtsstunden, ebenso wie die Erforschung der Vergangenheit.
Bei dem Gedanken an den wöchentlichen Geschichtsunterricht musste der Junge lächeln. Unvorstellbar, zu was Menschen damals in der Lage gewesen waren! Das Wissen um

Maschinen und andere technische Errungenschaften war in den Dunklen Jahren fast vollständig verlorengegangen. Hätten nicht Männer und Frauen wie seine Großeltern einiges von dem gerettet, was damals zum normalen Alltag gehörte, sie würden vermutlich heute noch wie in der Steinzeit leben. Doch die Menschen arbeiteten hart, und so wurde es jeden Tag etwas besser.

Langsam und träge strömte der Fluss in Richtung Meer. Kein Zeichen von irgendeinem Schnellboot mit breiter Bugwelle.

Den Jungen beschlich ein mulmiges Gefühl. Irgendetwas stimmte nicht. Sein Instinkt sagte ihm, dass es besser wäre, die Sachen zu packen und seinen Eltern von dem merkwürdigen Phänomen zu erzählen. Er war drauf und dran, den Hügel hinabzulaufen, als er jenseits der Bäume, wo der Fluss einen Knick machte, einen dunklen Punkt bemerkte. Er schwebte in einiger Entfernung über dem Horizont, änderte dann seine Richtung und kam genau auf ihn zu. Zuerst dachte er, der Punkt und das Brummen hätten nichts miteinander zu tun; doch schlagartig wurde ihm bewusst, dass er die Quelle des Geräuschs gefunden hatte.

Ein Winseln erklang. Sein Hund stand da, den Körper wie einen Bogen gespannt, den Schwanz zwischen den Hinterläufen eingeklemmt.

»Siehst du auch, was ich sehe?«

Der Hund stieß einen japsenden Laut aus.

»Du hast recht. Das … das sieht aus wie eine Flugmaschine. Aber das ist doch völlig unmöglich.« Der Junge beschirmte seine Augen mit der Hand. Ein eigentümliches Kribbeln kroch seinen Rücken empor. »Es gibt keine Flugmaschinen. Nicht mehr. Vater hat mir erzählt, dass es seit über dreißig Jahren keinem gelungen ist, eine zu bauen.«

Er spürte, wie sein Herz pochte. Wenn es bei ihnen keine Flugmaschinen gab, dann musste dieses Ding von außerhalb kommen. Von jenseits des Flusses, vielleicht sogar von noch viel weiter her.
Mit offenem Mund starrte er auf das Objekt. Es besaß zwei übereinanderliegende Flügel, zwischen denen jeweils zur Rechten und zur Linken tropfenförmige Gondeln hingen. Der Rumpf war wie der eines Schiffes schlank und lang gezogen, wobei das Heck in einen fächerförmigen Schwanz auslief. Das Ganze erinnerte entfernt an einen Vogel, wenn es auch viel plumper und ungelenker war. Nicht so elegant und geschmeidig wie der Greifvogel, der neben dem Ding herflog. Er behielt die Geschwindigkeit der Maschine mühelos bei und schien kein bisschen scheu oder verängstigt zu sein.
Das dunkle Monstrum war jetzt so nah, dass der Junge einen Blick auf die Insassen erhaschen konnte. Zumindest einer von ihnen war eine Frau. Ihr langes rotes Haar flatterte hinter ihr im Wind. Sie schien ihn gesehen zu haben, denn sie hob ihre Hand und winkte ihm zu. Keine zwei Sekunden später donnerte das Ungetüm über seinen Kopf hinweg.
Einen Moment lang schien die Welt den Atem anzuhalten, dann stoben die Schafe auseinander und suchten Unterschlupf unter den Bäumen.
Der Junge war wie versteinert. Mit wild klopfendem Herzen stand er da und konnte sich nicht rühren. Was er gesehen hatte, war einfach nicht möglich. Nach ein paar Atemzügen fiel die Starre von ihm ab. Die Schafe waren vergessen, er konnte sie später wieder zusammentreiben.
Einen wilden Schrei ausstoßend, drehte er sich um und rannte, so schnell ihn seine Beine trugen, Richtung Siedlung.

Teil 1

Spieglein, Spieglein an der Wand

Liebste Gwen,

wenn du das hier liest, werde ich bereits fort sein.
Was ich getan habe, ist unverzeihlich, doch ich habe einfach keine andere Möglichkeit gesehen.
David und ich sind jetzt ein Paar.
Wir werden das suchen, von dem meine Mutter sagte, es wäre unsere einzige Hoffnung: die Zuflucht. Ein Ort irgendwo im Westen, an dem Männer und Frauen wie vor den Dunklen Jahren zusammenleben.
Ich fühle mich so schäbig, dass ich dir nicht selbst von unseren Plänen berichtet habe, doch die Zeit drängte, und ich wusste mir nicht anders zu helfen.
Wenn du diesen Brief liest, haben wir unser Ziel schon erreicht – oder wir sind bei dem Versuch, dorthin zu gelangen, umgekommen.
Bete für mich, Gwen. <u>So</u> wie ich dafür bete, dass wir uns eines Tages wiedersehen.

Deine dich immer liebende

Ima

1

Das Gesicht im Spiegel blickte sie wütend an. Die Wangen gerötet, die Augen schmal, die Haare ungezähmt.

Mein Leben ist ein Scherbenhaufen.

Sie fuhr mit den Händen durch ihre pechschwarzen Locken und versuchte, die störrische Mähne zu bändigen.

Ich dachte, ich wäre der glücklichste Mensch der Welt, doch das war alles nur eine Illusion. Der Mensch, den ich am meisten geliebt habe, ist fort. Jetzt bin ich allein, und alles, was ich habe, ist dieser dämliche Spiegel.

Sie warf ihrem Gegenüber einen vernichtenden Blick zu.

Manchmal erkenne ich mich selbst kaum wieder.

Gwen fand ihre Stirn zu rund, die Augen zu nah beieinander und die Nase zu krumm. Manche sagten, sie sei schön, doch das konnte sie nicht nachvollziehen. Einzig ihr Mund, die geschwungenen Lippen und die kleinen Grübchen rechts und links konnten ihrem kritischen Blick standhalten.

Mein ganzes Leben habe ich hier in Glânmor verbracht, jetzt fühle ich mich wie eine Fremde. Wie konnte das nur geschehen? Kannst du es mir sagen?

Das Spiegelbild schwieg.

Von der Waschschüssel stieg Dampf auf. Die Welt wurde in Wolken getaucht. Weiche Schleier wogten über das Glas und verzerrten das Bild zu diffusen Formen. Ein Schrank, ein Tisch, ein paar Regale, ein geöffnetes Fenster. Dahinter, nur mit Mühe zu erkennen, die alte Atlaszeder, die ihren Schatten über dem Haus verteilte. Ein Windstoß fuhr über das Wasser und verwirbelte den Dampf. Gwen nahm ein Tuch und polierte das Glas. Inmitten des Nebels entstand ein unregelmäßig geformter Fleck.

Warum sprichst du nicht mit mir? Sag mir lieber, warum alles schiefgelaufen ist.

Schweigen.

Gwen tauchte ihre Hände ins Wasser. Die Temperatur war gerade noch erträglich. Noch etwas heißer, und sie hätte sich verbrüht. Sie griff in ein Tongefäß und streute ein paar Lavendelblüten ins Becken. Sofort verbreitete sich ein belebender, aromatischer Geruch. Sie beugte sich vor und schöpfte eine Handvoll Wasser in ihr Gesicht. Die Wärme brandete über sie hinweg und hinterließ Wohlbefinden. Sie spürte, wie sich ihre Haut entspannte. Mit vollen Händen schöpfte sie weiter, immer und immer wieder, so lange, bis ihr Gesicht rot war wie eine Tomate. Die Kälte verflog, zumindest äußerlich. Spätestens heute Abend jedoch, wenn sie zu Bett ging, würden ihre ständigen Begleiter wieder da sein: die Leere, die Einsamkeit – und die Fragen.

Warum hast du mich verlassen? Wohin bist du gegangen? Warum hast du mir nicht Lebewohl gesagt?

Alles, was ihr von Juna geblieben war, hing nebenan an der Wand. Ein Zettel, der an einen Pfeil gebunden aus der Flugmaschine geworfen worden war, mit einer Handschrift, die unmöglich Junas sein konnte. Wie die meisten Frauen in Glânmor konnte sie weder lesen noch schreiben. Bücher galten als etwas Schlechtes. Wissen wurde mündlich und in Form von Geschichten weitergegeben. Den Brief musste ein anderer verfasst haben. War *er* es gewesen, hatte *er* die Botschaft geschrieben? War ja eigentlich auch egal.

Warum hatte Juna Gwen ihren Entschluss nicht persönlich

mitgeteilt? Schämte sie sich? Hatte sie geglaubt, sie könne sie deswegen verachten?

Ausgerechnet Juna, die immer so stark und schön gewesen war. Eine Kriegerin der Brigantia. Tochter der Hohepriesterin Arkana und Wächterin über alle Geheimnisse. Jung, stolz und sehr von sich überzeugt. Eine Frau, die immer wusste, was richtig war und was falsch. Wie konnte sie sich nur mit einem Mann einlassen? Mit einem Feind?

Vielleicht lag die Schuld ja bei Gwen. Vielleicht hatte sie Juna zu wenig geboten, ihr zu wenig Freiheiten gelassen oder sie zu sehr eingeengt. Was, wenn ihre Suche nach Nähe genau das Gegenteil bewirkt hatte?

Wenn ich dich enttäuscht haben sollte, Juna, so tut es mir leid. Aber warum hast du nie ein Wort gesagt? Habe ich nicht wenigstens dieses bisschen Offenheit verdient?

Warum nur, Juna, warum?

Gwen wischte eine Träne aus ihrem Augenwinkel. Was sie da tat, war sinnlos. Selbstzerfleischung. Eine angehende Heilerin sollte wissen, dass Verletzungen Zeit brauchten.

Wer war der Mann, der Junas Herz erobert hatte?

Gwen erinnerte sich undeutlich an einen Gefangenen. Ein junger Mönch aus einem der Klöster nahe der alten Stadt. Sie hatte ihn nur kurz zu Gesicht bekommen, in einem Käfig am See. Unscheinbar, blass, in sich gekehrt. Kein Mann, der eine Kriegerin der Brigantia beeindrucken konnte. Ein Grübler, ein Denker, ein Bücherwurm. Doch irgendetwas musste Juna in ihm gesehen haben. Manche sagten, er habe sie verhext, doch das konnte Gwen nicht glauben; dafür kannte sie ihre Gefährtin zu gut. Wenn jemand gegen die Verlockungen der Zauberei immun war, dann sie.

Aber was war es dann?

Gerüchte sprachen von einem Buch. Magdalena, die oberste Heilerin, hatte zuerst davon erzählt. Sie war eine Freundin der Hohepriesterin, die beiden standen in ständigem Austausch. Angeblich war Arkana die Letzte gewesen, mit der Juna vor ihrer Flucht Kontakt gehabt hatte. Doch was die beiden alten Frauen an Wissen teilten, drang nicht nach außen. Magdalena wich Gwens Fragen aus und berief sich auf ihre Vergesslichkeit. Einmal jedoch war ihr etwas herausgerutscht. Die Rede war von einem schmalen, schlanken Buch mit verbotenem Inhalt gewesen, daran erinnerte sich Gwen ganz genau. Angeblich enthielt es Texte, die von der Liebe handelten. Der Liebe zwischen Mann und Frau!

Konnte es so etwas geben?

Anscheinend war es sehr alt. Es stammte aus einer Zeit lange vor den Dunklen Jahren. Damals war es noch üblich gewesen, dass Männer und Frauen zusammenlebten, Kinder bekamen und diese gemeinsam aufzogen. Seither waren 65 Jahre vergangen, doch die Welt hatte sich in der Zwischenzeit komplett verändert. Es schien, als läge eine Ewigkeit dazwischen. Alles war seitdem anders geworden. Die Männer lebten in den Ruinen dessen, was einst eine große Stadt war. Sie standen unter der Führung eines Mannes, den alle Welt nur als den Inquisitor kannte: *Marcus Capistranus.* Der Teufel in Menschengestalt. Er überzog das Land mit Feuer und Hass, seine Grausamkeiten machten selbst vor Kindern und alten Leuten nicht halt. Jenseits der *Verbotenen Zone* begann das Reich der Frauen. Eine Welt des Friedens und der Harmonie, in der man im Einklang mit den Göttinnen lebte, in der man säte und erntete und Ehrfurcht vor der Natur hatte. Ihr goldenes Zentrum war die Stadt Glânmor, gelegen an den sanft abfallenden Flanken eines erloschenen Vulkans. Aus

dem zentralen See erhob sich eine Insel mit einem Tempel darauf.
Glânmor war alt, viel älter, als manche Frauen wahrhaben wollten. Die Ursprünge lagen im Nebel der Geschichte verborgen, genau wie der Name, an dessen Herkunft sich niemand mehr erinnerte. Vermutlich war er während der großen Reinigung entstanden. Damals waren alle Andenken an die Zeit vor dem Zusammenbruch getilgt worden. Das Gebäude, das früher anstelle des Tempels auf dem heiligen Berg Mâlmot gestanden hatte, sollte Legenden zufolge einmal ein »Hotel« gewesen sein – ein Übernachtungsort für Ausflügler aus der großen Stadt, die nichts weiter im Sinn hatten, als sich zu amüsieren, die heißen Quellen zu entweihen und sich die Bäuche vollzustopfen. Doch die Altvorderen hatten das Gebäude umgebaut und aus ihm das gemacht, was es heute war: der Tempel der drei Göttinnen, das heilige Zentrum der gesamten Frauenwelt.
Abends, wenn es dunkel wurde, konnte man die Prozession der Gläubigen erkennen. Sie wanderten über die mit Fackeln beleuchteten Brücken zur Insel hinüber, erklommen die steilen Hänge und versammelten sich in der großen Halle zum Abendgebet.
Gwen griff nach dem Melkfett und verteilte es in ihrem Gesicht. Dann bestäubte sie ihren Dachshaarpinsel mit Kreidestaub und puderte ihre Wangen. Sie hasste ihre ewig roten Backen und die wohlgebräunte Haut. Sie wollte nicht, dass die anderen sie für einen Bauerntrampel hielten. Stattdessen wollte sie so aussehen wie die feinen Damen aus der Oberstadt, die nur selten ihre Häuser verließen, außer um Einkäufe zu erledigen oder bei wichtigen Versammlungen den Vorsitz zu führen. Frauen wie Arkana, Edana und der Rest des Hohen Rates.

Ein wenig Lidschatten, die Wimpern mit geöltem Kohlestaub nachgezogen, und Gwen war bereit für den Tag. Natürlich würde Magdalena es wieder missbilligen, dass sie geschminkt zum Dienst erschien. *Weiß wie Schnee, rot wie Blut, schwarz wie Ebenholz,* lästerte sie und zitierte dabei ein altes Märchen, das sie oft und gern erzählte. Gwen war das egal. Gutes Aussehen, saubere Kleidung und ein höfliches Auftreten kamen bei den Kranken immer gut an. Die Häuser der Heilung waren ein Ort, an dem sich alle wohl fühlen sollten – auch die Pflegerinnen.
Ein letzter Blick in den Spiegel, die Fingernägel gereinigt, dann verließ sie das Haus.

2

Vor der Haustür wurde sie bereits erwartet. Mit stolz erhobenem Haupt präsentierte Füchschen ihren neuesten Fang: eine wohlgenährte Maus mit weißem Bauch und langem Schwanz. Zum ersten Mal an diesem Morgen musste Gwen lächeln. Sie liebte ihre Katze über alles, aber was dieser rotgestreifte Tiger jeden Tag an Mäusen erbeutete, ging auf keine Kuhhaut. Sie hatte ja gehört, dass die Roten besonders gute Mäusefänger seien, aber die Wirklichkeit übertraf die Geschichten bei weitem. Wenn sie gewusst hätte, was da auf sie zukam, hätte sie es sich an diesem schicksalhaften Tag vor einigen Wochen, als sie mit Juna über den großen Markt von Glânmor geschlendert war, vielleicht anders überlegt.

Andererseits – nein.

Füchschen war ihr Ein und Alles. Niemals hätte sie eine andere Katze haben wollen. Sie kniete sich hin und kraulte ihr das Kinn. Füchschen brummte und schnurrte, dass man glauben konnte, sie habe eines dieser mechanischen Wunderwerke verschluckt, wie sie drüben in der Schmiede von Meisterin Helma hergestellt wurden. Ihre Mundwinkel waren zu einem breiten Katzengrinsen verzogen.

»Was hast du mir denn heute wieder Schönes mitgebracht? Lass mal sehen. Ah, ein saftiger Braten. Nichts für mich, das weißt du ja. Aber es gibt sicher andere, die sich riesig über so einen Happen freuen würden.« Gwen packte die Maus am Schwanz und hob sie in die Höhe. »Also, was soll ich damit machen?«

Füchschen blickte sie erwartungsvoll an. Sie war noch zu klein, um einen ganzen Nager zu verdrücken, was sie aber nicht davon abhielt, dauernd neue zu erbeuten.
»Weißt du was«, schlug Gwen vor, »ich bringe sie Freya. Magdalenas alte Katze kann selbst keine Mäuse mehr fangen und wird sich über das Geschenk bestimmt freuen. Im Gegenzug überlässt mir Magdalena vielleicht etwas Sahne. Da stehst du doch drauf, oder? Sahne gegen Maus, kein schlechter Tausch.«
Füchschen fing an, Gwen um die Beine zu streichen. Ihre ganze Haltung drückte Wohlbefinden aus. Nur mit Mühe konnte sich Gwen losreißen. Wie gerne hätte sie jetzt mit ihrer kleinen Freundin den Tag verbracht, aber die Arbeit rief. Sie war eh schon spät dran, und Magdalena hasste Unpünktlichkeit.
»Tut mir leid, ich muss los«, sagte sie. »Ich werde nicht zu lange fortbleiben, versprochen. Pass in der Zwischenzeit ein bisschen aufs Haus auf, und bitte, tu mir einen Gefallen …«, sie lächelte gequält, »keine Mäuse mehr. Mein Bedarf für heute ist gedeckt.«
Von ferne erklang der erste Morgengruß.
Gwen sprang auf, strich ihr Kleid glatt und marschierte los.

Die Häuser der Heilung lagen im Osten, gleich gegenüber den Kasernen, in denen die Brigantinnen ausgebildet wurden. Sie selbst wohnte im Westen, so dass sie einen langen Fußweg vor sich hatte. Zum Glück musste sie nicht außen herumlaufen, sondern konnte die Abkürzung über die Insel nehmen. Das wurde zwar von den Wachen nicht gerne gesehen, sparte aber eine Menge Zeit. Gwen schulterte ihre Tasche und eilte halb laufend, halb gehend die Straße hinunter.
Das Tal lag im Nebel. Die Sonne hatte den unteren Teil des Kraters noch nicht erreicht und lediglich den See in ein ge-

heimnisvolles Zwielicht getaucht. Gwen blickte zum heiligen Berg hinauf. Auf seinen Flanken schimmerte golden der junge Morgen. Der Tempel selbst lag bereits im Licht, so dass die Strahlen von den Fenstern reflektiert wurden. Gwen konnte die aufwendigen Glasarbeiten sehen, mit denen der Eingangsbereich rechts und links der Säulen verziert worden war. Auf ihnen – das wusste sie – war in farbigen Bildern die Schöpfungsgeschichte dargestellt. Das Leben in Unschuld, der Sündenfall des Mannes sowie die Vertreibung aus dem Paradies. Man sah, wie der Mann der Erbsünde anheimfiel, als er an den Grundfesten der Schöpfung rüttelte. Doch die heilige Dreifaltigkeit Ambeth, Borbeth und Wilbeth, die Göttinnen der Fruchtbarkeit, der Heilung und des Lichts, schoben der Sache einen Riegel vor. Sie verbannten die Männer in die Ruinenstädte und zwangen sie, zwischen Ratten und alten Steinen ein jammervolles Dasein zu fristen. Den Frauen aber boten sie die Möglichkeit, ihr Schicksal selbst zu bestimmen und ein neues Leben zu beginnen.

Die Geschichte hatte Gwen immer beeindruckt, zeigte sie doch, zu was Männer fähig waren. Seit Junas Verschwinden fand sie zunehmend Trost im Glauben. Das tägliche Gebet, die Gespräche mit ihren Freundinnen, die Arbeit im Garten, all das hatte ihr geholfen, den Schmerz und die Fragen zu verarbeiten. Ganz auslöschen konnten sie sie jedoch nicht. Sie war so in Gedanken versunken, dass sie beinahe den zweiten Morgengruß überhört hätte.

Mit schnellen Schritten eilte sie über die Brücke. Die Holzbohlen unter ihren Füßen knarrten. Sie lauschte. Hatte man sie gehört? Doch am anderen Ufer war alles still. Keine Spur von den Wachen.

Das Wasser gluckerte unter den Stützpfosten und schwappte

gegen das Ufer. Geheimnisvolle Nebelschwaden trieben über die Oberfläche. Gwen fröstelte.
Ohne Zwischenfälle erreichte sie die Tempelinsel und folgte im Uhrzeigersinn dem schilfbestandenen Weg. Alles war ruhig. Drüben von der Schmiede waren die ersten Hammerschläge zu vernehmen. Irgendwo krähte ein Hahn. Wenige Augenblicke später erreichte sie die Rückseite der Insel und den zweiten Steg. Immer noch keine Spur von den Wachen. Doch sie waren hier. Niemand betrat die Insel, ohne von ihnen gesehen zu werden; sie hielten sich jedoch meist versteckt.
Gwen zog den Kopf ein und eilte über den Steg. Nur noch wenige Schritte, dann war sie drüben. Sie atmete auf.
Geschafft.
Als sie sich noch einmal umwandte, glaubte sie, rechts vom Steg ein Blinken zwischen den Bäumen zu erkennen. Die polierte Oberfläche einer Rüstung? Vermutlich. Diese Frauen waren geborene Kriegerinnen. Juna war lange Zeit eine von ihnen gewesen. Sie hatte Gwen einiges über die Kaste der Brigantinnen erzählt: von ihrer Ausbildung, dem Drill und den Kampfkünsten, von ihrer geistigen Disziplin, dem Gehorsam und der nicht zu erschütternden Treue zum Hohen Rat und zu den Bewohnerinnen dieses Landes. Dass sich ausgerechnet Juna mit einem Mann davongestohlen hatte, war für Gwen immer noch schwer nachvollziehbar. Keine Zeit für schwermütige Gedanken, ermahnte sie sich. Vom Gebetsturm erscholl der dritte und letzte Morgengruß.
Gwen biss sich auf die Unterlippe. Wieder zu spät. Das war schon das dritte Mal diese Woche. Die oberste Heilerin würde nicht erfreut sein.

Sie sah Magdalena schon von ferne. Den Rücken ihr zugewandt, befüllte sie Blumenkästen mit Geranien und zupfte abgestorbenes Laub ab. Zusammen mit den grünen Blättern bildeten die violetten Blüten einen wunderbaren Kontrast zu den weißgekalkten Außenwänden und den dunklen Holzbalken.

Die Häuser der Heilung bestanden aus drei langgezogenen, mit dunklem Riedgras gedeckten Fachwerkbauten, die ein Hufeisen bildeten. Das Zentrum nahm ein kleiner Park ein, in dem sich Rasenflächen und alte Bäume abwechselten. Gwen sah Kranke und Pflegerinnen, die den Sonnenschein genossen oder langsam im Schatten der Bäume herumschlenderten.

Magdalenas Heilmethode beruhte darauf, den Kranken ihren Lebensmut zurückzugeben. Dazu gehörten ein respektvoller Umgang und der Aufenthalt in einer schönen Umgebung. Bänke, Tische und mit weißem Kies gestreute Wege luden zum Verweilen ein und stärkten Körper, Geist und Seele. Magda sagte immer, die Genesung beruhe in erster Linie auf Selbstheilungskräften. Wer nicht gesund werden wollte, der wurde es auch nicht – ganz gleich, welche medizinischen Kunststückchen man an ihm vollbrachte.

Die oberste Heilerin hatte die Arbeit an dem Gesteck beendet und sich umgedreht. Ein Lächeln lag auf ihrem faltigen Gesicht, ganz so, als hätte sie gewusst, dass Gwen hinter ihr stand.

»Hallo, Gwen, sei gegrüßt. Hattest du eine angenehme Nacht?«

»Ja, Herrin, danke.« Gwen senkte den Kopf in Erwartung einer Standpauke. Doch es kam nichts. Magdalena tat nie, was man von ihr erwartete.

Die oberste Heilerin war alt. Uralt. Niemand wusste genau, wie viele Winter bereits hinter ihr lagen, aber es mussten weit über achtzig sein. Sie gehörte zu den betagtesten Frauen in Glânmor und zu den wenigen, die den Zusammenbruch und die Dunklen Jahre miterlebt hatten. Sie sprach nicht gerne darüber, aber Gwen hatte trotzdem einiges aufgeschnappt. Es gingen Gerüchte, Magdalena wäre mit einem Mann zusammen gewesen, als die Katastrophe hereinbrach. Angeblich habe sie ihn niedergestochen und sei dann Hals über Kopf in die Wildnis geflohen.

Magdalena war etwa einen Meter sechzig groß, von schmaler Statur und einnehmendem Wesen. Wenn sie lächelte, dann schien die Sonne, und wenn sie zornig war, dann donnerte und blitzte es! Ihre Haare waren schlohweiß und gingen ihr bis zur Hüfte. Selten trug sie sie offen; meist waren sie zu einem dicken Zopf geflochten, den sie zusätzlich mit Kornblumen oder Mohnblüten, mitunter auch mit braunen oder goldenen Bändern schmückte. Am beeindruckendsten waren ihre Augen. Sie schienen alles und jeden zu sehen, nichts entging ihnen. Von Alterserscheinungen, wie bei so vielen anderen Frauen ihrer Generation, war bei Magdalena nichts zu spüren. Sie habe keine Zeit, vergesslich zu werden, sagte sie immer. Wer rastet, der rostet. Dabei hatte sie alles andere als ein leichtes Leben gehabt. Vermutlich war es der tägliche Umgang mit Menschen, der sie jung bleiben ließ.

Gwen fasste sich ein Herz. »Bitte verzeiht, Herrin. Es tut mir leid, ich habe mich verspätet. Ich weiß, es ist diese Woche schon das dritte Mal, aber bei mir geht im Moment einiges drunter und drüber. Seit Junas Fortgang ist mein Leben nicht mehr so, wie es war. Es wird nicht wieder vorkommen, ich verspreche es Euch.«

Die Augen der alten Frau ruhten auf ihr. Kühl, nüchtern und von stahlgrauer Ruhe. »Wie lange bist du jetzt einfache Pflegerin?«

»Vier Jahre, Herrin.«

»Hattest du nie den Wunsch, mehr aus deinem Beruf zu machen? Wolltest du nie zur Schwesternschaft der Heilerinnen gehören?«
»Doch, Herrin, mehr als alles andere. Ihr wisst das. Ich habe in den letzten zwei Jahren alles gelernt, was es über die Heilkunst zu wissen gibt. Ich habe mich mit anderen Heilerinnen unterhalten und mir von ihnen zeigen lassen, wie man gebrochene Knochen schient, Wunden reinigt und näht, ja sogar Operationen durchführt. Ihr könnt Schwester Theresa fragen. Ich war immer sehr gelehrig und aufmerksam …«
»Ich habe mit Theresa gesprochen.«
Gwen stutzte. »Tatsächlich?«
»Sie sagt, du wärst die beste Schülerin, die sie je hatte.«
»Oh, das ist …« Gwen fehlten die Worte. Im Geist hatte sie sich schon ausgemalt, welchen Verlauf das Gespräch nehmen würde. Über die Frage nach dem beruflichen Ziel bis hin zur Ermahnung, dass sie dafür aber mehr tun müsse – das ganze Programm. Stattdessen jetzt ein Lob.
»Danke«, sagte sie. »Ich dachte …«
»Ich habe eine Überraschung für dich.«
Gwen verstummte zum zweiten Mal. Diesmal länger. *Aha*, dachte sie. *Jetzt kommt's.* Es war klar, dass die oberste Heilerin ihre Verspätung nicht einfach so hinnehmen würde.
»Was für eine Überraschung?«, fragte sie mit leiser Stimme.
Magdalena straffte die Schultern. »Du bist schon sehr lange bei uns. Du hast viel gelernt und bist eine ausgezeichnete Pflegerin. Ich will, dass du versuchst, mehr aus dir zu machen. Besonders vor dem Hintergrund von Junas Fortgang. Du musst auf andere Gedanken kommen, und der beste Weg dahin führt über die Arbeit. Glaub mir, ich weiß, wovon ich spreche.« Ein trauriges Lächeln huschte über ihr Gesicht. »Wir brauchen gute

Heilerinnen, und du könntest eine werden, das spüre ich. Natürlich müsstest du dich mehr ins Zeug legen, pünktlicher werden und mehr Distanz zu deinen Kranken aufbauen. Du stehst ihnen oft zu nah, und das könnte zum Problem werden, wenn du sie operieren müsstest.« Magdalena hob den Kopf. »Du wirst die Prüfung ablegen. Morgen früh. Du wirst eine Behandlung durchführen, allein und ohne Hilfe. Wenn es dir gelingt, wirst du in den Kreis der *Eiren* aufgenommen, der Töchter der Göttin Sulis. Dann darfst du dich künftig als Heilerin bezeichnen. Wenn nicht, nun …« Sie zuckte die Schultern. »Dann musst du eben noch mal ein Jahr warten. Jetzt geh. Du hast den Rest des Tages frei, um dich auf die Prüfung vorzubereiten.«

»Ihr … ihr wollt, dass ich die Prüfung zur Heilerin ablege? Morgen?«

»Ich meine, mich zu erinnern, das gesagt zu haben, ja.«

Gwen wusste nicht, was sie dazu sagen sollte. Das Herz schlug ihr bis zum Hals. Der Moment, auf den sie so lange gehofft und um den sie gebetet hatte, war plötzlich da. Wie ein Blitzschlag aus heiterem Himmel. Typisch Magdalena.

»Ich … danke Euch«, stammelte sie. »Das ist … bei den Göttinnen, wenn ich das meiner Freundin erzähle. Die wird ganz aus dem Häuschen sein.« *Nun, vielleicht auch nicht,* dachte Gwen. Sie wusste, was Solveig von ihrer Arbeit hielt.

»Dank mir nicht zu früh«, sagte Magdalena. »Konzentrier dich auf die bevorstehende Prüfung und denke noch einmal in Ruhe über alles nach, was du gelernt hast. Ich werde es dir nicht zu leicht machen. Du wirst deine ganze Kraft brauchen.« In ihren Augen funkelte es. »Und untersteh dich, wieder zu spät zu kommen. Ich habe schon Anwärterinnen wegen geringerer Vergehen durchfallen lassen.«

3

Im Norden der alten Stadt …

Es war Abend geworden. Auf den Flanken der mächtigen Wohntürme schimmerte die untergehende Sonne. Wilder Wein und Efeu überwucherten die Fassaden und verliehen den Gebäuden das Aussehen bewaldeter Schluchten. Aus einigen der Fenster wehten Banner, doch die meisten waren leere Höhlen. Weiter unten ging es lebhafter zu. Der Duft von gebratenem Fleisch hing in der Luft. Lachen und Singen erklang, und wildes Gebrüll hallte durch die Schluchten. Der alljährliche Heuert-Wettkampf steuerte seinem Höhepunkt entgegen. Sämtliche Clans der Umgebung hatten sich versammelt, um ihren Favoriten anzufeuern und ihm zum Sieg zu verhelfen.

Logan prüfte den Sitz seiner Handschuhe. Das Leder war weich und geschmeidig, die Finger hatten guten Halt. Früher war ihm im Lauf eines Wettkampfes ab und zu mal ein Schwert oder Dolch entglitten, doch seit er in der Kanalisation auf das Versteck eines Kürschners gestoßen war, passierte ihm das nicht mehr. Leder aus Rattenhaut war ebenso dünn wie zäh. Ein äußerst widerstandsfähiges Material, was man gar nicht glauben mochte, wenn man die quiekenden Viecher so ansah. Der Kürschner selbst würde den Verlust nicht mehr beklagen; er war ebenso tot wie die Tiere, aus denen er seine Ware gefertigt hatte. Vermutlich ein Opfer der Bleichen, die in den Tiefen der U-Bahn-Schächte und der Kanalisation hausten.

»Norgal, Norgal!«
Der Eisengießer-Clan stimmte sich auf die Finalrunde ein. Logan lächelte grimmig. Dieser Stamm hatte schon immer die größten Schreihälse hervorgebracht.
Für Logan war es die dritte Teilnahme, wobei es ihm zum ersten Mal gelungen war, das Finale zu erreichen. Die Narben und Brüche hatten seinen Ehrgeiz nur noch mehr angestachelt. Diesmal konnte er es schaffen, das spürte er.
Die beiden Gegner gehörten zu den Besten ihres Standes. Er kannte sie gut genug, um zu wissen, wie er sie einzuschätzen hatte. Logan war ein Neuling, ein unbeschriebenes Blatt, der bisher nicht über die Vorentscheidungen hinausgekommen war. Sollte er gewinnen, würde er erhebliche Privilegien und Vergünstigungen erhalten. Von heute auf morgen wäre er der Liebling des Clans und persönlicher Günstling von Warlord Alexander, dem Oberhaupt des Clans vom Steinernen Turm.
»Norgal, Norgal!« Das Gebrüll wurde lauter. Es brandete gegen die steinernen Türme wie Wellen gegen einen Fels.
Die Stimmung war auf dem Höhepunkt.
Ein letztes Mal prüfte Logan seine Waffen, die Schnürung der Stiefel, den Sitz der Knie- und Armschützer. Auf den Helm wollte er verzichten. Er behinderte seine Sicht, abgesehen davon, dass er einem Schlag von Norgals Hammer ohnehin nicht standhalten würde. Wenn er gewinnen wollte, musste er schnell sein. Schnell und schlau.
»Norgal, Norgal!«
Dachs hielt ihm seinen Schild hin. Eine mit Nieten versehene Lederplatte, auf der das Wappen des Clans vom Steinernen Turm aufgemalt war. Logan steckte seine Hand durch die Schlaufe und lächelte seinem Bruder zu.
Dachs war etwa neun Jahre alt und seit etwa einem halben

Jahr sein Knappe. Gunnar hatte ihn in der Wildnis gefunden, wo er sich vor Regen und Wölfen in einer Höhle versteckt hielt. Als der Schmied ihn zu sich genommen hatte, war er total verwildert und abgemagert gewesen. Er sprach kein Wort und glich eher einem wilden Tier als einem Menschen. Auf die Frage, wie er heiße, hatte er einen Dachs in den Sand gemalt, daher der Name.

Dachs hatte niemals auch nur ein Wort gesprochen. Logan tippte auf einen körperlichen Defekt, es konnte aber auch sein, dass ihm ein schreckliches Erlebnis die Stimme geraubt hatte. Wirklich wichtig war es nicht; Dachs konnte sich mit Händen und Füßen besser verständigen als manch einer mit Worten.

Die Wälder waren voll von Kreaturen wie Dachs. Kleine, magere Gestalten, die es irgendwie geschafft hatten, zu fliehen und in der Wildnis zu überleben. Normalerweise pflegten die Frauen die Säuglinge in steinernen Kreisen abzulegen, wo sie von Mitgliedern der städtischen Klostergemeinschaften abgeholt wurden. Doch manchmal ging etwas schief. Manchmal kam ihnen ein Tagelöhner oder Streuner zuvor, nahm das Baby mit und verkaufte es an irgendeinen, der bereit war, angemessen dafür zu zahlen. Der Markt florierte, denn Kinder waren Mangelware.

Nicht jeder konnte sich eine Frau leisten, so wie die Warlords oder Handelsfürsten. Eine Frau zu besitzen war etwas Besonderes. Nicht, weil diese Kreaturen als besonders hübsch oder liebenswert galten – sie waren einfach ungewöhnlich! Sich mit etwas zu umgeben, das von der Kirche als Teufelswerk und Abschaum klassifiziert wurde, war natürlich reizvoll. Frauen galten als das personifizierte Böse, und genau deswegen waren sie so interessant. Verbotene Früchte schmeckten immer noch am besten. Außerdem genossen die hohen Herren auf diese

Weise das Privileg, ihren eigenen Nachwuchs zu zeugen, anstatt auf die Bastarde vom Wochenmarkt angewiesen zu sein. Für die einfachen Leute galt eine andere Regel: Wer einen Sohn haben wollte, der musste sich einen kaufen. So wie Gunnar, der für Logan mit einem Schwert nebst dazugehörigem Lederzeug bezahlt hatte. Dass er später noch Dachs dazubekommen würde, ahnte er zu diesem Zeitpunkt noch nicht, aber er konnte den kleinen Streuner ja nicht einfach seinem Schicksal überlassen. Die Chancen, im Wald zu überleben, standen eins zu zehn. Im Sommer konnte so ein kleiner Kerl immer ein paar Früchte, Wurzeln oder Ähren finden, aber mit Einbruch des Winters wurde der Lebensfaden stramm angezogen. Dann kamen die Wolfshunde und machten Jagd auf alles, was zu klein oder zu schwach war, um sich zu wehren. Wo immer sie hinzogen, wandelte der Tod auf ihren Spuren. Das galt auch für jemanden wie Dachs, der nur seinem früheren Herrn, einem notorischen Schläger und Säufer, entwischen wollte. Als Gunnar den Mann aufgesucht und mit ihm um den Jungen gefeilscht hatte, war dieser so betrunken, dass er sich mit einem Laib Brot und einer Flasche Schnaps einverstanden erklärte. Seitdem hatte der Schmied zwei Söhne – und das erfüllte ihn mit großem Stolz. Er gehörte damit zu den wohlhabenden Männern im Clan.

Logan ließ seinen Blick in die Runde schweifen.

Die Luft war ungewöhnlich schwül. Spätsommer. Die Hauswände strahlten die Hitze der Sonne ab. Er fühlte, wie ihm unter dem Wams der Schweiß ausbrach. *Im Juli muss vor Hitze braten, was im September soll geraten,* so lautete eine alte Bauernweisheit. Und gleich würde ihm noch viel heißer werden.

Er schlug mit seinem Schwert gegen den Schild. Er war bereit.

Die Stimmung auf dem Kampfplatz schwankte zwischen Ausgelassenheit und Aggressivität. Die Mitglieder der Eisengießer- und Nordhammer-Clans lieferten sich eine handfeste Prügelei am Spielfeldrand, während ihre Freunde Bier tranken und sie anfeuerten. Die Arena war ein ehemaliger Platz, an dessen Rändern umgestürzte Autos zu Tribünen aufgeschichtet waren. Fackeln und brennende Ölwannen beleuchteten die Szenerie und sorgten dafür, dass die ohnehin schon unerträglichen Temperaturen zusätzlich angeheizt wurden. Über die Fassaden der Gebäude huschten blutrote Schatten. Der Alkohol floss in Strömen, und ein Gestank nach Schweiß und Bier erfüllte die Arena.

Als Logan den fleckigen Rasen betrat, ertönten Schmähungen und Beifallsbekundungen. Beides verdient, wie er zugeben musste. Niemand hatte damit gerechnet, dass ein krasser Außenseiter wie er es so weit schaffen würde – am wenigsten er selbst. Sein Einzug ins Finale hatte dafür gesorgt, dass etliche Wetten geplatzt waren und viele, die nur aus Spaß auf ihn gesetzt hatten, einen unerwarteten Geldsegen in Empfang nehmen durften.

Die Ränge waren dicht besetzt mit Männern aus allen Teilen der Stadt. Da waren der Eisengießer-Clan und der Südhügel-Clan, beide vom anderen Ufer des großen Stroms, der Tiefenwalder-Clan aus dem Westen und natürlich der Nordhammer-Clan und der Clan vom Steinernen Turm aus dem Norden. Es gab aber auch kleinere Gruppierungen, lose zusammengewürfelte Haufen wie die Junkersdorfer oder die Lindenthaler. Banden, die ohne festen Wohnsitz die Außenbezirke der Stadt durchstreiften. Alle trugen ihre speziellen Farben und Ornamente, dazu Tierschädel, Blechdeckel, Malereien, Holzmasken und vieles andere. Schon allein der Körperschmuck und die vielen Tätowierungen waren beeindruckend. Logan sah Kerle, die ihn mit einem Schlag unter die Erde gebracht hätten, baumlange Typen, die einen Mann in der Luft zerreißen konnten. Trotzdem stand er jetzt hier und nicht sie. Um ein guter Kämpfer zu sein, bedurfte es eben mehr als Muskeln, Kraft und Gewalt. Man musste clever sein. Man musste seinem Gegner immer einen Schritt voraus sein und wissen, was er als Nächstes tun würde. Ein Kampf wurde im Kopf entschieden, hatte Gunnar ihm gesagt, und Logan glaubte daran. Mochten seine Waffen im Vergleich zu denen seiner Kontrahenten noch so mickrig wirken, seine schärfste Waffe war sein Verstand.

Seine Gegner hatten Position bezogen.

Norgal stand rechts außen, in der Nähe seines Clans. Die Anfeuerungsrufe hatten nicht nachgelassen, und der Riese genoss das Bad in der Menge. Mindestens einen Meter neunzig groß und so breit wie ein Schrank, war er einer der gefährlichsten Gegner, die man sich vorstellen konnte. Sein Kampfname lautete *der Zertrümmerer*, und das war keineswegs übertrieben. Sein Kopf war kahl rasiert und beinahe vollständig mit Tätowierungen überzogen. An seinen Ohren baumelten dicke Goldringe, sie zogen die Ohrläppchen unnatürlich in die Länge. Seine Lippen waren wulstig, und seine kleinen Augen standen eng beieinander. Er war berühmt für seinen Hammer, ein zentnerschweres Ding, mit dem er früher Bolzen in Metallplatten geschlagen hatte. Logan betrachtete den Hammer und war bereit, jedes Gerücht zu glauben, das er jemals darüber gehört hatte.

Der andere Kämpfer war Wengul, genannt *die Schlange*. Er war ebenfalls recht groß, dabei aber so lang und so dünn wie eine Bogensehne. Wengul war ein Meister der Fernwaffen. Schleudern, Wurfmesser, Armbrüste und Bögen – er beherrschte sie alle. Am gefährlichsten waren seine Bumerangs, aus Eisen geformt und an den Kanten abgeschliffen, was sie zu fliegenden Messern machte. Das Problem mit diesen Dingern: Man sah sie erst kommen, wenn es fast schon zu spät war. Sie umkreisten einen und trafen einen von hinten, während man gleichzeitig seine Augen nach vorne richten musste, um nicht von Wenguls Wurfpfeilen erwischt zu werden. Logan hatte Wengul lange beobachtet und sich von früheren Kämpfen genau eingeprägt, wo man sich hinstellen musste, um dieser tödlichen Zange zu entgehen.

Wengul besaß eine überraschend helle Haut und lange blonde Haare, die zu einem Zopf verknotet waren. Er war zwar kein echter Albino, trotzdem ließ etwas an ihm den Gedanken aufkommen, dass sich seine Mutter mit den Bleichen eingelassen hatte.

Das waren sie also, seine beiden Gegner. Der eine stark, der andere verschlagen. Niemand, bei dem man sich auch nur den geringsten Fehler leisten konnte. Er würde seine ganze Kraft brauchen, um den heutigen Abend zu überleben.

Während Logan seine Gegner studierte, ertönte auf einmal ein metallisches Scheppern.

Auf der Tribüne der Warlords war eine kleine, gedrungene Gestalt erschienen: Quintus Marquardt, der Zeremonienmeister und oberste Verkünder. Es hieß, er sei schon als Schreihals zur Welt gekommen.

Quintus hämmerte dreimal gegen eine Metallplatte, und die Anfeuerungsrufe erstarben. Stille senkte sich über die Ränge. Alle blickten hinüber zur Tribüne.

Der Zeremonienmeister wartete, bis Ruhe eingekehrt war, dann richtete er seine Worte an die Menge:

»Hochwohlgeborene Warlords, Männer, Kämpfer, Clanmit-

glieder. Verehrte Reisende, Händler, Jäger und Fallensteller. Ihr alle habt den weiten Weg auf euch genommen, um das diesjährige Heuertfest mit uns zu feiern. Dafür danke ich euch.« Er deutete eine Verbeugung an.
»Wir haben uns heute hier versammelt, um den schnellsten, stärksten oder klügsten Kämpfer zu küren. Außerdem wollen wir feststellen, welcher Clan ein Jahr lang den Vorsitz über unsere Gemeinschaft führen wird.«
Donnernder Beifall ertönte. Die Männer schrien den Namen ihres Clans und trampelten dabei auf den Karosserien der verrosteten Autos herum. Quintus wartete eine Weile, bis sie sich ausgetobt hatten, dann hob er die Arme.
»Drei Clans konnten sich mit ihren Kämpfern für die Endausscheidung qualifizieren. Erlaubt mir, sie euch vorzustellen. Auf der hinteren Seite haben wir Wengul, genannt die Schlange. Er stammt vom Tiefenwalder-Clan und ist seines Zeichens Jäger und Fallensteller. Ein Meister des Bogens und beinahe ebenso gut mit seinen Wurfmessern. Ihr wollt einer Fliege auf zwanzig Meter ein Auge ausschießen? Dann ist Wengul euer Mann. Auf der linken Seite steht einer, den ich euch nicht vorzustellen brauche. Dreimaliger Champion und Gewinner des Tapferkeitsordens. Ein Berg von einem Mann. Sein Kampfschrei klingt wie Donner, und wo sein Hammer niederfährt, da bebt die Erde. Begrüßt mit mir Norgal vom Eisengießer-Clan.«
Wieder ertönten Schlachtrufe und lauter Beifall. Es war schwer zu sagen, welche Schreier lauter waren: die grünen Kobolde des Tiefenwalder-Clans oder die kahlgeschorenen Nordhämmer. Schmährufe wurden ausgetauscht, und am Rande der Tribüne kam es erneut zu einer Schlägerei. Es dauerte eine ganze Weile, bis Ruhe eingekehrt war und Quintus weitersprechen konnte.

»Der Dritte und Letzte im Bunde ist ein Neuzugang. Er ist der Favorit unseres Gastgebers Warlord Alexander, dem ich an dieser Stelle herzlich für den Empfang und die Organisation danken möchte. Begrüßt mit mir Logan vom Clan des Steinernen Turms.«
Wieder ertönte Applaus, doch er war deutlich verhaltener als bei den anderen beiden Kämpfern.
Logan warf einen Blick in Richtung Alexander und seines Sohnes Cedric. Die beiden saßen auf der rechten Seite der Ehrenloge und genossen die Veranstaltung sichtlich.
Quintus lächelte und fuhr fort: »Mit siebzehn Jahren ist Logan der jüngste Kämpfer, der es je bis in die Endausscheidung geschafft hat. Schon deshalb gebührt ihm euer Respekt.«
Logan spürte seinen Puls rasen. Was hatte er sich nur dabei gedacht? Wie konnte er ernsthaft annehmen, hier zu bestehen? Gewiss, er hatte sich den einen oder anderen Trick ausgedacht, aber angesichts der beiden Veteranen und der vielen Zuschauer sank ihm das Herz in die Hose. Dies war keine Samstagsnachmittagsbalgerei, dies war ein handfestes Gemetzel. Es gehörte mehr als nur einfache Bauernschläue dazu, um auch nur die ersten Minuten zu überleben. Es war Wahnsinn, einfach Wahnsinn.
Logan war so in Gedanken versunken, dass er beinahe überhörte, dass Quintus seine Rede beendet und das Zeichen gegeben hatte. Die drei Schläge gegen das Blech. Der Kampf hatte begonnen.

4

Gwen durchstreifte das Haus wie ein eingesperrtes Tier. Von der Küche zum Bad, vom Bad in ihr Schlafzimmer, von dort in die Wohnstube und wieder zurück in die Küche. Es musste nach dreiundzwanzig Uhr sein, und sie hätte eigentlich längst schlafen müssen, aber sie war einfach zu aufgeregt. Erst die Freude, dann die Zweifel. Anstatt zu lernen, hatte sie nur darüber nachdenken müssen, was sie wohl am nächsten Morgen erwartete. *Eine Behandlung durchführen,* hatte Magdalena gesagt. Viel nebulöser konnte man es ja wohl kaum ausdrücken. Das Spektrum reichte von Kräuterumschlägen bis hin zum Eingriff am offenen Gehirn. Nun, das vielleicht nicht unbedingt, aber eine Operation kam durchaus in Frage. Ihre Freundin Regula hatte vergangenen Monat einen offenen Bruch behandeln müssen und war fast daran gescheitert. Die Kranke hatte auf das Schmerzmittel schlecht reagiert und so heftig gezappelt und getobt, dass zwei Helferinnen nötig waren, um sie zu stabilisieren.

Als Heilerin durfte man sich von nichts aus der Ruhe bringen lassen – weder vom Leid der Kranken, noch von Beschimpfungen oder Schmerzensschreien. Am schlimmsten war es bei Kindern. Gwen empfand so viel Mitgefühl für die Kleinen, dass sie es bislang nicht übers Herz gebracht hatte, bei einem von ihnen das Messer anzusetzen. Doch manchmal musste es eben sein.

Hoffentlich war es keine Operation. Ein ausgerenkter Arm, eine Verbrennung, eine Schnittverletzung oder Quetschung, irgendetwas in der Art hätte ihr gefallen, aber dafür gab es keine Garantie. Gwen kannte alle Kranken, die zurzeit in den Häusern der Heilung untergebracht waren. Keine davon erfüllte ihre Wunschkriterien. Gewiss, da war die alte Helena mit ihrem Gallenstein, aber sie war so schwach, dass Magda es niemals riskieren würde, einen Neuling auf sie anzusetzen.

Sosehr sie sich auch das Hirn zermarterte, Gwen hatte keine Ahnung, was morgen geschehen mochte. Außerdem musste sie ausgeschlafen sein, wenn sie die Prüfung bestehen wollte.

Sie blieb stehen. Sie war wieder in der Küche angelangt. Zum wievielten Mal jetzt?

Füchschen lag friedlich in ihrem Korb und blickte zu ihr empor. Der Mond schien zum Fenster herein, genau auf ihr Nest.

»Na, meine Kleine. Kannst du auch nicht schlafen? Liegt vielleicht am Mond. Was soll ich machen? Ich habe schon alles versucht.«

Die grünen Augen blickten sie unverwandt an.

»Einen Spaziergang sagst du?« Gwen zuckte die Schultern. »Warum eigentlich nicht? Zu mehr bin ich sowieso nicht in der Lage. Wie sieht's aus, willst du mich begleiten?«

Füchschen gähnte und ließ ihre kleinen Zähne aufblitzen. Dann rappelte sie sich auf und folgte Gwen hinaus in die Dunkelheit.

Die Nacht war sternenklar. Der alte Baum wirkte wie ein Scherenschnitt, zwischen dessen Verästelungen Hunderte von Sternen blinkten. Die kühle Luft führte den Geruch von Holzfeuern mit sich. Irgendwo in der Ferne erklang der Ruf einer Eule. Keine Menschenseele war zu sehen, ganz Glânmor schlief.

Gwen strich über ihre Arme und marschierte los. Füchschen lief an ihrer Seite, ein verschwommener Fleck inmitten anderer verschwommener Flecken.

»Wie es aussieht, sind wir die Einzigen. Oder kannst du jemanden erkennen, jemanden aus deiner Familie vielleicht? Ich habe gehört, Katzen seien oft nachts unterwegs. Sehen tue ich allerdings niemanden. Nun, vielleicht ist es ja nur ein Gerücht, genau wie die Sache mit den neun Leben.«

Füchschen scherte sich nicht um Gwens Geplapper. Sie stromerte durch die Dunkelheit und untersuchte jeden Stein und jede Öffnung. Doch zum Glück waren die kleinen Nager alle verschwunden; Gwen hatte keine Lust, noch eine Maus zu beerdigen.

Ohne festes Ziel lief sie talabwärts in Richtung See. Vor ihr ragte der heilige Berg Mâlmot aus dem Wasser. Insel und Tempel lagen in tiefer Dunkelheit. Wie anders das alles bei Nacht aussah!

Kurz nach Sonnenaufgang hatte das Gebäude einen freundlichen Eindruck gemacht, doch jetzt wirkte es verwunschen und düster. Die Weiden am Ufer der Insel sahen aus wie die gebeugten Leiber alter Frauen, die ihre Hände ins Wasser hielten. Hieß es nicht, am Grunde des Sees läge eine versunkene Stadt? Manche behaupteten, an besonders klaren Tagen könne man tief unten die Ruinen zerfallener Paläste erkennen. Magdalena hatte davon gesprochen. Kein Wunder, denn sie war eine geborene Märchenerzählerin. Sie verstand es wie keine andere, spannende und aufregende Geschichten zum Besten zu geben, und hatte eine besondere Vorliebe für Sagen und Spukgeschichten, von denen sie unzählige zu kennen schien. Eine davon war die Geschichte von Artus und Nimue, der Herrin vom See. Gwen wusste nicht, wie oft sie die Sage von

Excalibur, Guinevere, Lancelot und den Rittern der Tafelrunde schon gehört hatte, doch das machte nichts. Neben den Märchen der Gebrüder Grimm war es eine ihrer Lieblingsgeschichten. Besonders faszinierend fand sie den Bezug, den Magdalena zwischen Glânmor und der Artussage herstellte. War es möglich, dass der Berg Mâlmot tatsächlich die letzte Ruhestätte von König Artus war, wie Magdalena behauptete? Dann waren die Ruinen wahrhaftig die Mauern Avalons, und das verzauberte Schwert Excalibur lag vielleicht irgendwo am Grund dieses Sees.

Gwen spürte, wie sie eine Gänsehaut bekam. Es war eine Sache, eine solche Geschichte bei Tag zu hören; nachts jedoch sollte man lieber über weniger mysteriöse Dinge nachdenken, wie zum Beispiel über ihre Prüfung.

Sie fühlte aber, dass ihr der Spaziergang guttat. Ein Anflug von Müdigkeit überkam sie und ließ sie gähnen. Zeit, ins Bett zu gehen.

Sie wollte gerade umdrehen und sich auf den Heimweg machen, als sie am Ufer eine Gestalt bemerkte. Sie musste schon die ganze Zeit dort gestanden und auf das Wasser geblickt haben, doch war sie ihr nicht aufgefallen, weil sie so still stand.

Gwen blieb wie angewurzelt stehen. Die Frau im weißen Gewand und mit den langen blonden Haaren kam genau auf sie zu. *Die Herrin vom See,* schoss es Gwen durch den Kopf. Nimue, die Hüterin der Quelle, die Königin des Wassers.

Bildete sie sich das ein, oder lächelte die Frau? Nein, kein Zweifel, jetzt hob sie sogar ihre Hand.

»Bist du das, Gwen?«

Gwen versuchte zu antworten, brachte aber keinen Laut hervor.

»Kannst du auch nicht schlafen?«

Sagengestalten besitzen besondere Zauberkräfte, das wusste jeder. Sie konnten einen Menschen dazu bringen, Dinge zu tun, die er gar nicht wollte. So manche Frau zogen sie in die Tiefen ihres Reichs und machten sie zu einer Undine, einer grünen Jungfer, dazu verdammt, zwischen den Ruinen umherzuschwimmen.

Gwen spürte ihre Hände kaum noch. Mit angstgeweiteten Augen wich sie zurück.

»Bleib doch stehen, mein Kind. Du brauchst keine Angst zu haben. Ich möchte mit dir reden. Hast du keine Lust, die Stille der Nacht mit mir zu teilen?«

Gwen schüttelte den Kopf. Die Kreatur übte eine rätselhafte Macht auf sie aus.

»Nein.« Es war kaum mehr als ein Hauchen. »Ich muss jetzt zurück.«

Die Augen des Wesens wurden groß und traurig. »Ich dachte, du hättest vielleicht ein paar Fragen.«

Gwen schüttelte den Kopf.

Die Frau wartete einen Moment und zuckte die Schultern. »Schade. Aber wie du willst. Dann lasse ich dich jetzt allein. Leb wohl.«

Sie drehte sich um und entschwand in Richtung Brücke. Sie wurde kleiner und kleiner und tauchte zwischen den Bäumen auf der anderen Seite unter.

Der Spuk war vorbei.

»Hast du das gesehen?« Gwen atmete auf. »Bei den Göttinnen, das war das Unheimlichste, was mir in meinem ganzen Leben widerfahren ist. Schau dir meine Hände an, sie zittern immer noch.«

Füchschen beachtete sie gar nicht. Dafür, dass sie über so feine Sinne verfügte, wirkte sie seltsam unbeteiligt. Ihr Fell war glatt,

das Gesicht entspannt. Sagte man nicht, Tiere besäßen ein instinktives Gespür für Gefahr?
Plötzlich flammte drüben auf der Insel ein Licht auf. Ein Fenster inmitten der Schwärze des Tempels. Eine schlanke Gestalt stand einige Zeit in der Öffnung, dann verschwand sie wieder. Selbst auf diese Entfernung waren ihre langen Haare und ihr helles Gewand zu erkennen.
Gwen runzelte die Stirn. War das nicht die Frau vom See?
Die Erkenntnis traf sie wie ein Blitzschlag. Wie konnte sie nur so einfältig sein! Das war keine Spukerscheinung. Das war Arkana, die Hohepriesterin. *Junas Mutter.*

5

Dachs konnte sehen, dass es nicht gut lief.
Von der ersten Minute an hatten Norgal und Wengul sich gegen seinen Bruder verschworen und ihn derart in Bedrängnis gebracht, dass er nur noch damit beschäftigt war, Angriffe abzuwehren, statt seine eigene Taktik zu verfolgen. Der Plan war nur allzu deutlich: Sie wollten den Neuzugang ausschalten und dann die Sache untereinander ausmachen.
Es hatte Prinzip, dass der Endkampf nicht Mann gegen Mann, sondern in einer Dreier-Konstellation ausgefochten wurde. So bekamen auch Kämpfer eine Chance, die unter normalen Umständen zu schwach oder benachteiligt waren. Absprachen im Vorfeld waren zwar verboten, aber manchmal genügte ein kurzer Blickkontakt, um eine vorübergehende Allianz gegen einen übermächtigen Gegner zu schließen, was der Fairness des Wettkampfs zugutekam. Diesmal lief es allerdings alles andere als fair ab. Die beiden Stärksten hatten sich gegen den Schwächsten verschworen, und das bekam auch das Publikum mit. Wilde Empörung machte sich breit, und Wutschreie hallten über das Kampffeld. Die Anhänger der beiden Champions wussten nicht so recht, was sie von der Sache halten sollten, und blieben lieber still.
Norgals Hammer sauste dicht neben Logan zu Boden. Nur mit einem gewagten Sprung, der seine Deckung entblößte, konnte er dem schrecklichen Angriff entkommen. Dachs bemerkte, wie Wengul seine Messer hob. Als hätte er auf diesen Moment gewartet, schleuderte er die Klingen mit einer

fließenden Bewegung in Logans Richtung. Dachs sah das Aufblitzen von Metall und hörte, wie die tödlichen Geschosse auf gehärtetes Leder prallten. Logan hatte blitzschnell seinen Schild herumgerissen und sie abgewehrt. Ansonsten wäre er jetzt tot.

Im Publikum entstand Unruhe. Eines der Wurfmesser war abgeprallt und hatte einen Tiefenwalder in die Schulter getroffen. Der Mann war offensichtlich schwer angetrunken. Bei dem Versuch, die Klinge herauszuziehen, geriet er aus dem Gleichgewicht und kippte nach hinten vom Auto herunter.

Hämisches Gejohle ertönte von den Rängen des Steinernen Turms. Logan verschaffte der Vorfall ein wenig Zeit. Er taumelte aus der Reichweite von Norgals Hammer, rannte auf den gegenüberliegenden Spielfeldabschnitt und stützte sich schwer atmend auf sein Schwert.

Dachs runzelte besorgt die Stirn. So erledigt hatte er seinen Bruder schon lange nicht gesehen. Dabei sollte er eigentlich in Topform sein. Er hatte jeden Tag trainiert, hatte Waldläufe gemacht und war sogar die Nordwand eines der Wohntürme emporgeklettert, um seine Kraft und Ausdauer zu stärken. Ihn jetzt so aus der Puste zu sehen, erschreckte Dachs. Jedoch: Es war etwas anderes, ob man ruhig im Wald trainierte oder in der Arena vor Hunderten von Zuschauern um sein Leben kämpfen musste.

Norgal und Wengul gaben ein Zeichen und drangen erneut auf Logan ein. Diesmal gingen sie planmäßig vor. Offenbar war ihnen bewusst geworden, dass sie so ein flinkes Eichhörnchen nur mit Geduld und Kaltblütigkeit zur Strecke bringen konnten. Systematisch trieben sie Logan in eine Ecke.

Dachs fiel es schwer, hinzusehen. Wenn Logan sich nicht ganz

schnell etwas einfallen ließ, war der Wettkampf für ihn zu Ende. Gunnar schien das auch so zu sehen. Ihr Vater verfolgte das Spektakel mit grauem Gesicht.
Logan stand mit dem Rücken gegen zwei leere Fässer gelehnt. Hilflos musste er mit ansehen, wie seine beiden Gegner unaufhaltsam näher kamen. Dann, in einem Augenblick größter Verzweiflung, sprang er vor und versuchte, zwischen den beiden hindurch in Sicherheit zu gelangen. Das war der Moment, auf den Norgal gewartet hatte.
Der Riese riss seinen Hammer hoch und ließ ihn auf den Flüchtenden heruntersausen. Ein furchtbares Krachen ertönte. Der Schild, den Logan zum Schutz über seinen Kopf gehalten hatte, zerbarst und fiel – in Dutzende kleiner Stücke zerbrochen – zu Boden. Logan taumelte, dann fiel er auf die Knie. Er griff sich an die Brust und hielt seine Hand in die Höhe. Ein Aufschrei ging durch die Menge. Dachs blieb beinahe das Herz stehen. Die Hand war rot. Auf Logans Brust war ein Fleck zu sehen, der rasch größer wurde. Sein Bruder kroch noch ein paar Meter, bis er beinahe die Mitte der Arena erreicht hatte. Er schien etwas sagen zu wollen, doch aus Mund und Nase lief ebenfalls Blut. Mit einem Röcheln brach er zusammen und blieb liegen. Ein Moment atemloser Spannung, dann brandeten Applaus und Buhrufe auf. Quintus schlug mit seinem Stab zweimal gegen das Blech. Das Zeichen, dass der erste Kämpfer ausgeschieden war.
Dachs wusste vor Entsetzen nicht, was er machen sollte. Er hob die Arme und signalisierte den Sanitätern, sie sollten Logan zu Hilfe eilen, aber seine Bemühungen gingen im Sturm der Schlachtrufe einfach unter. Außerdem lag Logan so unglücklich, dass der Rettungsdienst nicht an ihn herankam. Kein Sanitäter war so lebensmüde, während eines lau-

fenden Kampfes in die Mitte des Platzes zu rennen. Es war zum Verzweifeln. Und gerade ging der Kampf in die zweite Runde.

*

Logan versuchte, seine Knochen zu sortieren. Junge, war das ein Schlag gewesen! Obwohl er sich innerlich darauf vorbereitet hatte, war er immer noch überrascht von der Heftigkeit, mit der Norgals Hammer seinen Schild zerfetzt und ihn zu Boden geworfen hatte. Sein linker Arm fühlte sich an wie abgestorben. Ein Teil des Blutes schien tatsächlich echt zu sein. Nun gut, das konnte dem schauspielerischen Eindruck, den er zu hinterlassen beabsichtigte, nur förderlich sein.

Er hatte diese Idee schon lange mit sich herumgetragen, doch sie war nie über das Stadium eines Notfallplans hinausgekommen. Jetzt war er froh, dass er sich trotz seiner Abneigung gegen den Betrug so gewissenhaft vorbereitet hatte. Der präparierte Schild, die mit Kirsch- und Johannisbeersaft gefüllten Tierblasen und die Gurte, mit denen sie unter seinem Hemd befestigt waren. Selbst der Trick, eine dieser Blasen im Mund zu deponieren und im richtigen Moment draufzubeißen, hatte sehr überzeugend funktioniert. Er hörte immer noch das entsetzte Stöhnen, als er die rote Hand hob. Natürlich tat es ihm leid, seinen Vater und seinen Bruder derart hinters Licht zu führen, aber manchmal heiligte die Not alle Mittel. Und wie recht er gehabt hatte!

Verborgene Absprachen galten als regelwidrig, dennoch hatte er beobachtet, wie die beiden Veteranen vor dem Kampf geheime Zeichen ausgetauscht hatten. Und als ob er es geahnt hätte, gingen sie gleich von Anfang an gemeinsam auf ihn los.

Spätestens ab diesem Moment war er glücklich, dass er Vorsichtsmaßnahmen ergriffen hatte. Jetzt musste er nur noch abwarten, ob auch der Rest gelingen würde.
Die beiden Kämpfer umkreisten ihn. Norgal stand nur wenige Meter entfernt und versuchte, Wenguls Pfeile mit seinen Unterarmschienen abzuwehren. Ein Schild kam für ihn nicht in Frage. Der Hammer war viel zu schwer, um ihn mit nur einer Hand zu tragen, aber so ganz funktionierte das mit den Schienen nicht. Zwischen den Augenschlitzen hindurch sah Logan, dass einer der Pfeile bereits sein Ziel gefunden hatte. Er steckte in der Schulter, ganz nah am Schlüsselbein. Den minimalen Blutverlust steckte der Riese jedoch locker weg. Da bedurfte es schon anderer Treffer.
Wengul schien das auch so zu sehen und setzte alles auf eine Karte. Seine Angriffe kamen jetzt Schlag auf Schlag. Die Sehne seines Bogens surrte, als würde er versuchen, darauf Harfe zu spielen. Norgal hingegen setzte auf Zeit. Sobald Wengul seine Pfeile verschossen hatte, würde er ihn in den Nahkampf zwingen, und was das bedeutete, war klar.
Wieder zischte ein Pfeil von der Sehne und verfehlte Norgal nur knapp. Der Riese stand so dicht bei Logan, dass dieser seinen säuerlichen Schweiß riechen konnte. Um dem Geschoss auszuweichen, musste Norgal zur Seite hechten. Dabei trat er auf Logans linken Fuß. Nur mit Mühe konnte Logan einen Schrei unterdrücken. Der Schmerz war kaum auszuhalten. Aber wenn er jetzt zuckte, wäre sein ganzer Plan für die Katz gewesen.
Nur noch ein paar Minuten.

*

Dachs verfolgte den Kampf unter gesenkten Brauen. Seine Gedanken waren wie vernebelt. Er konnte nicht fassen, wie alles schiefgelaufen war. Der verdrehte Leib seines Bruders, das viele Blut – nein, es sah schlecht aus.

Norgal trampelte über Logans Fuß, taumelte und entblößte dabei seine Deckung. Der Moment, auf den Wengul gewartet hatte. Er entsandte seinen Bumerang und schickte ihn auf die Reise quer durch die Arena. Das Publikum zog die Köpfe ein. Niemand wollte dem glänzenden scharfkantigen Ding zu nahe kommen. Wengul griff in die Schlaufe an seinem Arm und zog zwei Wurfmesser hervor. Norgal, der entweder vom Bumerang abgelenkt war oder den kleinen Dingern nicht genügend Bedeutung beimaß, reagierte zu spät und wurde zweimal getroffen. Einmal in die Seite, dann noch einmal in den Oberarm. Der Schmerz ließ ihn aufbrüllen wie einen Ochsen. Er versuchte, seinen Hammer zu heben, doch das zweite Messer schien einen Nerv getroffen zu haben. Sein Arm reagierte nicht, und der Hammer, der eigentlich das dritte Wurfgeschoss abwehren sollte, blieb am Boden.

Dann ging alles sehr schnell.

Der Bumerang sauste heran und bohrte sich von hinten zwischen Norgals Schulterblätter, gerade als dieser zur Seite springen wollte. Ein Aufprall war zu hören, ein Keuchen.

Die Menge hielt den Atem an.

Norgal stand wie zur Salzsäule erstarrt. Mit unnatürlicher Langsamkeit hob er seinen linken Arm und versuchte, das Ding in seinem Rücken zu packen. Er hatte den Bumerang noch nicht ganz erreicht, als er die Augen verdrehte und ohnmächtig vornüberkippte.

Ein kurzer Moment der Stille, dann brandeten Freudenschreie und Hurrarufe auf. Die Tiefenwalder sprangen von ihren

Plätzen und rissen begeistert die Hände in die Höhe. Der Jubel war unbeschreiblich. Konnte es tatsächlich sein, dass der Tiefenwalder-Clan nach fünf enttäuschenden Jahren endlich wieder einen Sieg davontragen sollte? Alle blickten hinüber zu Quintus Marquardt. Der Zeremonienmeister betrat die Tribüne. Jeden Moment würde er den Gong schlagen und Wengul zum Sieger ausrufen.

In diesem Moment erklang von irgendwoher Gesang.

Eine einzelne Stimme. Sie war so klar und schön, dass die Jubelschreie der Menge erstarben und alle nach dem Urheber forschten. Dachs benötigte keine zwei Sekunden, um herauszufinden, wer es war.

Sein Bruder stand aufrecht neben dem gestürzten Norgal. Logans Hemd, seine Hose, ja selbst sein Gesicht – alles war blutüberströmt. Trotzdem wirkte er, als würde ihm die schreckliche Verletzung nichts ausmachen. Er sang ein altes Volkslied, das ihr Vater ihnen oft vorgesungen hatte. Allerdings tat er das in einer ungleich schöneren Version, denn Logan war ein begnadeter Sänger.

»Abend ist's, die Sonne ist verschwunden,
Und der Mond strahlt Silberglanz;
So entfliehn des Lebens schönste Stunden,
Fliehn vorüber wie im Tanz.«

Die Menge starrte ihn an, als wäre er ein Geist. In vielen Gesichtern stand Angst geschrieben. Jemanden von den Toten auferstehen zu sehen, das war kein alltäglicher Anblick. Und jetzt schickte sich dieser vermeintlich Tote auch noch an, Wengul anzugreifen. Das kunstvoll geschmiedete Schwert surrte erwartungsvoll durch die Luft.

»Bald entflieht des Lebens bunte Szene,
Und der Vorhang rollt herab;

Aus ist unser Spiel, des Freundes Träne
Fließet schon auf unser Grab.«
Wengul war so verblüfft, dass er sich kaum zur Wehr setzte. Seine Bewegungen wirkten steif und ungelenk. Alles, was ihm noch blieb, waren ein Bumerang und ein paar Pfeile, doch die setzte er so ideenlos und uninspiriert ein, dass es ein Leichtes für Logan war, sie abzuwehren. Dann kam der entscheidende Moment. Wengul stand unbewaffnet in der Ecke, ganz ähnlich wie Logan vorhin. Dachs ballte seine Hände zusammen. Hatte der Tiefenwalder noch einen Trumpf im Ärmel? Doch das schien nicht der Fall zu sein. Seine Haltung und sein Gesichtsausdruck ließen nur einen Schluss zu: Er hatte aufgegeben. Wie Logan immer sagte: Der Kampf wird im Kopf entschieden. Und Wenguls Kopf war so leer wie ein Krug Met nach einer durchzechten Nacht. Der Krieger beugte sein Haupt, breitete die Arme aus und sank auf die Knie. Das Zeichen der Unterwerfung.
Logan legte ihm das Schwert auf die Schulter und nahm die Kapitulation an.
»Bald vielleicht, mir weht, wie Westwind leise,
Eine stille Ahnung zu,
Schließ ich dieses Lebens Pilgerreise,
Fliege in das Land der Ruh.«
Seine Stimme wehte sanft und klar über den Kampfplatz. Er öffnete sein Hemd und riss sich einige Lederbänder von der Brust. An ihnen waren kleine Beutel befestigt, aus denen immer noch rote Flüssigkeit strömte. Er griff in seinen Mund und holte ein weiteres Säckchen hervor. Bevor er es fortwarf, ließ er noch ein paar Tropfen des roten Saftes in seinen Mund laufen und leckte sich genießerisch über die Lippen. Lächelnd stieß er sein Schwert in die Erde.

»Was starrt ihr mich so an, habt ihr noch nie Kirschsaft getrunken? Ein guter Durstlöscher, auch wenn ich ein kühles Bier vorziehe.«
Irgendwo ertönte Gelächter. Erst aus einer Quelle, dann aus vielen. Dachs stellte fest, dass er mitlachte. Stumm natürlich und mit offenem Mund, aber trotzdem aus vollem Herzen. *Gut gemacht, großer Bruder.* Er winkte Logan zu. *Den Trick musst du mir beizeiten mal zeigen.*
Logan sah ihn und winkte zurück.
»Betrug.« Der Clanchef der Tiefenwalder war aufgesprungen und schüttelte erbost die Faust. »Der Kämpfer gehört disqualifiziert. Er hat mit unlauteren Mitteln gekämpft.«
»Wo steht geschrieben, dass dieses Mittel unlauter ist?«, rief Warlord Alexander zurück. »Es gibt keine Reglementierungen, alle Mittel sind erlaubt. Das sind die Regeln.«
»Aber er hat sich tot gestellt. Damit ist er offiziell ausgeschieden.«
»Der Kampf ist erst vorbei, wenn er vorbei ist. Und außerdem: Ist es fair, dass sich die beiden stärksten Kämpfer gegen den schwächsten verbünden? Warum habt Ihr da nicht protestiert?«
»Es ist erlaubt, Bündnisse zu schließen«, protestierte der Chef der Tiefenwalder. »Es gibt keine Regeln auf dem Kampfplatz.«
»Ganz recht«, antwortete Alexander. »Außer der einen, dass vorab keine Absprachen getroffen werden dürfen. Und dass dein Mann dagegen verstoßen hat, das konnte ein Blinder mit Krückstock sehen. Also, was machen wir jetzt?«
»Ruft Logan zum Sieger aus!«, schallte es von der Tribüne des Steinernen Turms. »Er hat sich als bester Kämpfer durchgesetzt. Übergebt ihm den Siegerkranz.«
»Lasst Quintus entscheiden.«

»Ja, Quintus soll entscheiden«, schrien nun auch die anderen. Alle Blicke richteten sich auf den Zeremonienmeister.

*

Logan verfolgte mit banger Erwartung, wie Quintus die Tribüne erklomm. Er war unsicher, ob es wirklich richtig gewesen war, was er getan hatte, aber er hatte keine andere Möglichkeit gesehen.
Der Zeremonienmeister ließ sich Zeit mit dem Urteil. Er stand da, den Kopf gesenkt, die Stirn tief in Falten gelegt. Ihm war anzusehen, wie sehr er seine Rolle genoss.
Während alle auf sein Urteil warteten, kamen zwei Sanitäter auf den Platz gerannt und kümmerten sich um Norgal. Der Riese war schon wieder bei Bewusstsein. Der Bumerang steckte zwar immer noch zwischen seinen Schulterblättern, doch die Verletzung schien nicht lebensbedrohlich zu sein. Einer der Sanitäter zog das Wurfgeschoss heraus und legte Norgal einen Verband an. Dann hievten sie den Koloss auf eine Bahre und trugen ihn unter Ächzen und Schnaufen aus der Arena. Klatschen und Beifallsbekundungen begleiteten ihn.
Quintus hob die Arme. »Verehrte Warlords und Clanmitglieder, ich bitte um eure Aufmerksamkeit. Ich werde nun das Urteil verkünden. Logan, tritt vor.«
In der Arena wurde es still.
Logan ging nach vorne, bis er direkt unterhalb der Tribüne stand. Das Herz schlug ihm bis zum Hals.
Quintus sah ihn eindringlich an. »Logan, Sohn des Schmiedes Gunnar. Ich kenne dich, seit du ein kleiner Junge warst. Mit Interesse habe ich verfolgt, wie du dich zum Schmiedelehrling und Kundschafter gemausert hast. Mit Mut, Tapferkeit und

Geschick hast du dich durch alle Vorentscheidungen gefochten und stehst jetzt hier vor mir. Du hast bewiesen, dass mehr dazu gehört als rohe Gewalt, um Champion dieses Turniers zu werden. Dank dir durften wir erleben, was es heißt, *wiedergeboren* zu werden. Wenn schon nicht an der Tafel der Götter, so doch hier in der Arena, und das ist beinahe genauso viel wert.«

Viele Leute klatschten Beifall.

Quintus lächelte. »Ich ernenne dich hiermit zum Gewinner dieses Abends und zum Champion deines Clans. Und ich darf hinzufügen, dass ich schon lange nicht mehr so viel Spaß während eines Turniers hatte.« Er bat Logan zu sich auf die Tribüne und flüsterte ihm zu: »Du bist dir hoffentlich klar darüber, dass dieser Trick nicht zweimal funktionieren wird. Nicht mal Norgal und Wengul werden so dumm sein, noch einmal darauf hereinzufallen.«

Logan grinste. »Ich habe noch mehr Tricks auf Lager, verlasst Euch darauf.«

Quintus lachte und klopfte ihm auf die Schulter. »Ich kann es kaum erwarten. Für heute ist der Kampf jedenfalls zu Ende. Du hast deinem Clan Ehre gemacht. Ein Jahr lang wird nun der Steinerne Turm den Vorsitz über die Außenbezirke führen. Möge Warlord Alexander ein weiser und ehrenvoller Anführer sein. Und nun lass mich dir den Siegerkranz aufs Haupt setzen.«

Unbeschreiblicher Jubel brandete auf, so dass Logan beinahe vergaß, seinen Kopf zu senken. Als Quintus ihm den Lorbeer aufsetzte, fühlte er sich, als würden seine Füße nicht mehr den Boden berühren. Ja, dachte er. So muss es sich anfühlen, wenn man ein Gott ist.

6

Die Morgensonne schien zwischen den Vorhängen hindurch und warf helle Streifen an die Wand. Das Licht war so grell, dass es Gwen in die Augen stach. Direkt vor ihr stand Magdalena und sah sie aufmerksam an. Auch die anderen Heilerinnen waren versammelt. Ihre Gesichter wirkten ernst. Eine von ihnen zog die Vorhänge zu, so dass angenehme Helligkeit den Raum durchflutete.

Wie für die *Eiren* üblich, trugen sie weiße Kittel und Hauben, auf denen eine Schlange eingestickt war, das Symbol der Göttin Sulis Minerva, der obersten Herrin des Wassers und der Heilkunde. In einem Regal nebenan waren die Dinge verstaut, die eine Heilerin benötigte: saubere Tücher, Wundverbände, Binden, abgekochtes Wasser, Betäubungsmittel und verschiedene Werkzeuge. Gwens Blick glitt über Messer, Sägen, Spreizer, Klammern und Nadeln.

»Bist du bereit?«

Gwen blickte auf ihre Hände. Ihre Finger zitterten vor Aufregung. Sie hatte die Nacht über kaum ein Auge zugemacht. Erst die Nervosität wegen der Prüfung, dann die Begegnung mit Arkana – es kam ihr immer noch wie ein Traum vor. Gegen Morgen war sie in einen tiefen, bleiernen Schlaf gefallen, der aber keine Erholung gebracht hatte.

Ihr gingen so viele Dinge im Kopf herum, Dinge, die sie die Hohepriesterin gerne gefragt hätte. Doch jetzt war es zu spät. Vorbei. Arkana lebte zurückgezogen, hoch oben in ihrem Tempel, und ließ niemanden an sich heran. Wie oft schon hatte

Gwen nach einer Audienz nachgefragt, und immer war sie abgewiesen worden! Wie es schien, hatten die Göttinnen eine besondere Art von Humor.

»Und, bist du?«

Gwen nickte. »Ja, ich bin bereit.«

Magdalena klatschte in die Hände. »Holt Ilene herein.«

Die Tür ging auf, und ein Rollwagen wurde hereingefahren. Gwens Herz krampfte sich zusammen, als sie sah, wer die Kranke war. Ilene wohnte nur ein paar Häuser weiter am Ende der Straße. Die Tochter der Bäckerin Soldana. Eine muntere, aufgeweckte Achtjährige. Noch vor zwei Tagen hatte Gwen ihr zugeschaut, wie sie die Straße entlangrannte; jetzt lag sie hier mit bleicher Haut und schweißüberströmtem Gesicht vor ihr auf der Bahre. Ihr war anzusehen, dass sie Schmerzen litt.

Stirnrunzelnd wandte Gwen sich an Magdalena:

»Ilene? Aber was ist mit ihr? Was fehlt ihr …?«

»Das herauszufinden wird deine Aufgabe sein.« Die oberste Heilerin trat einen Schritt zurück und überließ Gwen das Feld.

Das war sie also, das war die Prüfung. Ein Kind. Und dazu noch eines, das sie kannte. Schlimmer hätte es kaum kommen können. Gwen versuchte, die aufkommende Panik zu unterdrücken.

»Hallo, Ilene«, sagte sie.

»Hallo, Schwester Gwen.« Die Worte kamen nur mühsam über die blassen Lippen.

»Tut dir etwas weh?«

Ilene nickte. Sie deutete auf den Bauchnabelbereich und die rechte Bauchhälfte. »Es war gestern Abend. Mir ist ganz schlecht geworden, und ich konnte kaum noch gehen. Meine Mama sagte, ich müsse sofort zu den Häusern der Heilung.«

»Deine Mama ist eine sehr kluge Frau.« Gwen wandte sich an Magdalena. »Wann wurde sie eingeliefert?«

»Gestern Mittag, kurz nachdem du fort warst. Eigentlich hatte ich vor, dich Ruvas ausgerenkte Schulter behandeln lassen, aber das hier ist dringender. Was meinst du, wirst du es schaffen?«

Gwen blickte nachdenklich auf das kleine Mädchen. Wenn sie jetzt ablehnte, dann würde es heißen, sie hätte gekniffen und sich vor der Verantwortung gedrückt. Es würde bedeuten, dass sie nicht belastbar war und sich zierte, wenn es darauf ankam. Einen solchen Ruf loszuwerden war schwieriger, als bei dem Versuch zu scheitern.

»Werdet ihr mir zur Seite stehen?«

»Aber natürlich«, sagte Magdalena. »Wir alle.«

»Dann möchte ich es versuchen.«

Die oberste Heilerin nickte zufrieden. »Wir werden uns jetzt zurückziehen und dich in Ruhe arbeiten lassen. Wenn du Fragen hast, stelle sie ruhig. Das gibt zwar Punktabzug, aber hier geht es einzig und allein um das Wohl des Kindes.«

Auf ihr Handzeichen entfernten sich die Heilerinnen und nahmen auf einigen Stühlen Platz, die dort aufgereiht standen. Gwen wandte sich wieder Ilene zu.

»Ich muss dich jetzt abtasten«, sagte sie. »Das kann weh tun. Möchtest du ein Beißholz haben, oder willst du es so versuchen?«

»Ich will es so versuchen.« Die Augen des Mädchens waren vor Angst weit aufgerissen.

»Du brauchst keine Angst zu haben«, sagte Gwen. »Ich werde ganz vorsichtig sein. Wenn du es nicht mehr aushältst, sag einfach Bescheid, in Ordnung?«

Ein zaghaftes Nicken war die Antwort.

Gwen nahm ihren ganzen Mut zusammen und befühlte den Bauch des Mädchens. Die Bauchdecke war verhärtet.

»Versuch, dich zu entspannen«, sagte sie. »Ganz locker.«

Die Verhärtung befand sich in der rechten unteren Bauchhälfte. Gwen runzelte die Stirn. »Hast du in letzter Zeit Obst gegessen, Kirschen oder etwas Ähnliches?«

»Weintrauben. Meine Mama hat letzte Woche einen ganzen Korb voll gekauft. Ich habe fast alle allein gegessen.«

Gwen nickte. »Ich fühle eine Schwellung. Möglicherweise hat sich dort etwas eingenistet. Weißt du, am Blinddarm sitzt ein Wurmfortsatz, der wie eine Sackgasse geformt ist. Er hat zwar einen Eingang, aber keinen Ausgang. Dort können sich leicht Speiserückstände oder Fremdkörper einlagern, wie zum Beispiel ein Kern, und sich entzünden. Im schlimmsten Fall kommt es zu einem Durchbruch und einer Bauchfellentzündung. Es tut mir leid, aber ich muss dich operieren.«

»Operieren?« Ilene wurde noch bleicher. »Wirklich?«

»Ich fürchte ja.«

»Wird es sehr weh tun?«

Gwen schüttelte den Kopf. »Du wirst gar nichts mitbekommen. Ich gebe dir ein Schlafmittel, und wenn du aufwachst, ist alles gut.«

Ilene bemühte sich, nicht zu weinen. Ihr hoffnungsvoller Blick rührte Gwen zu Tränen. Sie warf einen kurzen Blick hinüber zu Magdalena und der Schwesternschaft, doch mehr als gespannte Erwartung konnte sie dort nicht erkennen. Sie band sich den Mundschutz um. *Heilige Göttinnen,* betete sie, *führt meine Hand und lasst mich nicht schwach werden.*

Sie steuerte auf eine dunkelbraune Glasflasche zu, auf der in zierlicher Handschrift das Wort *Äther* stand. »Ich werde dir etwas zum Einatmen geben, das dich ruhig einschlafen lässt«, sagte sie. »Es riecht ein bisschen komisch, aber es ist absolut ungefährlich. Du machst einfach die Augen zu, und wenn du wieder aufwachst, ist alles vorbei.« Dass sie anschließend unter Kopfschmerzen und wahrscheinlich auch Erbrechen zu leiden hatte, musste sie Ilene ja nicht erzählen. Rasch holte sie Watte, Binden, Faden und Schere, präparierte das Narkotikum, ließ fünf Tropfen auf einen Wattebausch fallen und legte ihn sanft auf Ilenes Nase.

»Und jetzt zähl bis zwanzig«, sagte sie. »Du kannst doch schon zählen, oder?«

Ilene nickte. »Eins ... zwei ... drei ... vier ... fünf ... sechs ... sie... ben ... aach... nnn.« Die Worte verebbten. Das Mädchen verdrehte die Augen. Gwen zählte im Geist weiter. Der Äthergeruch benebelte ihre Sinne, oder war es der mangelnde Schlaf? Als sie bei fünfzehn angelangt war, nahm sie den Bausch herunter. Für ein Kind war die Dosis ausreichend.

Jetzt kam der schwierige Teil. Gwen hatte zwar schon bei Operationen zugesehen, aber noch nie selbst eine durchgeführt. Theresa hatte ihr eingebleut, dass es das Wichtigste wäre, den Körper als eine Art Mechanismus zu verstehen. Einen Apparat, der repariert werden müsse. So etwas wie eine Uhr oder ein Metronom. Auf keinen Fall dürfe man Mitleid empfinden. Überhaupt hätten Gefühle im Operationssaal nichts verloren.

Gwen blickte auf ihre Hände. Ihre Finger zitterten immer noch. Sie sah Ilene vor sich, wie sie fröhlich lachend die Straße hinunterrannte. Wie sollte sie diese Erinnerung aus ihrem Kopf bekommen?

Konzentrier dich, bleib bei der Sache. Das Mädchen lag vor ihr auf dem Tisch. Ihr Brustkorb hob und senkte sich.

Gwen schluckte den Kloß in ihrem Hals hinunter und wählte ein Messer. Es funkelte wie Eis. Sie desinfizierte die Klinge mit Alkohol, reinigte die Bauchdecke und setzte das Messer auf.

Geheiligte Göttinnen, steht mir bei.

Sie stieß das Metall in das helle, weiße Fleisch. So leicht wie in Butter glitt die Klinge hinein. Noch war kein Blut zu sehen, aber das würde kommen.

Plötzlich sah Gwen Junas Gesicht vor ihrem geistigen Auge. Es erschien wie aus dem Nichts. Eben war da noch das Mädchen gewesen, und mit einem Mal lag dort Juna. Sie schüttelte den Kopf. Konzentrier dich, ermahnte sie sich. Du bist dabei, einem Kind den Bauch aufzuschneiden, da darf kein Fehler passieren.

Ilene lag ganz ruhig und entspannt, fast wie eine Puppe. Doch kaum richtete Gwen ihren Blick wieder auf das Skalpell, war es, als läge Juna vor ihr.

Tu es, flüsterte sie. *Tu mir weh.*

»Geh weg«, flüsterte Gwen. »Lass mich in Ruhe.«

»Stich zu, bring mich zum Bluten.«

»Warum hast du mich verlassen?« Gwens Lippen bewegten sich unmerklich. Mit gezieltem Druck vergrößerte sie den Schnitt in der unteren rechten Bauchhälfte. Juna schloss die Augen. »Ja«, flüsterte sie. »Genau so.«

Blut trat aus der Wunde und sickerte über den Bauch. Wie Mohnblüten auf einem Schneefeld. Gwen nahm ein Tuch und wischte es weg. *So weiß wie Schnee, so rot wie Blut, so schwarz wie Ebenholz.* Die Geschichte von Schneewittchen und den sieben Zwergen. In seinem Sarg aus Glas, vergiftet von dem tödlichen Apfel. Die schwarzen Haare rollten über ihre Schultern.

Dann veränderte sich das Bild. Die schwarzen Haare färbten sich rot. Auf der Schulter prangte eine Tätowierung in Form eines Phönix. Ein Falke kam angeflogen, fegte über sie hinweg.

Juna?

Ja, Gwen?

Bitte, geh nicht.

Aber ich muss. Mein Prinz erwartet mich.

Gwen schüttelte den Kopf. Sie war nicht bei der Sache. Sie durfte jetzt nicht versagen, Ilenes Leben hing davon ab.

Sie griff hinüber zum Tisch, nahm zwei Spreizer und führte sie in die Wunde ein. Die Öffnung im Bauch war jetzt handtellergroß. Sie erblickte die grauen Darmschlingen, die jedoch rasch verblassten. Stattdessen sah sie Juna, wie sie in den Armen ihres Liebhabers lag. Sie hielt ihn umschlungen und küsste ihn leidenschaftlich. Er strich durch ihr wallendes rotes Haar, zog ihren Kopf nach hinten und berührte ihren Hals mit den Lippen. Juna seufzte hingebungsvoll. Mit einem Lächeln schloss sie die Augen und überließ sich den zärtlichen Händen ihres Liebhabers. Noch einmal veränderte sich die Szenerie. Noch immer lagen die beiden beisammen, jedoch nicht länger als Liebespaar. Gwen sah Trümmer aufragen. Die Flugmaschine? Zerborstene Spanten, verbogenes Metall. Mittendrin die blutüberströmten Körper von Juna und David. Sie waren nicht mehr am Leben, keiner von ihnen. Doch sie hielten einander bei den Händen und sahen sich an. Vereint noch im Tod. Gwen stöhnte vor Qual. Der blutende Körper, das schreckliche Messer – es ging einfach nicht. Sie hatte verloren.

Sie spürte eine sanfte Hand auf ihrer Schulter.

»Ich werde für dich übernehmen.« Theresa stand neben ihr.

»Ich hasse Männer«, schluchzte Gwen. »Ich hasse sie wirklich.«

»Komm, gib mir das Skalpell.«

»Wie konnte Juna mir das nur antun?« Die Tränen flossen jetzt in Strömen.
»Lass gut sein, mein Kind«, sagte Theresa. »Es war vielleicht doch ein bisschen zu viel für den Anfang. Ich werde Ilene weiter operieren. Entspann dich und mach dir keine Sorgen.«
Die Heilerin legte ein Tuch über ihren Mund, nahm Gwen das Messer aus der Hand und setzte die Operation fort. Gwen hörte das Klicken von Klammern, das Klingeln von Metall und das leise Flüstern von Stimmen. Sie spürte, wie jemand sie bei der Hand nahm und nach draußen führte, hinaus ans Licht. Im letzten Moment, kurz bevor sie den Raum verließ, fiel ihr Blick auf Magdalena. Die alte Heilerin war sitzen geblieben, die Hände gefaltet. In ihrem runzeligen Gesicht lag Enttäuschung.

7

Logan öffnete ein Auge – und schloss es sofort wieder. Ein Stechen und Brennen zuckte durch sein Hirn, gefolgt von einem wattigen Unwohlsein. Der berüchtigte Morgen danach.

Ein zögernder zweiter Versuch. Jetzt ging es besser.

Die Sonne stand bereits über dem Horizont. Auf den überwucherten Fassaden der Gebäude schimmerte das Licht des neuen Tages, doch unten auf den Straßen herrschten noch die Schatten. Ein milder Wind strich um die Autowracks und verwirbelte den Rauch der heruntergebrannten Feuer zu dünnen Schwaden. In der Luft hing eine entfernte Ahnung von Alkohol und Schweiß.

Wo er auch hinblickte, überall lagen betrunkene Clanmitglieder herum, die ihren Rausch ausschliefen und leise schnarchten.

Logan richtete sich auf und streckte seine Arme.

Was für eine Nacht.

Wo war er? Süddistrikt? Wie war er denn hierhergekommen? Er versuchte sich zu erinnern, doch das war leichter gesagt als getan. Er musste einfach hingefallen und eingeschlafen sein. Aber bei den Göttern, die Nacht war es wert gewesen. Jüngster Champion aller Zeiten! Beim Klang dieser Worte wurde ihm schwindelig.

Während er sich erhob, stellte er fest, dass große Teile des Abends nicht mehr vorhanden waren. Er wusste noch, dass er von Quintus bekränzt worden war und dass Warlord

Alexander und sein Sohn ihm ihren Dank und Respekt erwiesen hatten.

Danach verloren sich die Dinge im Nebel.

Stimmte es, dass er versucht hatte, die Ballade von Marie Jane auf dem Kopf stehend zu spielen? Wengul war tödlich beleidigt verschwunden, doch Norgal hatte es sich trotz seiner Verletzung nicht nehmen lassen, Logan auf seinen Schultern einmal rund um die Arena zu tragen. Danach hatte er nach einer Pulle Gerstenschnaps gegriffen und war ins Nimmerland abgeschwirrt. Logan erinnerte sich an wilde Schlachtenlieder, an Malcolms selbstgebasteltes Feuerwerk und an den Triumphzug durch die Stadt.

Er kniff die Augen zusammen.

Sie mussten ganz schön weit herumgekommen sein. Es war Jahre her, dass er dieser verkommenen Ecke einen Besuch abgestattet hatte. Sei's drum, der kleine Spaziergang zurück würde seinem schmerzenden Kopf wieder auf die Sprünge helfen. Er versuchte aufzustehen, landete jedoch wenige Schritte weiter wieder im Staub. Jesses, er war ja immer noch betrunken. Zudem stank sein Schafspelz wie Aas. War das Erbrochenes, da vorne auf seiner Brust?

Angewidert nahm er das Fell von seinen Schultern und band es um seine Hüften. Er raffte seinen Umhang und versuchte noch einmal, auf die Füße zu kommen. Langsam, vorsichtig, dann stand er. Einige Meter weiter lag sein Schwert, achtlos in die Brennnesseln geworfen. Zum Glück hatte es niemand gefunden, der Verlust wäre unermesslich gewesen. Er liebte dieses Schwert. Sein Vater hatte es für ihn geschmiedet, und es war eines der besten Schwerter, das im weiten Umkreis zu finden war. Leicht, stark, geschmeidig. Liebevoll fuhr er mit den Fingern über die melierte Klinge. Damaszenerstahl, dutzendfach gefaltet und in verschiedenen Schichten übereinandergeschmiedet. Eine Klinge, die biegsam und gleichzeitig hart war. Er ließ sie in die Scheide zurückgleiten, stieg über die Körper einiger betrunkener Clanmitglieder hinweg und machte sich auf den Heimweg.

Der Süddistrikt war ein schmaler Streifen zwischen dem Stadtkern und der Verbotenen Zone. Nur Penner und Strauchdiebe lebten hier. Nach einer kurzen Weile betrat er vertrautes Stammesgebiet. Die überwucherten Hochhäuser mit ihrem Efeu und dem wilden Wein wiesen ihm den Weg.

Knapp hinter der Grenze hörte er, wie jemand gegen ein Stück Metall schlug. Er blieb stehen und spähte hinüber.

Auf einem grasbewachsenen Hügel, aus dem die verrosteten Bügel eines alten Kinderspielplatzes ragten, stand eine schmale Gestalt. Sie winkte und rannte dann auf ihn zu.

Logan musste lächeln. Niemand schlug beim Laufen so viele Haken wie sein Bruder. Eigentlich war Dachs der falsche Name, *Hase* wäre treffender.

Sein Bruder umarmte ihn, dann ließ er ihn los und wedelte mit der Hand vor seiner Nase herum.

Logan runzelte die Stirn. »Du findest, ich stinke?«

Dachs machte das Zeichen für *Iltis.*

»Schon möglich«, sagte Logan mit einem Schulterzucken. »Ich war im Süddistrikt, du weißt doch, was das für eine Jauchegrube ist.« Er nahm einen Zipfel seines Hemdes zwischen zwei Finger und roch daran. »Puh, du hast recht. Ich stinke wirklich unerträglich.«

Dachs runzelte die Stirn. Seine Finger bewegten sich flink und geschickt. *Süddistrikt? Wie das?*

»Keine Ahnung. Ich meine, mich zu erinnern, dass ich mit Malcolm und den anderen Fallenstellern noch um die Häuser gezogen bin. Keine Ahnung, warum sie dorthin wollten. Vielleicht, um nachzusehen, ob sie etwas gefangen haben.«

Dann könnt ihr ja von Glück sagen, dass ihr nicht in eure eigenen Fallen getreten seid, so betrunken, wie ihr wart.

Logan lächelte gequält. »War es so schlimm?«

Du hast eine Straßenlaterne umarmt und ihr Liebesschwüre entgegengehaucht.

Logan räusperte sich verlegen.

Mach dir keine Sorgen, gestikulierte Dachs grinsend. *Ich bin der Einzige, der etwas davon mitbekommen hat. Gegen einen angemessenen Preis verspreche ich dir, es niemandem zu verraten. Einen Teil deines Mittagessens zum Beispiel.*

»Erpresser.« Logan wurde beim Gedanken an Essen urplötzlich wieder flau im Magen. »Na, von mir aus. Ich bekomme sowieso keinen Bissen runter. Weswegen hast du mich überhaupt gesucht?«

Dachs sah ihn schief an. *Der Warlord und Cedric wünschen dich zu sehen. Schon vergessen?* Logan biss sich auf die Lippen. Natürlich, das Treffen mit Alexander. Er hatte ihn für zehn Uhr bestellt.

»Wie spät ist es?«

Dachs signalisierte halb elf.

Logan spürte ein Pochen hinter seiner Stirn. Warum nur schien die Sonne an solchen Tagen immer heller als sonst?

»Dann habe ich wohl keine Zeit mehr, mich umzuziehen?«

Dachs schüttelte den Kopf.

»Sei's drum. Gehe ich eben so.«

Dachs machte das Zeichen für *Kopfabreißen.*

»Du verstehst es wirklich, einem Mut zu machen, weißt du das?«

Dachs grinste. *Immer zu Diensten.*

Das Hauptquartier des Warlords befand sich im Westen. Damals, während der Dunklen Jahre, bildeten die Hochhäuser den letzten Zufluchtsort gegen die wilden Horden von Frauen, die mit den Männern um jeden Quadratmeter ihres Territoriums stritten. Angeblich hatten in der Zeit vor den Dunklen Jahren bis zu tausend Menschen in eines dieser Silos gepasst; heute standen sie größtenteils leer. Die Trabantenstädte waren deshalb so hart umkämpft, weil ihnen als Außenposten eine strategische Bedeutung zukam. Von hier aus konnten die Männer des Inquisitors, die sogenannte *Heilige Lanze,* Angriffe gegen die ländlichen Kommunen starten und den Frauen empfindliche Niederlagen zufügen. Erst der Pakt von 2064, als die Grenzen festgelegt und die Grundlage für die Landernten niedergeschrieben wurden, sorgte für dauerhaften Frieden. Die Kirche zog sich in den Innenstadtbereich zurück und überließ die Außenbezirke den Warlords. Allerdings unter der Bedingung, dass sie der Kirche Treue schworen.
Alexander herrschte über vierhundert kampferprobte Männer, in den anderen Clans waren es teilweise noch mehr. Die meisten waren Jäger und Fallensteller, die Hunden, Katzen, Kaninchen und Ratten nachstellten. Ein paar hatten sich auf den Anbau von Getreide spezialisiert, das auf den ebenen Flächen der ehemaligen Parks und Äcker überraschend gut gedieh. Allerdings nicht, um daraus Brot herzustellen, sondern vielmehr, um Bier zu brauen und scharfe Schnäpse zu brennen. Frauen waren kein Thema, man ließ sich in Ruhe. Die Landernten waren Sache der Heiligen Lanze. Es war fraglich, ob der Pakt überhaupt funktionierte. Immer wieder kam es zu Zwischenfällen, jüngst sogar zu einem offenen Gefecht, bei dem Gerüchten zufolge eine ganze Raffinerie in die Luft geflogen war. Einige Warlords, allen voran Alexander, vertraten

die Meinung, dass es besser wäre, sich aus den Streitigkeiten rauszuhalten und die Dinge zu belassen, wie sie waren. Diese Weiber waren unberechenbar. Mit ihrer Fähigkeit, Kinder in die Welt zu setzen, saßen sie langfristig am längeren Hebel. Wenn sie beschlossen, den Männern das Licht auszuknipsen, dann gute Nacht.

Logan und Dachs erreichten die Gebietsgrenze des Warlords. Auf einen Holzpfahl war der Schädel eines Stiers aufgepflanzt: das Wappentier des Clans vom Steinernen Turm. Seine bleichen Knochen schimmerten in der Sonne.

Dachs blieb stehen. *Weiter darf ich nicht. Ich setze mich da drüben in den Schatten.*

»Ich freue mich, wenn du wartest.« Logan versuchte, sich sein Unbehagen nicht anmerken zu lassen. »Wird auch bestimmt nicht lange dauern. In einer halben Stunde bin ich wieder da, dann können wir gemeinsam zurückgehen. Vater hat versprochen, eine Ziege übers Feuer zu hängen. Mal sehen, ob er sich noch daran erinnert.«

Hoffentlich. Ich habe Hunger wie ein Bär.

Logan klopfte seinem Bruder auf den Rücken, dann trat er in den Schatten des großen Gebäudes.

8

Gwen saß am Küchentisch und rührte gedankenversunken in ihrer Teetasse. Der Anblick kam ihr heute so fremd vor. Die Zuckerdose, die Obstschale, das Blumengesteck – alles war an seinem Platz. Trotzdem wirkten sie, als würden sie nicht hierhergehören. Oder war sie es, die nicht hierhergehörte?

Ihr Blick blieb an der feinen Maserung der Buchenholzplatte hängen. An der rechten unteren Seite befand sich ein Astloch, das sie schon immer gemocht hatte. Es erinnerte sie an ein Auge, das einen anzusehen schien, egal, wo man stand.

Jeder Streifen ein einzelnes Jahr. Ob Bäume wohl eine Seele besaßen? Ob sie denken und fühlen konnten? Immerhin waren sie Lebewesen. Lebende, atmende Kreaturen, denen Stolz und Würde innewohnten. Manche Frauen unterhielten sich mit ihnen, sangen zu ihnen oder vertrauten ihnen ihre Geheimnisse an.

Ein Baum hatte es gut. Wie schön musste es sein, einfach so dazustehen und den Wandel der Jahreszeiten zu erleben. Keine trübsinnigen Gedanken, keine Reue, keine Bitterkeit – und vor allem keine schwerwiegenden Entscheidungen. Einfache, pure Existenz, die Sonne im Haar und die Erde unter den Füßen.

Sie seufzte. Plötzlich klopfte es an der Tür.

»Hallo? Ist jemand zu Hause?«

»Ist offen«, rief Gwen.

Die Tür öffnete sich, und Solveigs Gesicht erschien im Spalt. Strubbeliges mausbraunes Haar, runde Wangen und ein Mund, der immer zu lächeln schien. Solveig war Gwens beste Freundin. Sie kannten sich schon seit Kindertagen, waren zusammen im Kinderhort gewesen und hatten anschließend bei den Weberinnen gearbeitet, wo Solveig es inzwischen zur Meisterin gebracht hatte. Ihre Wege hatten sich erst getrennt, als Gwen beschloss, in die Häuser der Heilung zu wechseln.

»Störe ich?«

»Komm nur rein, aber mach die Tür zu. Ich will nicht, dass Füchschen draußen herumstromert und neue Mäuse herbeischleppt.«

Solveig folgte ihrer Anweisung und kam dann zu ihr herüber. »Ich staune immer wieder, wie sauber es hier ist. Verglichen mit deinem ist mein Haus eine Rumpelkammer. Schau dir das an, nicht mal ein Krümel auf dem Boden.«

Gwen fuhr mit der Hand über das Holz. »Hat sicher damit zu tun, dass ich den ganzen Morgen geputzt habe. Um mich abzulenken, weißt du?«

Solveig berührte ihre Schulter. »Ich habe es schon gehört, Gwen. Es tut mir so leid. Wenn es irgendetwas gibt, was ich für dich tun kann …?«

»Nimm dir einen Tee und setz dich. Es tut gut, mit jemandem zu reden.«

Solveig holte eine Tasse aus dem Schrank, füllte etwas ein, schenkte auch Gwen noch einmal nach und setzte sich dann zu ihr auf die Bank.

»Magst du es mir erzählen?«

Gwen zuckte die Schultern. »Da gibt es nicht viel zu erzählen. Ich war nicht bei der Sache, habe Mist gebaut und bin durchgefallen, so einfach ist das.«

»Quatsch. Du weißt, dass das nicht stimmt. Um dich aus der Ruhe zu bringen, bedarf es mehr. Also, was war los?«

Gwen schwieg einen Moment. Sie überlegte, ob sie Solveig von der Begegnung mit Arkana erzählen sollte, entschied aber, dass es nicht wichtig war. Das Erlebnis war auch wirklich zu absurd.
»War es wieder wegen Juna?«
Gwen nickte. »Ich war gerade mitten in der Operation, als ihr Gesicht plötzlich auftauchte. Schwupp, war es einfach da, ich konnte es nicht verhindern. Sie sprach zu mir, sagte, ich solle ihr weh tun.«
»Ist ja eklig«, sagte Solveig.
»Schon, aber es kam noch schlimmer. Als Nächstes sah ich, wie sie dalag, tot. Sie und dieser ... dieser Mann.« Sie spie das Wort geradezu aus. »Die beiden lagen zerfetzt in ihrer Flugmaschine. Händchenhaltend, einen zufriedenen Ausdruck im Gesicht. Na ja, und dann ging bei mir gar nichts mehr. Totale Leere.«
Solveig schwieg betroffen.
»Es war, als wäre ich zu Stein erstarrt. Sie haben die Operation dann allein fortgesetzt, mich rausgeführt und nach Hause gebracht.«
»Du Ärmste.« Solveig legte ihre Hand auf Gwens. »Ich weiß nicht, was Magdalena sich dabei gedacht hat. Wenn du mich fragst, es war zu früh für die Prüfung.«
»Sie wollte, dass ich auf andere Gedanken komme. Sie dachte, Arbeit wäre die beste Medizin.«
»Indem sie dich ein Kind operieren lässt?« Solveig stieß ein abfälliges Lachen aus. »Es gehört nicht viel Phantasie dazu, sich auszumalen, dass das in die Hose gehen musste. Von Sensibilität hat Magdalena wohl noch nichts gehört.« Sie senkte ihren Blick. »Aber du weißt ja, was ich von ihr halte.«
»Ja, das weiß ich«, sagte Gwen. »Doch sie ist nun mal die beste

Heilerin, die wir haben. Sie ist eine Frau mit vielen Geheimnissen. Du magst das nicht verstehen, aber für mich ist sie ein Vorbild. Ich wäre gerne so wie sie: ruhig, klar und unerschütterlich.«

Solveig rührte nachdenklich in ihrer Tasse herum.

»Du bist anderer Meinung?«

»Vielleicht sollten wir das lieber lassen, Gwen. Ich bin zu dir gekommen, um dich zu trösten, nicht, um mit dir zu streiten.«

»Wir streiten doch nicht, wir reden. Und es tut mir gut, mit jemandem zu reden. Also komm schon, spuck es aus. Was denkst du wirklich?«

Solveig überlegte kurz, dann sagte sie: »Ich denke, dass es ein Fehler war, dass du zu den Heilerinnen gewechselt bist. Du wärst viel besser bei uns Weberinnen aufgehoben. Gewiss, die Arbeit ist hart, aber dafür umgeben wir uns von morgens bis abends mit schönen Dingen. Sieh dir zum Beispiel diesen Stoff an.« Sie breitete ihren Rock aus. Er war grün und besaß mit goldenem Faden eingesponnene Blumenmotive. Er war wirklich wunderschön.

»Den haben wir letzte Woche hergestellt«, sagte Solveig. »Das Motiv stammt von mir. Ich weiß, dass du noch viel schönere Stoffe wirken könntest. Von uns beiden hattest du schon immer das größere Talent. Nächste Woche präsentieren wir ihn auf dem Markt. Er wird bestimmt der absolute Renner. Du könntest unsere Meisterweberin werden, stattdessen umgibst du dich mit Tod und Verfall. Schon allein der Geruch, der in diesen Häusern herrscht.« Sie rümpfte die Nase. »Ich verstehe nicht, wie du das erträgst.«

»Man gewöhnt sich daran«, sagte Gwen. »Abgesehen davon ist es genau das, was ich will.«

»Was, Wunden reinigen, Knochenbrüche verarzten und Sterbenden den Schierlingsbecher geben? Du warst immer so lebenslustig und fröhlich, doch seit du in den Häusern der Heilung arbeitest, wirst du von Jahr zu Jahr trübsinniger.«

»Ist das so?«

»Wenn ich's dir sage.«

Gwen zögerte. Solveigs Worte entbehrten nicht einer gewissen Logik. Sie spürte selbst, dass die Arbeit sie ernster gemacht hatte, trauriger. Die Tage der Unbeschwertheit und Sorglosigkeit waren vorüber. Jederzeit konnte ein neuer Krieg ausbrechen, da wollte sie nicht den Kopf in den Sand stecken.

»Du magst recht haben«, sagte sie. »Aber was du nicht bedenkst, ist, dass ich es so will. Ich *will* Kranken helfen. Ich *will* Knochenbrüche schienen, Ekzeme verarzten und Menschen beim Sterben helfen. Ich will all das tun, weil ich glaube, dass es etwas Gutes ist und dass ich gebraucht werde. Kennst du den Spruch: Nicht der Mensch sucht sich die Arbeit aus, sondern die Arbeit den Menschen? So ist es bei mir. Mag sein, dass deine Arbeit schöner ist. Mag auch sein, dass sie dich zu einem glücklicheren Menschen macht, aber ich bin der festen Überzeugung, dass die Göttinnen für jede von uns einen Platz vorgesehen haben. Und meiner ist in den Häusern der Heilung.«

»Und deshalb ist es genau das, was du tun solltest«, erklang eine Stimme von der Tür.

Gwen schrak auf. »Herrin.«

»Darf ich reinkommen?« Magdalena lächelte.

»Aber … aber natürlich.« Gwen ordnete ihr Haar. Sie musste schrecklich aussehen. Sie stand auf, zog einen Stuhl heran und holte eine dritte Tasse. Solveig blieb ungerührt sitzen und betrachtete die oberste Heilerin mit kühlem Blick.

»Hallo, Solveig«, sagte Magdalena. »Wie geht es dir?«

»Gut, und selbst?«
Gwen warf ihrer Freundin einen vorwurfsvollen Blick zu. So konnte sie mit einer ihrer Weberinnen plaudern, aber doch nicht mit der obersten Heilerin. Magdalena war Mitglied des Hohen Rates.
Die oberste Heilerin schien das jedoch nicht zu stören.
»Nicht ganz so gut wie dir«, sagte sie mit einem sanften Lächeln. »Verzeih, dass ich ein wenig gelauscht habe, aber es ließ sich nicht vermeiden. Ich wollte eure Unterhaltung nicht stören. Es gibt aber etwas, worüber ich mit Gwen reden muss, und deshalb wollte ich dich fragen, ob es dir etwas ausmacht, wenn du uns für ein paar Minuten alleine lassen könntest.«
Solveig presste die Lippen zusammen. »Keineswegs«, sagte sie und stand auf. Sie verbeugte sich gerade so viel, dass es nicht unhöflich wirkte, und ging zur Tür hinaus. »Wir sehen uns später, Gwen.«
Als sie fort war, schmunzelte Magdalena. »Deine Freundin scheint keine allzu hohe Meinung von mir zu haben. Ich habe gehört, sie fand die Prüfung zu hart?«
Gwen schwieg.
»Nun, das mag stimmen«, fuhr Magda fort. »Die Prüfung war hart, sehr hart sogar. Da kamen einige Dinge zusammen, die ich von einem anderen Prüfling nicht verlangt hätte: eine Bauchoperation, die Behandlung eines Kindes, die Anwesenheit sämtlicher *Eiren.* Das war viel verlangt. Und du warst gut. Du hast alles richtig gemacht, doch dann haben dich deine Gefühle übermannt.«
»Ich war unkonzentriert«, sagte Gwen. »Vermutlich wäre mir bei einer leichteren Prüfung ebenfalls ein Fehler unterlaufen.«
Magdalena lächelte. »Das ist genau die Einstellung, die ich an dir schätze. Deine Fähigkeit zur Selbstkritik. Das ist es, was

dich von anderen hochbegabten Kandidatinnen unterscheidet. Ich hätte dir Unrecht zugefügt, hätte ich dir eine leichtere Aufgabe gestellt. Jeder sollte an seinen Fähigkeiten bemessen werden, und du bist nun mal etwas ganz Besonderes. Hätte ich dich zu sanft angepackt, wäre ich deiner nicht gerecht geworden. Nein, die Frage ist nicht, ob die Prüfung zu schwierig war, sondern ob es richtig war, dich überhaupt antreten zu lassen.« Sie schaute Gwen tief in die Augen. Was sie sah, schien sie zufrieden zu stimmen. »Ich denke, das war es«, sagte sie. »Selbst vor dem Hintergrund, dass du durchgefallen bist. Du musst lernen, deine Gefühle auszublenden. Lass den Verstand deine Arbeit tun. Verstand und Gefühl, vor diesem Zwiespalt wirst du immer wieder stehen, dein ganzes Leben lang. Ich habe Heilerinnen erlebt – gute Heilerinnen –, die es nicht verkraftet haben, bei einer Behandlung zu scheitern. Ich selbst wollte meiner besten Freundin helfen und schaffte es nicht. Trotz all meines Wissens, trotz all meines Könnens starb sie mir unter den Händen weg. Ich stand vor der Frage, ob ich so weitermachen könne – und ich habe diese Frage nach einer Weile mit *Ja* beantwortet. Damit habe ich unzähligen Frauen das Leben gerettet. Frauen, die ohne meine medizinischen Kenntnisse gestorben wären.« Sie lächelte. »Auch du stehst jetzt an diesem Punkt. Du bist zwar noch keine Heilerin, aber du könntest eine werden. Eine der besten. Wenn es dir gelingt, deine Gefühle unter Kontrolle zu bringen und den Verstand deine Arbeit tun zu lassen, dann werden die Göttinnen ihre schützenden Hände über dich halten.«

Gwen rührte gedankenverloren in ihrer Tasse. Sie spürte, dass es stimmte, was Magda da sagte. Aber warum musste es so verdammt weh tun?

Trotzig wischte sie eine Träne fort und sagte: »Ich werde mich bemühen, versprochen. Beim nächsten Mal werde ich nicht versagen.«

Als Magdalena lächelte, war es, als wäre die Sonne aufgegangen. »Dann freue ich mich, dir mitteilen zu dürfen, dass ich in Abstimmung mit den anderen Eiren deinen Prüfungstermin vorgezogen habe. Du wirst nicht erst in einem Jahr antreten, sondern bereits in sechs Monaten. Ein wenig habe ich das auch aus Eigennutz getan. Wer weiß, wie lange ich noch lebe. Und ich will doch unbedingt deine Erhebung in den Stand der Heilerinnen miterleben.« Sie griff in die Innentasche ihrer Kutte. »Hier ist übrigens noch ein kleines Dankeschön von Freya an Füchschen. Sag ihr, sie habe sich sehr über die Maus gefreut und möchte sich gerne mit einem kleinen Geschenk revanchieren.« Magdalena stellte ein Töpfchen Sahne auf den Tisch und stand dann auf. »Ich weiß, wie schwer das alles für dich ist, Gwen. Aber glaub mir, die Zeit heilt alle Wunden, selbst die, die nach außen hin nicht sichtbar sind. Und ich bin sehr stolz auf dich.« Sie drückte Gwen einen Kuss auf die Stirn und ging dann zum Ausgang. Ehe sie durch die Tür entschwand, drehte sie sich noch einmal um. »Oh, das Wichtigste hätte ich beinahe vergessen. Ich habe vorhin mit Arkana gesprochen. Die Hohepriesterin wünscht, dich zu sehen. Übermorgen im großen Tempel, abends nach dem Gebet.« Sie warf Gwen einen bedeutsamen Blick zu. »Ich könnte mir vorstellen, dass du einige Fragen an sie hast, also komm nicht zu spät.«

9

Alexander bewohnte einen der kleineren Türme etwas abseits des Stadtzentrums. Während die großen Wohnsilos in ihrer Blütezeit achthundert bis tausend Menschen Platz geboten hatten, umfassten die kleineren nur etwa fünfzig oder sechzig Wohnungen, verteilt über acht Stockwerke. Der Turm des Warlords hatte während des Zusammenbruchs erhebliche Schäden davongetragen. In der Mitte, etwa auf Höhe des vierten und fünften Stocks, musste eine Granate eingeschlagen sein, die beinahe die gesamte Zwischenebene herausgesprengt hatte. Logan fand es schwer, sich vorzustellen, welche Art Waffe zu so etwas in der Lage war, aber damals war einiges anders gewesen. Das enorme Loch war mit Holzplanken und Eisenstreben repariert worden und beherbergte nun das Hauptquartier des Clans. Von außen wirkten die Metallplatten und Holzverschalungen etwas provisorisch, aber man munkelte, dass sich dahinter eine prächtige Halle verbarg, die alles in den Schatten stellte, was man von normalen Wohneinheiten gewohnt war.

Weder sein Vater noch sein Bruder, noch sonst jemand, den er kannte, hatte sie jemals betreten. Alexander galt als paranoid; er misstraute jedem, den er nicht persönlich kannte. Aus Furcht vor Attentätern verließ er sein Lager nur zu besonderen Gelegenheiten. Das Heuertfest war eine davon.

Logan war etwa auf zwanzig Meter an das Gebäude herangekommen, als zwei Wachen aus den Schatten traten und ihm den Weg verstellten. Beide Männer waren um die eins neunzig groß und von Kopf bis Fuß tätowiert. Alexanders Leibwache, wie er an den Insignien auf dem Schultertuch erkennen konnte: Rose und Stierkopf, Symbole für Schönheit und Ausdauer. Der rechte deutete eine Verbeugung an, bei der Logan nicht recht wusste, ob sie Respekt oder Spott ausdrücken sollte.

»Na, wenn das mal nicht unser frischgebackener Champion ist. Fürst Alexander erwartet dich bereits. Du musst allerdings deine Waffen ablegen. Keine Sorge, du bekommst sie nachher wieder.«

Unwillig legte Logan Schwert und Dolch ab und folgte der Wache.

Der Posten durchquerte die Eingangshalle und schlug den Weg zum Treppenhaus ein. Die Aufzüge, mit denen man früher in Sekundenschnelle bis zum Dach fahren konnte, waren längst außer Betrieb. Logan war jedoch nicht unglücklich darüber. Die Vorstellung, in einen engen Kasten gezwängt und nur an einem dünnen Stahlseil hängend in die Höhe zu flitzen, behagte ihm überhaupt nicht.

Gemächlich schritten sie die breiten Stufen empor. Logan war überrascht, wie sauber hier alles war. Nicht wie in den anderen Wohnsilos, wo sich knöcheltief der Müll türmte. Die Treppen waren sauber gefegt, die Wände mit Bannern und Standarten geschmückt. Schäden in den Stufen waren sorgfältig ausgebessert worden, selbst das Moos hatte man aus den Ritzen zwischen den Steinen entfernt. Zum ersten Mal in seinem Leben bekam Logan eine Ahnung davon, wie diese Gebäude früher einmal ausgesehen haben mochten.

Im dritten Stock stießen sie auf weitere Posten. Die Männer waren ähnlich kräftig, wirkten allerdings nicht ganz so primitiv. Der eine kam ihm bekannt vor. Er hatte gestern hinter dem Warlord und seinem Sohn gestanden.

»Logan, Sohn von Gunnar, dem Schmied?«

»Das bin ich.«

Der Mann nickte. »Schön, dass du dich mal blicken lässt. Mein Name ist Corbin, ich bin Fürst Alexanders Leibwächter. Ist wohl etwas spät geworden gestern, oder? Na, macht ja nichts. Wer gut kämpft, darf auch gut feiern. He, Gregor, gib dem Jungen deinen Umhang. So können wir ihn nicht zum Fürst vorlassen.«

Widerwillig band der Angesprochene seinen Umhang ab und händigte ihn Logan aus.

»Dein Fell solltest du auch ablegen. Das stinkt so, dass du es als Köder für die Bärenjagd nehmen könntest.«

Logan spürte, wie er rot wurde. Schnell band er den sauberen Umhang um.

»Schon besser«, sagte Corbin und klopfte Logan den Staub von den Hosen. »Ich denke, so müsste es gehen. Goodwin, lauf los und verständige Fürst Alexander, dass sein Gast eingetroffen ist.«

Es dauerte nicht lange, und Goodwin kehrte in Begleitung einer zweiten Person zurück, die Logan sofort als Sohn des Clanfürsten erkannte.

Cedric war etwa so groß wie er selbst und auch in etwa so alt, doch da endeten die Gemeinsamkeiten auch schon. Im Gegensatz zu Logan hatte er schmale Schultern, blasse Haut und weißliches Haar, durch das rötlich die Kopfhaut schimmerte. Seine Nase war klein und mit lauter Sommersprossen bedeckt, seine Lippen schimmerten feucht, und das fliehende Kinn war typisch für die Händler aus dem Norden. Am eigenartigsten aber waren seine Augen: Zwei kalten blauen Seen gleich, stachen sie aus dem femininen Gesicht hervor und verliehen seinen Zügen etwas Grausames.

Als er Logan sah, erhellten sich seine Züge. Er kam auf ihn zu und begrüßte ihn, als würden sie sich seit Ewigkeiten kennen. »Logan, mein Freund. Welch eine Freude, dich zu sehen. Komm, ich führe dich zu meinem Vater. Er wartet schon ungeduldig auf dich.« Dann wandte er sich zu den Männern: »Ich übernehme von hier an. Geht wieder auf eure Posten.« Seinen Arm auf Logans Schultern gelegt, sagte er: »Wusstest du, dass ich einer deiner glühendsten Verehrer bin? Besonders natürlich nach deinem gestrigen Sieg, aber auch schon vorher habe ich deine Laufbahn verfolgt. Doch, doch. Wer hat dir all diese Tricks beigebracht, dein Vater? Ich habe gehört, Gunnar war früher selbst ein guter Kämpfer.«

»Das stimmt«, sagte Logan. »Vizemeister 69.«

»Du musst mir alles erzählen. Ich brenne darauf, zu erfahren, wie du auf die Idee mit den Blutbeuteln gekommen bist.«

Logan konnte sich nicht erinnern, den Sohn des Warlords je bei einem der Vorkämpfe gesehen zu haben, aber egal. Cedrics Gunst war nichts, was man mit kleinlichen Fragen gefährdete.

»Das war keine große Sache«, erwiderte er so formell wie möglich. »Der Plan war einfach aus der Not geboren. Ich dachte, ich könne es ja mal versuchen. Wie Ihr wisst, waren meine Gegner ziemlich stark.« Der Arm auf seiner Schulter bereitete ihm körperliches Unbehagen.

»Du hast sie bezwungen, das ist das Einzige, was zählt.«

»Ich freue mich, dass ich dem Warlord und Euch dienen konnte. Wenn es in meiner Macht gestanden hätte, wäre der Sieg ehrenvoller ausgefallen, aber manchmal laufen die Dinge eben nicht so, wie man sich das wünscht.«

»Nun stell dein Licht mal nicht so unter den Scheffel«, sagte Cedric, während er ihn durch die Tür führte. »Ein Sieg ist ein Sieg. Ich würde mich da nicht von moralischen Bedenken leiten lassen, das macht die Dinge nur unnötig kompliziert.«

»Wie Euer Lordschaft meinen«, erwiderte Logan vorsichtig.

»Lass doch den Quatsch mit *Euer Lordschaft.* Ich bin Cedric und du Logan, in Ordnung? Abgesehen davon bin ich jünger als du. Wenn du mir also das *Du* anbietest, dürfte ich nicht ablehnen.«

»Von mir aus gerne.« Logan versuchte zu lächeln, doch es gelang ihm nur halb. Er wollte nicht mit Cedric befreundet sein, hütete sich aber, dem Sohn des Warlords zu widersprechen. Cedric sei verschlagen, hieß es. Eine Schlange. Er würde seine eigene Mutter verspeisen, wenn es ihm zum Vorteil gereichte. Dieser Junge trieb ihm Schauer über den Rücken.

»Hast du schön gefeiert?«, fragte Cedric mit lüsternen Blicken, während er Logan durch einen Flur in den hinteren Teil des Gebäudes führte.

»Nun … ja, schon. Das war auch der Grund für meine Verspätung. Bitte verzeih, dass ich nicht frisch umgezogen bin, aber ich fürchte, ich habe gestern wohl etwas zu viel von diesem selbstgebrannten Wacholderschnaps erwischt. Dein Leibwächter war so gut, mir mit einem Umhang auszuhelfen.«

»Ja, der nette Corbin. Immer edel und hilfsbereit.« Cedric schnalzte sarkastisch mit der Zunge. »Mein Vater schätzt ihn sehr, mir ist er zu anbiedernd. Ein guter Krieger, ganz ohne Zweifel, aber niemand, mit dem man große Pläne in die Tat umsetzen kann, wenn du weißt, was ich meine. Zu *ritterlich.*« Seine wulstigen Lippen verzogen sich zu einem unangenehmen Grinsen. Logan hatte keine Ahnung, von was für Plänen er sprach, aber die Worte hatten einen unangenehmen Beigeschmack.

»Warst du schon mal Gast bei uns?«, fragte Cedric. »Nicht? Na, dann wird es aber höchste Zeit. Du bist sicher schrecklich neugierig zu erfahren, wie wir hier wohnen. Also bitte, immer herein in unser bescheidenes Domizil.« Er öffnete die schwere Stahltür, die zu den Gemächern des Warlords führte, und deutete ins Innere. »Nach dir.«

10

Die Decke wölbte sich wie ein Baldachin aus kunstvoll gewobenem Stoff über ihren Köpfen. Sie erinnerte an die Zeit, als die Warlords noch wie Nomaden durch das Land zogen und unter dünnen Zeltdächern gelebt hatten. Der Saal selbst war über und über mit Waffen, Geweihen, Schädeln und den Knochen erlegter Tiere ausgekleidet. Holzpfeiler, an denen Öllampen befestigt waren, unterteilten ihn in mehrere Abschnitte, von denen jeder einzelne so groß wie Gunnars Haus war. Das Loch, das von der Granate in die Hausflanke gerissen worden war, hatte man mit einem Wandteppich verdeckt, auf dem mit feinen Stickereien eine Karte der alten Stadt abgebildet war. So konnte Logan den breiten Strom erkennen, den Innenstadtbereich und – ringförmig darum – die Randbezirke. Selbst ihre eigene Siedlung war abgebildet, zehn Kilometer vom Stadtkern entfernt und symbolisiert durch ein paar schief stehende steinerne Türme. Direkt am Fluss, von der anderen Seite nur über eine halbzerfallene Brücke erreichbar, ragte die schwarze Kathedrale empor, das Herz der Stadt. Dort regierte der Inquisitor, Herr über Leben und Tod.

Neben dem Kamin standen ein langer Tisch und ein Stuhl mit hoher Lehne. Ein Mann saß darauf und aß. Um ihn herum waren Schalen mit Fleisch, Gemüse und Früchten angerichtet. Ein verführerischer Duft wehte zu Logan herüber.

Warlord Alexander unterbrach seine Mahlzeit und hob seinen Kopf. »Wer da?«

»Ich bin's, Vater«, rief Cedric. »Ich bringe Logan mit.«
Der Warlord zwinkerte ein paarmal, seine Augen waren nicht mehr die besten. Dann erhellte sich seine Miene.
»Ah, der Champion ist endlich da. Welche Freude, dich zu sehen, Logan. Komm näher, mein Junge, und setz dich.«
Warlord Alexander war ein korpulenter Mann um die fünfzig. Er hatte einen Vollbart, rote Wangen und lichtes Haar, das hinten zu einem Zopf verflochten war. Seine Leibesfülle konnte nicht darüber hinwegtäuschen, dass er einst ein ehrfurchtgebietender Mann gewesen war, der es leicht mit jedem Angreifer aufgenommen hätte. Fettes Essen und Alkohol hatten jedoch ihre Spuren hinterlassen. Seine Nase war großporig, sein Blick hatte etwas Unstetes, und in seinen Augen lag ein Glanz, wie Logan ihn nur von Männern kannte, die irgendeine geheime Sucht pflegten. Trotzdem strahlte er etwas Einnehmendes aus, besonders, wenn man ihn mit seinem Sohn verglich.
»Ich brauche dich dann nicht mehr, Cedric. Geh und mach deine Schwertübungen.«
»Ich dachte …«
»Du bist nicht hier, um zu denken. Ich möchte allein mit Logan sprechen. Tu, was ich dir gesagt habe, und melde dich bei Corbin.«
Schneller als der Schlag einer Fledermaus veränderte sich der Ausdruck in Cedrics Gesicht. Eben noch freundlich und aufgeräumt, blickte er jetzt geradezu hasserfüllt. Sichtlich verärgert nahm er einen Apfel aus der Obstschale, machte auf dem Absatz kehrt und verschwand ohne ein Wort des Abschieds. Alexander verfolgte seinen Sohn mit finsterem Blick.
»Ich weiß nicht, was ich mit dem Bengel machen soll. Siebzehn Jahre und weiß immer noch nicht, was Respekt bedeutet.

Manchmal kann ich kaum glauben, dass er mein eigen Fleisch und Blut ist.« Er ließ seine Hände auf die Tischplatte fallen. »Aber wenden wir uns angenehmeren Dingen zu. Ich hoffe, es macht dir nichts aus, dass ich schon mit dem Essen angefangen habe. Ich wusste nicht, wann du kommst, und hatte Hunger. Setz dich und lang zu. Ich hoffe, du hast Appetit mitgebracht.«

»O ja, Sir. Danke, Sir.«

»Nenn mich Alexander. Hier, nimm dir einen Teller und Besteck und lang ordentlich zu. Und dann verrat mir, was deine Lieblingsdroge ist.«

»Droge, Sir ... ich meine ... Alexander?«

»Dein Lieblingsgetränk. Bier, Schnaps? Oder magst du einen Schluck aus meinem privaten Weinkeller?«

Logan schwirrte noch immer der Kopf von dem nächtlichen Gelage, trotzdem durfte er eine solche Einladung natürlich nicht ablehnen. Er entschied sich für Wein, der war grundsätzlich schwer zu bekommen.

»Eine gute Wahl, mein Junge. Ich glaube, da werde ich mich anschließen. *Inga!*« Alexanders Gebrüll ließ Logan zusammenzucken. Von nebenan aus der Küche kam eine gebeugte Gestalt. Sie war in braunen Stoff gekleidet und verbarg ihr Haar unter einem dicken Kopftuch. Mit gesenktem Kopf sagte sie: »Was wünscht Ihr, Meister?«

»Bring uns noch einen Krug von diesem Burgunder. Mein Freund und ich haben etwas zu feiern.«

»Wie Ihr befehlt, Meister.« Die Gestalt drehte sich um und verschwand.

Logan saß mit offenem Mund da. Er war wie vor den Kopf geschlagen. Alexander zwinkerte belustigt mit den Augen. »Was denn? Hast du noch nie eine Frau gesehen?«

Logan schüttelte den Kopf. »Noch nie so nah. Mein Vater mag es nicht, wenn ich auf den Sklavenmarkt gehe. Er sagt, Frauen hätten mich nicht zu interessieren.«
»Na, so was. Und ich habe gleich drei davon. Die Kirche würde das ganz und gar nicht billigen, was?« Er brach in brüllendes Gelächter aus. »Ich hoffe, du bist jetzt nicht allzu schockiert. Immerhin will ich mit dir auf deinen Sieg anstoßen. Vorausgesetzt, wir bekommen heute noch einen Schluck. He, Inga, wo bleibt der Wein?«
Die Frau erschien mit einem Tablett, darauf zwei Kelche und ein Krug. Sie stellte alles vor ihnen ab und begann einzuschenken. »Kannst du dir das vorstellen, Weib? Unser junger Freund hat noch nie eine Frau aus der Nähe gesehen. Wie alt bist du, mein Junge?«
»Siebzehn Jahre, Sir … ich meine Alexander.«
»Genauso alt wie mein Cedric, man stelle sich das vor. Nun, das beste Alter, um neue Erfahrungen zu machen. Inga, leg deine Kutte ab.«
Die Frau ließ die Hände sinken. »Herr?«
»Du sollst dich ausziehen, verdammt.«
Logan spürte, wie er rot wurde. »Bitte, Fürst Alexander. Das ist wirklich nicht nötig.«
»Und ob das nötig ist. Betrachte es als eine kostenlose Lektion in Sachen Artenkunde. Wird's bald, Weib, oder soll ich nachhelfen?« Seine Hand zuckte zum Ledergürtel. »Cedric ist auch so ein Waschweib. Er hat sich immer geweigert, seine Mutter anzusehen. Dabei ist das der Schoß, der ihn auf die Welt gebracht hat. Es ist ja nicht so, dass ich Frauen übermäßig anziehend finde, aber ohne sie geht es nun mal nicht. Da sollte man sich schon mal ansehen, wie so was aussieht, nicht wahr?«
Logan saß da, mit rotem Kopf, aufrecht wie ein Springmesser.

Er hasste es, dass Warlord Alexander ihn in eine solch peinliche Situation brachte; andererseits war er natürlich auch neugierig. Weder sein Vater noch sein Bruder hatten je etwas mit dem anderen Geschlecht zu tun gehabt. Er würde ihnen also etwas voraushaben. Die Frage war nur, ob er das wollte. Mit gemischten Gefühlen beobachtete er, wie Inga die Kordel um ihre Hüften löste. Sie zog die Kapuze von ihrem Kopf und löste das Haar. Wie ein blonder Wasserfall strömte es über ihre Schultern. Dann hob sie den Kopf, und Logan bemerkte, dass sie noch gar nicht so alt war. Vielleicht dreißig, fünfunddreißig Jahre. Als sie Cedric zur Welt gebracht hatte, musste sie noch sehr jung gewesen sein. In ihrem Gesicht mischten sich Stolz und Verletzlichkeit. Die Situation war ihr genauso unangenehm wie ihm. Doch sie würde keinen Rückzieher machen, das konnte Logan sehen. Sie öffnete die Kutte und zog sie über den Kopf. Das lange weiße Hemd, das sie darunter trug, war durchscheinend. Logan konnte ihre rundlichen Formen erkennen, die Brüste und ihre Scham …

Er stand auf. »Bitte, Sir, ich möchte das nicht. Ich finde dieses Schauspiel entwürdigend. Wenn Ihr mir einen Gefallen tun wollt, beendet das.«

Alexander sah ihn an, als habe er den Verstand verloren. In seinem Gesicht mischten sich Wut und Enttäuschung. Dann lenkte er ein. »Na schön. Wer bin ich, dass ich meinem Champion einen Wunsch abschlage? Aber verstehen kann ich es nicht. Was ist nur los mit euch jungen Leuten, dass ihr euch neuen Erfahrungen verschließt? Aber gut. Zieh dich wieder an, Weib, und dann verschwinde in die Küche.«

In Windeseile schlüpfte die Frau zurück in ihre Kutte und entfernte sich, nicht jedoch, ohne Logan noch einen dankbaren Blick zugeworfen zu haben.

Alexander nahm einen großen Schluck aus seinem Krug und brummelte etwas in seinen Bart. Logan setzte seinen Kelch ebenfalls an die Lippen, tat aber nur so, als würde er trinken. Der säuerliche Geruch des Alkohols verursachte ihm Übelkeit.

Alexander leerte seinen Becher in einem Zug, schenkte sich dann noch mal nach und wischte sich mit dem Ärmel über den Mund. »Gut, mein Junge. Reden wir vom Geschäft. Du hast dich gestern für deinen Clan in den Ring getraut, du hast dich durchprügeln lassen, und du hast gewonnen. Mit deiner Hilfe werde ich nun für ein Jahr den Vorsitz über die anderen Clans führen. Das ist etwas, über das ich mich sehr freue. Schon allein des Gesichtes wegen, das dieser Kotzbrocken Ansgar vom Tiefenwalder-Clan gezogen hat. Dieser hochnäsige Popanz ist mir schon lange ein Dorn im Auge. Endlich muss er nach meiner Pfeife tanzen. Du hast ehrenvoll gestritten, und dafür gebührt dir mein Respekt. Es ist so Sitte bei uns, dass der Champion seinen Warlord um etwas bitten darf. Egal was. Wenn es in meiner Macht steht, werde ich dir diesen Wunsch erfüllen. Hast du schon eine Idee?« Er sah Logan neugierig an. »Du könntest dir Geld wünschen, Wein, teure Kleidung oder eine neue Wohnung. Sprich es ruhig aus, du wirst sehen, dein Warlord ist nicht kleinlich.«

Logan schwieg. Er hatte über dieses Thema bereits nachgedacht, aber ihm war nichts eingefallen. Um ehrlich zu sein, war er ganz zufrieden mit seinem Leben. Seine Familie hatte ein gutes Einkommen, im Vergleich mit anderen galten sie sogar als wohlhabend. Er war gesund und außerdem der neue Liebling seines Clans. Was konnte er sich mehr wünschen? Gewiss, seine Kleider waren nicht vom besten Schneider, sein Bogen war nicht mehr der neueste, und auch seine Fallen bedurften einer Generalüberholung. Aber das war nichts, worum er seinen Warlord bitten konnte. Außerdem hatte er keine Lust, seinen Wunsch allzu schnell einzulösen. Man konnte nie wissen, was die Zukunft noch so bringen mochte.

»Nun, fällt dir nichts ein?«

»Um ehrlich zu sein, ich würde mir meinen Wunsch gerne noch aufsparen«, sagte er. »Wenn das möglich ist.«

»Alles ist möglich«, sagte Alexander, der seine Enttäuschung nicht verbergen konnte. »Dann hast du jetzt einen Wunsch frei. Besiegeln wir es mit einem Handschlag.« Er reichte Logan seine Pranke, und Logan schlug ein.

»Dann ist das abgemacht. Ach ja, eines noch …« Er musterte Logan prüfend von oben bis unten. »Die Tätowierung.«

»Sir?«

»Ein Champion hat die Insignien seines Clans zu tragen, das ist so Tradition. Melde dich bei Corbin, er wird alles Weitere veranlassen. Und bitte gut sichtbar, klar? Nicht irgendwo am Rücken oder Bauch, wo es keiner sieht. Am besten quer über die Wange, das würde deinem Clan Ehre bereiten. Und nun geh, ich habe zu arbeiten. Ich muss noch einen Brief an den Inquisitor aufsetzen, und das ist etwas, worauf ich mich besonders freue.«

11

Pünktlich um neun setzten die Gesänge ein. Dunkel und melancholisch stiegen die Stimmen der Gläubigen zum Dach des Tempels empor und dann hinaus in die Welt. Es wurde berichtet, dass es Tage gab, an denen die Gesänge über Kilometer hinweg zu hören waren, selbst außerhalb von Glânmor.
Während sie die Stufen zum Tempel emporschritt, überkam Gwen wieder dieses Gefühl des Verlorenseins. Die goldenen Flanken des Tempels, auf denen das Licht der untergehenden Sonne schimmerte, wirkten seltsam fern. Wie ein Tor in eine fremde Welt, zu der sie keinen Zugang hatte.
Sie nahm die letzten Stufen und betrat den mit Bäumen gesäumten Vorplatz des Tempels. Auf den steinernen Bänken saßen etliche Frauen, die mit geschlossenen Augen dem Gesang aus der großen Halle lauschten. Manche unterhielten sich leise, andere blickten hinaus auf das weite Land und beobachteten, wie blaue Schatten die Täler überfluteten. Gwen setzte sich neben sie, faltete die Hände und wartete auf das Ende des Gottesdienstes.
Nicht lange, und der Gesang steuerte seinem Höhepunkt entgegen. Ein paar einzelne Stimmen erhoben sich, dann ebbte der Choral ab und verhallte. Schweigen legte sich über den heiligen Berg.
Gwen hörte Stühlerücken, die Flügeltüren wurden geöffnet. Zoe, die Dienerin der Hohepriesterin, ließ ihren Blick schweifen und entdeckte Gwen auf der Steinbank. Sie winkte ihr zu.

Gwen stand auf und ging an den herausströmenden Gläubigen vorbei ins Innere des Tempels. Der Geruch von Weihrauch und Myrrhe umfing sie.
Es war lange her, dass sie hier gebetet hatte. Nicht, weil sie vom Glauben abgefallen war, sondern weil sie dabei lieber allein war. Sie brauchte keine aufwendige Umgebung. Ihr reichten zwei kleine tönerne Statuen, ein weicher Boden und ein Moment der Ruhe. Dann konnte sie Kraft und Energie tanken und mit sich und der Welt ins Reine kommen.
Zoe begrüßte Gwen mit einem Lächeln. »Arkana erwartet dich bereits. Bitte folge mir.«
Gwen mochte Zoe. Die Dienerin war eine kleine Frau mit kurzen Haaren und energischem Wesen. Schwer einzuschätzen, wie alt sie war, aber Gwen vermutete, dass sie nur wenig älter als sie selbst war. Sie trug ein schmuckloses, weißes Gewand und ebenso schmucklose Sandalen. Alles an ihr machte den Eindruck, dass sie weltlichen Dingen eher abgeneigt war. Was auffiel, waren die Tätowierungen an ihrem Hals: ein Spinnrad, ein Webstuhl und eine Schere, die Symbole der drei Göttinnen. Sie waren so anmutig gezeichnet, dass sie auf den ersten Blick wie eine Halskette aussahen.
Am hinteren Ende der Halle konnte Gwen die Hohepriesterin erkennen. Ihr Oberkörper war nackt. Um die Taille hatte sie ein einfaches Tuch geschwungen, das bis hinunter zu den nackten Füßen reichte. Auf ihrem Kopf ruhte ein goldener Stirnreif; Schultern, Hals und Brüste waren mit Öl gesalbt worden und glänzten im Schein der Feuer.
Als Arkana ihren Besuch bemerkte, beendete sie ihre Arbeit am Altar. Gwen fiel vor der Priesterin auf die Knie und breitete die Arme aus. »Herrin.«
»Steh auf, Gwen. Ich habe mit dir zu reden. Hast du Lust, mir

beim Einsammeln der Opfergaben zu helfen?« Arkana war trotz ihres Alters noch immer sehr attraktiv. Lange blonde Haare, eine hohe Stirn und sanft geschwungene Lippen. Ihre Augen waren dunkel geschminkt und leuchteten in einem strahlenden Grün – genau wie die von Juna. »Wir brauchen dich dann nicht mehr, Zoe. Du darfst dich zurückziehen.«
Die Dienerin verneigte sich und verließ die Halle durch die Seitentür. Arkana wartete, bis sie allein waren, dann sagte sie: »Dann hat Magda dir also meine Botschaft ausgerichtet?«
Gwen nickte. »Ich war überrascht.«
»Warum?«
»Nun, weil ich ...« Gwen zögerte. Sie wägte ihre Worte genau ab. Auf keinen Fall wollte sie die Hohepriesterin verärgern. »Nun, ich hatte nicht den Eindruck, dass Euch viel daran gelegen wäre, mich zu sehen. Ich hatte es schon oft versucht, wurde aber jedes Mal abgewiesen.«
Arkana reichte Gwen einen geflochtenen Weidenkorb, in den sie die Blumen, Ähren, Tierfelle und sonstigen Opfergaben legte. »Hier, halt mal.« Sie fing an, die Opfergaben einzusammeln.
»Du hast recht. Aber es gab einen Grund, warum ich dich nicht vorgelassen habe. Genauer gesagt zwei. Erstens war ich der Meinung, dass es mich nichts angeht, was zwischen dir und Juna vorgefallen ist; zweitens konnte ich nichts über ihren Verbleib in Erfahrung bringen. Was hätte ich dir also sagen sollen?«
Gwen schaute die Priesterin überrascht an. »Und das hat sich jetzt geändert?«
Arkana schmunzelte. »Erinnerst du dich an unsere Begegnung neulich Nacht? Warum warst du so erschrocken? Hast du mich für einen Geist gehalten?«

»Bitte verzeiht, Herrin. Ich habe mich sehr töricht verhalten.«

»Lass nur«, sagte Arkana lachend. »Du wärst nicht die Erste, die mich für die Herrin vom See gehalten hätte. Magda mit ihren Märchen. Sie bringt immerzu Unruhe in meine Herde. Nein, Tatsache ist, ich gehe manchmal gerne nachts zum See hinunter, besonders, wenn Vollmond ist und ich nicht schlafen kann.«

Sie lächelte versonnen. »Wenn der Mond hoch oben am Firmament steht und die Planeten die richtige Konstellation haben, gelingt es mir bisweilen, Kontakt herzustellen. Mit Menschen, die unsere Gemeinschaft verlassen haben oder die tot sind.«

»Wollt Ihr damit andeuten, Juna sei …?«

»Nein, bei den Göttinnen, nein. Du armes Kind. Habe ich mich so undeutlich ausgedrückt? Genau das Gegenteil war der Fall. Was ich sah, war ein Bild des Friedens. Juna und ihr Begleiter gingen einen langen, grasbewachsenen Hang hinauf. Im Hintergrund sah ich die Flugmaschine, vor ihnen die Dächer einer kleinen Stadt und dahinter … das Meer. Genau wie in den alten Dokumenten beschrieben. Es war eine Stadt am Meer. Eine Zuflucht.« Sie lächelte. »Da wusste ich, dass meine Gebete erhört worden waren.«

Gwen hatte die Augen weit aufgerissen. Stimmte es, was Arkana da sagte, oder wollte sie sie bloß beruhigen? Andererseits – Arkana war die Hohepriesterin. Wer war sie, dass sie an den Worten der obersten Hirtin zweifelte?

»Das bringt mich zurück zu Teil eins«, fuhr Arkana fort. »Ich muss gestehen, ich bin mir immer noch unsicher, ob ich mich wirklich einmischen soll. Aber nachdem ich von deinem Missgeschick bei der Prüfung erfuhr, dachte ich, ich könnte versuchen, dein Leid etwas zu mildern. Mir war nicht bewusst, dass du dir die Trennung so zu Herzen nimmst. Stimmt es, dass du deswegen durch die Prüfung gefallen bist?«

»Ja«, sagte Gwen.

»Warum? Weil du verlassen wurdest oder weil er vom anderen Geschlecht ist?«

Gwen presste die Lippen zusammen. Arkana nahm wirklich kein Blatt vor den Mund. »Vermutlich beides«, sagte sie. »Wobei ich es sicher besser verstanden hätte, wenn sie eine andere Frau erwählt hätte.«

»Aber die Sexualität ist doch völlig unerheblich. Was macht es schon, ob es ein Mann oder eine Frau ist, was zählt, sind die Gefühle.«

»Ich frage mich immerzu, ob sie je glücklich bei mir war – ob es nicht anders gekommen wäre, wenn ich mir mehr Mühe gegeben hätte. Vielleicht hat Juna sich sogar vor mir geekelt …« Ihre Stimme versagte. Sie spürte, wie ihre Wangen heiß wurden.

Arkana legte das Blumengebinde weg und nahm Gwen in den Arm. »Nein, mein armes Kind, nein. Nicht vor dir, ganz bestimmt nicht. Sie hat mir immer gesagt, wie sehr sie dich liebt und braucht. Du warst der Anker in ihrem Leben, ihr Rückhalt, ihre Stütze. Ohne dich wäre sie bestimmt verzweifelt, denn siehst du, für Juna war es selbst am allerschwersten, mit dieser Veränderung klarzukommen. Zu erkennen, dass man *anders* ist, ist etwas, das viel Mut erfordert. Juna hat festgestellt, dass sie sich entgegen allen Traditionen, entgegen allen Werten und Ansichten zu Männern hingezogen fühlt. Das hat ihr große Schwierigkeiten bereitet. Dir *das* zu sagen – und damit nicht nur sich selbst, sondern auch noch dich unglücklich zu machen –, das war etwas, das sie nicht übers Herz gebracht hat. Sie wäre daran zerbrochen, und sie wäre nicht die Erste.«

»Wie meint Ihr das …?« Gwen wischte sich die Tränen aus den Augen.
Arkana warf einen kurzen Blick über ihre Schulter. Als sie weitersprach, war ihre Stimme kaum mehr als ein Flüstern.
»Was weißt du über den Zusammenbruch und über die Dunklen Jahre? Hast du je mehr darüber gehört als das, was man in den Krippen und Erziehungseinrichtungen erzählt bekommt? Ich rede von diesem ganzen Quatsch mit der göttlichen Fügung und der Erbsünde des Mannes.«
»Ich kann Euch nicht folgen …?«
Arkana schaute sich noch einmal um, dann kam sie ganz dicht an Gwen heran. So nah, dass Gwen ihren Atem auf der Haut spüren konnte.
»Was ich dir jetzt erzähle, darfst du unter keinen Umständen jemand anderem berichten, hast du verstanden? Es ist von größter Wichtigkeit, dass du mir das versprichst.«
»Ja, gut, ich verspreche es.«
»Bei den heiligen drei Göttinnen.«
»Bei den drei Göttinnen.«
»Gut.« Arkana blickte Gwen streng an. »Dann werde ich dir eines der größten Geheimnisse unserer Zeit anvertrauen. Du arbeitest doch in den Häusern der Heilung. Ist dir jemals der Begriff *Virus* untergekommen?«
»Virus?« Gwen dachte einen Moment lang nach, schüttelte dann aber den Kopf. Zugegeben, ihr Wissensstand entsprach nicht dem einer Heilerin, doch an einen solchen Ausdruck hätte sie sich erinnert. »Nein.«
»Gut, dann pass auf.«

12

Marcus Capistranus rückte näher an den Tisch heran und spähte durch sein Vergrößerungsglas. Vornübergebeugt studierte er ein Dokument, das sein Kammerdiener ihm soeben überreicht hatte. Obwohl das Licht der Öllampen sein Zimmer in wohltuende Helligkeit tauchte, reichte es kaum aus, um die kleine Schrift zu entziffern. Sein verbliebenes Auge wurde von Jahr zu Jahr schlechter. *Grauer Star* lautete die Diagnose. Sein Medicus hatte ihm geraten, endlich die Operation durchführen zu lassen, doch der Inquisitor schob die Entscheidung vor sich her. Ihm behagte die Vorstellung nicht, dass man Teile seines Auges entfernte und durch die eines Toten ersetzte. Mochte ihm der Mediziner noch so sehr von der Einfachheit des Eingriffs vorschwärmen, er hasste es, an sich herumschnippeln zu lassen. Dies war sein einziges Auge. Wenn irgendetwas schiefging, wäre er in einer Welt aus immerwährender Dunkelheit gefangen. Nie wieder den Sonnenaufgang von der Spitze der schwarzen Kathedrale aus erleben, nie wieder die Allgewalt des großen Stroms bestaunen, nie wieder die Worte der Heiligen Schrift lesen.

Nein.

Solange er noch ein Fünkchen Licht sah, würde er nichts riskieren und lieber noch mehr Lichter aufstellen lassen.

Die blankpolierte Tischplatte schimmerte im Licht der Kerzen wie Blut. Ein Stoß Papier, ein Federkiel nebst Tintenfass, ein Rosenkranz und eine Leselupe, mehr benötigte er nicht, um sein Amt auszuüben.

Doch die Geschäfte liefen nicht gerade gut in letzter Zeit. Die Zerstörung der Raffinerie, der Verlust der wichtigen Treibstoffreserven, der Tod seines geliebten Amon – all das hatte ein Feuer in seiner Seele entfacht.
Seine Finger umkrallten das Papier.
»Die Clans haben einen neuen Anführer ernannt«, las er mit leiser Stimme. »Er tritt damit für ein Jahr die Nachfolge von Ansgar an, dem Herrn des Tiefenwalder-Clans. Sein Name ist Alexander.«
»Alexander?« Der Kammerdiener zog die Brauen zusammen. »Der Fürst vom Steinernen Turm?«
»Ebender.« Capistranus hob seinen Blick. »Das ist nicht gut. Das ist gar nicht gut.«
»Warum?«
»Nun, zum einen, weil Alexander offen herumposaunt, er habe kein Interesse an einer Zusammenarbeit mit der Heiligen Lanze, zum anderen, weil er einer Gruppe von Separatisten angehört, die für eine langfristige Abspaltung der Clans von der Kirche plädieren. Das bringt mich in eine sehr unangenehme Position.«
»Wahrlich schlechte Nachrichten«, sagte der Kammerdiener.
»Wahrlich schlechte Nachrichten«, äffte Capistranus ihn nach. »Es ist viel schlimmer als das. Mit einem solchen Mann an der Spitze rückt der heilige Krieg in weite Ferne.«
Der Kammerdiener senkte sein Haupt. »Wie konnte das nur geschehen? Alexanders Champion war ein Nichts, ein Niemand. Die Tiefenwalder haben Wengul ins Rennen geschickt, einen der besten Krieger, die ich je gesehen habe. Ich habe ihn in der Arena kämpfen sehen, der nimmt es locker mit fünfen gleichzeitig auf. Ich hätte die Hälfte meines Vermögens auf ihn gesetzt.«

»Genau wie ich. Auf ihn oder den anderen«, erwiderte Capistranus. »Norgal vom Eisengießer-Clan, ein Berg von einem Mann. Sein Sieg wäre für uns ebenfalls sehr willkommen gewesen. Die Chancen, dass einer von den beiden den Sieg erringen würde, lagen bei neunundneunzig Prozent. Und doch hat dieser Logan gewonnen, was mich in eine verteufelt schwierige Lage bringt.«

»Wie konnte er gegen diese beiden erfahrenen Kämpen bestehen?«, sinnierte der Diener. »Ich habe ihn noch nie gesehen. Ist er besonders stark oder wendig?«

»Weder noch. Er ist der jüngste Kämpfer, der es je bis in die Endausscheidung geschafft hat«, erwiderte der Inquisitor. »Ein Niemand, dem es durch einen Trick gelungen ist, den Sieg an sich zu reißen.« Er presste die Lippen zusammen. »Du weißt, wie oft ich den Clanchefs geraten habe, die Statuten für das Turnier zu verändern, aber sie wollten ja nicht hören. Jetzt haben wir den Salat. Einen jugendlichen Schwächling als Champion und einen renitenten, paranoiden Warlord als obersten Führer. Alles scheint sich gegen uns verschworen zu haben.« Er ließ den Brief auf den Tisch sinken und legte seine Hand darauf. Die Haut sah aus, als bestünde sie aus geschmolzenem Glas. »Es wird höchste Zeit, dass ich eine Reise in den Norden antrete«, sagte er. »Ich werde mich mit Alexander treffen und mit ihm reden. Vielleicht gelingt es mir ja, ihn doch noch für unsere Sache zu gewinnen. Und wenn nicht, dann bleibt uns immer noch sein Sohn.«

»Sein Sohn?«

Capistranus nickte. »Cedric. Er vergöttert die Heilige Lanze. Wünscht sich nichts sehnlicher, als dazuzugehören. Und es wäre nicht das erste Mal, dass ein Sohn seinen Vater vom Thron stürzt. Man müsste nur seinen Ehrgeiz genügend anstacheln.«

Er steckte die Lupe zurück in den Halter. »Mit diesem Cedric an meiner Seite wäre es ein Leichtes, die Truppen zu formieren und für den finalen Schlag vorzubereiten.«

Der Kammerdiener stieß ein Räuspern aus. »Ihr wisst, dass unsere Treibstoffvorräte begrenzt sind. Ein Angriff dieses Ausmaßes könnte unsere letzten Reserven …«

»Glaubst du, das weiß ich nicht?«, schrie Capistranus. »Was meinst du wohl, worüber ich mir hier Tag für Tag den Kopf zerbreche? Sieh dir meine Hand an. Sieh sie dir an.« Er hielt dem erschrocken aussehenden Kammerdiener das vernarbte Fleisch vors Gesicht. »Seit dem Angriff der Hexen habe ich keine ruhige Nacht mehr gehabt. Immer wenn sich der wohltuende Schleier des Schlafes auf mich legt, weckt mich der Schmerz und erinnert mich daran, was diese Kreaturen mir angetan haben. Was sie *uns* angetan haben. Uns, den Vertretern Gottes auf Erden. Zuerst haben sie mir meinen geliebten Claudius genommen, später auch noch Amon. Hundert tapfere Männer sind in den Flammen des Infernos umgekommen. Millionen Liter Treibstoff und Dutzende Fahrzeuge wurden vernichtet, von unserem Waffenlager ganz zu schweigen. So überheblich verhielten sich diese Weiber, dass sie uns sogar anboten, uns bei der Rettung und Versorgung unserer Verletzten zu helfen. Kannst du dir eine größere Demütigung vorstellen? Nur mit großem Glück konnte ich ihren Häschern entkommen und zurück in die Kathedrale fliehen.«

»Es war ein Wunder«, versicherte der Kammerdiener schnell. »Gott hat seine schützende Hand über Euch gehalten.«

»Ein Wunder, in der Tat. Doch ob Gott seine Finger im Spiel hatte, das wage ich zu bezweifeln. Tatsächlich habe ich meine Rettung einigen wenigen tapferen Kriegern zu verdanken, die ihr Leben für mich aufs Spiel setzten. Solange solche Männer unter meinen Gefolgsleuten sind, gebe ich die Hoffnung nicht auf.«

Er ließ die Hand zurück auf den Tisch sinken. »Wir mögen angeschlagen sein, am Boden sind wir noch lange nicht. Und wenn ich unsere Truppen zu Fuß nach Glânmor führen muss, ich schwöre dir, wir werden diese Stadt angreifen. Wir werden sie in Schutt und Asche legen und dieses verfluchte Weibspack in die Knie zwingen. Diesen Eid habe ich geschworen, und ich werde ihn erfüllen.«

»Bravo.« Der Kammerdiener senkte ergeben sein Haupt. »Unter Eurer Führung wird es uns gelingen, dessen bin ich gewiss. Nur, wie wollt ihr das anstellen? Ohne Treibstoff sind wir ihren berittenen Horden hoffnungslos unterlegen. Die Brigantinnen sind gefürchtete Kämpferinnen, die mit ihren Pferden alles niederreiten, was sich ihnen in den Weg stellt.«

Marcus Capistranus lächelte. »Zerbrich dir mal nicht den Kopf über militärische Details. Ich werde den Plan zu gegebener Zeit enthüllen. Alles, was jetzt zählt, ist, dass wir genügend Furcht in den Grenzländern säen. Wir müssen die Frauen bis aufs Blut reizen. So lange, bis sie von ganz allein zu uns kommen. Sag, gibt es Neuigkeiten von meinem Einsatzkommando?«

»Ja, Herr.« Der Diener strahlte. »Der Konvoi ist vor einer halben Stunde zurückgekehrt.«

Capistranus fixierte sein Gegenüber mit eisgrauem Blick. »Und?«

»Ein voller Erfolg, Euer Eminenz. Das Dorf wurde dem Erdboden gleichgemacht, genau wie Ihr befohlen habt. Die Frauen waren vollkommen überrascht. Angeblich gab es Dutzende von Toten und Verletzten unter ihnen. Vom Tempel steht kein Balken mehr auf dem anderen.«

»Und wann hattest du vor, mir das zu sagen?« Capistranus stand auf. »Immerhin, das sind gute Neuigkeiten. Noch ein paar solcher Angriffe, und wir können unseren Plan in die Tat umsetzen. Bring den Anführer des Kommandos zu mir. Ich möchte ihm persönlich zu seinem Erfolg gratulieren. Und dann bereite alles für meine Fahrt in den Norden vor. Ich will heute Abend noch aufbrechen.«

13

Gwen verließ den Tempel mit einem Gefühl zwischen Erschöpfung und Magenkrampf. Sie war gekommen, um Antworten zu erhalten, doch was Arkana ihr erzählt hatte, waren absurde Andeutungen und Verschwörungstheorien.

Ein Virus? Sie schüttelte den Kopf. Es klang alles so … wirr. Als hätte die Hohepriesterin den Verstand verloren! Behauptete Arkana allen Ernstes, die Feindschaft zwischen Männern und Frauen beruhe auf einer Art Krankheit? Einer Seuche, die obendrein von Menschen gemacht sein sollte? Reichlich absurd.

Noch absurder wurde es, als sie behauptete, dass niemand etwas davon wissen dürfe, weil sich das destabilisierend auf die Gesellschaft auswirken und zu Umbrüchen und Revolutionen führen könnte. *Was mit dir und Juna geschehen ist, hat nichts mit mangelnder Liebe zu tun, sondern mit dem düsteren Geheimnis, das über uns und unserer gesamten Existenz liegt,* hatte sie gesagt.

Was versuchte die Hohepriesterin ihr damit zu sagen? Dass Juna krank war? Aber dann könnte man ihr doch vielleicht ein Gegenmittel verabreichen. Einen Impfstoff, der sie von den Symptomen kurieren und es ihr ermöglichen würde, wieder ein normales Leben zu führen? Nein, nein, es war genau andersherum, wie sie sich erinnerte.

Nicht Juna ist es, die krank ist, sondern wir. Das waren Arkanas Worte gewesen.

Wir tragen das Virus in uns. Wir sind diejenigen, denen geholfen werden muss. Wenn wir nicht wollen, dass unsere Welt innerhalb der nächsten Jahre vor die Hunde geht, dann sollten wir langsam anfangen, diese Tatsache zu akzeptieren.

Konnte es sein, dass mit der Hohepriesterin etwas nicht stimmte? Oder steckte etwas anderes dahinter? Es war allgemein bekannt, dass Arkana mit Edana über Kreuz lag. Die Feindschaft zwischen ihr und der neugewählten Anführerin des Hohen Rates war kein Geheimnis. Nach der Zerstörung der Raffinerie war Edana mit überwältigender Mehrheit zur neuen Vorsitzenden gewählt worden, und das musste Arkana ein ziemlicher Dorn im Auge sein. Edanas Macht wuchs immer weiter, während sie in ihrem Tempel saß und zusehen musste, wie ihre Macht von Tag zu Tag schwand. Vielleicht war ja die Einladung ein verzweifelter Versuch, wenigstens eine Stimme auf ihrer Seite zu wissen?

»Schwachsinn«, stieß Gwen aus, während sie die nördliche Treppe hinabstieg. »Ich bin nicht krank, ich habe keine Grippe. Was denkt sich Arkana nur dabei, mir so eine Geschichte aufzutischen? Ich glaube, die Frau hat einen Dachschaden.«

Und dann diese Sache mit Juna. Als ob ihr ihre Tochter wirklich im Wasser des Sees erschienen wäre! Aber mit Gwen kann man es ja machen. Die liebe, gute Gwen wird das schon glauben, dann hört sie wenigstens auf, dumme Fragen zu stellen.

Gwen ballte ihre Hände zu Fäusten. »Für wie blöd hält sie mich eigentlich?«

Solange sie denken konnte, war sie bei Arkana nur auf Ablehnung gestoßen. Die Hohepriesterin hatte nie etwas von ihrer Beziehung zu Juna gehalten. Nicht ein einziges Mal hatte sie Gwen in ihrem Haus besucht. Niemals hatte sie ihr Geschenke oder irgendwelche Aufmerksamkeiten zukommen lassen, weder zu ihrem noch zu Junas Geburtstag. Von einem Brief oder einer Botschaft ganz zu schweigen. Gwen war für Arkana einfach Luft gewesen. Und jetzt ließ sie sie antanzen, um ihr solche Lügengeschichten aufzutischen? Das war eine Beleidigung, und das wusste sie.

Virus, pah!

Sie war gerade am letzten Drittel der Treppen angelangt, als sie ein Klingeln hörte. Wie angewurzelt blieb sie stehen. Sie kannte dieses Geräusch, es war die Glocke der Häuser der Heilung.

Gwen stellte sich auf die Zehenspitzen und versuchte, über eine Reihe von Büschen hinweg nach unten zu schauen.

Nach einer Weile sah sie die Häuser der Heilung. Was sie sah, gefiel ihr gar nicht. Da drüben schien einiges los zu sein. Dutzende von Fackeln waren entzündet worden. Eine Menge Menschen rannten aufgeregt hin und her. Planwagen waren vorgefahren, und Bahren wurden abgeladen. Schreie und Wehklagen drangen an Gwens Ohr.

Etwas Schreckliches musste passiert sein.

Eigentlich hatte sie vorgehabt, nach Hause zu gehen und ihren Kummer mit Wacholderbrand zu ertränken, doch nun musste sie ihre Pläne ändern. Wenn sie die Situation richtig einschätzte, dann wurde sie heute Nacht noch gebraucht.

Das Erste, was Gwen sah, war Blut. Viel Blut.

Es klebte auf den Ladeflächen, den Laken, dem Boden. Selbst auf den Innenverkleidungen der Lastkarren, mit denen die Verwundeten hertransportiert worden waren. Es war furchtbar.

Pflegerinnen legten die Verwundeten auf Bahren und brachten sie in die Behandlungszimmer, während sich Brigantinnen von der gegenüberliegenden Kaserne um die verstörten Pferde kümmerten.

Einige Meter weiter standen Mutter Magdalena und Ratsherrin Edana zusammen und versuchten, eine aufgebrachte Frau zu beruhigen. Die Frau war verletzt, wenngleich offenbar nicht ganz so schlimm wie die anderen. Sie hatte eine lange Schnittwunde am Arm sowie Prellungen an Schulter und Kopf. Während die oberste Heilerin ihre Wunden reinigte und ihr einen Druckverband anlegte, ließ Edana sich erklären, was vorgefallen war.

»Sie kamen ohne Vorwarnung«, stieß die Frau aus. »Aus heiterem Himmel, mitten während der Abendandacht. Es ging so schnell, dass wir das Warnsignal erst hörten, als es schon zu spät war. Es war ein verdammter Alptraum.«

»Habt ihr jemanden erkennen können?«

»Wie denn, die Kerle waren ja alle vermummt. Sie hatten Jacken mit Emblemen an und trugen Masken.«

»Embleme?«

»Ja, eine Kirche mit zwei Türmen. Schwarze Stickerei auf goldenem Hintergrund. Ich konnte es nicht genau erkennen, es ging alles so schnell.«

Edana warf Magda einen vielsagenden Blick zu. »Das Symbol der Heiligen Lanze.« Sie humpelte zur Seite, um ein paar Trägern mit einer Bahre Platz zu machen. Seit dem Angriff auf die Raffinerie benötigte sie eine Gehhilfe.

»Und wir hatten geglaubt, wir hätten sie am Boden.«

»Die Heilige Lanze mag geschwächt sein, am Boden ist sie noch lange nicht«, sagte Magda. »Nicht, solange der Inquisitor lebt.«

»Ihr habt recht«, stieß Edana aus. »Höchste Zeit, dagegen etwas zu unternehmen.«

Gwen räusperte sich. »Herrin?«

Magdalena hob den Kopf. Ein Lächeln huschte über ihr

Gesicht. »Ah, Gwen! Ein Segen, dass du gekommen bist. Wir können jede Hilfe brauchen. Edana, das ist Gwen, eine unserer vielversprechendsten Anwärterinnen. Sie wird demnächst die Prüfung ablegen, und ich bin sicher, dass sie eine hervorragende Heilerin werden wird.«

Edana hob die Augenbrauen. »Du kommst mir bekannt vor. Warst du nicht die Gefährtin von Juna?«

»Ja, Ratsvorsitzende.« Gwen kreuzte ihre Arme und neigte den Kopf. Sie erinnerte sich noch gut, wie Edana in ihr Haus eingedrungen war und Nachforschungen angestellt hatte. Sie war damals nicht sehr freundlich zu ihr gewesen. Seitdem war ihre Macht noch einmal deutlich angewachsen.

Edana musterte sie kritisch. »Deine Gefährtin hat für einigen Wirbel gesorgt. Bis heute ist es mir nicht gelungen, herauszufinden, was damals genau geschehen ist. Aber was es auch war, sie hat die Raffinerie zerstört – und das ist etwas, wofür wir ihr nicht genug danken können.«

Magdalena kürzte den Faden, mit dem sie die Oberarmwunde vernäht hatte, und holte eine Bandage aus ihrer Verbandstasche.

»Was soll ich tun, Herrin?«, fragte Gwen.

»Am besten, du meldest dich bei Theresa und hilfst ihr bei der Erstversorgung der Verwundeten. Wir haben etwa ein Dutzend Frauen, die dringend ärztlicher Behandlung bedürfen. Ich werde nachkommen, sobald ich hier fertig bin.«

Gwen wandte sich zum Gehen, blieb aber noch einmal stehen. »Was ist eigentlich passiert?«

»Ein Kommando der Heiligen Lanze«, sagte Edana. »Sie sind in Andomar eingefallen. Sie haben geplündert und gebrandschatzt und alles dem Erdboden gleichgemacht.«

»Wenn sie etwas mitgenommen hätten, hätte ich es ja noch

verstanden«, stöhnte die Frau. »Aber es ging ihnen nur ums Zerstören. Als ob wir ihnen irgendetwas getan hätten.«

»Das Dorf liegt nordöstlich in Richtung des großen Stroms, unweit der Raffinerie«, erläuterte Edana. »Wir tippen auf einen Racheakt.«

»Es war einfach schrecklich«, schluchzte die Frau. »Sie hatten sich als fahrende Händler verkleidet, so dass wir erst erkannten, was los ist, als es schon zu spät war.«

»Diese Teufel. Aber dafür werden sie bezahlen, das verspreche ich dir«, sagte Edana. »Ich werde den Hohen Rat einberufen und ihn davon überzeugen, dass es höchste Zeit wird, Konsequenzen zu ziehen. Wir dürfen den Stadtbewohnern keine Kinder mehr überlassen. Keine Schandkreise und keine Darbietungen, damit muss ein für alle Mal Schluss sein. Wir werden uns nehmen, was wir brauchen, und den Rest der Natur überlassen. Aber vorher werden wir uns noch diesen Inquisitor vorknöpfen. Eine Schlange tötet man am besten, indem man ihr den Kopf abschlägt.«

Gwen presste die Lippen aufeinander. Sie kannte Edanas Pläne, Juna hatte ihr davon berichtet. Was sie bedeuteten, war klar: keine männlichen Babys mehr für die Stadtbewohner. Die Männer würden immer älter werden und irgendwann aussterben. Ein paar von ihnen waren natürlich nötig, um für Nachwuchs zu sorgen, doch sie würden keinerlei Privilegien erhalten. Wie Tiere sollten sie in Käfigen gehalten werden. Eine erschreckende Vorstellung. Selbst Gwen, die mit Recht wütend auf das andere Geschlecht war, ging das zu weit.

»Bitte entschuldigt«, sagte sie. »Ich werde gebraucht. Ihr findet mich drüben in den Unterkünften.«

»Mach das, Gwen«, sagte Magdalena. »Und alles Gute.«

Das Zimmer für die Schwerverletzten lag im westlichen Flügel. Es war vom Rest der Anlage durch einen Garten und eine Reihe hoher Hecken getrennt. Als Gwen das Gebäude betrat, hörte sie Schreie, lautes Stöhnen und die aufgeregten Stimmen der Pflegerinnen.

In den Behandlungszimmern ging es zu wie in einem Bienenstock. Überall waren Notfallbetten aufgestellt worden, selbst in den Gängen, die zu den einzelnen Behandlungszimmern führten. Heilerinnen und Pflegerinnen liefen kreuz und quer durcheinander, schrien Befehle und schafften neues Verbandsmaterial heran. Die Wege waren schmal, so dass es immer wieder zu Rempeleien kam.

Kaum hatte Gwen das Gebäude betreten, wurde sie schon von Oberschwester Theresa entdeckt.

»Gwen. Die Göttinnen seien gepriesen.« Die großgewachsene, dunkelhaarige Frau mit dem markanten Muttermal auf der rechten Wange eilte auf sie zu. »Wir können hier wirklich jede Hilfe brauchen. Hier, halt das mal. Ich bin gerade auf dem Weg zu Zimmer eins, dort haben wir die schlimmsten Fälle. Es ist schrecklich. Ich habe so etwas noch nie gesehen. Komm.«

Sie drückte Gwen einen Stapel frisch gewaschener Leintücher in die Hand, dann wandte sie sich um und eilte davon.

Gwen hatte Mühe, mit ihr Schritt zu halten. Theresa hielt unterwegs kurz in der Küche an, holte eine Schale mit kaltem Wasser und lief dann weiter.

Im Behandlungszimmer herrschte Hochbetrieb. Alle sechs Betten waren belegt, zusätzlich noch mal zwei, die von den anderen notdürftig durch transparente Stellwände abgetrennt worden waren. Im Licht der Ölfeuer sah Gwen die Umrisse der Heilerinnen hinter dem dünnen Stoff. Es sah aus wie ein unheimliches Schattentheater. Obwohl die Fenster weit offen standen, war die Luft erfüllt vom Gestank nach Äther und Alkohol. Eine Frau schrie, eine andere stöhnte. Eine Verletzte musste von drei Pflegerinnen aufs Bett gedrückt werden, weil sie so strampelte, dass eine Behandlung schwierig war. Gwen sah das Bein und die Säge und wusste, worüber sie sich so aufregte.

»Hierherüber, Gwen. Schnell.«

Die Frau auf dem Bett war etwa fünfundzwanzig und augenscheinlich recht hübsch. Zumindest war sie es früher gewesen, denn jetzt waren große Teile ihres Körpers von Verbrennungen entstellt. Ihre Haare waren verkohlt, genau wie die Kleidung, die ihr in Fetzen vom Leib hing. An ihrem Kopfende saß eine junge Heilerin, die letzten Herbst ihre Prüfung abgelegt hatte. Gwen kannte sie nicht besonders gut, wusste aber, dass ihr Name Merle war.

Theresa stellte die Wasserschale auf einem Stuhl ab und wandte sich dann der Verletzten zu. »Diese Frau hat sich im Tempel aufgehalten, als eine Schale mit Öl umfiel, genau auf sie drauf. Sie hat gebrannt wie eine Fackel. Eine Freundin war so geistesgegenwärtig gewesen, sie direkt zu einem Pferdetrog zu schleifen und sie hineinzuwerfen. Ihre Brandverletzungen sind schwer und müssen sofort behandelt werden. Merle, ich stelle dir Gwen zur Seite, sie ist eine erfahrene Pflegerin. Ihr beide werdet euch um diese Frau kümmern. Wirst du das schaffen?«

Die junge Heilerin nickte zaghaft. »Ich denke schon, ja.«

Gwen fand, dass es nicht besonders zuversichtlich klang.

»Gut. Hier habt ihr alles, was ihr benötigt: saubere Tücher, Wasser, Binden und eine kühlende Salbe. Ihr fangt am besten gleich an.«

»Bleibt Ihr denn nicht bei uns?« Merle riss die Augen auf.
Theresa schüttelte den Kopf. »Ich habe drüben einen offenen Bruch. Ein Knochensplitter hat die Vene verletzt. Ich muss sofort rüber und die Blutung stoppen. Bist du sicher, dass du das hinbekommst?«
Merle biss sich auf die Lippen.
»Klar schaffen wir das.« Gwen warf der jungen Heilerin einen aufmunternden Blick zu. »Kein Problem.«
»Mögen die Göttinnen eine schützende Hand über euch halten.« Theresa eilte hinüber zu den anderen.
Merle blickte auf die Frau, als wüsste sie nicht, wo sie anfangen sollte. Dann gab sie sich einen Ruck. »Ich denke, zuerst mal sollten wir die Kleidungsreste entfernen.«
»Nein.« Gwen schüttelte den Kopf. »Sie hat einen Schock. Blässe, Zittern, kalter Schweiß, Unruhe. Das sind klare Symptome. Wenn wir nicht wollen, dass sie ohnmächtig wird, sollten wir zuerst ihre Beine hochlagern. Während du das machst, werde ich die abschnürenden Kleidungsstücke öffnen.«
»In Ordnung.«
Gwen ging vorsichtig und systematisch vor. Sie zog Hemd und Hose aus, entfernte Stoffreste und erklärte der Frau währenddessen in sanftem Tonfall, dass sie keine Angst zu haben brauche. »Es wird dir bald wieder bessergehen, die Verbrennungen sehen schlimmer aus, als sie sind«, sagte sie. »Bestenfalls zweiten Grades. Das kann man an den vielen kleinen Blasen erkennen, siehst du? Wären sie dritten Grades, wäre die Haut verkohlt. Und keine Sorgen wegen deiner Haare, die sind bald wieder nachgewachsen. Deine Freundin hat schnell und gut reagiert. Wo ist sie eigentlich?«
»Da drüben.« Die Frau deutete auf eine junge Frau, die auf einem Stuhl saß, mit glasigen Augen zu Boden starrte und da-

bei einen Kühlbeutel gegen ihre Schläfe presste. Offenbar eine Prellung.

»Ein brennender Balken hat sie beim Rausgehen am Kopf erwischt«, sagte sie. »Sie sagt, sie hätte Schwindelanfälle und Kopfschmerzen. Außerdem ist ihr ständig übel. Könnt ihr mal nach ihr sehen?«

»Mache ich, sobald ich hier fertig bin.«

»Aber das kann ich doch übernehmen«, sagte Merle. »Soll ich schon mal die Brandblasen öffnen?«

Gwen zuckte zusammen. »Unter keinen Umständen«, sagte sie. »Wenn du das tust, besteht die Gefahr einer Verletzung der unteren Hautschichten. Die Blasen sehen zwar nicht hübsch aus, wirken aber wie ein Polster. Am besten, du kühlst einfach die verbrannten Hautstellen mit feuchten Tüchern und trägst hinterher eine leichte Heilsalbe auf. Die Blasen verschwinden von allein. Verbinden nicht vergessen, aber nicht so stramm. Es muss genügend Luft an die verbrannten Stellen kommen.« Sie verstummte. Ihr fiel gerade auf, dass sie mit Merle sprach, als wäre sie ihre Untergebene. Überraschenderweise schien das der jungen Frau nichts auszumachen, im Gegenteil. Sie wirkte richtiggehend dankbar, dass Gwen ihr so klare Anweisungen gab. Mit Eifer machte sie sich an die Arbeit.

Gwen lächelte grimmig. Merle hatte bei ihrer Prüfung garantiert keinen Blinddarm operieren müssen.

Sie wischte ihre Hände ab und ging hinüber zu der Frau mit der Kopfverletzung. Ein Eimer mit Erbrochenem stand neben ihr.

Die Frau war noch sehr jung. Auf jeden Fall jünger als sie selbst, fast noch ein Mädchen.

»Na, wie geht es dir?«, sagte Gwen. »Deine Freundin sagt, du

hättest einen Schlag auf den Kopf bekommen. Stimmt das? Lass mal sehen.«
»Ich … mein … tut … weh.« Das Mädchen war kreidebleich und zitterte.
Gwen berührte ihr Gesicht mit beiden Händen und schaute ihr prüfend in die Augen. Was sie sah, gefiel ihr gar nicht.
»Hat schon eine der Heilerinnen mit dir gesprochen?«
Ein Nicken. »Sagt … Gehirnerschütterung. Hat … Schmerzmittel gegeben.«
Gwen sah die geweiteten Pupillen und wusste, dass die Diagnose falsch war. Dies war keine gewöhnliche Gehirnerschütterung. Im schlimmsten Fall hatten die Schmerzmittel das Leiden sogar verschlimmert.
»Wie lange ist das jetzt her, seit du den Schlag auf den Kopf bekommen hast?«
»Weiß … nicht. Drei Stunden … vielleicht vier.«
»Hast du Anfälle von Bewusstlosigkeit?«
Das Mädchen nickte.
Gwen biss sich auf die Lippen. Die Symptome waren eindeutig. Übelkeit, Erbrechen, Ohnmachtsanfälle und Pupillenerweiterung. Vermutlich war irgendwo im Kopf ein Gefäß geplatzt. Die austretende Flüssigkeit drückte gegen die Schädelwand.
»Ist … sehr schlimm?«
Gwen sah, dass die junge Frau Angst hatte. Ihre Pupillen waren groß wie Wagenräder.
»Nein.« Sie versuchte zu lächeln. Was jetzt kam, würde nicht schön werden. Der Druck im Kopf musste gesenkt werden. Geschah das nicht, war das Mädchen binnen einer Stunde tot. Es gab nur eine Möglichkeit. Sie würde eine Trepanation durchführen müssen, eine Schädelöffnung.

Gwen blickte sich um. Keine der erfahrenen Heilerinnen war verfügbar. Alle waren beschäftigt. Selbst Merle, die mit ihrer Verletzten mehr als genug zu tun hatte.

»Das bekommen wir schon hin, keine Sorge«, sagte sie mit einem Anflug von Entschlossenheit. »Ich weiß genau, was zu tun ist.«

14

Am nächsten Morgen ...

Logan liebte die Werkstatt. Von allen Räumen im Haus war dies der schönste, und das nicht nur, weil er hier fast immer jemanden antraf. Die ganze Atmosphäre stimmte, die Größe, der Geruch, die vielen Werkzeuge und natürlich die Feuerstelle. Wenn man von der Küche aus dorthin gelangen wollte, musste man den Kopf einziehen, um sich nicht an dem nur einen Meter sechzig hohen Querbalken den Kopf zu stoßen. Gleich dahinter, sozusagen auf der Rückseite des Küchenherdes, war die Esse; hier erhitzte sein Vater das Metall, ehe er es zu Pfannen, Werkzeugen oder Waffen schmiedete. Ein mächtiger Blasebalg und der darüberliegende Rauchfang sorgten für die nötige Luftzufuhr, um die Kohle auf die erforderliche Temperatur zu bringen. An der Wand hing der Schmelztiegel, in dem das Metall eingeschmolzen und zu Roheisenstücken gegossen wurde. Ein Amboss, eine Richtplatte mit Schraubstock, eine Wanne mit Wasser sowie eine Werkbank mit Sägen, Hämmern, Zangen und Feilen vervollständigten das Bild. Neben der Esse stand eine riesige Kommode mit tausend Schubladen, von denen jede einzelne gerammelt voll war mit Nieten, Schrauben, Hobeln, Schmirgelpapier, Nägeln und allem anderen, was man sonst so brauchte. Verschiedene Öllampen und Talgkerzen spendeten Licht, falls Gunnar abends noch arbeiten wollte. Die Werkstatt roch nach Rauch, Staub,

Öl und Chemikalien, die sein Vater bei der Herstellung des Roheisens einsetzte – ein Geheimnis, das er wie seinen Augapfel hütete. Sobald Gunnar die Werkstatt betrat, steckte er seine Pfeife in den Mundwinkel, zündete sie an und ließ sie dort, bis er seine Arbeit beendete. Der Tabak roch mild und weich. Der Himmel mochte wissen, wo sein Vater das Kraut in diesen schwierigen Zeiten herbekam. Aber er musste eine gute Quelle haben, denn er besaß einen kleinen Vorrat, der nie zu schwinden schien. Auch jetzt hatte er wieder seine kleine Wurzelpfeife im Mundwinkel und paffte, als ob der Qualm aus der Esse nicht schon würzig genug roch. Er zog ein glühendes Metallstück aus der Glut und fing an, es mit dem Hammer zu bearbeiten. *Kling, klong, kling, klong.*

Logan strich über sein Auge. Die Tätowierung juckte höllisch.

»Finger weg«, sagte Gunnar. »Wenn du kratzt, geht der Schorf ab, und dann wird das Bild hässlich. Willst du mit einer hässlichen Tätowierung rumlaufen?«

»Am liebsten hätte ich gar nicht erst eine Tätowierung bekommen, aber ich wurde ja nicht gefragt. *Champion des Clans,* dass ich nicht lache. Zum Dank werde ich zeitlebens verunstaltet herumlaufen.«

»Du solltest stolz sein.« Sein Vater hielt das glühende Stück Metall in die Höhe und prüfte es im Licht. »Es ist ein Ehrenzeichen, und als solches solltest du es betrachten. Wenn du dir schon nichts daraus machst, mir bedeutet es viel. Du bist jetzt der zweite Mann in der Familie, der so etwas tragen darf.« Er zog den Ärmel seines schmierigen Hemdes hoch und zeigte sein Clanabzeichen. »Ich habe es bekommen, da war ich schon über dreißig. Und das ist nur ein Teilnehmerabzeichen. Du hingegen bist ein Champion. Wäre ich damals so jung gewesen wie du, ich glaube, ich wäre tagelang durch das Revier gezogen und hätte es allen gezeigt. Ein Mann muss wissen, wo er hingehört.«

Dachs hockte nebenan auf der Steinmauer. *Also, ich finde Logans schöner. Der alte Gerhardt hat gute Arbeit geleistet. Die Runen sehen äußerst bedrohlich aus.*

Gunnar lachte. »Vermutlich hätte ihn der Warlord auch einen Kopf kürzer gemacht, wenn er schlecht gearbeitet hätte. Aber Gerhardt ist ein Meister mit der Nadel, ich habe nichts anderes erwartet.«

Logan strich vorsichtig über die Verletzung. »Na, ihr scheint euch ja einig zu sein. Dann trage ich mein Abzeichen halt wie jedes andere Rindvieh in diesem Clan auch: mit Ergebenheit, Dankbarkeit und einem kräftigen *Muh!*«

Dachs grinste. *Du solltest Fett darauf schmieren. Deine Haut ist zu trocken, deshalb juckt sie.*

Gunnar schob einen Topf mit grauer Paste herüber. »Hier, nimm Schmiere, das hilft immer.«

Logan blickte auf den Tiegel und rümpfte die Nase. Gunnar kratzte das Zeug von den Rändern alter Ölfässer, und es stank fürchterlich. Je nachdem, wie rein es war, schwankte seine Farbe zwischen stumpfem Grau und schmierigem Weiß. Sein Vater verwendete es zur Pflege seiner Klingen, schwor aber Stein und Bein darauf, dass es bei allen möglichen Zipperlein half. Seit Logan denken konnte, war er mit diesem zähen Zeug eingeschmiert worden. Bei Verbrennungen, Schnittverletzungen, Schürfwunden und Mückenstichen. Sein Vater verwendete es gegen Haarausfall, Rückenbeschwerden, ja sogar bei Husten. Einen Löffel auf die Brust, einen zweiten in einem Krug mit heißem Wasser aufgelöst. Das Zeug stank so eklig, dass man lieber erst gar nicht krank wurde. Er wollte gerade nach dem Topf

greifen, als ein tiefes Hornsignal erklang. Drei langgezogene Töne, die in einem schauerlichen Heulen endeten.
Dachs spitzte die Ohren, dann sprang er von seinem Platz auf.
Das Versammlungszeichen.
Gunnar ließ das Metallstück ins Wasser gleiten. Eine gewaltige Dampfwolke stieg auf. Mit grimmiger Miene verließ er die Werkstatt und trat ins Freie.
»Du hast recht«, sagte er nach einer Weile. »Es ist das Versammlungszeichen. Klingt, als käme es vom Kampfplatz.« Er wischte seine Hände am Kittel ab. »Kommt, Jungs. Schauen wir mal nach, was da los ist.«

Der Kampfplatz war bereits gut besucht. Clanmitglieder aus allen Teilen der Siedlung waren zusammengeströmt und hatten auf den umgestürzten Fahrzeugen Platz genommen. Der Warlord und sein Sohn befanden sich in einem abgetrennten Bereich auf der gegenüberliegenden Seite der Arena.
Logan blickte nervös in die Runde. Das letzte Mal, als er hier gestanden hatte, war er der Mittelpunkt der Aufmerksamkeit gewesen. Wie anders sah das alles von hier aus! Von vielen Seiten erntete er wohlwollende Blicke.
Sein Vater legte ihm seine Hand auf die Schulter. »Siehst du, Logan? Das ist etwas, das du dir für Geld nicht kaufen kannst: Respekt. Die Leute werden nie vergessen, dass du dich für sie geschlagen hast. Ich frage mich allerdings, warum wir hergerufen wurden.«
Logan fühlte, wie seine Ohren glühten.
Sie erklommen einen umgestürzten Kleinbus und nahmen Platz. Von Süden näherte sich eine Staubwolke. Der Boden war trocken, es hatte seit Wochen nicht geregnet. Das dumpfe Dröhnen der Motoren ließ die Erde vibrieren.

»Motorfahrzeuge«, sagte Gunnar. »Das kann nur die Heilige Lanze sein.«

Logan reckte den Hals. Er hatte schon lange keine benzingetriebenen Fahrzeuge mehr gesehen. Insgesamt vier Fahrzeuge: ein Zweirad, zwei Jeeps mit starr montiertem Maschinengewehr und ein gepanzerter Lastwagen. Durch die dunkel getönten Scheiben konnte man die Umrisse der Insassen erkennen. Als der Konvoi den Platz erreichte, sah Logan, dass der Transporter auf seinen Flanken mit dem Symbol der Heiligen Lanze bemalt war. Sein Vater hatte recht gehabt.

Die Gespräche erstarben. Alle blickten neugierig auf die Neuankömmlinge. Türen wurden geöffnet, dann stiegen Männer aus. Sie trugen weite Umhänge, Stiefel und Handschuhe. Ihre Gesichter wurden von unheimlich aussehenden Masken verdeckt. An Tragegurten baumelten Maschinenpistolen, über ihren Schultern trugen sie Patronengurte, und an Hüftgurten hingen Handfeuerwaffen. Zwei Standarten wurden aufgepflanzt, beide mit dem Symbol der Kirche versehen. Als alles bereit war, ging der Fahrer zur rechten Seite des Fahrzeugs und öffnete die Beifahrertür. Logan fuhr ein Schreck durch die Glieder.

Er wusste, wer das war.

Der Inquisitor war ein hagerer Mann, gekleidet in eine scharlachrote Robe, deren weit überhängende Kapuze sein Gesicht verdeckte. Beim Gehen stützte er sich auf einen seltsamen Stab, eine Eisenstange, die mit Stacheldraht umflochten war. Sein Gang war steif und langsam, als würde er von Schmerzen geplagt. Während er an den Tribünen vorbeiging, streifte er langsam die Kapuze vom Kopf. Logan bemerkte, wie es ringsumher still wurde. Das Gesicht des Inquisitors war auf das schrecklichste entstellt. Er war vor vielen Jahren nur knapp dem Feuertod entronnen. Es hieß, die Hexen hätten ihn in ein brennendes Haus gesperrt und ihn dann seinem Schicksal überlassen. Angeblich habe ein Engel ihn gerettet, der ihm den Auftrag gab, das Geschlecht der Hexen für immer zu bekämpfen. Solche Geschichten machten an Lagerfeuern immer gerne die Runde. Natürlich war das absoluter Blödsinn, doch es konnte niemand leugnen, dass Marcus Capistranus kein einfaches Leben gehabt hatte.

Dachs tippte ihn an. *Ist das … eine Maske?*

»Nein, kleiner Bruder, ich fürchte, das ist sein wahres Gesicht. Aber du brauchst dich nicht zu fürchten, er ist nur ein Mensch.« Zumindest hoffte er das.

Plötzlich ergab alles einen Sinn. Alexander musste vom Eintreffen des Inquisitors erfahren haben und hatte deswegen kurzfristig die Versammlung einberufen.

Marcus Capistranus war eine gefürchtete Persönlichkeit. Als oberster Kriegsherr dieses Landes verfügte er über ungeheure Macht. Die Stämme betrachteten die Außenbezirke als ihren Besitz; deshalb diente die Versammlung in erster Linie dazu, Geschlossenheit zu demonstrieren. Alexander wollte seine Macht zeigen. Die Krieger der Heiligen Lanze sollten ruhig spüren, dass sie nur Gäste waren und nur so lange geduldet wurden, wie sie sich ordentlich benahmen.

Logan fielen die vielen feindseligen Gesichter auf. Inquisitor Marcus Capistranus genoss keineswegs große Beliebtheit bei den Mitgliedern des Steinernen Turms. Als Kolonie, die am weitesten vom Stadtkern entfernt lag, wurde die Nordstadt von der obersten Führung der Kirche ziemlich stiefmütterlich behandelt. Es gab keine Nahrungstransporte, keine Rohstoffe und keine Handelswaren. Medikamente und sonstige Versorgungsgüter blieben den stadtnahen Zonen vorbehalten. Sie waren hier draußen auf sich allein gestellt. Gut, der Inquisitor hatte ihnen das Recht zugesprochen, ihr Leben unabhängig und eigenständig zu gestalten, aber diese Freiheit hatte einen Preis. Einmal im Jahr kam ein Tross Krieger von der Heiligen Lanze und forderte Tribut. Der konnte aus Lebensmitteln, Fellen oder Waffen bestehen, manchmal aber auch aus der Rekrutierung von Soldaten. Junge Männer im wehrfähigen Alter, von denen nur wenige nach ihrer Dienstzeit wieder zurückkehrten. Logan verstand den Hass, den eine solche Entwicklung in den Herzen der Menschen entfachen konnte. Würde Gunnar anders reagieren, wenn man ihm Logan oder Dachs wegnahm?

Der Inquisitor beendete seine Runde und hielt vor der Tribüne des Warlords an. Sein blindes Auge schimmerte in der Farbe einer gekochten Zwiebel.

»Verehrter Warlord, Männer des Nordens, Mitglieder des Steinernen Turms, euer Inquisitor grüßt euch.«

Verhaltener Applaus setzte ein.

»Ich freue mich, endlich einmal wieder persönlich vorstellig zu werden. Viel zu lange schon haben mich meine Amtsgeschäfte abgehalten, euer schönes Land zu besuchen. Seit ich das letzte Mal hier war, hat sich vieles zum Positiven verändert. Die Straßen sind passierbarer geworden, in den Gärten grünt und blüht es, und wenn ich mich umsehe, sehe ich wohlgenährte, kräftige und gesunde Männer. Kein Zweifel: Der Herr hat seine schützende Hand über euch gehalten.«

»Als ob dein *Herr* etwas damit zu tun gehabt hätte«, zischte ein alter Mann unweit von Logan in seinen Bart. »Du lobst uns doch nur, damit du dir nachher alles unter den Nagel reißen kannst. Verdammter Heuchler.«

»Dem Fleißigen winkt das Glück«, fuhr Marcus Capistranus

fort. »So ist es kein Wunder, dass der Clan vom Steinernen Turm in diesem Jahr den Titel der Meisterschaft erringen konnte. Ein Jahr lang obliegt euch nun die Führung der anderen Clans. Eine große Verantwortung. Eure Beschlüsse haben Einfluss auf unser aller Schicksal, dessen solltet ihr euch bewusst sein. Gerade in Zeiten wie diesen ist es deshalb von größter Wichtigkeit, einen kühlen Kopf zu bewahren.« Er machte ein paar Schritte und blickte in die Runde. »Ich brauche euch nicht zu sagen, dass wir an der Schwelle einer neuen Zeit stehen. Dunkle Wolken sind über dem Horizont aufgezogen. Wolken, die schon bald zu einem Sturm werden könnten. Nur mit vereinten Kräften wird es uns gelingen, der Bedrohung aus dem Westen entgegenzutreten.« Er machte eine kurze Pause und fuhr dann fort: »Manch einer wird von der Katastrophe gehört haben, die sich im Süden zugetragen hat. Der Angriff auf unsere Hauptversorgungsstation, der Tod Hunderter von Männern. Tapfere Männer, manche von ihnen aus diesem Clan. Sie starben heldenhaft, und es mag euch trösten, dass ihre Seelen Eingang ins ewige Himmelreich gefunden haben. Doch unsere Probleme sind dadurch nicht geringer geworden. Schon dringen Gerüchte von neuen Angriffen an meine Ohren. Sie erreichen uns zu einer Zeit, da wir am verwundbarsten sind. Ich weiß, dass viele von euch nichts von meinen Bemühungen halten, der weiblichen Übermacht Einhalt zu gebieten. Ihr denkt, ihr wärt weit genug weg und die Horden der Amazonen könnten euch nichts anhaben. Meine lieben Freunde, begeht nicht diesen Fehler.« Er rammte seinen Stab auf die Erde. »Niemand kennt die Verderbtheit des Weibes besser als ich. Seht mich an. Solange auch nur eine von diesen Kreaturen frei auf Gottes Erde wandelt, werden wir keinen Frieden finden. Mir sind Berichte zu Ohren gekommen, dass sie in ebendiesem Moment einen großangelegten Feldzug gegen die alte Stadt planen. Vielleicht haben sie noch kein Interesse an euch, doch glaubt mir: Fällt die Stadt, fallt auch ihr. Des Weibes Seele ist niemals zufrieden. Wenn die Horden erst das Zentrum eingenommen haben, dann werden sie kommen, um euch zu holen, das ist so sicher wie das Amen in der Kirche. Glaubt ihr, sie werden ruhig zusehen, dass ihr auf ihrer Türschwelle sitzt? Glaubt ihr das?« Er blickte herausfordernd in die Runde.

In den Reihen der Zuschauer entstand Unruhe. Die Worte schienen ihre Wirkung nicht zu verfehlen.

Um Marcus Capistranus' Lippen spielte ein feines Lächeln. »Ich sehe schon, einige von euch haben auch ihre Zweifel, genau wie ich. Das ist gut so. Lasst nicht zu, dass sie einen Keil zwischen uns treiben. Noch ist Zeit, um ihrem Vorhaben entgegenzutreten. Lasst uns Pläne schmieden und Vorbereitungen treffen. Ich bin nicht zuletzt gekommen, um mit eurem Führer über dieses Thema zu sprechen.

Doch nun genug der Sorgen. Dies ist ein Freudentag, und deshalb wollen wir feiern. Hier auf meinem Wagen habe ich Geschenke für euch – Waffen, Kleider, Nahrungsmittel. Auch das eine oder andere Fass aus meinem Weinkeller ist dabei.« Er ging hinüber zum Lastwagen und wies seine Leute an, die Plane von der Ladefläche zu ziehen. Ein Raunen ging durch die Menge, als die Männer die Geschenke sahen. Das waren wahrhaft fürstliche Gaben.

»Ich hoffe, euch gefällt, was ihr seht«, rief Capistranus. »Ich möchte euch meinen Respekt und meine Anerkennung bezeugen – und was wäre dafür besser geeignet als ein guter Wein? Ganz besonders danken möchte ich einem jungen Mann, einem tapferen Krieger mit Namen Logan. Ist er hier irgendwo?«

Viele Köpfe drehten sich zu ihnen herum.
Logan spürte, wie seine Beine weich wurden. Etwas unbeholfen stand er auf. »Hier, Euer Eminenz.«
»Bist du Logan, der Sohn von Gunnar dem Schmied?«
»Ja, Euer Eminenz.«
»Na, dann komm runter zu mir, damit ich dich für deine herausragende Leistung ehren kann.«
Gunnar lächelte ihm stolz zu, als Logan vom Dach des Busses herunterkletterte und die Arena betrat. Mochte ihm selbst auch nicht viel an solchen Auszeichnungen gelegen sein, für seinen Vater war es etwas Besonderes. Und da er ihn über alles liebte, freute er sich über die Ehre.
Der Inquisitor überragte ihn um Haupteslänge. Logan musste sich zwingen, nicht zu sehr auf die Verbrennungen zu starren.
»Für deine besonderen Verdienste und deine Tapferkeit in der Arena zeichne ich dich mit dem höchsten Symbol unserer Kirche aus. Der schwarzen Kathedrale. Auf dass du auch künftig allen Herausforderungen und Widrigkeiten mit erhobenem Haupt begegnen mögest, so wie einst Jesus Christus im Angesicht des Kreuzes. Trage das Abzeichen wie deine Narben: mit Stolz und Würde.«
Er heftete Logan eine goldene Nadel mit einer schwarzen Kirche an die Brust und klopfte ihm auf die Schulter. »Gratuliere, mein Junge. Ab heute bist du Ehrenmitglied der Heiligen Lanze.«

15

Gwen erwachte aus einem tiefen traumlosen Schlaf. Draußen war es bereits hell, und die Vögel zwitscherten. Zwischen den Vorhängen fielen Sonnenstrahlen ins Zimmer. Kleine Staubpartikel tanzten im Licht wie Schneeflocken. Ein sanfter Geruch nach Pfefferminztee umschmeichelte ihre Nase.

Füchschen lag neben ihr und blickte sie mit ihren großen grünen Katzenaugen an. Gwen streckte die Hand aus und kraulte ihre Freundin zwischen den Ohren. Behagliches Schnurren war die Antwort. Füchschen legte sich auf den Rücken und präsentierte Gwen ihren Bauch. »Na, du kleine Genießerin? Ich scheine ja ganz schön lange geschlafen zu haben. Wie spät ist es denn?«

Schnurr.

Gwen kraulte noch ein bisschen weiter, dann hielt sie die Nase in die Luft. Nein, sie hatte sich nicht geirrt, es roch tatsächlich nach Pfefferminze. Jetzt drang ein Klappern aus der Küche. Sie hob den Kopf.

»Hallo?«

»Selber hallo.« Ein Kopf erschien in der Tür. *Magdalena.*

»Bitte verzeih, wenn ich dich geweckt habe. Du hast so schön geschlafen, da wollte ich dich nicht stören. Ich habe mir erlaubt, einen Tee aufzusetzen. Er müsste gleich fertig sein.«

»Wie … wie spät ist es?« Gwen war etwas verwundert, dass die oberste Heilerin einfach so ihr Haus betrat, aber Magdalena hatte ja noch nie viel von Konventionen gehalten. Mittlerweile ging sie hier ein und aus, als wäre es ihr eigenes Heim.

»Halb eins.«
»Oh.« Gwen zog die Decke bis an die Nasenspitze. Langsam kehrten ihre Erinnerungen zurück. Der Überfall, die verletzten Frauen – die Notoperation. Als sie nach Hause gegangen war, hatte bereits der Morgen gedämmert. Sie blickte unter die Bettdecke. Sie hatte noch nicht mal ihre Kleidung ausgezogen, Sie trug immer noch das Hemd mit den dunklen Flecken. Im Nu stand sie auf, ging an den Kleiderschrank und holte ein paar frische Sachen heraus.
»Ist noch irgendetwas Besonderes vorgefallen?«
»Nein, nichts Besonderes. Alles in Ordnung«, kam es aus der Küche. »Ich dachte nur, ich komme dich besuchen und helfe dir beim Aufstehen. Du hast letzte Nacht sehr gute Arbeit geleistet.«
Gwen zog die Stirn kraus. Sie war schon des Öfteren von Magdalena für ihre gute Arbeit gelobt worden, aber noch nie hatte sie deshalb einen Tee serviert bekommen.
Als sie die Küche betrat, staunte sie nicht schlecht: Es war mehr als nur ein einfacher Tee. Magdalena hatte frische Butter und Brötchen besorgt, ein Glas Marmelade stand auf dem Tisch, und die Vase zierte ein Strauß frischer Blumen.
Gwen hielt den Kopf schief. »Was ist los?«
»Nichts ist los. Ich wollte mich persönlich bei dir bedanken und dir sagen, wie sehr es mich gefreut hat, dass du gestern noch gekommen bist. Damit war nicht zu rechnen gewesen, nach deinem Besuch bei Arkana.« Magdalena nippte an ihrem Tee und sah sie fragend an.
Gwen, die keine Lust hatte, über ihren Besuch bei der Hohepriesterin zu reden, setzte sich an den gedeckten Tisch und fing an, ein Brötchen mit Butter zu beschmieren. Sie tat noch etwas Marmelade drauf und biss herzhaft hinein. Mit vollem

Mund sagte sie: »Als ich vom Tempel runterkam, hörte ich die Glocken und sah die vielen Lichter. Ich dachte mir gleich, dass etwas vorgefallen sein muss. Allerdings habe ich nicht damit gerechnet, dass es so schlimm werden würde.«
Magdalena nickte. »Es ist lange her, dass ich so etwas gesehen habe. Aber dank der tatkräftigen Unterstützung konnten wir die meisten Frauen retten.«
»Nicht alle?«
Die oberste Heilerin schüttelte den Kopf. »In zwei Fällen kam leider jede Hilfe zu spät. Sie waren schon halb tot, als sie bei uns eintrafen. Eine alte Frau und ein junges Mädchen.«
Gwen kaute langsam. Sie erinnerte sich an das Mädchen mit der Hirnblutung. Der Eingriff war nicht besonders schwer gewesen, aber Kopfverletzungen waren immer eine heikle Sache. Möglich, dass sie gestern ihre erste Kranke verloren hatte.
Da Magdalena es nicht als ihre Pflicht anzusehen schien, mehr über die gestrige Nacht zu sagen, aß sie schweigend weiter. Irgendwann wischte die oberste Heilerin ihren Mund ab und stand auf. »Wie du dir sicher schon gedacht hast, bin ich nicht gekommen, um dir ein Frühstück zu servieren. Jedenfalls nicht nur. Ich möchte, dass du mich begleitest.«
»Wohin?«
»Komm.« Magdalena lächelte und streckte die Hand aus. »Und keine Sorge. Vertrau mir einfach.«

Eine Viertelstunde später trafen sie in den Häusern der Heilung ein. Die Fuhrwerke waren verschwunden, und auch das Blut, das gestern noch den Sand getränkt hatte, war fort. Ein paar Kranke und Verletzte saßen im Schatten der Bäume, unter ihnen auch einige, die gestern beim Angriff dabei gewesen

waren. Die Frau mit der Schnittwunde am Arm winkte ihnen zu, als sie sie sah.
Magdalena läutete die kleine Glocke rechts vom Eingang. Diese Glocke wurde eigentlich nur betätigt, wenn etwas Außergewöhnliches passiert war. So wie gestern, als die Fuhrkarren eintrafen. Heute jedoch war alles ruhig. Ehe Gwen etwas sagen konnte, wurde sie von Magdalena sanft, aber bestimmt ins Innere des Hauses in Richtung des Aufwachraumes gedrängt. Dorthin, wo die Kranken nach einer schweren Operation zu Kräften kommen konnten. Drei Heilerinnen waren bereits anwesend, doch es dauerte nicht lange, da drängten weitere von hinten nach. Unter ihnen Theresa und Merle. Beide sahen müde und angespannt aus, doch Gwen meinte, noch etwas anderes zu erkennen. Stolz? Zufriedenheit?
Magdalena nahm Gwens Hand und führte sie auf die andere Seite des Zimmers. Zwei Betten standen dort. In dem einen lag die Frau mit den Verbrennungen, in dem anderen das Mädchen mit der Kopfverletzung.
Gwen atmete auf. Sie lebte.
Die Hälfte ihres schönen dunklen Haares war wegrasiert. Stattdessen bedeckte ein dicker Verband die rechte Gesichtshälfte. Als sie Gwen hereintreten sah, huschte ein Lächeln über ihr Gesicht. Magdalena trat neben das Bett des Mädchens und schaute sie zufrieden an. »Darf ich euch einander vorstellen? Gwen, das ist Myrtel, Myrtel, das ist Gwen. Sie hat dir letzte Nacht das Leben gerettet.«
»Hallo.« Das Mädchen war noch immer sehr blass, aber ihre Augen wirkten normal. Gwen schickte ein kleines Stoßgebet zum Himmel. Das Mädchen war bei klarem Verstand. Der Eingriff hatte keine Schäden verursacht.
»Wie geht es dir?«, fragte sie.

»Schon wieder ganz gut, danke. Ich habe immer noch Kopfschmerzen, aber man sagte mir, das ginge bald vorbei.«
»Das wird auch so sein«, sagte Magdalena. »Wir werden warten, bis die Schwellung zurückgeht, und dann deinen Kopf wieder zumachen«, sagte Magdalena. »Du bekommst eine wunderschöne kleine Silberplatte, die man kaum sehen wird. Vor allem, wenn du dein Haar wieder so lang und schön wachsen lässt wie zuvor. Du hattest großes Glück. Ich glaube, kaum eine von uns erfahrenen Heilerinnen hätte die Schwere deiner Verletzung erkannt, mich selbst eingeschlossen. Kopfverletzungen sind eine komplizierte Sache. Wir können Gwen gar nicht genug dafür danken, dass sie die richtige Diagnose gestellt hat und dass sie auch noch den Mut gefunden hat, den Eingriff selbst vorzunehmen.« Sie lächelte Gwen zu. »Aus diesem Grund, und weil du dich nach der gescheiterten Prüfung nicht hast unterkriegen lassen, möchte ich dich heute in den Stand der Eiren berufen. Ab sofort darfst du dich offiziell *Heilerin* nennen.«
Gwen war wie vor den Kopf gestoßen. Träumte sie etwa?
Sie beobachtete, wie Magdalena zur Seite trat und einem der Schränkchen eine goldene Medaille entnahm, die an einem blauen Band hing. Die Münze war verziert mit den Symbolen der Heilgöttin Sulis – Wasser und Schlange –, beide umkränzt von Mistelzweigen. Die Heilerin trat vor und hängte Gwen das Ehrenabzeichen um den Hals.
»Trag es mit Würde«, sagte Magdalena. »Du hast es dir verdient.«
»Ich … ich weiß gar nicht, was ich sagen soll«, stammelte Gwen. »Das kommt jetzt ein bisschen überraschend.«
»Das glaube ich dir«, sagte Magda lächelnd. »Aber du hast Durchhaltevermögen und Nervenstärke bewiesen. Und zwar

in einer Situation, in der manch eine von uns kalte Füße bekommen hätte. Herzlichen Glückwunsch und willkommen in unseren Reihen.« Die alte Frau stellte sich auf die Zehenspitzen, nahm Gwen in den Arm und gab ihr einen Kuss auf die Wange. »Ratsherrin Edana erwartet dich nachher zusammen mit einigen anderen Heilerinnen in der großen Ratshalle. Ich glaube, sie möchte dir noch persönlich ihren Dank aussprechen. Also komm nicht zu spät.«

Gwen wurde seltsam ums Herz. Es war ein Gefühl, als würde sie zehn Zentimeter über dem Boden schweben. Alles war so leicht, so fremdartig. Sie nahm die Münze in die Hand und betrachtete sie. Als dann noch Beifall einsetzte, fing sie an zu weinen.

16

Die große Ratshalle von Glânmor maß etwa acht auf fünfzehn Meter und wurde von einem tonnenartigen Rieddach überwölbt. An den Wänden standen Opferaltäre, aus denen der Duft von Lavendelblüten, Wiesenblumen und frisch verbranntem Räucherwerk stieg. Im hinteren Teil der Halle fielen Sonnenstrahlen zu Boden, deren Lichtgarben ein verwirrendes Muster aus Licht und Schatten erzeugten.

Die zwölf Ratsmitglieder saßen an hufeisenförmig aufgestellten Tischen. Ihre Gesichter wirkten ernst, ihre Stimmen waren zu einem Flüstern gesenkt. In der Mitte saß die oberste Ratsherrin Edana, daneben Junas Mutter, auf der anderen Seite Magdalena. Außer diesen dreien kannte Gwen eigentlich nur noch Noreia, die ehemalige Vorsitzende des Rates. Sie war damals bei dem Zwischenfall in ihrem Haus zugegen, als Edana Juna beschuldigt hatte, etwas mit der Befreiung des Gefangenen zu tun zu haben. Ein Verdacht, der sich im Nachhinein als nur allzu wahr herausgestellt hatte. Als Gwen zusammen mit den anderen die Halle betrat, unterbrachen die Frauen ihre Gespräche.

»Ah, die Heilerinnen«, sagte Edana und stand auf. »Ich danke euch, dass ihr gekommen seid. Tretet näher.«

Gwen warf den anderen einen prüfenden Blick zu und machte dann den ersten Schritt. Edana begrüßte jede einzelne von ihnen mit Handschlag und beglückwünschte sie zu ihrer guten Arbeit in der vergangenen Nacht. »Meine herzlichste Gratulation zu deiner bestandenen Prüfung«, sagte sie zu Gwen.

»Du musst stolz sein, dass es doch so schnell geklappt hat, oder?«
»Ich habe nur meine Arbeit gemacht, Herrin.«
»Na, na, nur nicht so bescheiden. Wie ich gehört habe, hast du eine Operation bewältigt, an der so manche erfahrene Heilerin gescheitert wäre. Ich freue mich für dich. Gute Heilerinnen können wir immer gebrauchen, besonders jetzt. Setz dich zu den anderen. Ihr alle, bedient euch mit Getränken.« Sie deutete auf einen Tisch, auf dem Becher und Krüge standen.
»Ihr werdet euch sicher fragen, warum ich nach euch geschickt habe. Nun, zum einen natürlich, um euch der Ratsversammlung vorzustellen, zum anderen, weil ich eure Hilfe benötige. Nun schaut nicht so entsetzt, ihr braucht keine Angst zu haben. Der Hohe Rat hat sich versammelt, um einen Beschluss zu fassen. Wir wollen herausfinden, wie wir auf die Provokationen seitens des Inquisitors reagieren sollen. Und ihr seid dazu eingeladen, uns dabei zu unterstützen.«
Gwen sah zu den anderen. Sie konnte sehen, dass ihnen ebenso mulmig zumute war wie ihr. Keine von ihnen hatte jemals an einer Ratsversammlung teilgenommen.
»Ihr alle habt miterlebt, zu was dieser Mann in der Lage ist«, fuhr Edana fort, während sie an ihren Platz zurückkehrte. »Der letzte Angriff hat das Fass zum Überlaufen gebracht. Mit der Zerstörung der Raffinerie haben wir ihm einen schweren Schlag versetzt, doch wie es scheint, ist er noch nicht am Boden. Er will Krieg? Er soll ihn haben. Ich selbst finde das sehr bedauerlich, denn ein Krieg ist immer nur der letzte Ausweg, wenn alle anderen Möglichkeiten versagt haben.« Sie blickte die Heilerinnen ernst an. »Wir haben im Hohen Rat lange darüber diskutiert, und es besteht der Wunsch, es

auf einen letzten Versuch ankommen zu lassen. Sollte er scheitern, werde ich alle kampffähigen Frauen zu den Waffen rufen.«

Edana stützte sich auf die Lehne ihres Stuhls und blickte einige Sekunden lang gedankenvoll in die Runde.

»Was wir versuchen wollen, betrifft einzig und allein den Inquisitor«, sagte sie mit veränderter Stimme. »Er ist die Wurzel allen Übels und muss beseitigt werden. Einige von uns vertreten die Ansicht, dass wir mit den Männern in Einklang leben könnten. Ich selbst teile diese Meinung nicht, aber unsere verehrte Hohepriesterin hat uns versichert, dass es Strömungen in der Männerwelt gibt, die solche Vermutungen nahelegen – auch wenn ich nicht weiß, woher sie ihre Informationen hat.« Sie machte eine kurze, aber umso bedeutsamere Pause, die sie dazu nutzte, Arkana einen finsteren Blick zuzuwerfen. »Ich will euch nicht verheimlichen, dass das Urteil des Rates äußerst knapp ausgefallen ist. Es kam nur deshalb zustande, weil die oberste Heilerin sich ihrer Stimme enthalten hat. Sei es, wie es ist: Das Urteil ist gefallen, und ich werde mich dem Ratsspruch beugen. Wir werden Arkanas Vorschlag in die Tat umsetzen.«

»Und wie lautet der Plan?«, fragte Gwen. Ihr war nicht entgangen, dass Magdalenas Augen unentwegt auf sie gerichtet waren.

Edana nahm einen Zeigestock und ging hinüber zu einer Karte. »Morgen bei Sonnenaufgang wird eine Gruppe von Brigantinnen aufbrechen und zur alten Stadt reiten. Sie wird versuchen, sie zu durchqueren und bis zur schwarzen Kathedrale vorzustoßen.« Sie tippte auf die Karte. »Hier liegt das Hauptquartier der Heiligen Lanze. Der Sitz des Inquisitors. Er befindet sich genau im Zentrum der Stadt, das bedeutet, dass er recht schwer zu erreichen sein wird. Wir müssen davon ausgehen, dass er gut bewacht wird, weshalb wir nur die mutigsten und entschlossensten Frauen für dieses Unternehmen auswählen. Der Plan sieht vor, dass die Kriegerinnen sich Zutritt verschaffen und versuchen, den Inquisitor zu töten. Die Gruppe muss klein und unauffällig sein, nicht mehr als fünf Personen. Vier Kriegerinnen und jemand, der sich auf Heilkunde versteht. Die Kriegerinnen haben wir bereits. Fehlt nur noch eine Heilerin.«

Sie machte eine rhetorische Pause.

Die jungen Frauen rührten sich nicht. Auch der letzten war jetzt klargeworden, warum sie hier waren.

»Nun, keine Freiwillige?« Edana wirkte enttäuscht.

»Was ist mit dem Fluss?«, fragte Merle zaghaft. »Wäre es nicht einfacher, den breiten Strom hinabzufahren und von dort aus zu versuchen, in die Kathedrale zu gelangen? Es sieht so aus, als läge das Gebäude genau am Ufer.«

Edana schüttelte den Kopf. »Keine Chance. Der Strom ist an verschiedenen Stellen vermint. Eine Durchquerung ist unmöglich. Außerdem ist man auf dem Fluss ein leichtes Ziel. Es gibt Geschützbatterien. Hier, hier und hier.« Sie tippte auf die betreffenden Stellen. »Selbst wenn wir bei Nacht aufbrächen, hätten wir dort keinen Schutz. Abgesehen davon gibt es niemanden, der wirklich Erfahrung mit Booten hat. Nein, unsere einzige Chance liegt hier.« Sie deutete auf die Westseite der Stadt.

»Aber wie sollen wir durch das Gewirr der Ruinen bis zur Kathedrale vordringen?«, fragte Gwen. »Dort leben doch überall Menschen.«

»Oberhalb der Erdoberfläche, ja. Nicht aber im Untergrund.« Edana warf den sechs Frauen einen bedeutsamen Blick zu.

»Arkana war so freundlich, uns eine Karte aus ihrer privaten Bibliothek zu überlassen. Das hat mich auf die Idee gebracht.« Sie nahm eine Rolle, die auf dem Tisch lag, und wickelte sie auf. Gwen erkannte, dass es ebenfalls eine Karte war, wenn auch eine, wie sie sie noch nie zuvor gesehen hatte. Sie war deutlich kleiner und befand sich in einem sehr schlechten Zustand. Risse liefen über das Papier, und an der rechten unteren Ecke fehlte ein Stück. Auffällig war, dass keine Straßen oder Gebäude eingezeichnet waren, stattdessen eine Menge Kreise und farbige Linien.

»Was ihr hier seht, ist ein Plan der ehemaligen Untergrundbahn, die einst die verschiedenen Punkte der Stadt miteinander verbunden hat«, sagte Edana. »Natürlich existiert das Verkehrsnetz heute nicht mehr. Genau wie alle anderen technischen Einrichtungen wurde es in den Dunklen Jahren zerstört. Angeblich befinden sich die Röhren und Stollen aber noch in einem einigermaßen passierbaren Zustand, so dass wir versuchen können, die schwarze Kathedrale auf diesem Weg zu erreichen. Natürlich gibt es dafür keine Garantie; genauso wenig wissen wir, ob diese Stollen tatsächlich unbewohnt sind. Trotzdem ist das die beste Option, die wir haben. Da der Plan nur sehr schwer zu lesen ist, habe ich eine unserer Künstlerinnen beauftragt, eine maßstabsgetreue Kopie auf ein Stück transparenten Stoff zu zeichnen. Seht her.« Sie legte die transparente Vergrößerung auf die alte Karte, so dass beide eine Einheit bildeten. Auf einmal ergab die vormals abstrakte Struktur einen Sinn. Die Punkte, die durch die farbigen Linien verbunden wurden, befanden sich immer dort, wo die Straßen eine Kreuzung oder einen Platz bildeten.

Als alle verstanden hatten, worauf sie hinauswollte, lächelte Edana.

»Ganz recht. Dies sind ehemalige Haltestellen. Dort müssten sich die Eingänge in das Untergrundnetz befinden. Ich denke, wir dürfen davon ausgehen, dass viele von ihnen verschüttet sind, aber mit etwas Glück finden wir einen, der begehbar ist. Mit Hilfe dieses Plans werden wir den Gängen folgen und bei der schwarzen Kathedrale wieder an die Oberfläche kommen. Als Mitglieder der Heiligen Lanze getarnt, werden wir uns dem Inquisitor nähern und ihn in einem schnellen Handstreich erledigen. Die Kleidungsstücke haben wir den Gefangenen bei der Raffinerie abgenommen.« Sie rollte den Plan zusammen. »Ich weiß, es klingt wie ein Himmelfahrtskommando, aber es ist die einzige Chance, die wir haben. Und vergesst nicht: Schon bei unserem letzten Angriff haben die Göttinnen ihre schützenden Hände über uns gehalten. Mit ihrem Segen werden wir es schaffen. Alles, was fehlt, ist eine mutige und entschlossene Heilerin, die unsere Kriegerinnen begleitet. Ich will euch nichts vormachen: Es wird schwierig und gefährlich. Gut möglich, dass ihr dabei den Tod findet. Doch der Lohn wird ungleich höher sein. Also, welche von euch möchte, dass ihr Name in den Chroniken von Glânmor verewigt wird?«

Niemand rührte sich. Alle blickten betreten zu Boden.

Plötzlich – ohne, dass sie sich dessen bewusst war – hob Gwen ihre Hand.

»Ich, Euer Ehren«, sagte sie und stand auf.

»Ich will die Kriegerinnen begleiten.«

17

»Nein, nein und nochmals nein.«

Alexanders Haut war gerötet, er war kurzatmig, und auf seinem Kopf glänzte der Schweiß. Zu viel fettes Fleisch und zu wenig Bewegung. Ein Lebenswandel, der irgendwann seinen Tribut fordern musste, dachte Logan. Ganz anders der Inquisitor. Drahtig, schlank und sehr beherrscht. Wie ein altes, lauerndes Insekt.

»Ich werde mich nicht zu irgendwelchen unbedachten Entschlüssen drängen lassen«, sagte Alexander. »Es wird keine Entscheidung geben, ehe ich nicht mit meinen Beratern Rücksprache gehalten habe. Und dafür benötige ich Zeit.«

»Wir haben keine Zeit.« Der Inquisitor presste seine Lippen zusammen. »Ich dachte, das hättet Ihr verstanden. Ihr seid der Warlord. Euer Wort ist Gesetz. Ihr macht Euch zum Gespött, wenn Ihr nicht in der Lage seid, beherzt zu entscheiden.«

»Das werde ich nicht«, polterte Alexander zurück. »Eile war schon immer ein schlechter Ratgeber, und dies ist eine wichtige Entscheidung. Es geht um das Wohl und Wehe meines Clans. Nichts kann so dringend sein, dass man nicht noch eine Nacht darüber schlafen könnte. Ich werde Euch meine Entscheidung, sobald es geht, wissen lassen.«

»Wann?«

»Bald.«

Logan konnte sehen, dass Marcus Capistranus schäumte. Er ballte seine Fäuste, aber gegen die Sturheit dieses Clanführers kam er nicht an.

Logan und Cedric verfolgten das Gespräch aus sicherer Entfernung. Seit einer Stunde tagten die beiden Männer jetzt miteinander, doch eine Einigung schien nicht in Sicht. Logan bewunderte den Warlord. Er war nur eine kleine Nummer gegen den Inquisitor, trotzdem ließ er sich nicht die Butter vom Brot nehmen. Dazu gehörte Schneid.
»Ich glaube, mein Vater macht einen Fehler«, flüsterte Cedric.
»Wie kommst du darauf? Ich finde, er hält sich sehr gut.«
»Er zögert, wo Tatkraft gefordert wäre, er zeigt Schwäche, wo er Stärke demonstrieren müsste. So etwas kann einen schnell den Kopf kosten.«
Logan sah ihn verwundert an. »Warum sollte es? Alexander hat nie einen Hehl aus seiner Meinung gemacht, der Inquisitor weiß das. Er hat sich auf eine harte Auseinandersetzung eingestellt, weshalb wäre er sonst mit so vielen Geschenken gekommen? Ich muss gestehen, ich bewundere deinen Vater. Er ist ein Mann mit Prinzipien.«
Der Sohn des Warlords rümpfte die Nase. Ein seltsamer Ausdruck, der Logan irgendwie an eine Ratte erinnerte.
»Prinzipien sind eine feine Sache, wenn man weiß, wann man sie ablegen muss«, flüsterte Cedric. »Sieh dich an. Du hast gewusst, wann du deine Strategie in der Arena ändern musst. Deshalb hast du gewonnen. Hättest du versucht, ehrenhaft zu kämpfen, wärst du bereits in den ersten zehn Minuten zu Boden gegangen.«
Logan blickte zu Boden. Es war unangenehm, an seinen Trick erinnert zu werden. Dass Cedric ihn für etwas lobte, wofür er sich insgeheim schämte, zeigte nur zu deutlich, dass sie in verschiedenen Welten lebten.
»Der Inquisitor wird gewinnen, so oder so«, fuhr Cedric fort.
»Langfristig ist er in der stärkeren Position. Er wird diesen

Krieg führen, und wenn das geschieht, möchte ich nicht auf der falschen Seite stehen.«

Glaube ich dir sofort, dachte Logan, doch er hielt seine Zunge im Zaum. Cedric war gefährlich. Es war nicht ratsam, ihn sich zum Feind zu machen. Wer konnte schon ahnen, wie viele Jahre Alexander noch an der Macht sein würde. Cedric war sein einziger Sohn, und irgendwann würde er seine Nachfolge antreten.

Wenn der Wind weht, behalte deinen Kopf lieber unten. Eine von Gunnars Weisheiten, doch diese erschien ihm derzeit gerade angemessen.

»Du magst recht haben«, flüsterte er Cedric zu. »Marcus Capistranus ist ein mächtiger Führer. Der stärkste, den die Heilige Lanze seit vielen Jahren hatte. Er hat mit Sicherheit einen Plan.«

»Siehst du, jetzt beginnst du, wie ein Gewinner zu denken.« Cedric lächelte ihm zu. »Wir beide werden mal ein tolles Team. Wenn ich Warlord bin, werde ich Corbin feuern und dich zu meinem persönlichen Leibgardisten wählen. Ich brauche jemanden an meiner Seite, dem ich vertrauen kann und der mich versteht.« Er klopfte Logan auf die Schulter. »Stell dir vor, welche Macht wir bekämen, wenn wir Glânmor erobern. Wir würden die Herrscher der Westlande werden. Die Stadt soll unglaublich reich sein, mit Straßen aus purem Gold.«

»Ja, habe ich gehört«, erwiderte Logan vorsichtig. »Aber ich wäre lieber vorsichtig mit solchen Gerüchten. Niemand ist bisher lebend aus der Stadt herausgekommen, woher sollen diese Nachrichten dann stammen?«

»Man munkelt, ein junger Mönch vom Kloster des heiligen Bonifazius habe es geschafft«, sagte Cedric. »Keine Ahnung, ob es stimmt, aber mein Vater sagt, die Mönche wüssten einiges. Hast du gehört, dass kürzlich ein Wanderer hier durchgekommen ist? Er scheint meinem Vater einiges erzählt zu haben.«

»Ein Wanderer, im Ernst?« Jetzt wurde Logan doch hellhörig. Geschichten über Wanderer hatten ihn schon immer fasziniert.

»Ja«, sagte Cedric. »Ein alter Mann, gekleidet in eine Kutte und mit nichts weiter in seinem Besitz als einem Wanderstab und einem Rucksack.«

Wie von selbst erschien das Bild des Fremden vor Logans geistigem Auge. Groß, durchtrainiert, düster. Ein Mann, der ganz alleine über Land zog und Nachrichten von Ort zu Ort brachte.

Diese Wanderer waren lebende Legenden. Gunnars Augen hatten immer geleuchtet, wenn er ihm von ihnen erzählt hatte. Wie sie alleine durch die Welt reisten, Wind und Wetter trotzten und nur von dem lebten, was sie am Wegesrand fanden. Harte Männer, deren einziger Zweck darin bestand, den Menschen Botschaft aus anderen Teilen der Welt zu bringen.

Früher, vor dem Zusammenbruch, hatte es sie noch nicht gegeben. Es gab andere Mittel, um miteinander zu sprechen. Dinge, unter denen sich heute kaum noch einer etwas vorstellen konnte und die so seltsame Namen trugen wie *Radio, Fernsehen* und *Internet.* Bei einem Krug Bier wurde viel darüber spekuliert, aber niemand schien wirklich darüber Bescheid zu wissen. Geschweige denn, dass er in der Lage war, sie in Betrieb zu nehmen. Hin und wieder fand man solche Geräte in den alten Ruinen. Sein Vater hatte ein paar gesammelt, doch sie waren alle tot. Nicht eines, das auch nur den leisesten Mucks von sich gegeben hätte. Ihnen allen war gemein, dass sie über ein äußerst kompliziertes Innenleben verfügten. Stecknadelkopfgroße Bausteine, Schalttafeln mit glitzernden Mustern und jede Menge bunte Kabel. Warum sie nicht funktionierten, schien mit einer Sache zu tun zu haben, die Gunnar *Strom* oder *Elektrizität* nannte. Eine unsichtbare Kraft, die äußerst gefährlich gewesen sein musste. So ziemlich alles hatte man damals damit betrieben, selbst große Maschinen. Als dieser Strom ausfiel, brach die Welt zusammen. Sie hörte einfach auf zu leben, genau wie ein Körper, den man ausbluten ließ. Da niemand in der Lage war, diesen Strom wieder zum Laufen zu bringen, verlor man das Interesse daran. Wie an so vielen Dingen, deren Sinn im Nebel der Geschichte verlorengegangen war. Na ja, und dann kamen die Wanderer. Sie waren die neuen Boten. Sie brachten Nachrichten aus anderen Teilen der Welt und unterhielten die Menschen mit ihren Geschichten. Doch seit einigen Jahren waren sie so gut wie ausgestorben. Davon zu hören, dass ein solcher Mann kürzlich hier durchgekommen sein sollte, versetzte Logan in Aufregung.

»Wusstest du das etwa nicht?« Cedric musterte ihn aufmerksam.

»Nein, woher?«

»Es ist noch nicht mal einen Monat her, da erschien dieser Kerl bei uns und bat um etwas Wasser und Brot. Er erzählte, er käme aus dem Westen. Sein Mantel war lang und zerschlissen. Er hatte abgelaufene Stiefel, und auf seinem Stab war eine Unzahl Symbole eingekerbt. Anfangs konnten wir ihn kaum verstehen. Seine Sprache war seltsam, so, als habe er Schwierigkeiten, sich an bestimmte Worte zu erinnern. Ich vermute, die Anstrengungen der Reise und die Einsamkeit hatten ihn etwas seltsam im Kopf werden lassen. Er verlangte, mit meinem Vater zu sprechen, aber ich konnte sie belauschen. Was er erzählte, klang interessant. Er sprach von einem Ort, an dem Männer und Frauen in Einklang zusammenlebten. Er nannte ihn *die Zuflucht,* wobei ich nicht verstand, ob er nur von einem oder von vielen Orten sprach. Er redete davon, dass die *Krankheit* – er verwendete diesen Begriff mehr als einmal – aufgehört habe zu existieren und dass die Dunklen Jahre vorüber seien.«

»Was?«

»Ja genau. Er berichtete von Landstrichen in der Nähe eines großen Meeres, wo wieder Friede und Harmonie eingekehrt sei. Angeblich sei es sogar möglich, Familien zu gründen und Nachwuchs zu zeugen. Kannst du dir das vorstellen?«

»Nicht wirklich.«

Eine Krankheit? Davon hörte Logan zum ersten Mal. Ein Husten, eine Grippe, schwarzes Fieber – das sind Krankheiten. Entweder sie heilen ab, oder man stirbt daran. Aber eine Krankheit, die Männer und Frauen auseinandertreibt? Das klang in seinen Ohren etwas zu abenteuerlich.

Cedric lächelte. »Tröste dich, ich habe es auch nicht geglaubt. Andererseits war das, was er erzählte, so plastisch und anschaulich, dass ich irgendwann zu der Überzeugung gelangte, dass er diese Orte tatsächlich gesehen hat. Warum hätte er meinem Vater eine solche Lügengeschichte auftischen sollen? Als Bezahlung für gute Unterhaltung? Eine Schüssel Suppe und eine gebratene Ratte hätte er in jedem Fall bekommen. Fasziniert lauschte ich weiter. Er berichtete, er habe jetzt Quartier in der Himmelskerze bezogen, oben im Rundbau.«

»In der Himmelskerze, tatsächlich?« Logan kannte das Gebäude aus Erzählungen und natürlich, weil es immer am Horizont zu sehen war. Es war das höchste Gebäude der Stadt, höher noch als die schwarze Kathedrale. Ein seltsamer Ort, über den die wildesten Gerüchte im Umlauf waren.

»Warst du schon einmal dort?«

Logan schüttelte den Kopf.

»Ich auch nicht. Ist ja auch egal. Jedenfalls sagte er, er würde den Blick auf das Land genießen, das helfe ihm beim Nachdenken und Meditieren. Ich vermute, er war nicht ganz richtig im Kopf.«

»Die Himmelskerze liegt im Territorium der Kreuzgässler, nicht wahr?«

»Ja, eine ziemlich unsichere Gegend. Angeblich wurden dort schon die Bleichen gesehen. Keine Ahnung, ob der Kerl immer noch da wohnt, die Geschichte liegt ja schon einige Zeit zurück. Aber seine Erzählungen waren allemal unterhaltsam. Mein Vater gab dem Kerl zu essen und zu trinken, das lockerte seine Zunge. Was dann geschah, war allerdings wirklich bemerkenswert.«

Logan rückte näher.

»Er trug ein kleines Gerät bei sich, nicht größer als meine Hand. Es hatte eine Vielzahl von Knöpfen und einen langen Stab, den man auseinanderziehen konnte. Er war in der Lage, diesem Gerät seltsame Geräusche zu entlocken. Einige davon klangen wie gesprochene Worte. Manchmal, so sagte er, wenn die Sonne untergegangen und die Nacht sternenklar sei, könne man damit Stimmen empfangen. Stimmen von Menschen, die weit, weit entfernt lebten. Sie sprächen in Hunderten von Sprachen, die so unterschiedlich seien wie Bäume im Wald.«

»Und weiter?«

»Nichts weiter. Das war alles.«

Logan schwieg eine Weile. Das war das Verrückteste, was er je gehört hatte. Er fragte sich, ob dieses Ding eventuell ein Radio gewesen sein konnte. Sein Vater hatte ihm davon erzählt. Er lächelte. Selbst wenn es nicht stimmte, war es eine gute Geschichte, und Logan liebte gute Geschichten. Sie war es auf jeden Fall wert, dass man ihr nachging. Nur wollte er Cedric nicht dabeihaben.

Der Sohn des Warlords sah ihn aufmerksam an. »Na, was denkst du?«

Logan schüttelte den Kopf und tat so, als würde ihn das nicht interessieren.

»Ich glaube, du hast recht«, sagte er. »Der Kerl war nicht ganz richtig im Kopf. Gib einem Mann genügend Bier, und er fängt an, das Blaue vom Himmel zu lügen.« Er stieß ein Seufzen aus. »So gerne ich noch mehr hören würde, ich muss wieder zurück an meine Arbeit. Mein Vater erwartet mich, und um ehrlich zu sein, dem Gespräch deines Vaters und des Inquisitors kann ich schon lange nicht mehr folgen. Ich bin aber auch nicht so gebildet wie du.«

Die Schmeichelei kam an. »Ja, geh nur«, sagte Cedric. »Ich werde noch ein wenig lauschen. Wenn du magst, komme ich dich in den nächsten Tagen mal besuchen. Ich hätte da einen interessanten Auftrag für euch. Nebenher können wir dann ja über unsere gemeinsame Zukunft plaudern.«

»Das würde mich sehr freuen«, sagte Logan und presste die Lippen zusammen. Wenn er auf etwas keine Lust hatte, dann, seine Zeit mit dem Sohn des Warlords zu verbringen.

18

Gwen war gerade damit beschäftigt, Verbandszeug und Arzneimittel für die Reise zu packen, als ein Klopfen ertönte und Magda den Kopf zur Tür hereinstreckte.

»Darf ich reinkommen?«

Eigentlich hatte Gwen keine Lust auf eine Unterhaltung, aber der obersten Heilerin konnte sie natürlich nicht die Tür verbieten. Besonders nicht hier in den Häusern der Heilung.

»Natürlich. Gerne.«

Die Heilerin trat ein und schloss dann die Tür. Seit Gwen entschieden hatte, die Expedition in die Stadt zu begleiten, war ihr Verhältnis abgekühlt. Magdalena konnte ungemein störrisch sein, wenn ihr etwas gegen die Hutschnur ging – und das hier passte ihr ganz und gar nicht.

»Ich sehe, du steckst mitten in den Vorbereitungen. Wann soll es denn losgehen?« Sie ließ ihren Blick durch Gwens Zimmer schweifen. Überall lagen Hemden, Blusen und Röcke herum. Gwen hatte sich für dunkle Farben entschieden. So gern sie sich auch schön anzog, bei dieser Reise mussten die Sachen vor allem praktisch und komfortabel sein.

»Morgen früh, kurz vor Sonnenaufgang.«

»Dann will ich dich nicht lange aufhalten. Hast du einen Moment für mich?«

Gwen seufzte. »Na gut. Nimm dir eine Tasse Tee, er müsste noch warm sein.«

Magdalena ignorierte das Angebot und setzte sich auf den einzig freien Stuhl.

»Ich muss gestehen, ich war von deiner Entscheidung überrascht. Was hat dich bewogen, dich diesem Himmelfahrtskommando anzuschließen?«

Gwen nahm sich eine Tasse Tee. Sie hatte eigentlich keinen Durst, aber die Tasse in ihren Händen übte eine beruhigende Wirkung auf sie aus.

»Ich sehe es nicht als Himmelfahrtskommando an«, sagte sie. »Vielmehr als Chance, der Stadt und meinem Land etwas von dem zurückzugeben, was mir geschenkt wurde.«

»Blödsinn.« Magdalena blickte sie aus ihren kühlen grauen Augen an. »Das kannst du Edana erzählen, ich kenne dich besser. Was steckt wirklich dahinter?«

»Ich weiß nicht, worauf du hinauswillst ...«

»Komm schon, Gwen. Du bist nicht die heldenhafte Kriegerin, die für Heimat und Muttererde streitet. Du bist nicht Juna. Irgendetwas treibt dich an, und ich würde es gerne aus deinem Mund hören.«

Gwen spürte, wie Wut in ihr aufwallte. Sie hasste es, so von oben herab behandelt zu werden, sie war kein kleines Kind mehr.

»Du scheinst mich ja genau zu kennen«, entfuhr es ihr. »Wenn du mich so genau kennst, dann sag du es mir doch.«

Magda zuckte die Schultern. »Ich glaube, die Antwort darauf kennst du. Du bist nur zu feige, sie offen auszusprechen. Für dich ist diese Reise eine Art Gottesprüfung, du möchtest dich selbst testen. Du willst Antworten auf deine Fragen und hoffst, dass du sie bekommst, wenn du dein Leben in die Waagschale wirfst und ein genügend hohes Risiko eingehst. Habe ich recht?«

Gwen zuckte betont beiläufig die Schultern. In Wirklichkeit war sie erschrocken darüber, dass Magda sie so schnell durchschaut hatte. »Und wennschon. Ist doch meine Sache.«

»Das ist es. Ich möchte nur, dass du ehrlich zu dir bist. Für mich steckt nämlich ein gewisses Maß an Todessehnsucht in dem, was du vorhast, und das kann ich nicht gutheißen.«
Gwen ließ ihre Tasse sinken. »Das ist ungeheuerlich«, stieß sie hervor. »Wie kannst du nur so etwas behaupten? Meine Absichten sind ehrenwert. Ich möchte etwas Gutes tun, und du …«
»… ich bringe dein schönes Kartenhaus zum Einsturz, ich weiß.« Die alte Frau seufzte. »Vieles von dem, was du gerade durchmachst, kenne ich aus eigener Erfahrung. Auch ich war damals verliebt, auch ich hatte einen tragischen Verlust zu verkraften und bin damit nicht klargekommen. Ich weiß, wie es ist, am Abgrund zu stehen. Wusstest du, dass ich damals versucht habe, den Jungen, mit dem ich zusammen war, zu ermorden?«
Gwen sah die oberste Heilerin überrascht an. Das war das erste Mal, dass Magdalena etwas über ihre Vergangenheit erzählte.
»Zu ermorden?«
Magda nickte. »Ich habe mit einem Messer auf ihn eingestochen und ihn dabei lebensgefährlich erwischt, genau hier.« Sie deutete auf eine Stelle knapp unterhalb ihrer linken Brust. »Keine Ahnung, ob er das überlebt hat, ich glaube nicht. Andererseits – ich machte damals eine Ausbildung in einem Krankenhaus, und einer unserer Freunde war Arzt. Vielleicht hat er es ja noch dorthin geschafft und sich helfen lassen, wer weiß?«
»Wie war sein Name?«
»Ben. Eigentlich Benedikt, aber den Namen mochten wir beide nicht. Er klang so kirchlich …«
»Warum bist du auf ihn losgegangen?«
Magdalena zuckte die Schultern. »Wenn ich das so genau

wüsste. Wir stritten miteinander. Wegen irgendeiner Nichtigkeit, an die ich mich nicht mehr erinnere. Wir stritten dauernd, genau wie alle anderen. Später erfuhr ich, dass es diese Seuche war, die uns alle befallen hatte und die uns auf unerklärliche Weise wütend werden ließ. Das war der Beginn der Dunklen Jahre.«

Gwen blickte überrascht auf. »Arkana erwähnte etwas von einer Seuche. Der Name, den sie verwendete, war, glaube ich, *Virus.*«

»Ja, das Virus. Ein künstliches Virus. Winzig kleine Erreger, die bei Menschen zu grippeähnlichen Symptomen führen und gegen die es kein Heilmittel gibt. Die Firma, die sie produziert hatte, wehrte sich anfangs gegen die Vorwürfe, musste aber bald eingestehen, dass es ihre Erfindung war. Die Beweislast war erdrückend. Als das kleine Biest sich zu verändern begann und zu einem Monstrum mutierte, war die Firma bei der Gegenmittelproduktion mit dabei. Doch es war zu spät. Die Folgen waren unumkehrbar. Es ging alles so schnell, dass es mir heute noch vorkommt wie ein schlechter Traum. Männer hassten Frauen, und Frauen hassten Männer. Unsere Welt zerfiel in nur wenigen Tagen. Die Labors, in denen am Gegenmittel gearbeitet wurde, gingen in Flammen auf, genau wie der Großteil unserer Städte. Ich floh in die Wälder, ließ mein Leben hinter mir zurück und erschuf zusammen mit anderen Frauen eine neue Welt. Unsere Welt.«

Gwen atmete tief ein. »Dann stimmt es also, was Arkana mir erzählt hat, und ich habe ihr schrecklich unrecht getan. Ich habe geglaubt, sie sei nicht ganz richtig im Kopf. Oder dass sie mir das Lügenmärchen nur auftischt, damit ich aufhöre, ihrer Tochter nachzustellen. Ich glaube nämlich, dass sie sich für Juna eigentlich etwas Besseres gewünscht hätte.«

Magdalena schüttelte den Kopf. »Dann hast du ihr wirklich unrecht getan. Sie konnte dich immer gut leiden. Auch das mit dem Virus stimmt. Ich hege die Vermutung, dass es mittlerweile bei den meisten von uns aufgehört hat zu wirken und dass wir es nur deshalb nicht merken, weil wir zu lange in festgefügten Gesellschaftsstrukturen leben. Strukturen verändern sich nicht so leicht, Juna musste das am eigenen Leib erfahren. Genau genommen blieb ihr und ihrem Freund gar nichts anderes übrig, als zu fliehen. Und da wir schon mal bei Arkana sind …« Sie warf Gwen einen bedeutsamen Blick zu. »Ich glaube, dir ist gar nicht klar, was für eine schwere Last sie zu tragen hat.«

»Last?« Gwen runzelte die Stirn. »Wie meinst du das?«

Magdalena senkte die Stimme. »Was ich dir jetzt anvertraue, darfst du niemandem weitererzählen, hörst du? Niemals. Eigentlich sollte ich dir das nicht erzählen, aber ich habe die Hoffnung, dass es dir hilft, deine Entscheidung noch einmal zu überdenken. Also pass auf.«

Gwen rutschte näher heran.

»Hast du dich nie gefragt, warum Arkana und Edana miteinander verfeindet sind?«

»Das ist doch kein großes Geheimnis«, erwiderte Gwen. »Edana will Krieg gegen die Männer, Arkana nicht. Die eine würde das andere Geschlecht am liebsten versklaven, die andere in Frieden mit ihm zusammenleben.«

»Genau. Aber hast du dich nie gefragt, warum das so ist?«

»Edanas Tochter wurde, soweit ich weiß, von Männern umgebracht. Ihr Hass ist verständlich. Bei Arkana bin ich mir unsicher.«

Magda lächelte geheimnisvoll. »Willst du es wissen?«

»Natürlich.« Gwen spürte, wie sie trotz ihres anfänglichen

Widerwillens immer mehr in dieses Gespräch hineingezogen wurde. Magda wusste einige interessante Dinge zu berichten. Doch auf das, was sie jetzt hören sollte, war sie nicht gefasst.
»Sie hat einen Mann. Und zwar schon seit sehr langer Zeit.«
Gwen glaubte, Magda würde sich einen Scherz mit ihr erlauben. »Quatsch.«
»Kein Quatsch. Ich weiß sogar, wer er ist. Sein Name ist Claudius, vormals ein enger Freund des Inquisitors.«
Gwen war so überrascht, dass sie vergaß, ihre Stimme zu mäßigen. »Nein.«
»Doch. Aber bitte sei leise.« Magda legte ihr einen Finger auf die Lippen. »Ich möchte nicht, dass jemand mithört. Diese Dinge sind zu brisant, um sie lauthals herumzuerzählen.«
Gwen war so überrascht, dass sie zu spät bemerkte, wie der Tee aus ihrer Tasse rann. Im Nu war der Tisch nass. Rasch holte sie ein Tuch und wischte die Pfütze weg.
»Willst du allen Ernstes behaupten, sie ist nicht alleine dort oben in ihrem Tempel?«
»Genau das. Die beiden haben sich ineinander verliebt und beschlossen, zusammenzubleiben. Und sie sind bereit, einen hohen Preis dafür zu zahlen. Immerhin lebt der arme Mann seit beinahe zwanzig Jahren wie hinter Gittern.«
»Das ist doch nicht wahr …«
»Ich schwöre es dir. Aber es kommt noch schlimmer.«
»Was könnte noch schlimmer sein, als zu erfahren, dass die eigene Mutter – die Hohepriesterin Glânmors – ein Verhältnis mit einem Mann hat?«
»Nun, wie wäre es zum Beispiel mit der Tatsache, dass dieser Mann Junas Vater ist?«
Gwen riss die Augen auf. Jetzt war es endgültig um ihre Beherrschung geschehen. »Weiß Juna davon?«

»Davon müssen wir ausgehen. Arkana hatte sich vorgenommen, Juna die volle Wahrheit zu sagen, und ich glaube, sie hat es getan. Wer weiß, vielleicht ist Juna dort oben sogar ihrem leiblichen Vater begegnet?«
Gwen schwieg betroffen. Was musste das für ein Schock gewesen sein. Das konnte man sich überhaupt nicht vorstellen.
»Kein Wunder, dass Juna mich nicht ins Vertrauen gezogen hat«, sagte sie nach einer Weile. »Diese Geschichte ist nichts, was man abends bei einem Essen erzählt.«
»Sie tat es, um dich zu schützen.« Magdalena lächelte. »Ich sehe, langsam beginnst du zu verstehen, dass unsere Welt nicht so einfach ist, wie wir das gerne hätten. Während wir hier sitzen, finden Veränderungen statt. Nicht nur außerhalb, sondern *in uns drin.* Der Mensch mag die Natur verändern, doch die Natur findet immer einen Weg zurück. Dieser Gedanke hat doch irgendwie etwas Tröstliches, findest du nicht?«
»Tröstlich? Na ja …«
Magda strich mit ihren Händen über die Tischplatte und machte sich daran, aufzustehen. »Ich hoffe, dass du genügend Stoff hast, deine Entscheidung noch einmal zu überdenken. Ich möchte verhindern, dass du dein Leben wegwirfst, nur weil du gerade unglücklich bist. Weder du noch Juna oder irgendjemand sonst kann etwas für das, was gerade passiert. Besonders wir Frauen suchen ja die Schuld immer zuerst bei uns. Doch du bist nicht schuld. Niemand ist schuld. Bestraf dich nicht für etwas, was du nicht getan hast.«
Gwen dachte einen Moment nach, dann sagte sie: »Ich danke dir für deine Offenheit. Deine Worte bedeuten mir viel, aber bei einer Sache irrst du. Diese Reise ist kein Selbstmordkommando. Ich glaube an das, was wir tun. Der Inquisitor muss weg, deine Worte haben das noch deutlicher gemacht. Die

Männer brauchen einen gemäßigteren Führer. Nur dann ist ein Neuanfang möglich.«

»Wenn das deine ehrliche Überzeugung ist, dann habe ich keinen Grund, dich aufzuhalten.« Sie wandte sich zum Gehen.

»Magdalena?«

»Hm?«

»Danke für alles. Ich bin es nicht gewohnt, dass sich jemand solche Sorgen um mich macht. Ich weiß das wirklich zu schätzen.«

»Du bist mir ans Herz gewachsen, das ist alles. Versprich, dass du gut auf dich aufpassen wirst. Und dass du gesund und munter zu uns zurückkommst.«

»Versprochen.«

Mit diesen Worten verabschiedeten sich die beiden Frauen voneinander. Keine von ihnen bemerkte Theresa, die nur eine Armlänge entfernt auf der anderen Seite der Wand stand.

19

Du willst *was?*« Gunnar bedachte seinen Sohn mit einem Blick, als habe dieser nicht alle Tassen im Schrank.

»Zur Himmelskerze. Ich muss da einer Sache nachgehen.« Logan stimmte die Saiten seiner Laute und klimperte betont beiläufig ein paar Akkorde.

»Was für einer Sache?«

»Du wirst mich bestimmt für verrückt halten …«

»Kommt darauf an.« Gunnar nahm seine Pfeife aus dem Mund, presste den Tabak fest und zündete ihn erneut an. Schon bald zog sie wieder, und dicke Rauchwolken stiegen auf. »Also los: Spuck es aus. Die Himmelskerze liegt auf dem Territorium der Kreuzgässler, und die sind nicht ungefährlich. Außerdem kursieren Gerüchte über die Bleichen. Du solltest also schon ein paar verdammt gute Argumente haben, um mich zu überzeugen.«

Logan seufzte. »Na schön. Ich habe erfahren, dass hier ein Wanderer durchgekommen sein soll und dass er Quartier in der Himmelskerze genommen hat. Ich möchte losziehen und ihn suchen.«

»Ein Wanderer?« Gunnar spuckte zu Boden. »Das ist ja ganz was Neues. Wer hat dir davon erzählt?«

»Cedric. Er hat seinen Vater und diesen Kerl dabei belauscht, wie sie Geheimnisse ausgetauscht haben. Angeblich kam er aus dem Westen, vom Meer.«

Dachs, der auf seinem Lieblingsplatz dicht neben der Esse saß, machte ein paar Zeichen mit den Händen. *Meer, was ist das?*

»Ein Meer ist ein riesengroßes Gewässer, das nur mit Schiffen befahren werden kann«, erläuterte Gunnar. »Es liegt Hunderte von Kilometern entfernt. Wenn dieser Mann wirklich von dort kam, dann hat er eine weite Strecke hinter sich.«

»Cedric erzählte, er habe etwas von einer Zuflucht gesagt. So ganz glauben konnte ich das allerdings nicht.«

Gunnar paffte nachdenklich an seiner Pfeife. »Na, sieh mal einer an. Wenn das nicht ein Zufall ist.«

»Was meinst du?«

»Vor ein paar Tagen sprach ich noch mit Bernhard, dem Jäger. Du kennst ihn, ein vierschrötiger Kerl mit grauem Bart und grünem Rock.«

Dachs machte das Zeichen für durchgedreht.

»Genau der«, sagte Gunnar grinsend. »Er ist ein guter Kunde von mir. Patrouilliert viel zwischen der Stadt und uns hin und her und hat Kontakte zu den umliegenden Klöstern. Er wollte spezielle Pfeile für die Wildschweinjagd. Die Biester haben in den letzten Jahren enorm zugenommen. Machen sogar schon den Wildhunden Konkurrenz. Aber jetzt pass auf. Während ich die Spitzen auf die Schäfte ziehe und sie mit Harz und Pferdehaar anklebe, kommen wir ins Plaudern. Er erzählt mir, dass er jüngst im Kloster zum heiligen Bonifazius gewesen wäre und dort seltsame Dinge gehört hätte. Einer der Mönche – so ein junger Kerl, kaum älter als du – sei von den Hexen entführt und in ihre Stadt verschleppt worden.«

»Stimmt«, sagte Logan. »Davon hat mir Cedric auch erzählt. Angeblich soll es ihm gelungen sein, von dort zu fliehen.«

Gunnar nickte. »Bernhard erzählte mir, dieser Mönch sei von einer Frau gerettet worden. Sie habe ihn aus seinem Käfig befreit und in eine Höhle gebracht. Die beiden hätten dann beschlossen, zu fliehen und nach einem Ort zu suchen, den sie

Zuflucht nannten. Diese Zuflucht befände sich angeblich im Westen und – jetzt kommt's – *am Meer.*« Gunnars Grinsen wurde breiter. »Wenn das mal kein Zufall ist, oder?«

Logan unterbrach sein Lautenspiel. »Allerdings.« Nachdenklich blickte er zu Boden. Er spürte, dass er da einer großen Sache auf der Spur war.

»Bitte, lass mich gehen, Vater«, sagte er. »Ich brauche nur ein paar Tage. Wenn ich den Wanderer finde, werde ich ihn danach fragen. Vielleicht weiß er noch andere Dinge. Bitte. Außerdem brauche ich mal ein bisschen Abstand. Cedric liegt mir die ganze Zeit in den Ohren, wie toll er mich findet und wie gut wir zusammenpassen würden – ich muss einfach für eine Weile hier verschwinden.«

Gunnar stellte seinen Hammer zur Seite. »Ob du es glaubst oder nicht, aber ich kann dich verstehen. Dieser Trubel fängt an, mir auf den Wecker zu gehen. Vielleicht ist es eine gute Erfahrung. Ein Mann muss von Zeit zu Zeit mal alleine sein. Es hilft einem herauszufinden, wer man ist und wo man steht. Du musst mir nur versprechen, vorsichtig zu sein.«

»Das werde ich«, sagte Logan freudestrahlend. Er hätte nie damit gerechnet, dass es so einfach werden würde.

Darf ich mit? Dachs formte die Worte mit seinen Händen.

»Auf keinen Fall«, sagte Gunnar. »Logan ist erwachsen, er weiß, was er tut. Wenn du alt genug bist, darfst du auch in die Wildnis ziehen, aber nicht jetzt. Außerdem brauche ich dich hier. Morgen fangen wir mit dem Satz neuer Waffen für die Leibgarde des Warlords an, das schaffe ich nicht allein.«

Dachs verschränkte die Arme vor der Brust.

Logan bedachte seinen Bruder mit einem Lächeln. Es gab nichts Schlimmeres, als wenn man für alles *zu klein* war.

»Darf ich mir ein Kettenhemd ausleihen?«

»Selbstverständlich«, sagte sein Vater. »Und ein Schwert, eine Armbrust und einen Schild dazu. Ich lasse dich doch nicht unbewaffnet in die Wildnis ziehen. Außerdem bekommst du Halla. Sie ist sehr zuverlässig, wie du weißt.«

Halla war einer ihrer beiden Kaltblüter, eine mächtige Stute mit braunem Fell und schwarzer Mähne. Gunnar benötigte die Tiere, um Eisenbahnschwellen und andere schwere Metallgegenstände für die Schmiede heranzuschaffen. Pferde waren in diesen Landen eine Rarität. Es gab kaum noch gute Züchter, und die Bestände wurden von Jahr zu Jahr kleiner. Besonders Kaltblüter waren heiß begehrt. Als Zugtiere für Fuhrwerke oder Pflüge waren sie unersetzlich. Umso ungewöhnlicher, dass sein Vater ihm die Stute zur Verfügung stellen wollte.

»Das ... das kann ich nicht annehmen«, sagte er. »Wirklich, das ist sehr nett, aber ich schaffe das auch so. Zu Fuß wird es genauso gut gehen.«

»Papperlapapp. Zu Fuß durch das Ödland? Da wärst du ja eine knappe Woche unterwegs. Mein Eisenlager ist voll, ich brauche Halla gerade nicht. Und zur Not habe ich immer noch Liesel. Versprich mir nur, dass du wohlbehalten wieder nach Hause kommst. Und bring ein paar gute Geschichten mit. Du weißt, wie sehr wir die hier gebrauchen können.«

Logan strahlte. »Versprochen. Ich werde gut auf Halla aufpassen und mich beeilen. Ihr werdet kaum merken, dass ich fort war.«

Gunnar nahm Logan in den Arm und klopfte ihm auf die Schulter. »Na, das ist doch ein Wort. Und jetzt fang an zu packen. Je eher du loskommst, umso eher bist du wieder da.«

20

Wüst und leer breitete sich die Ebene in alle Richtungen aus. Ein totes Land, dahingerafft von einer furchtbaren Kraft, die nicht das kleinste bisschen Grün übrig gelassen hatte. Hier wuchsen weder Busch noch Strauch. Kein Gras, kein Farn und erst recht keine Blumen. Einzig ein paar tote Bäume reckten ihre verdorrten Zweige in den Himmel und bettelten um Regen.
Gwen schnürte ihren Mundschutz enger.
Was immer dieses Land einst verdorren ließ, es war stark genug gewesen, riesige Krater in den Boden zu reißen. Tellerförmige Halbschalen, so tief, dass ganze Ortschaften darin verschwunden waren. Straßen führten ins Leere, Abbruchkanten waren so steil, dass man besser in weitem Bogen darum herumritt, und Brückenpfeiler endeten im Nirgendwo.
Gwen hatte so etwas noch nie zuvor gesehen. Natürlich hatte sie schon davon gehört – alle hatten das –, aber die Verbotene Zone mit eigenen Augen zu sehen, das war etwas völlig anderes. Sie zog den Knoten um Füchschens Reisetasche fester. Trotz aller Bedenken hatte sie ihre kleine Freundin mitgenommen. Ohne Füchschen würde sie nirgendwo hingehen.
Die Hufe der Pferde hinterließen eine lange Staubschleppe. Nicht ungefährlich auf einer geheimen Mission. Andererseits: Wer sollte sie hier schon sehen? Hier gab es niemanden, selbst die Krähen machten einen weiten Bogen um dieses Land.
Gwen warf einen verstohlenen Blick zu ihren Begleiterinnen

hinüber. Es waren allesamt schweigsame und erfahrene Kriegerinnen, gekleidet in die schwarzen Uniformen der Heiligen Lanze. Angeführt wurde ihre Gruppe von Mordra und Kendra, den beiden Schwestern, die auch schon an der Zerstörung der Raffinerie beteiligt gewesen waren. Mordra war ein Bär von einer Frau, mit Schultern und Armen so kräftig wie Oberschenkel. Kendra wirkte dagegen bedeutend schlanker und sehniger. Sie war eine Meisterin des Bogens und konnte ein Kaninchen auf eine Entfernung von fünfzig Metern erlegen. Dann waren da noch Josepha und Mildred, beide etwa fünfundzwanzig Jahre alt und von eher dunkler Hautfarbe. Mit ihren achtzehn Jahren war Gwen die Jüngste in der Gruppe, was ihr aber nichts ausmachte. In der Gemeinschaft der Frauen galt man schon mit sechzehn als erwachsen.

Was Gwen zu schaffen machte, war das Schweigen. Nur das Klappern der Hufe und das Heulen des Windes waren zu hören. Zu Hause galt sie nicht gerade als besonders gesprächig, aber verglichen mit ihren vier Begleiterinnen plapperte sie wie ein Wasserfall. Nur gut, dass Füchschen bei ihr war; anders wäre diese Einsamkeit kaum zu ertragen gewesen.

Die Uniformen der Heiligen Lanze waren allesamt grob und unförmig. Sie bestanden aus einfachen Stoffhosen, die an der Taille mit einer Kordel geschnürt wurden, einem kurzen Hemd sowie einer Kutte mit angenähter Kapuze. Die Füße steckten in abgewetzten Stiefeln, an denen oftmals die Ösen zum Schnüren fehlten, während die Hände nur notdürftig von löchrigen Lederhandschuhen geschützt wurden. Einzig das Wappen – schwarzer Kirchturm vor goldenem Hintergrund – bot etwas Abwechslung fürs Auge.

»Wie können die Männer nur solche Sachen tragen«, sagte sie und fuhr über den Stoff. »Diese Uniformen sind schwer, kratzig und unbequem. Der Stoff hat an meinem Po schon wieder eine Falte gebildet. Habt ihr keine Probleme damit?«

»Standarduniform der Heiligen Lanze«, sagte Mildred in gewohnt nüchternem Tonfall. »Da kannst du keinen Maßstab an Bequemlichkeit und Eleganz anlegen.«

»Seien wir doch dankbar, dass die Männer überhaupt Kleidung tragen«, lachte Josepha. »Im schlimmsten Fall hätten wir nackt reiten müssen.« Josepha war von allen Frauen die kleinste. Eine flinke Rothaarige mit blitzenden Augen und einer Hand, die das Schwert so schnell ziehen konnte, dass man es erst sah, wenn die Klinge direkt vor einem schwebte.

»Als ob diese Affen Kleidung bräuchten«, entgegnete Mildred. »Ich habe gehört, sie seien so behaart, dass sie den Winter auch ohne Stoff am Körper überleben würden. Man hat mir sogar berichtet, dass sie nach dem Angriff auf die Raffinerie draußen auf der Wiese lagen und sich ihrer Nacktheit nicht schämten. Bucklige, unförmige Kreaturen. Mehr Tier als Mensch.«

»Sei still«, sagte Mordra. »So zu reden stünde dir nicht mal zu, wenn du dabei gewesen wärst. Sie waren verwundet, verbrannt, verkohlt, geschlagen. Wir haben ihnen Hilfe angeboten, aber sie waren zu stolz, um sie anzunehmen. Sie haben ihre Niederlage mit Würde getragen.«

»Außerdem sind sie arm«, ergänzte Kendra. »Eingepfercht in ihren Städten, müssen sie von dem leben, was zwischen den Ruinen und den wuchernden Wäldern wächst. Keine Ahnung, ob sie überhaupt Webereien besitzen.«

»Selbst schuld«, entgegnete Mildred eingeschnappt. »Sie haben mit diesem Krieg angefangen.«

»Das war der Inquisitor«, sagte Mordra. »Er ist die Wurzel allen Übels. Deswegen ziehen wir ja aus, um ihn zu töten.

Und jetzt schweigt. Ich will so schnell wie möglich dieses verfluchte Land hinter mir lassen.«

Schweigend ritten sie weiter.

Gwen war tief in Gedanken versunken. Stimmte es, was Mordra gesagt hatte? War es wirklich nur die Schuld des Inquisitors?

Es ist eine Krankheit, eine Seuche, die Männer und Frauen auseinanderbringt. Arkanas Worte geisterten in ihrem Kopf herum. *Ein Virus, genau wie ein Schnupfen.*

Sie schüttelte den Kopf. Keine Zeit jetzt für wirre Theorien. Sie musste sich auf die vor ihr liegende Aufgabe konzentrieren. Drüben am Horizont tauchten bereits die ersten Ausläufer der Stadt auf.

Stumm wie Geistersiedlungen zogen die Außenbezirke der alten Stadt an ihnen vorbei. Flache, schmucklose Gebäude, getrennt von riesigen asphaltierten Flächen, auf denen verrostete Autos standen. An manchen der Gebäude hingen verblichene Schilder, auf denen Schriftzeichen zu sehen waren.

»Ein… kaufs… zen… trum«, las Josepha. Sie war eine der wenigen, die notdürftig lesen und schreiben konnte.

»I… ke… a.«

»Was ist ein Ikea?«, fragte Gwen.

»Keine Ahnung. Könnte ein Vorratsspeicher gewesen sein, so riesig, wie das Ding ist.«

»Vielleicht ein Lagerhaus für Einrichtungsgegenstände. Da sind Möbel abgebildet.« Gwen blickte auf das kantige Gebäude, dessen gigantische Dimensionen sich im aufgewirbelten Staub verloren. Eine ganze Stadt hätte darin Platz gehabt. »Die Menschen müssen damals in Saus und Braus gelebt haben.«

Kendra nestelte am Verschluss ihrer Armbrust. Die Gebäude schienen sie nervös zu machen.
Gwen konnte es immer noch nicht fassen. So viel Reichtum, so viel Besitz. Und das hatte immer noch nicht ausgereicht? Arkana hatte erzählt, das Virus sei aus reiner Geldgier entwickelt worden, um noch mehr Reichtum zu scheffeln. Wie viel Geld benötigte ein Mensch? Bei ihnen hatte jeder so viel, dass er sich um die Zukunft keine Sorgen zu machen brauchte. Kleidung, Nahrung, Einrichtungsgegenstände, alles war in ausreichender Menge vorhanden. Wozu mehr? Das Streben nach Geld rief nur Neider auf den Plan. Sie konnte es nicht verstehen.
Inzwischen war die Gegend wieder etwas grüner geworden. Sie hatten die Verbotene Zone durchquert. Ab jetzt hieß es, Augen und Ohren offen halten. Noch waren sie keiner Menschenseele begegnet, aber das konnte sich jederzeit ändern.
Mordra holte die Karte heraus und fuhr mit dem Finger darüber. Gwen trat ihrem Pferd leicht in die Flanken und ritt näher heran. »Hast du eine Ahnung, wo wir sind?«
Ihre Anführerin tippte auf den westlichen Teil des Plans. »Ungefähr hier. Wir mussten einen Umweg in Kauf nehmen, weil dort die einzige Stelle ist, an der die Bahnschienen im Untergrund verschwinden. Die anderen Gleise verlaufen oberirdisch.«
»Aber unsere Verkleidung ...«
»Die hilft uns nur aus der Ferne. Bei einer Patrouille oder einem aus den Clans ist es vorbei mit dem Theaterspielen. Aber keine Sorge, es ist nicht mehr weit. Da drüben hinter der Wiese und den Bäumen müsste es sein.«
Wenige Minuten später erreichten sie das Schotterfeld. Dunkelbraune Eisenträger waren hier verlegt, die in regelmäßigen

Abständen von Steinschwellen unterbrochen wurden. Es stank nach Rost und Teer.

Gemeinsam folgten die Kriegerinnen den Gleisen nach Osten. Bald darauf stießen sie auf eine dunkle Öffnung. Überall lagen Müll und Gerümpel herum. Mordra nickte zufrieden.

»So weit, so gut. Das ist die Stelle, die ich markiert habe. Sieht aus, als wäre der Tunnel begehbar.«

»Was, wenn dort Leute wohnen?«, fragte Gwen. Die finstere Öffnung behagte ihr gar nicht. Sie hasste Schächte. Sie konnte es nicht ertragen, eingesperrt zu sein.

»Wenn sie friedlich sind und uns ziehen lassen, geschieht ihnen nichts. Wenn nicht ...« Mordra lächelte grimmig. »Ich glaube aber nicht, dass wir auf viele Leute stoßen werden. Denk doch mal nach: Es wohnt sich doch viel besser in den Häusern. Warum sollte jemand die Feuchtigkeit und Dunkelheit dieser Schächte vorziehen?«

Gwen fiel im Augenblick auch kein Grund ein, aber das hieß nichts. Wer konnte schon ahnen, was in den Köpfen dieser Leute vor sich ging?

Sie stieg ab und nahm die Zügel. »Was soll eigentlich mit den Pferden geschehen? Sollen sie hierbleiben, oder was?«

»Wir werden sie mitnehmen«, erwiderte Mordra. »Zumindest so weit, wie sie es schaffen. Pferde haben einen sehr guten Instinkt. Sie haben gute Ohren, gute Augen und eine phantastische Nase. Sie werden uns warnen, sollte etwas nicht stimmen. Wenn es gar nicht anders geht, wird eine von uns zurückbleiben und auf sie aufpassen.«

Gwen hoffte, dass nicht sie es sein würde, die zurückbleiben musste.

Nicht in diesem Tunnel.

Die nächsten Minuten verbrachten sie damit, ihre Fackeln zu

präparieren und sich auf die Wanderung in der Dunkelheit vorzubereiten. Jacken gegen die Kälte, weiche Schuhe für lautloses Vorankommen – nichts wurde dem Zufall überlassen. Als alle fertig waren, blickte Gwen ein letztes Mal nach hinten. Fern am Horizont waren düstere Wolken aufgezogen, die den Himmel in blutrotes Licht tauchten. Heute Nacht würde es regnen.

Sie gab sich einen Ruck und führte ihr Pferd in die immerwährende Dunkelheit. Die schwerste Etappe ihrer Reise konnte beginnen.

21

Hinter den Hügeln von Glânmor versank die Sonne in einem Bett aus flammendem Rot. Die letzten Lichtstrahlen hatten die Wipfel der Bäume erfasst, stiegen langsam höher und verblassten dann. Die Baumwipfel flammten noch einmal auf, dann wurden auch sie in Dämmerung getaucht. Die ersten Sterne tauchten wie Nadelstiche am Firmament auf.
Gesänge setzten ein. Dunkle, traurige Stimmen, die an- und abschwollen. Finster und bedrohlich ragte der Tempel über dem See auf.
Arkana drehte ihren Kopf zur Seite. Claudius war neben ihr. Sein Bart wirkte grauer als sonst, und die Lachfalten um seine Augen waren zu tiefen Furchen geworden.
»Was ist mit dir?«, fragte sie.
»Ich habe Angst.«
»Das brauchst du nicht. Nicht, solange wir zusammen sind.«
Sie versuchte, ihn zu berühren, aber es ging nicht. Ihre Hände waren hinter dem Rücken zusammengebunden. Der Holzpflock drückte rauh und unangenehm ins Fleisch. Ihren Mann nicht berühren zu können, das war das Schlimmste. Alles andere würde sie ertragen können.
Seine Augen waren weit aufgerissen. »Wird es lange dauern?«
»Nicht lange. Das Feuer frisst den Sauerstoff. Die Lungen bekommen nichts mehr zu atmen, und du wirst ohnmächtig. Am besten, du denkst einfach an etwas Schönes und schließt die Augen.«
»Ich will meine Augen aber nicht schließen«, sagte Claudius.

»Ich will dich ansehen, bis zum letzten Moment. Selbst über den Tod hinaus.«

Die Versammelten hatten aufgehört zu singen und starrten wie gebannt zu Arkana und Claudius hinauf. Eine neue Person betrat die Bühne. Sie war schwarz gekleidet. Ein weiter Umhang mit einem Besatz aus Vogelfedern umflatterte sie. Das Gesicht hinter einer Maske verborgen, stellte die Figur unzweifelhaft einen Raben dar – den Boten der Götter und Vogel des Todes. Dahinter, unschwer zu erkennen, die drei Erinnyen. Bösartige alte Weiber, die bis auf einen Lendenschurz und einige magische Amulette nichts am Leib trugen. In anderen Kulturen auch als Furien oder Megären bezeichnet, war ihre Rolle stets die gleiche: den Schuldigen hinab in die Hölle zu ziehen. Dafür zu sorgen, dass seine Schuld tausendfach vergolten wurde.

Der schwarze Vogel hob die Schwingen, und Schweigen legte sich über den Richtplatz.

»Arkana, Hohepriesterin von Glânmor. Oberste Hüterin der Geheimnisse und Vertraute der Göttinnen. Du stehst heute hier, weil du eines Verbrechens für schuldig befunden wurdest, für das es in unserer Welt keine Entsprechung gibt. Du wurdest angeklagt, über Jahre hinweg ein Verhältnis mit einem Mann gehabt zu haben, mit ihm den Beischlaf vollzogen und eine Tochter gezeugt zu haben. Im Bewusstsein deiner Verfehlungen hast du sie vor deinen Mitschwestern verborgen und würdest sie auch heute noch praktizieren, wären wir dir nicht auf die Schliche gekommen. Für ein solches Verbrechen kann es nur eine Strafe geben: den Tod. Anhörung und Urteilsverkündung sind bereits abgeschlossen, daher möchte ich dir hier und jetzt ein letztes Mal Gelegenheit geben, deine Taten zu begründen und deine Sünden öffentlich

zu widerrufen. Du sollst die Möglichkeit haben, dein Gewissen zu erleichtern, ehe wir dich und diesen Teufel den reinigenden Kräften der Flammen anvertrauen.«
Arkana erhob ihre Stimme. »Geliebte Menschen von Glânmor. Was hier gesagt wurde, ist richtig. Beinahe zwanzig Jahre habe ich mit diesem Mann zusammengelebt. Ich habe bei ihm gelegen, ihn geliebt und geehrt und mit ihm meine Tochter Juna gezeugt. Eine mutige junge Frau, die für euch gekämpft und euch den Sieg bei der Raffinerie geschenkt hat. Ich habe all das getan, wohl wissend, dass ich damit gegen das Recht verstoße. Wenn ihr mich und meinen Mann jetzt bestraft, so handelt ihr gemäß unseren Gesetzen. Aber bedenkt eines: Es gibt immer mehr als nur eine Form von Recht.«
Sie machte eine bedeutungsvolle Pause.
»Es gibt das Recht der Menschen, und es gibt das Recht der Götter. Wenn euch das Wort nicht gefällt, könnt ihr es auch *Schöpfung* oder *Naturgesetz* nennen. Letztlich läuft es auf dasselbe hinaus. Ich spreche von der größten Kraft des Universums: der Liebe.
Sie ist es, die uns antreibt und die alles am Laufen hält. Die Liebe zu unseren Kindern und unserer Familie, die Liebe zu unserer Arbeit und unserem Heim. Und die Liebe zu einem Lebensgefährten. Wir wurden nicht geboren, um allein zu sein. Jeder von uns braucht jemanden, dem er sich anvertrauen und hingeben kann, ob das nun eine Frau oder ein Mann ist. Aber wo, außer in unseren Gesetzen, steht geschrieben, dass die Liebe zu einer Frau mehr wert ist als die zu einem Mann? Gibt es solche Gesetze auch für die Tiere? Ich glaube nicht. Wer sind wir, dass wir uns über die Natur hinwegsetzen dürfen? Was für eine Arroganz, was für ein Hochmut! Die Natur hat das Männliche und Weibliche in perfekter Balance

geschaffen. Wir selbst, wir Menschen, haben diese Balance zerstört. Machen wir unsere Schuld nicht noch größer, indem wir per Gesetz strafen wollen, was die Natur längst für gut befunden hat.« Sie musste kurz Atem schöpfen.

»Liebe Mitschwestern, wenn ihr mich fragt, ob ich gegen unsere Gesetze verstoßen habe, so antworte ich mit ja. Fragt ihr mich aber, ob ich es bereue, dann lautet die Antwort: *nein.* Es ist Zeit, uns von althergebrachten Denkmustern zu lösen. Es ist Zeit für Veränderung. Macht nicht alles noch schwerer, indem ihr mich und meinen Mann hinrichtet. Lasst die Natur ihren Lauf nehmen und vertraut auf die Göttinnen. Das ist alles, was ich zu sagen habe.«

Auf dem Richtplatz war es leise geworden. Niemand rührte sich. Langsam und gedankenvoll trat der große schwarze Vogel vor die Menge. Dann hob er einen Flügel. Die drei Erinnyen ließen ihre Fackeln auf das mit Öl getränkte Holz fallen. Als Holz und Stroh Feuer fingen, setzte ein Brausen ein. Ein heißer Wind fing an zu wehen, verwirbelte Arkanas Haare und raubte ihr die Sicht. Funken stoben auf und schwirrten wie Glühwürmchen in den Himmel. Der Vogel nahm seine Maske ab. Dahinter erschien das Gesicht Edanas. Ihr Mund war zu einem schauerlichen Grinsen verzerrt. Arkana wandte sich ab und sah stattdessen Claudius an. In seinen Augen spiegelte sich das Feuer. Eine einzelne Träne wanderte seine Wange hinab. Dann schlugen die Flammen hoch.

Urplötzlich und mit einem intensiven Gefühl von Schmerz wachte Arkana auf. Sie saß senkrecht in ihrem Bett, stocksteif, nicht fähig, sich zu rühren. Ein paar Atemzüge später war ihr klar, dass sie doch nicht verbrennen musste. Sie tastete an sich herab. Kein Rauch, keine Flammen, keine Hitze. Nur ein

Traum, oder? Sie presste ihre Hand an die Brust. Das Stechen ließ langsam nach.

Tief in ihrem Inneren wusste sie, dass es weit mehr gewesen war als nur ein Traum. Es war *eine Vision.* Was sie gesehen hatte, würde geschehen. Nicht heute, nicht morgen, aber bald.

Sie stand auf und ging zum Fenster. Draußen hatte Regen eingesetzt.

Sie nahm ein Streichholz und entzündete die Kerze neben ihrem Bett. Dann legte sie ihre Hand auf den neben ihr liegenden Körper und schüttelte ihn. »Wach auf.«

»Was … was ist denn?« Die Stimme klang schläfrig.

»Habe ich wieder geschnarcht?«

»Nein«, sagte Arkana. »Wach auf. Es ist dringend.«

Claudius drehte sich um. Der Kerzenschimmer fiel auf seinen silbergrauen Bart. »Was ist denn los? Ist etwas passiert?«

»Wir müssen weg hier. Auf der Stelle.«

»Was?« Er setzte sich hin und lauschte in die Nacht. »Aber es ist stockfinster da draußen. Außerdem regnet es.«

»Wir müssen fliehen«, sagte Arkana mit Nachdruck. »Sofort. Oder wir werden beide sterben.«

Teil 2

Von einer, die auszog, das Fürchten zu lernen

Vorsicht
Verletzungsgefahr
Zutritt verboten!

22

Der Boden war übersät mit Schutt, Müll und herausgebrochenen Gesteinstrümmern. Grünes Moos wucherte auf den Brocken, und allenthalben waren Pfützen, die von Rinnsalen aus der Decke gespeist wurden. Das Plätschern war allgegenwärtig.
Die Fackeln reichten kaum aus, um die Finsternis zu erhellen. Ein paar Konturen, das war alles. Um sich angemessen orientieren zu können, hätten sie deutlich mehr Fackeln mitnehmen müssen, doch dafür war kein Platz. Gähnende Öffnungen und Spalten klafften in Wänden und Decken. Aus den Rissen wucherten Flechten und seltsam bleiche Schlingpflanzen. Hin und wieder stießen sie auf rostige Türen, die jedoch versperrt waren. Bekam man doch mal eine auf, stieß man dahinter nur auf schmale Gänge, die im Nirgendwo endeten.
Die Stollen waren menschenleer. Keine Heilige Lanze. Noch nicht mal Stadtstreicher, Bettler oder Clanmitglieder. Mordra hatte also recht gehabt. Warum sollte sich irgendjemand hier unten die Füße schmutzig machen?
Gwen war trotzdem überrascht. Natürlich hatte sie kein Menschengedränge erwartet, aber mit dem einen oder anderen heimatlosen Vagabunden hatte sie schon gerechnet. Sie ertappte sich dabei, wie sie immer wieder zurückschaute, um zu sehen, ob ihnen jemand folgte.
Doch da war niemand. Nur das Plätschern von der Decke.
Füchschen gab ihr mit einem Miauen zu verstehen, dass sie Hunger hatte. Gwen nahm etwas Futter aus einer der Taschen

und reichte es ihr. Sofort tauchte Füchschen wieder ab. Ihr schien die Umgebung genauso wenig zu behagen wie Gwen.
Den Gleisen weiter folgend, kamen sie gut voran. Nach einer Weile stießen sie auf eine große Halle, die rechts und links von steinernen Podesten flankiert wurde. Treppenaufgänge führten hinauf zur Oberfläche, doch Mordra untersagte ihnen den Blick nach oben. Die Schächte mögen menschenleer sein, sagte sie, die Stadt über ihren Köpfen sei es gewiss nicht.
Kendra hielt ihre Fackel hoch und beleuchtete ein verrostetes, schmutziges Schild.
»*A… ka… zien… weg.* Eine Haltestelle?«
»Ganz sicher eine Haltestelle«, sagte Mordra. »Irgendwo müssen die Leute ja eingestiegen sein.«
»In was eingestiegen?«, fragte Mildred.
»Na, in das, was immer hier unten gefahren ist. Diese Schienen wurden bestimmt nicht zum Spaß angelegt. Und jetzt hört auf zu reden und lauft weiter.«
Die Strecke war gut passierbar, sogar für Pferde. Gwen wunderte sich über die seltsamen Namen. *Äußere Kanalstraße, Leyendeckerstraße, Venloer Straße.* Bezeichnungen aus einer weit entfernten Vergangenheit.
An der Haltestelle *Ehrenfeld* stießen sie auf ein längliches Fahrzeug mit Sitzen und Haltestangen, das seitlich umgekippt auf den Schienen lag. Das Ding war völlig ramponiert und über und über mit Rost und Moos bedeckt. Viele der Fenster waren herausgebrochen und lagen als Scherben ringsum auf dem Boden.
»Hier hat vermutlich der Fahrer gesessen«, sagte Josepha, als sie nach vorne kamen. Gwen sah einen Einzelplatz mit einer Menge Hebel und Knöpfe.
»Wie viele Menschen da wohl reingepasst haben?«

»An die hundert, wenn man die Menge der Sitze überschlägt«, erwiderte Kendra. »Und das war sicher nicht das einzige Fahrzeug dieser Art.«
»Gewiss nicht. So groß, wie dieses Netz ist, muss es davon mehrere gegeben haben.«
Gwen war beeindruckt. »Die Stadt muss wirklich riesig gewesen sein. Zehntausend, vielleicht hunderttausend Einwohner, wer kann das schon sagen?« Sie hob ihre Fackel und beleuchtete die Haltestelle. Der Bahnhof war deutlich größer als die anderen.
Mordra hielt ihr Pferd an. »Schluss für heute, es war ein anstrengender Tag«, sagte sie. »Ihr habt euch gut gehalten, aber jetzt brauchen wir Ruhe. Hier werden wir unser Nachtlager aufschlagen.«
»Wie spät ist es?«, fragte Kendra.
»Ich schätze, nach Mitternacht.«
»Kein Wunder, dass mir meine Füße so weh tun«, jammerte Josepha.
»Mir hängt der Magen in den Kniekehlen«, stimmte Mildred mit ein. »Ich krieg kein Auge zu, ehe ich nicht einen Bissen gegessen habe.«
»Wir werden uns alle satt essen und dann schlafen legen«, sagte Mordra. »Ich denke, eine Wache reicht. Der übliche Rhythmus, einverstanden? Ich übernehme freiwillig die erste Schicht.«

Gwen lag mit offenen Augen da und starrte an die Decke. Trotz ihrer Müdigkeit wollte sich der Schlaf noch nicht einstellen. Die Eindrücke des Tages und die Dunkelheit machten ihr zu schaffen. Durch die Treppenaufgänge war das Geräusch des Regens zu hören. Ihre Anführerin saß nebenan und blickte auf das Feuer. Das leise Knacken der Scheite hallte von den Tunnelwänden wider.

»Mordra?« Gwen hielt ihre Stimme gesenkt, um die anderen nicht zu stören.

Mordra drehte ihr das Gesicht zu. »Kannst du nicht schlafen?«

Gwen richtete sich auf. »Mir geht so viel im Kopf herum. Ich habe das Gefühl, dass hier etwas nicht stimmt.«

Mordra wandte den Kopf um. »Was meinst du?«

»Findest du es nicht seltsam, dass hier unten keine Menschenseele ist? Keine Obdachlosen, Vagabunden oder Penner. Ich hätte darauf gewettet, dass wir zumindest ein oder zwei Leuten begegnen. Stattdessen völlige Einsamkeit.«

Mordra zuckte die Schultern. »Ich find's gut so.« Mehr kam nicht. Das war ihre Art, mit unangenehmen Fragen umzugehen. Aber so schnell gab Gwen nicht auf.

»Diese Tunnels sind eigentlich ziemlich gut in Schuss, wenn man bedenkt, wie alt sie sind. Man dürfte doch annehmen, dass ab und zu jemand vorbeischaut und nachsieht, ob es irgendetwas Wertvolles gibt. Metall zum Beispiel. Das gibt es hier in Hülle und Fülle. Das Zeug liegt hier tonnenfach herum. Allein die Schienen ...«

»Worauf willst du hinaus?«

Gwen zögerte. Wenn sie ihre Befürchtungen aussprach, würde sie vielleicht als Feigling dastehen. Andererseits, wenn sie es nicht tat ...

»Ich glaube, dass die Menschen diesen Ort meiden«, sagte sie kurz entschlossen. »Sieh dich doch mal um. Normalerweise hinterlassen Menschen immer irgendwelche Spuren. Kritzeleien, Abfälle, Essensreste, alte Feuerstellen. Hier ist nichts. Das lässt mir einfach keine Ruhe.«

»Du machst dir zu viele Gedanken.«

Gwen kraulte Füchschens Kopf, die sich auf ihrem Schoß eingerollt hatte und leise vor sich hin schnurrte. »Ich glaube, die Leute haben vor irgendetwas Angst. Ich habe schon die ganze Zeit so ein komisches Gefühl, als ob wir beobachtet werden.«
»Jetzt entspann dich mal. Hier unten ist nichts. Und selbst wenn, ich bin sicher, es ist vorsichtig genug, uns nicht anzugreifen.« Sie legte die Hand auf ihr Schwert. »Und sieh es doch mal so: Wir sollten für jeden Meter dankbar sein, den wir ungestört vorankommen. Diese Tunnels sind ein Geschenk des Himmels, also hör auf, dir Gedanken zu machen. Leg dich hin und schlaf etwas, du wirst morgen deine ganze Kraft benötigen. Wenn du möchtest, kannst du mir deinen kleinen Tiger borgen, dann habe ich wenigstens etwas Gesellschaft.«
Gwen hob Füchschen hoch und reichte sie Mordra. Die Katze rollte sich im Schoß der mächtigen Kriegerin ein und döste weiter, als ginge sie das alles gar nichts an. Gwen rollte sich auf die Seite und lauschte noch etwas in den Regen. Ein paar Minuten später war sie eingeschlafen.

23

Es war noch früh am Morgen, als ein lautes Pochen Zoe aus ihrer Arbeit riss. Es kam von der Tempelpforte und klang, als wolle sich jemand mit Gewalt Zutritt verschaffen.

»Aufmachen. Im Namen des Hohen Rates, öffnet die Tür!«

Arkanas Dienerin runzelte die Stirn. Was hatte das zu bedeuten? Sie steckte gerade mitten in den Vorbereitungen für die Frühmesse und war noch nicht mal mit den Blumengestecken fertig.

»Wer ist da?«

»Ratsherrin Edana. Öffne die Tür.«

Zoe runzelte die Stirn. Edana? Was wollte die denn hier? Sie überlegte, was sie tun sollte, als die Wachen erneut gegen die Tür polterten. Bei dem Lärm konnte man ja keinen klaren Gedanken fassen.

»Einen Moment«, rief sie. »Ich komme.«

Rasch lief sie hinüber zur Pforte. Mit geschickten Bewegungen entfernte sie den Balken und drückte die Türklinke herunter.

Vor ihr stand die Ratsvorsitzende Edana, umgeben von einer Truppe bewaffneter Brigantinnen. Sie trieften vor Nässe. In der Nacht hatte der Regen eingesetzt, und bis jetzt war er nicht abgeklungen. Hinter Edana stand Theresa, eine der Bediensteten aus den Häusern der Heilung.

»Was ist denn los?«, fragte Zoe. »Ist irgendetwas passiert? Und was sollen die Wachen?«

»Wir müssen zu Ratsherrin Arkana, sofort.«

»Arkana befindet sich um diese Zeit noch in ihren Privatgemächern. Wenn Ihr wollt, gehe ich sie holen …«
»Lass mich vorbei, ich werde selbst zu ihr gehen.«
»Aber das dürft Ihr nicht. Die Privaträume der Hohepriesterin sind …«
»Arkana steht unter dem Verdacht des Hochverrats.«
»Was!«
»Du hast mich verstanden. Folgt mir, Brigantinnen.«
»Halt!« Zoe hob die Hand. »Niemand darf diese Halle mit Waffen betreten, das sollte Euch bekannt sein, Ratsvorsitzende. Legt die Waffen ab und wartet hier, bis ich Arkana geholt habe. Oder wollt Ihr, dass ich die Sturmglocke läute?« Sie deutete hinüber zum Glockenturm.
Die Sturmglocke war in den sechzig Jahren seit Bestehen Glânmors nur sechsmal geläutet worden. Sie befand sich im obersten Turm des Tempels und konnte vom Hauptportal aus betätigt werden. Es war das Signal, dass Glânmor angegriffen wurde und alle zur Tempelinsel kommen sollten. Jedes Kind, jedes Mädchen, jede Frau und jede Greisin – alle wussten, was zu tun war, sobald dieses Läuten erklang.
Edana ließ es nicht darauf ankommen, sondern verstellte Zoe den Weg. »Nehmt die Frau fest. Bindet ihr die Hände auf den Rücken, sie soll uns begleiten.«
Ehe sie sich versah, wurde Zoe zu Boden gestoßen; ihre Hände zerrte man brutal auf den Rücken.
»Lasst mich los, ihr verdammten …«
Sie wehrte sich mit Händen und Füßen, doch ein Hieb in den Nacken ließ sie verstummen. Für einen kurzen Moment sah sie nur noch Sternchen. Sie spürte, wie sie auf die Füße gehoben und hingestellt wurde.
»Du begreifst hoffentlich, dass deine Haltung nicht nur sinn-

los, sondern töricht ist«, sagte Edana. »Solltest du Widerstand leisten, werden wir dich töten, hast du das verstanden? So, und jetzt bring mich zu Arkana.«
Zoe spuckte Edana vor die Füße.
»Na, macht nichts«, sagte die Ratsvorsitzende angewidert. »Mit deiner Kooperation war ohnehin nicht zu rechnen. Wir werden sie auch so finden.«
Zoe erhielt einen heftigen Stoß in den Rücken und taumelte hinter Edana her, die bereits auf dem Weg zu Arkanas Quartier war. Edana nahm eine Fackel aus einer der Wandhalterungen, schob einen Vorhang zur Seite und betrat das Allerheiligste. Mit schnellen Schritten führte sie die Gruppe hinunter in die Tiefen des Vulkans. Nur wenige Minuten später hatte die Temperatur bereits merklich zugenommen. Genau wie der Schwefelgeruch – ein untrügliches Zeichen für die feurige Seele des Berges. Zoe versuchte, durch einen Seitenstollen zu entwischen, wurde aber schmerzhaft daran erinnert, dass sie eine Gefangene war. Während sie hinter Edana herstolperte, fiel ihr Blick auf Theresa. Sie war eine der Heilerinnen von Magdalena. Für einen Moment lang kreuzten sich ihre Blicke, dann schaute Theresa schnell weg. Ihr schuldbewusster Gesichtsausdruck sagte alles.
»Was wird hier gespielt?«, flüsterte Zoe. »Was sollen denn die Wachen?«
»Das hast du doch gehört. Arkana ist wegen Hochverrats angeklagt.«
»Aber warum«, flüsterte Zoe. »Warum hast du uns nur verraten?«
»Theresa hat nur getan, was jede gute Bürgerin dieser Stadt getan hätte«, fuhr Edana dazwischen. »Wir dürfen nicht zulassen, dass unsere Feinde uns von innen her schwächen.

Verräter müssen bestraft werden, so lautet nun mal das Gesetz.«

»Ich kann mir vorstellen, wie schwer Euch das fällt«, sagte Zoe mit grimmigem Ausdruck. »Ihr habt Arkana doch noch nie leiden können. Die Hohepriesterin ist eine große Frau. Was sie getan hat, geschah zum Wohl aller. Aber das werdet Ihr nie verstehen.«

»Zum Wohl aller?« Edana lachte schal. »Ich wüsste gerne, wessen Wohl sie im Sinn hatte, als sie mit diesem … diesem Mann den Beischlaf vollzogen hat. Sind wir hier richtig?« Sie deutete geradeaus.

Zoe zögerte. Es hatte keinen Sinn, weiter zu rebellieren; Edana würde Arkanas Gemächer ohnehin finden. Sie nickte.

Wenig später trafen sie vor Arkanas Tür ein. Edana schlug heftig dagegen. »Aufmachen. Ich weiß, dass du dadrin bist.«

Keine Antwort. Innen war es mucksmäuschenstill.

»Zum letzten Mal. Öffne, oder wir kommen mit Gewalt herein.«

Als immer noch nichts geschah, befahl Edana zwei Brigantinnen, die Tür einzutreten. Sie bestand aus massiver Eiche, und es dauerte eine Weile, bis sie es geschafft hatten. Dann aber gab die Türfüllung nach.

Hocherhobenen Hauptes marschierte Edana in die Privaträume der Hohepriesterin. Außer Zoe hatte nur Juna diese Räume jemals betreten.

»Arkana?« Edana durchschritt die Zimmer. »Wo bist du? Komm raus, du kannst dich nicht vor mir verstecken.«

Heiße Tränen liefen über Zoes Wangen. Es war unfassbar, was hier geschah. Sie zweifelte keinen Moment, dass Arkana und Claudius sich irgendwo im entlegensten Teil der Wohnung verborgen hielten und dass es nur noch eine Frage von Sekunden war, bis Edana sie ausfindig gemacht hatte. Aus den hinteren Gemächern hallten schwere Schritte, das Knallen von Türen und leise Flüche.

»Wie konntest du das tun?«, flüsterte Zoe Theresa zu. »Wie konntest du nur?«

»Ich habe mitangehört, wie Magdalena Gwen von dieser Verschwörung berichtet hat. Was hätte ich denn tun sollen?«

»Den Mund halten? Wie wäre es damit? Stattdessen rennst du einfach zu Edana.«

»Sie ist unsere Hohe Herrin …«

»Du bist eine dumme Gans. Du bringst uns damit alle in Gefahr. Von der Sicherheit und dem Frieden in unserem Land will ich gar nicht reden.«

»Es war meine Pflicht«, beharrte Theresa.

Zoe schüttelte angewidert den Kopf. Sie hatte Theresa immer für eine kluge Frau gehalten, doch so konnte man sich täuschen.

»Zoe!« Edanas Stimme schallte aus den Tiefen des Berges. »Wo ist diese Zofe, ich will sie sehen. Bringt sie her, auf der Stelle.«

Wieder wurde Zoe gestoßen. Das Benehmen dieser Frauen erfüllte sie mit ohnmächtiger Wut. Doch was sie noch mehr beschäftigte, war die Tatsache, dass sie immer noch nichts von Arkana gehört hatte.

Wo steckte sie nur?

Edana erwartete Zoe im Schlafzimmer. Ihrem Gesichtsausdruck nach zu urteilen waren die Dinge nicht so gelaufen, wie sie sich das erhofft hatte.

»Wo ist sie?«, fragte sie mit zornerfüllter Stimme. »Wo ist Arkana?«

»Ist sie denn nicht hier?«

»Spiel keine Spielchen mit mir, Zoe. Arkana ist fort, und wie es aussieht, noch nicht lange. Die Sachen wurden in aller Eile gepackt.« Sie deutete auf den zerwühlten Kleiderschrank. »Wie kann sie von unseren Plänen erfahren haben?«
»Ich bin genauso überrascht wie Ihr. Aber sie ist eine Seherin, vergesst das nicht.«
Edana schlug ihr ins Gesicht. »Glaub nicht, dass du mich zum Narren halten kannst. Ich gebe dir eine letzte Chance. Wo ist die Hohepriesterin?«
Zoes Wange brannte wie Feuer. »Ich weiß es nicht«, stammelte sie. »D… das ist die Wahrheit.«
»Du weißt, dass ich dich foltern lasse, wenn ich das Gefühl habe, dass du mir etwas verschweigst.«
»Natürlich weiß ich das, Ihr wärt zu so etwas fähig. Aber es ist eine Tatsache. Ich weiß über Arkanas Verschwinden genauso wenig wie Ihr. Sie hat mich nicht ins Vertrauen gezogen.«
Edana überlegte noch eine Weile; dann entschied sie, dass es keinen Zweck hatte, weiter in sie zu dringen. Sie ging hinüber zu einem der Nachttischchen und griff nach dem Bilderrahmen, der dort stand. »Ist er das?« Sie hielt Zoe ein kleines, gemaltes Porträt vor die Nase. Arkana hatte es selbst gemalt. Es stellte ihren Lebensgefährten dar.
Sie nickte. »Sein Name ist Claudius. Arkana und er leben schon seit vielen Jahren zusammen. Sie sind ein Paar. Juna ist ihre Tochter.«
Einige der Brigantinnen sogen laut hörbar die Luft ein. Edana hingegen nickte nur. Offenbar hatte Theresa ihr auch das verraten.
Edana stieß ein Seufzen aus. »Na schön. Vorerst gibt es für uns hier nichts mehr zu tun. Aus Mangel an Beweisen will ich dir erst mal glauben. Trotzdem wird dich das nicht vor einer

Bestrafung bewahren. Du wirst weiter in diesen Gemächern bleiben und stehst natürlich unter Arrest. Jeder Versuch, von hier zu entkommen, wird mit dem Tode bestraft. Stelle mich in dieser Beziehung nicht auf die Probe, Zoe. Du kennst mich.«

»Das tue ich«, sagte Zoe mit missbilligendem Ausdruck. »Jetzt habe ich Euch richtig kennengelernt.«

24

Logan lupfte den Zipfel seiner Plane. Es regnete immer noch. Ein warmer, lang anhaltender Sommerregen, der die Welt hinter Abstufungen von Grau verschwinden ließ. Bäume und Büsche wirkten wie gebeugt unter der Last des Wassers. Logan schüttelte sich. Was für eine Nacht.

Es war beinahe Mitternacht gewesen, als er endlich eine Schlafstelle gefunden hatte. Zu diesem Zeitpunkt hatte es bereits angefangen zu regnen, und er hatte sich beeilen müssen, sein Lager aufzuschlagen. Unter der Plane hatte er den Geräuschen des Regens gelauscht und war irgendwann in einen tiefen, traumlosen Schlaf gefallen. Als er wieder aufwachte, konnte er noch immer das Prasseln auf der Plane hören.

Er setzte sich auf und seufzte. Seine Sachen fühlten sich klamm und schwer an. Wenigstens war die Luft warm, sonst käme zu der Feuchtigkeit auch noch die Kälte dazu. Rasch packte er alles zusammen und stopfte es in die Taschen. Halla blickte ihn mit großen, sanften Augen an.

»Na, meine Schöne?«, sagte Logan mit einem Lächeln. »Dir scheint das Wetter ja nichts auszumachen. Du ahnst nicht, wie sehr ich dich um dein dichtes Fell beneide.«

Das Pferd drehte den Kopf und rupfte ein paar Grasbüschel ab.

In unmittelbarer Nachbarschaft ragte die Himmelskerze empor. Keine Viertelstunde, dann würde er das Bauwerk erreicht haben. Er hätte es auch gestern schon schaffen können, aber dann hätte er auf dem Territorium der Kreuzgässler übernachten müssen, und das war ihm doch etwas zu riskant erschienen.

Über diesen Clan kursierten eine Menge Geschichten. Manche hielten sie für schmutzigen Abschaum und dichteten ihnen barbarische Männlichkeitsriten an – Rituale, bei denen es um Mutproben und Selbstverstümmelung ging. Andere hielten sie für Kannibalen, die ihre Feinde auffraßen und ihre Köpfe auf Lanzen steckten. Schlimm sähen sie aus, sagten die einen; verrückt und unberechenbar, meinten die anderen. Einig war man sich nur darin, dass es besser wäre, ihnen nicht zu begegnen. Nun, er würde ja bald genug erfahren, ob an den Gerüchten etwas dran war.

Schnell aß er eine Kleinigkeit, reinigte dann seine Zähne mit einer zerfaserten Wurzel und machte sich wieder auf den Weg.

Die Grenze war deutlich markiert.

Menschliche Schädel, aufgepflanzt auf Holzpfählen, die mit martialischen Schnitzereien und Farbsymbolen verziert waren. Daneben standen Autowracks, die mit Pinsel und Farbe zu mechanischen Monstren umgestaltet waren. Manche sahen aus wie Skelette, andere wie Drachen mit weit aufgerissenen Mäulern. Konnte es sein, dass sie tatsächlich Kannibalen waren? Fest schien jedoch zu stehen, dass die Kreuzgässler Fremde nicht besonders zu mögen schienen. Sie verkündeten dies mit farbiger Handschrift.

Logan warf einen letzten Blick auf die vielen handgemalten Schilder, dann stieß er Halla seine Fersen in die Flanken.

Gemächlichen Schrittes trabte das Pferd über den mit Pfützen übersäten Asphalt. Die vierspurige Straße wies in der Mitte einen Grünstreifen auf und war mit zahlreichen Bäumen bestanden. Logan legte seinen Kopf in den Nacken. Die Himmelskerze wirkte im Regen noch mächtiger. Zyklopenhaft

über ihm aufragend, stieß sie mitten hinein in die Regenwolken. Er schätzte ihre Höhe auf mindestens zweihundert Meter. Eine pfeilgerade Säule aus purem Beton, mit einer untertassenförmigen Verdickung im oberen Drittel. Die Turmkanzel war rundherum mit Glas verkleidet und musste an klaren Tagen einen phantastischen Blick ins Land bieten.
Es war eines der wenigen Gebäude der Stadt, die den Zusammenbruch einigermaßen unbeschadet überstanden hatten. Der ehemals helle Beton war zwar rußfleckig, und in der Kanzel fehlten ein paar Scheiben, aber ansonsten machte die Himmelskerze einen guten Eindruck.
Logan war noch etwa zweihundert Meter vom Sockel entfernt, als Halla abrupt stehen blieb. Vor ihnen huschten einige Gestalten durch den Regen. Gebeugte, flinke Kreaturen, mit Knüppeln und Speeren in den Händen. Sie waren in Felle und zerrissene Kleider gehüllt, und einige von ihnen trugen Hörner auf dem Kopf.
Logan lockerte das Seil, an dem er Schild und Schwert festgemacht hatte. Er würde die Angelegenheit gerne friedlich lösen, aber wenn es zu einem Kampf kommen sollte, war es besser, vorbereitet zu sein.
»Halt.« Einer der Burschen kam aus dem Nebel und richtete seinen Speer auf Logan. »Keinen Schritt weiter.«
Seine Stimme war hell und klar. Die Stimme eines jungen Mannes. Logan wischte ein paar Tropfen aus seinem Gesicht. Der Kerl konnte kaum älter als er selbst sein. Schmutz, Bemalung und die phantasievolle Rüstung, die aus lauter Blechdosen zusammengezimmert war, täuschten über sein wahres Alter hinweg. Jetzt konnte Logan auch einen Blick auf seine Begleiter erhaschen. Keiner der Burschen war älter als sechzehn.
»Wer seid ihr?« Er hielt Schwert und Schild griffbereit.

Der Anführer hob trotzig den Kopf. »Ich stelle hier die Fragen. Sag mir erst mal, wer du bist.«
»Mein Name ist Logan. Ich komme vom Clan des Steinernen Turms.«
»Dann hast du aber 'n ganz schönen Weg hinter dir. Was willst du hier?«
Die Dosen und Blechteile an seiner Rüstung klapperten leise.
»Ich will auf die Himmelskerze.«
Die Jungen sahen sich einen Moment lang erstaunt an, dann fingen sie an zu lachen. »Auf die Himmelskerze? Bist du noch bei Trost? Keiner von uns geht dorthin. Das Ding ist verflucht.«
»Ich möchte es trotzdem versuchen.«
»Warum denn in drei Teufels Namen?«
»Es gibt da eine Sache, der ich nachgehen muss.«
»Habt ihr gehört, Jungs? Er will einer Sache nachgehen, hat aber keine Ahnung, worauf er sich da einlässt. Wie bescheuert bist du eigentlich?«
»Wovon redest du?«
Der Junge ließ ein braunes Lächeln sehen. »Hast du noch nie von den Bleichen gehört?«
»Doch, schon, aber …«
»Die hausen dort im Untergrund, und wenn du nicht vorsichtig bist, nagen sie dir – *zack* – die Knochen ab.« Er packte Hallas Zaumzeug und fuhr mit der Zunge über seine Lippen.
»Wär doch schade um das schöne Pferd.«
»Lass los«, sagte Logan so ruhig wie möglich. Er hoffte immer noch, die Sache kampflos durchzustehen, auch wenn die Chancen dafür von Sekunde zu Sekunde schwanden.
»Warum?«, fragte der Anführer scheinheilig.
»Weil sie mir gehört, darum.«

»Und du gehörst nicht auf unser Territorium. Wenn du weiterreiten willst, musst du dafür bezahlen. Dürfte aber nicht ganz billig werden, so wie du aussiehst.«
»Wie sehe ich denn aus?«
»Na, wie 'n reicher Schnösel. Schicke Waffen, ein eigenes Pferd. Hast du keine Angst, dass man dir das wegnehmen könnte?« Wieder entblößte er seine braunen Zähne. Seine Freunde kamen mit erhobenen Waffen näher. Logan erwiderte das Lächeln kalt. Mit den paar Halbstarken würde er spielend fertig werden. Die Frage war nur, ob er es wirklich darauf ankommen lassen wollte. Es waren noch halbe Kinder.
In diesem Moment kam von rechts ein weiterer Junge angerannt. Er mochte vielleicht zehn oder elf sein, hielt schnurstracks auf den Anführer zu und kam direkt vor ihm zum Stehen. Sein Gesicht war gerötet, er atmete schwer.
»Pip, was willst du denn?«
Der Junge flüsterte ihm hinter vorgehaltener Hand etwas ins Ohr. Logan verstand nicht, was es war, aber es schien Eindruck zu machen.
»Bist du sicher?«
»Sieh selbst.« Der Kleine deutete auf Logan.
Der Anführer ließ Hallas Zaumzeug los und umrundete Logan mit misstrauischem Blick. »Was ist das für eine Tätowierung über dem Auge?«
»Was, das?« Logan strich mit den Fingern über die Verletzung. Sie juckte immer noch ein bisschen. »Nur ein kleines Ehrenabzeichen, das ich in der Arena gewonnen habe. Clan-Runen, wenn du verstehst, was ich meine.«
»Und was bedeuten sie?«
Logan zuckte die Schultern. »Irgendwas wie *Dem Sieger Unsterblichkeit in den Hallen der Götter* oder etwas Ähnliches.«

»Ich hab's dir doch gesagt«, zischte der Neuankömmling. »Das is' der neue Champion.«

Der Anführer verschränkte die Arme vor der Brust. »Stimmt das? Bist du der Kerl, der Norgal und Wengul fertiggemacht hat?«

Logan hob erstaunt die Augenbrauen. Dass sein Name bis hierher vorgedrungen war, damit hatte er nicht gerechnet.

»Sagen wir mal so: Sie haben sich selbst fertiggemacht, und ich habe den Rest erledigt.«

»Man sagt, du seist der jüngste Champion, den es je gegeben hat.«

Logan nickte. »Ich glaube schon, ja. Ich bin siebzehn.«

Die Reaktion war verblüffend. Als habe er irgendwelche magischen Worte gesagt, trat der Anführer einen Schritt zurück, neigte respektvoll seinen Kopf und stieß dann in das Horn, das er um seinen Hals trug. Sofort tauchten überall weitere Jungen auf. Hinter Autos, Mülltonnen, Bäumen und Mauern. Viele waren bemalt, trugen Masken und phantasievolle Rüstungen, andere hatten sich mit Tierfellen – hauptsächlich Kaninchen und Ratten – behängt. Keiner schien älter als er selbst zu sein.

Logan biss sich auf die Unterlippe. Da war er wohl etwas voreilig gewesen. So einfach, wie er gedacht hatte, wäre der Kampf nicht geworden. Eigentlich hätte er wissen müssen, dass Ratten immer im Rudel auftraten. Im Nachhinein war es die richtige Entscheidung gewesen, dass er es auf die friedliche Tour versucht hatte.

»Im Namen der Kreuzgässler heiße ich dich herzlich willkommen«, sagte der Anführer. »Mein Name ist Stan, ich schmeiße den Laden hier. Hab keine Angst, fühl dich wie zu Hause.«

Logan zögerte, doch Stan schien zu wissen, was in seinem

Kopf vorging. »Keine Sorge, das ist kein Trick. Bei uns ist jeder willkommen, der unter zwanzig ist.«

Ob es wohl zu leichtsinnig war, ihnen zu vertrauen?

»Seid ihr Kannibalen?«

Erstauntes Schweigen, dann wieder Gelächter. »Kannibalen? Wer erzählt denn so was?«

»Viele. Besonders in den Gasthäusern und Wirtsstuben. Ich glaube, es ist wegen der Schädel, die ihr an der Grenze aufgepflanzt habt.«

»Ach die.« Stan winkte ab. »Die dienen doch nur zur Abschreckung. Wir haben sie gefunden und auf die Stäbe getan. Wie es scheint, haben sie ihre Wirkung nicht verfehlt.« Er lachte. Stan schien ein Raufbold zu sein, aber einer von der aufrichtigen Sorte.

»Wie kommt es, dass ihr so jung seid? Ich habe ja schon einiges von euch gehört, aber das ist mir neu.«

Stan grinste. »Wir sind der coolste Clan von allen. Zu uns kommt nur, wer mit Erwachsenen nix am Hut hat: die Ausreißer, die Flüchtlinge, die Heimatlosen und Vertriebenen, die Diebe und die Streuner. Stell dir vor: Fast ein Drittel hier sind Fahnenflüchtige der Heiligen Lanze. Jungs, die keinen Bock auf den Drill und die Schinderei haben und die nicht mehr an den Bockmist glauben, den der Inquisitor ihnen erzählt. Wir nehmen jeden auf, vorausgesetzt, er ist unter zwanzig.«

»Und dann?«

Stan zuckte die Schultern. »Dann muss er gehen. Ob freiwillig oder nicht, es liegt an ihm, wie er seinen Abschied gestaltet. Aber es gab noch keinen, der nicht irgendwann das Feld geräumt hätte.«

Logan warf seinem Begleiter einen Blick aus dem Augenwinkel zu. »Bei dir ist es auch nicht mehr allzu lange hin, oder?«

Stan spuckte auf den Boden. »Bin gerade erst sechzehn geworden, hab also noch 'n bisschen Zeit.«
»Weißt du schon, was du danach machen willst?«
Stan grinste. »Vielleicht komme ich zu euch. Der Steinerne Turm scheint ganz in Ordnung zu sein.« Er hielt Logan eine Packung mit braunen Würfeln hin. »Willst du einen?«
»Was ist das?«
»Selbstgemachte Lakritze. Aus dem Saft der Süßholzwurzel. Ist echt gut, probier mal.«
Logan nahm einen der braunen Würfel und schnupperte daran. Er fühlte sich gummiartig an und hatte einen komischen Geruch. Todesmutig warf er ihn in seinen Mund, und schon der erste Bissen überzeugte ihn, dass er einen Fehler gemacht hatte.
»Die machen wir selbst«, sagte Stan mit einem zufriedenen Nicken. »Die beste Lakritze, die du in weitem Umkreis finden wirst. Geheimrezeptur, versteht sich. Nur so viel: Es ist 'ne Spur Mäusedreck drin und 'n bisschen Cannabis. Gerade so viel, dass man gut draufkommt.«
Logan lächelte gequält und schluckte den Brocken runter.
»Noch mal wegen der Himmelskerze«, sagte er. »Was soll das Gerede, dass sie verflucht ist? Das ist doch Unsinn, oder?«
Stan schüttelte den Kopf. »Kein Unsinn. Sie ist verflucht, gefährlich, unberechenbar – nenn es, wie du willst. Es gibt Zeiten, da passiert überhaupt nichts, dann wieder verschwinden reihenweise Leute. Manchmal kann man nachts Lichter oben sehen, und unheimliche Geräusche sind zu hören. Ich selbst war schon seit Jahren nicht mehr dort.«
»Und die Bleichen?«
Stan nickte. »Sie hausen im Untergrund. Siehst du den Zugang da drüben?« Er deutete auf etwas, das wie die Zufahrt zu einer

Tiefgarage aussah. »Wir haben versucht, den Zugang zu verbarrikadieren, aber sie öffnen ihn immer wieder. Also haben wir einen Stacheldraht um das gesamte Gelände gezogen. Solange du draußen bleibst, gibt's kein Problem.«

»Steigen sie auch auf den Turm?«

»Keine Ahnung, aber ich würde es lieber nicht darauf ankommen lassen. Es gibt da so 'n alten Aufzug mit 'ner Handwinde. Vielleicht haben sie rausbekommen, wie er funktioniert, aber eigentlich sind sie ziemlich dumm. Also ich an deiner Stelle würde einen weiten Bogen um das Ding machen.« Er warf Logan einen neugierigen Blick zu. »Was ist das für 'ne Sache, der du nachgehen musst?«

Logan winkte ab. »Das war nur so ein Spruch. Genau genommen muss ich da rauf, um in den Kreis der Erwachsenen aufgenommen zu werden. Bei jedem fällt die Prüfung anders aus. Eine Mutprobe. Männerkram, wenn du verstehst, was ich meine.«

Stan nickte. »Wir haben auch Mutproben, wenn auch nicht ganz so extrem. Bei uns wäre keiner so verrückt, dahinauf zu steigen. Bei euch scheint's ja ziemlich hart zuzugehen. Muss mir noch überlegen, ob ich später wirklich zu euch komme.« Missmutig schlug er seinen Kragen hoch und blickte hinauf zu den Regenwolken. »Ich glaub, wir machen uns mal wieder vom Acker. Die Wolken sehen aus, als würde es noch eine Weile so weiterregnen. Bist du sicher, dass ich dir die Sache nicht ausreden kann?«

Logan nickte bestimmt.

»Ja, dachte ich mir, aber egal. Wenn du fertig bist und Lust auf ein bisschen Gesellschaft hast, wir leben da drüben in dem großen Gebäude, siehst du das?« Er deutete auf einen roten Backsteinbau, der hinter den Bäumen hervorschimmerte. »War

früher mal ’ne Schule, aber heute haben die Jungen das Regiment übernommen. Irgendwie passend, oder?« Er ließ ein breites Lächeln sehen.
»Stimmt.« Logan gefielen diese wilden Jungs. Heute hatte er eine Familie, aber damals, als er jünger war, hätte er sich ihnen bestimmt angeschlossen. Er blickte in ihre ausgemergelten Gesichter, und auf einmal taten sie ihm leid. Er überlegte kurz, dann öffnete er seine Satteltasche.
»Kommt her, ich habe einen Haufen Proviant dabei. Mehr, als ich brauche. Wenn ihr mögt, könnt ihr davon etwas abhaben. Ihr seht aus, als könntet ihr es brauchen.«
Das Leuchten in ihren Augen sagte ihm, dass er die richtige Entscheidung getroffen hatte.

25

Mitten im schönsten Schlummer wurde Gwen durch heftiges Rütteln geweckt. »Gwen?«

»Hm?«

»Wach auf. Schnell.«

Sie schlug die Augen auf. Sie hatte das Gefühl, gerade erst eingeschlafen zu sein. Im Schein einer Fackel sah sie Mordras besorgtes Gesicht über sich.

»Was ist los?«, murmelte sie. »Ist schon wieder Aufbruchszeit?«

»Kendra glaubt, etwas gesehen zu haben.«

Im Nu war Gwen wach. *Also doch.* »Wie spät ist es?«, fragte sie.

»Kurz nach Tagesanbruch. Durch die Schächte dringt schon das erste Licht. Der Regen scheint langsam nachzulassen.«

»Was hat sie gesehen?«

»Es war bleich und konnte sich ungeheuer schnell bewegen.« Die Kriegerin deutete zu den Pferden. »Die Tiere sind auch unruhig. Kein gutes Zeichen.«

Die Pferde hatten die Ohren nach hinten gelegt und scharrten unruhig mit den Hufen. Gwen wusste, wie Pferde aussahen, wenn sie unter Stress standen.

Sie rappelte sich auf.

»Wo ist Füchschen?«

»Ach ja, das wollte ich dir auch erzählen. Dein kleiner Mäusefänger hat sich abgesetzt. Ist einfach auf und davon.«

»Was?« Gwen sprang auf. »Füchschen? Wo steckst du?« Sie fuhr herum. »Warum hast du denn nicht aufgepasst?«

»Sei still«, zischte Mordra. »Wenn hier unten wirklich etwas ist, müssen wir leise sein.« Sie zuckte die Schultern. »Es ging alles so schnell. Kendra rief mir etwas zu, und wusch! war die Katze weg. Es tut mir leid.«

»Aber …«

»Wir werden sie schon finden. Komm, pack alles auf dein Pferd, dann brechen wir auf.«

Widerstrebend gehorchte Gwen. Wo konnte Füchschen nur sein?

Ihre Sorge verwandelte sich schlagartig in Furcht, als aus der Dunkelheit hinter ihnen ein schauerliches Heulen erklang. Es schien aus einem der Treppenaufgänge zu kommen.

Josepha zog ihr Schwert. Alle taten das. Kendra legte einen Pfeil auf die Bogensehne.

»Was war das?«, fragte Mildred. »Ein Hund?«

»Wenn das ein Hund war, dann heiße ich Annemarie«, sagte Kendra. »Ich tippe eher auf ein Wildschwein, auch wenn es ein sehr seltsames Wildschwein sein muss.«

Sie starrten in die Dunkelheit.

»Seht mal.« Mordra war in die Hocke gegangen und betrachtete etwas am Boden. Die anderen scharten sich um sie, ohne den Treppenaufgang aus den Augen zu lassen. Neben einer Pfütze war ein seltsamer Abdruck zu sehen.

»Für was haltet ihr das?«

»Sieht aus wie die Hand eines Menschen«, sagte Gwen. »Auch wenn die Anatomie nicht ganz passt.« Sie legte ihre eigene Hand daneben. »Seht mal: Der Daumen ist zu kurz und sitzt zu tief am Handballen an. Dafür sind die anderen Finger zu lang. Da drüben sind noch mehr von den Abdrücken.« Sie deutete geradeaus. In einer flachen Senke hatte sich etwas Wasser gesammelt. Rundherum war der Boden matschig. Gwen schätzte die Entfernung zu ihrem Lager auf etwa dreißig Meter. Was immer hier gewesen war, es hatte sich ganz bewusst vom Lichtschein ihrer Fackeln ferngehalten.

Kendra berührte den Staub mit den Fingern. »Zumindest eines ist sicher: Der Abdruck ist frisch. Das Wesen kann noch nicht lange weg sein.«

Ein weiteres Heulen erklang. Diesmal kam es aus einer anderen Richtung.

»Es ist nicht allein«, sagte Mildred. »Und hört mal, da ist noch etwas anderes.«

Tatsächlich.

Jetzt konnte Gwen es auch hören: Schläge von Stein auf Metall. Die Pferde zerrten wie verrückt an ihren Leinen. Mit wildem Schnauben und panischem Wiehern stieg eines von ihnen auf seine Hinterbeine und schlug mit den Vorderläufen aus. Um ein Haar wäre Gwen von einem der mächtigen Hufe am Kopf erwischt worden. Sie konnte sich gerade noch wegducken. Sie hechtete aus der Gefahrenzone und wollte das ängstliche Tier unter Kontrolle bringen, als sie aus dem Augenwinkel eine Bewegung bemerkte. Es war so schnell, dass sie nicht sicher war, ob sie es sich nur eingebildet hatte.

Sie hielt ihre Fackel höher.

Nichts.

»Hast du was gesehen?«, fragte Mordra.

»Etwas Bleiches, Schnelles, direkt hinter uns. Da! Da ist es wieder.«

Diesmal sahen es alle.

»Scheiße«, entfuhr es Mordra.

»Es sind mehrere«, stieß Kendra aus. »Sieht nach einem Rudel aus. Die Treppenaufgänge scheinen alle besetzt zu sein, ebenso der Tunnel hinter uns.«

»Dann also nach vorne«, sagte Mordra. »Schnappt euch die Pferde und folgt mir.«

Gwen blieb keine Zeit, sich zu fragen, ob es eine kluge Entscheidung war, noch tiefer in unbekanntes Territorium vorzudringen, als sie ein weiteres dieser bleichen Dinger sah.

Es war definitiv kein Hund, dafür war der Körper zu kurz und die Gliedmaßen zu lang. Auch ein Wildschwein kam nicht in Frage. Die Vorder- und Hinterläufe waren extrem schmal und bleich. Der Körper war dünn und eingefallen, als hätte das Wesen seit Wochen nichts zu fressen bekommen. Auf einem schmalen, krummen Hals saß ein bleicher Kopf mit riesigen, schwarzen Knopfaugen, einer winzigen Nase und einem breiten Mund.

Als es vom Licht von Gwens Fackel getroffen wurde, sprang das Wesen mit schmerzerfülltem Jaulen zurück in die Dunkelheit. Wütendes Zähneknirschen war zu hören.

Eiskaltes Grauen überfiel Gwen. Das waren Menschen. Nackte, missgebildete Menschen, die auf allen vieren liefen. Offenbar hatten sie sich an das Leben in der Dunkelheit angepasst. Große Augen, bleiche Haut und eine vierfüßige Fortbewegungsart – fast wie riesige Ratten.

Und sie waren auf Beutezug.

Gwen riss sich mit Mühe von dem Anblick los.

Sie spürte, dass es ein Fehler war, weiterzugehen, aber was sollten sie machen? Der Weg zur Oberfläche war versperrt, abgesehen davon, dass sie dort gleich dem nächsten Feind in die Hände gelaufen wären.

Immer mehr von diesen Geschöpfen tauchten aus der Dunkelheit auf. Immer wilder wurde das Stöhnen und Heulen. Der gesamte Tunnel hinter ihnen war voll von diesen Dingern.

Josephas Pferd brach aus und galoppierte mit panischem

Wiehern geradeaus in die Dunkelheit. Nur mit Mühe gelang es Gwen, ihr eigenes Pferd unter Kontrolle zu halten. Es scheute so stark, dass sie die Zügel mit beiden Händen halten musste. Dabei fiel ihr die Fackel herunter und verlosch. Mildred blieb stehen.

»Beeil dich. Hier, ich habe noch eine zweite. Nimm sie und dann weiter, schnell.« Ihre Bewegung war hastig und fahrig.

Wenig später stießen sie auf das nächste Problem. Quer zu ihrer Wegrichtung war ein Wall aufgeschichtet worden. Er bestand aus Balken, Rohren, Draht und gebogenen Metallstangen und füllte den Tunnel auf der gesamten Breite aus.

Ganz offensichtlich war das Zeug absichtlich hier aufgeschichtet worden. Josephas Pferd stand davor und stieß ängstliche Laute aus. Das Tier war vollkommen panisch.

»Das ist eine Falle!«, keuchte Mordra. »Zieht eure Waffen und stellt euch mit dem Rücken zur Wand. Diese Biester werden schon merken, dass sie sich die Falschen zum Spielen ausgesucht haben.«

Gwen besaß keine Waffe außer ihrem kurzen Dolch. Der würde aber nicht viel nutzen bei diesen Wesen. Um sich nützlich zu machen, riss sie die Medizintasche vom Sattel und hängte sie quer über ihre Schulter. Dann stellte sie sich hinter die vier Kämpferinnen und spendete ihnen Licht.

Schon bald kamen die ersten Kreaturen in Sicht. Obwohl das Licht ihnen Unbehagen bereitete, trieb die Gier nach Fleisch sie nach vorne. Das war das erste Mal, dass Gwen die Wesen deutlich sehen konnte. Sie musste ihre Meinung ändern. Das waren keine Menschen – jedenfalls nicht mehr. Fünfundsechzig Jahre in absoluter Dunkelheit hatten aus ihnen etwas anderes gemacht. Der Anblick war alptraumhaft. Manche dieser Kreaturen hatten keine Lippen. Es sah aus, als wären sie abgeschnitten worden, so dass ihre gelben Zähne hervorstanden. Andere hatten weder Nasen noch Ohren. Wieder anderen fehlte eine Hand, ein Fuß oder gar ein ganzer Arm. Diese Kreaturen waren auf furchtbare Weise verstümmelt, als ob sie aneinander herumgefressen hätten. Bleiche, haarige Lemuren, für immer dazu verdammt, in der Dunkelheit zu leben. Der Gestank, den sie verströmten, war fürchterlich.

Kendra spannte ihren Bogen. »Keinen Schritt weiter, ihr Mistviecher. Der Erste, der sich bewegt, ist tot.«

Vielleicht hatten sie die Warnung nicht verstanden, vielleicht war es ihnen auch egal, jedenfalls rückten die Wesen weiter vor. Ohne Warnung stürzten sie sich auf sie. Der Angriff erfolgte mit so unfassbarer Geschwindigkeit, dass Kendra nicht mal in der Lage war, den Pfeil abzuschießen, als die erste Kreatur auf sie zusprang und versuchte, ihr die Beine unter dem Körper wegzuziehen. Zum Glück war Mordra geistesgegenwärtig genug, die Lage richtig einzuschätzen. Mit einem gewaltigen Hieb ließ sie ihre Klinge niederfahren und spaltete dem Wesen den Schädel.

Gwen sah mit Ekel, wie die Leiche von den eigenen Artgenossen gepackt und in die Dunkelheit gezogen wurde. Fresslaute erklangen. Gierige Schreie und wildes Schmatzen. Eine weitere Kreatur preschte vor, wurde aber von Kendras Pfeil nach hinten geschleudert.

Dann brach die Hölle los.

Während Josepha und Mildred versuchten, die Flanken zu sichern, versäumten sie dabei, nach oben zu schauen. Als Gwen über sich eine Bewegung ausmachte, war es schon zu spät. Einem der Lemuren war es gelungen, an der Decke entlangzukriechen und sich auf die Pferde fallen zu lassen. Es kam zu einem schrecklichen Durcheinander, als die Tiere ausbrachen und zu fliehen versuchten. Mordra wurde von einem Huf erwischt und zur Seite geschleudert. Kendra konnte sich zwar mit einer gewagten Rolle retten, verlor dabei aber ihren Bogen, der von den panischen Pferden zertrampelt wurde. Dann stürmten die Bleichen vor. Sie packten Josepha und rissen sie mit sich. Auch Mildred wurde Opfer der blitzschnellen Reflexe und unbändigen Wut, die diese Wesen an den Tag legten. Als sie Mordras Pferd von den Hufen rissen und es zum Umfallen brachten, war bei Gwen der Punkt überschritten. Sie brach in Panik aus. Überall waren nur Klauen und Zähne. Der Lärm, der Gestank und der furchtbare Anblick dieser Wesen – es war einfach zu viel.

Schreiend wandte sie sich um und kletterte den Berg aus rostigem Metall empor. Draht stach ihr in die Hände, rostige Eisenstangen zerrissen ihre Kutte. Doch alles, woran sie denken konnte, war Flucht. Sie wollte weg, nur weg. Es war, als wäre sie plötzlich eine andere. Mit einer Schnelligkeit, die sie sich selbst niemals zugetraut hätte, erklomm sie den Wall aus Müll und erreichte die oberste Kante. Unter ihr tobte der Kampf. Mordra und Kendra, die beiden Schwestern, leisteten den Angreifern erbitterten Widerstand, wurden jedoch immer weiter abgedrängt. Mildred war es irgendwie gelungen, sich wieder freizukämpfen. Sie schloss sich den beiden Schwestern an und schlug wild mit ihrem Schwert um sich. Voller Schrecken sah Gwen, dass einige der Wesen auf sie aufmerksam geworden waren. Mit gefletschten Zähnen und unmenschlichen Lauten begannen sie ebenfalls, den Wall emporzuklettern.

Gwen packte Tasche und Fackel und sprang auf der anderen Seite hinunter. Recht unsanft landete sie auf allen vieren, dann rannte sie los.

26

Durch die schrägen Glasfronten der Turmkanzel strömte graues Tageslicht. Logan trat bis an den Rand des Fensters und blickte in die Tiefe. Da die Wände schräg nach außen geneigt waren, konnte er senkrecht nach unten schauen. Er konnte sehen, wie sich der riesige Betonpfeiler mehr und mehr verjüngte; er glaubte sogar zu spüren, wie das Gebäude im Wind hin und her schwankte. Das Gefühl ließ ihn schwindelig werden. Unter ihm lag die Stadt wie ein gemustertes Tischtuch. Er entdeckte die ehemaligen Parkanlagen, die breite Straße, ja sogar das Schulgebäude, in dem die Kreuzgässler hausten. Weiter hinten ragten die Türme der schwarzen Kathedrale in den Himmel.

Logan wandte sich um und richtete seinen Blick wieder auf das Innere der Turmkanzel. »Hallo? Ist jemand hier?«

Keine Antwort, nur das Pfeifen des Windes durch die zerbrochenen Fenster. Ein seltsamer Geruch hing in der Luft. Irgendwie faulig, als ob hier etwas still vor sich hin moderte. Konnte von den Tauben stammen, die hier überall nisteten. An manchen Stellen war der Boden zentimeterdick mit Vogelkot bedeckt.

»Ist da jemand? Hallo!«

Gespenstische Stille schlug ihm entgegen. *Dieser Ort ist verflucht,* klang Stans Stimme in seinem Ohr. *Nur wer lebensmüde ist, geht dorthinauf.* Vielleicht hätte er den Rat ernster nehmen sollen. Andererseits, er war nicht so weit geritten, um kurz vor dem Ziel umzudrehen. Er zog sein Schwert und ließ

es prüfend durch die Luft sausen. Systematisch begann er, den Rundbau nach Spuren zu untersuchen.
Es dauerte nicht lange, bis er in einer der Nischen, von denen in der Mitte der Kanzel einige zu finden waren, eine alte Feuerstelle fand. Ein Berg zusammengeknülltes Papier, das vielleicht als Schlafunterlage gedient haben mochte, lag da sowie ein paar Essensreste. Der Gestank war hier besonders penetrant.
Logan schlug seinen Kragen vor die Nase und fing an, mit dem Schwert in dem Papierhaufen herumzustochern. Etwas Großes, Schweres lag darin.
Mit angehaltenem Atem fing er an, das Papier zur Seite zu fegen. Was zunächst nur ein dumpfes Gefühl gewesen war, wurde rasch zur Gewissheit. Inmitten des Unrats und des Abfalls lag ein menschlicher Körper. Ein durch und durch toter menschlicher Körper. Logan trat aus der Nische heraus und atmete ein paarmal tief ein und aus. Jetzt war auch klar, woher der Gestank kam. Der Mann lag offenbar schon seit einigen Wochen hier. Die Verwesung war ziemlich weit fortgeschritten und hatte das Gesicht zerstört. Die Augenlider wirkten wie verschrumpeltes Pergament, die Nase war nur noch ein spitzer Zapfen mit zwei Löchern darin. Zwischen den entblößten Zähnen krochen Maden umher. Rasch untersuchte Logan die Taschen des Fremden, doch außer einer Rolle Schnur und einigen Zetteln mit irgendwelchen Schmierereien darauf konnte er nichts finden. Nebenan auf dem Boden lag ein hölzerner Stab, der mit Kerben und Schnitzereien verziert war. Und noch etwas fand er: einen kleinen grauen Kasten von der Art, wie sein Vater bereits einige gesammelt hatte. Das Radio, von dem Cedric gesprochen hatte!
Neugierig nahm Logan es an sich und drehte an einem der

Knöpfe. Ein Knacken ertönte, und ein grünes Licht leuchtete auf. Um ein Haar hätte Logan den Schatz fallen gelassen, doch dann erinnerte er sich, dass sein Vater ihm erzählt hatte, wie empfindlich diese Dinger waren. Neugierig drehte er an einem der anderen Räder. Das Rauschen veränderte sich. Es klang wie Wasser, das über einen Stein floss.

Doch mehr als Rauschen und Knacken bekam er aus dem Kasten nicht heraus. Er steckte ihn in seine Umhängetasche.

Kein Zweifel, er hatte den Wanderer gefunden, wenn auch nicht mehr ganz so lebendig, wie er gehofft hatte. Die Himmelskerze war zu seiner letzten Ruhestätte geworden. Irgendwie passend.

Seufzend stand Logan auf. Er wollte schon gehen, als sein Blick auf eine Mappe fiel, die neben dem Feuer lag. Im schwachen Licht des Tages sah er die Ecke eines Zettels daraus hervorschauen. Neugierig zog er daran und förderte ein Bild zutage. Ein Stück Papier, auf dem vier Personen abgebildet waren: ein Mann mit einem Bart, zwei Kinder und eine Frau mit langen, blonden Haaren. Sie war jung und lächelte. Alle lächelten. Es war eine richtige Familie, so, wie es sie früher einmal gegeben hatte. Merkwürdig war, dass die Abbildung nicht besonders alt zu sein schien. Nicht so wie die Hefte, die man sonst in den Ruinen fand. Eine Fotografie vielleicht? Logan hatte gehört, dass es Apparate gegeben hatte, die solche Bilder machen konnten.

Im Hintergrund war eine Stadt zu sehen, ein paar Schiffe, ein Hafen. Gebäude ragten auf, doch viele von ihnen waren zerstört – ein klarer Beweis, dass das Bild nach dem Zusammenbruch gemacht worden war. Er ging dichter ran.

Hatte Cedric nicht erwähnt, der Wanderer wäre aus dem Westen gekommen, vom Meer? Als er die verschlissene Schnur löste, mit der die Mappe zugebunden war, und den Deckel öffnete, ergoss sich eine Flut von Bildern, Zeitungsausschnitten und Briefen vor ihm auf den staubigen Boden. Es bedurfte keines besonderen detektivischen Geschicks, um zu erkennen, dass es sich um die persönlichen und privatesten Dinge aus dem Leben dieses Mannes handelte. Fotos von seiner Frau, seinen Kindern, von Freunden und Verwandten. Bilder aus einer Zeit des Glücks und der Harmonie. Doch dann musste etwas Tragisches geschehen sein. Irgendein Unfall, wenn man den Zeitungsausschnitten glauben durfte. Logan konnte nicht besonders gut lesen, aber es reichte aus, um das eine oder andere Wort zu entziffern. Offenbar war die Familie bei einem Hausbrand ums Leben gekommen. Der Mann war der einzig Überlebende und hatte sich wie durch ein Wunder retten können. Das Ganze lag jetzt zwanzig Jahre zurück.

Logan nahm das Foto und verglich es mit der Leiche im Zeitungshaufen. Er besaß ein schmales Gesicht, lebhafte Augen und ein gewinnendes Lächeln. Wangen und Kinn wiesen einen dunklen Bartschatten auf.

»Warst du das?«, fragte Logan. »War das deine Familie in dem Haus? Hast du dich deswegen auf den Weg gemacht und bist ein Wanderer geworden?«

Der lippenlose Mund schwieg. Doch es war auch so klar, was er sagen wollte. Was immer diesem Mann widerfahren war, sein Schmerz war jetzt vorbei. Der Wanderer war heimgekehrt, er war jetzt wieder bei seiner Familie.

Logan sammelte die vielen Bilder und Ausschnitte wieder ein und sortierte sie sorgfältig in die Mappe zurück. Er verschnürte sie und nahm sie an sich. Es war ein ganzes Leben, das sich darin befand. So einen Schatz ließ man nicht einfach verrotten. Er warf einen Blick in die Runde, dann ging er zurück zum

Aufzug und stieg in die wackelige Holzkonstruktion, mit der er heraufgekommen war. Vorsichtig löste er den Bolzen. Das Zahnrad wurde entsperrt, und das Seil lag straff in seinen Händen.

Während das Gegengewicht über eine Rolle nach oben gezogen wurde, knarrte die Holzkiste in die Tiefe. Runter ging es bedeutend einfacher als rauf. Durch die Ritzen zwischen den Brettern konnte er in den Abgrund blicken. Unten, am Boden des Schachtes, war ein heller Fleck zu sehen, der langsam näher kam. *Bitte, liebes Seil, nicht reißen, nicht ausgerechnet jetzt.*

Er kam wohlbehalten unten an.

Vor dem Eingangsbereich wurde er bereits von Halla erwartet. Der Regen hatte nachgelassen. Vielleicht noch eine halbe Stunde, dann würde es wieder trocken sein.

Sollte er so lange warten oder gleich losreiten?

Er hatte sich gerade entschieden, dass ihm das bisschen Regen nichts ausmachte, als er die Zufahrt bemerkte, die nur wenige Meter entfernt in die Tiefe führte. Eine schneckenförmig gewundene Straße führte hinunter zu der Stelle, an der die Kreuzgässler eine Barriere aus umgestürzten Autos aufgeschichtet hatten. Irgendjemand hatte sich daran zu schaffen gemacht. Eine Öffnung war entstanden. Es sah aus, als habe jemand von innen heraus die Autos weggedrückt.

Logan zögerte.

Stan hatte ihn gewarnt, aber der Eingang übte eine morbide Anziehungskraft auf ihn aus. Kurz entschlossen stieg er ab und band Halla wieder fest.

*

Es war gleich hinter der nächsten Einbuchtung, als Gwens Fackel verlosch. Alle Versuche, die Flamme am Leben zu halten, schlugen fehl. Das Holz gab einfach nicht mehr her. Ein letztes Flackern, ein letztes Glimmen, dann war es aus. Finsternis umfing sie. Es war so dunkel, sie konnte die Hand vor Augen nicht sehen. Ihr Schluchzen verhallte in den endlosen Schächten. *Wo bist du, Juna, kannst du mich hören? Meine letzten Gedanken gehören dir, wo immer du jetzt auch bist.*

Noch immer waren ihr die Verfolger auf den Fersen, sie konnte sie hören. Das Röcheln, das Kratzen, das Keuchen.

Gwen war am Ende ihrer Kräfte, sie blieb stehen. Das tote Stück Holz entglitt ihren Händen und fiel zu Boden.

Sie kauerte sich auf die Erde und erwartete ihre letzten Augenblicke.

In diesem Moment vernahm sie ein Geräusch, mit dem sie am allerwenigsten gerechnet hätte. Ein Geräusch, das so gar nicht zu diesem furchtbaren Ort passen wollte. *Das Miauen einer Katze.*

Sie hob den Kopf. Nein, sie hatte sich nicht geirrt, da war es wieder.

»Füchschen?«

Ein Miauen antwortete ihr. Es kam von links.

»Komm her, meine kleine Freundin, komm her. Miez, miez, miez.«

Sie stand auf und ging in Richtung des Geräusches. Langsam, vorsichtig. Hier lag überall Gerümpel herum. War es überhaupt Füchschen? Vielleicht war es eine andere Katze. Andererseits – nein. Sie war der Meinung, dass sie Füchschens Stimme unter Hunderten anderer Katzen herauszuhören vermochte.

»Miau.«

Gwens Hand berührte eine Wand. Sie war feucht und moderig.

»Wo bist du? Los, noch einmal.«

»Miau.«

Gwen tastete die Wand entlang. Plötzlich stieß sie auf eine Ecke. Eine Nische oder ein Seitentunnel, der vom Haupttunnel abzweigte. Vielleicht ein Stollen, der an die Oberfläche führte? Wenn sie bloß ein bisschen Licht hätte. Sie hörte das Plätschern von Wasser. Auf einmal berührte sie etwas an den Beinen. Um ein Haar hätte sie aufgeschrien, doch dann spürte sie weiches Fell und vernahm ein sanftes Schnurren. Sie griff nach unten und bekam das pelzige Etwas zu fassen. Es war weich und warm und vibrierte vor Freude.

Gwen war so überwältigt, dass ihr Tränen über die Wangen liefen. Kein Zweifel, sie hatte ihre kleine Freundin wiedergefunden.

»Endlich habe ich dich wieder«, sagte sie und drückte Füchschen an ihre Wange. »Warum bist du denn weggelaufen?«

Natürlich erhielt sie keine Antwort, doch das Schnurren genügte ihr. »Hast du versucht, einen Ausgang zu finden? Kluge Katze. Deine Sinne sind viel besser als meine. Komm, wir probieren es gemeinsam.« Immer noch überwältigt von dem plötzlichen Wiedersehen, tappte sie weiter den Gang entlang, Füchschen eng an sich gepresst. Möglich, dass dies einmal ein Fluchttunnel gewesen war. Wenn ja, dann musste es doch eine Tür am anderen Ende geben. Die Menschen von damals hatten doch nicht einfach so irgendwelche Röhren angelegt.

Es dauerte nicht lange, bis sie an eine rückwärtige Wand stieß. Ihre Hoffnung schmolz dahin. Eine Sackgasse. Oder?

Ihre Finger stießen auf Metall. Eine große, verrostete Platte mit Scharnieren an der Seite. Eine Tür!

Sie ließ Füchschen zu Boden gleiten und drückte die Klinke nach unten. Dann zog sie.

Nichts.

Sie versuchte es mit Drücken, doch auch das half nichts. Das Ding saß fest. *Liebe Göttinnen, helft mir,* betete sie im Stillen. *Gebt mir Kraft.*

Statt einer Antwort ertönte ein Geräusch aus dem Tunnel hinter ihr. Ein Kratzen und Keuchen.

Gwen hielt den Atem an. Die Verfolger hatten ihre Spur gefunden. Sie würden sie nicht entkommen lassen.

Mit einer Energie, die sie sich nach den Schrecken und der Anstrengung der letzten Stunde selbst nicht zugetraut hätte, presste sie ihre Schulter gegen das Metall und drückte, bis sie vor Anstrengung keuchte. Kalter Schweiß trat ihr auf die Stirn. Ihre Füße rutschten über den Boden.

Auf einmal gab die Tür nach. Ein schmaler Spalt erschien, durch den schummeriges Tageslicht fiel. Im wahrsten Sinne des Wortes ein Hoffnungsschimmer.

Noch einmal drückte sie, doch der Spalt wurde nicht größer. Irgendetwas blockierte die Tür.

Das konnte doch nicht wahr sein. Der Spalt war gerade so breit, dass Füchschen hindurchpasste.

Ihr heiligen Schwestern des Himmels, schenkt mir Kraft.

In diesem Augenblick hörte sie ein Keuchen, direkt hinter ihr. Ein unerträglicher Gestank stach ihr in die Nase. Sie wurde von scharfen Klauen gepackt und in die Dunkelheit gezerrt. Sie klammerte sich an die Tür, doch die Angreifer waren zu stark. Ein furchtbarer Schmerz durchzuckte ihre Schulter.

»Nein!« Sie strampelte, keuchte und schrie, doch es war sinnlos. Die Bleichen waren stärker. Sie packten sie und rissen sie zurück in die Dunkelheit. Der Spalt wurde immer schmaler.

27

Logan zog sein Schwert. Im trüben Licht sah er, dass er in einer Halle stand, deren Decke von groben Steinsäulen getragen wurde. Undeutlich zeichneten sich Markierungen auf dem Boden ab. Weiße Linien und rechteckige Felder. Autos standen hier keine, stattdessen bedeckten Sand und Staub den Untergrund. Logan benötigte einen Moment, bis sich seine Augen an die Dunkelheit gewöhnt hatten. Die Halle war leer. Er schritt sie der Länge nach ab, konnte aber nichts entdecken. Ein paar Wandschmierereien und Clansymbole, das war alles. Enttäuscht machte er sich auf den Rückweg.

Er hatte die Barriere beinahe erreicht, als er eine Folge von Geräuschen vernahm, die ihn innehalten ließen. Zuerst ein Poltern, dann ein Kratzen und Quietschen. Als ob jemand versuchte, eine Tür zu öffnen.

Alarmiert hob er sein Schwert. Urplötzlich stand wieder die Warnung Stans im Raum. Was hatte er nicht schon alles über die Bleichen gehört: Monster, Ungeheuer, Menschenfresser. Die Geschichten variierten, waren aber alle gleichermaßen furchtbar. Es hieß, sie seien früher Menschen gewesen, die sich an ein Leben in der Finsternis angepasst hätten. Blutsaugende Ungeheuer, die ihre Beute bei lebendigem Leib verspeisten. So gerne Logan den Geschichten auch gelauscht hatte, besonders viel Bedeutung hatte er ihnen nicht beigemessen. Bei ihnen gab es keine Bleichen, das Problem schien sich ausschließlich auf die alte Stadt zu beschränken. Trotzdem wünschte er in diesem Moment, er hätte nicht so viel darüber gehört.

Dumpfe Schläge hallten vom entfernten Ende durch die Halle. Hatte er da gerade eine Stimme gehört?
Ein grässliches Quietschen ertönte. Er zuckte zurück. Vor ihm im Dämmerlicht war eine der Türen einen Spalt weit geöffnet worden. Etwas Kleines, Rotes huschte hervor. Logan zog die Brauen zusammen. Eine Katze. Keine von diesen verlausten Rattenfängern, wie sie zu Hunderten die Straßen durchstreiften. Diese hier war gut genährt und besaß ein gepflegtes Fell. Eine Hauskatze?
Plötzlich brach auf der anderen Seite ein heftiger Tumult aus. Er hörte Rumpeln und Poltern. Jemand schrie: »Nein.« Die Antwort war noch unheimlicher. Ein Zischen und Keuchen, wie von fetten Schlangen.
Logan riss die Augen auf. Mit offenem Mund stand er da und überlegte, was er tun sollte. Er war wie gelähmt. Alles in seinem Körper drängte zur Flucht, doch etwas riet ihm zu warten. Sekunden verstrichen. Als das Schreien und Wimmern erstarb, siegte sein Gewissen.
Er trat vor, packte den Türgriff und zog mit aller Kraft. Die Tür klemmte. Sand und Geröll blockierten den Weg. Er fegte den Dreck mit einem Schuh fort und zog noch einmal. Fast wäre er hintenübergekippt, als die Tür mit einem lauten Knirschen aufsprang.
Logans Herz schien einen Moment lang auszusetzen. Was er sah, konnte nicht wahr sein. Ein Hirngespinst – oder doch nicht?
Im Dämmerlicht hockten zwei Kreaturen, die nur einem Alptraum entsprungen sein konnten. Sie waren vollkommen nackt, sah man mal von den bleichen, strähnigen Haaren ab, die wie Spinnweben an ihnen herabhingen. Mit dunklen Augen glotzten sie ihn an und fletschten die Zähne.

Ihnen zu Füßen lag ein Junge. Schwarze Kutte, Hose, Stiefel – eindeutig ein Mitglied der Heiligen Lanze. Die Bleichen hatten einen Teil der Kutte aufgerissen und schienen gerade an dem Unglücklichen herumnagen zu wollen. Auf beiden Seiten herrschte Verblüffung. Einen Moment lang geschah nichts, doch dann packte Logan sein Schwert und ging zum Angriff über. Mit einem wilden Kriegsschrei sprang er auf die Lemuren zu und schlug mit gezielten Hieben auf sie ein. Der eine war sofort tot, der andere versuchte fortzukriechen. Logan setzte ihm nach und rammte ihm das Schwert in den Rücken. Das Wesen gab ein grässliches Rasseln von sich, dann rührte es sich nicht mehr.

Logan packte den ohnmächtigen Krieger und schleifte ihn aus der Gefahrenzone. Der Junge hatte eine Umhängetasche bei sich, schien aber außer einem Dolch keine nennenswerten Waffen zu besitzen. Da er recht leicht war, konnte Logan ihn huckepack nehmen und auf diesem Weg aus der unterirdischen Halle herausschaffen. Der Weg über die Barriere erforderte seine ganze Kraft. Einmal glaubte er, er würde es nicht schaffen, doch schließlich gelang es ihm, indem er den Fremden an den Füßen durch die Öffnung zog.

Halla sah ihn mit großen Augen an, als er mit dem jungen Krieger bei ihr erschien. Er ließ ihn zu Boden gleiten, dann musste er sich selbst hinsetzen. Seine Hände zitterten, und das nicht vor Kälte. Diese Kreaturen … er atmete ein paarmal tief ein und aus. Was waren das nur für Wesen? Alles, was man sich über sie erzählte, schien zu stimmen.

Er nahm einen Schluck aus der Wasserflasche und benetzte sein Gesicht. Er bezweifelte, dass er die Bilder jemals wieder aus seinem Kopf bekommen würde. Nun, zumindest hatte er jetzt etwas zu erzählen. Die kleine Katze war auch

wieder da. Sie hockte am Fußende des Fremden und sah ihn neugierig an.
Ein seltsames Gespann.
Der fremde Junge gab ein leises Stöhnen von sich. Auf seiner Stirn prangte eine riesige Beule. Logan nahm die Wasserflasche und setzte sie ihm an die Lippen. Keine Reaktion. Armer Kerl. Er hatte ein hübsches Gesicht, wenn auch nicht unbedingt sehr männlich. Er schien deutlich jünger zu sein als vermutet. Er hatte noch nicht mal Bartwuchs.
Was mochte er so ganz allein da unten in den Katakomben zu schaffen haben? Und dann auch noch ohne Waffen? Ein Blick in die Tasche offenbarte eine Menge Dinge, die Logan vertraut vorkamen. Kräuter, Salben, Präparate und Bandagen, dazu Messer, Schere und Faden, wie man sie zur Behandlung von Verletzungen einsetzte. Sogar eine Säge war dabei. Logan hob die Brauen. »Ein Heiler«, flüsterte er. »Das ist es. Du bist ein verdammter Heiler. Was machst du denn so mutterseelenallein da unten?« Er hob den Kopf und schaute zurück in Richtung Tiefgarage. »Vielleicht warst du ja gar nicht allein. Vielleicht hast du zu einer Gruppe gehört und dich verirrt.« Er blickte Halla an, als ob sie eine Antwort für ihn hätte. »Was sagst du? Ich soll noch mal runtergehen und nach den anderen suchen?« Er stieß ein Lachen aus. »Ich bin doch nicht blöd. Wer weiß, wie viele von diesen Kreaturen da unten noch hausen? Nein, nein. Die sollen zusehen, wie sie alleine klarkommen, es reicht schon, dass ich mich um diesen hier kümmern muss.« Halla gab ein Wiehern von sich. »Ja, du hast recht«, sagte er. »Ist wohl besser, ich untersuche ihn. Könnte ja sein, dass er irgendwelche Verletzungen davongetragen hat. Ich bin zwar kein Heiler, aber kleinere Wunden kann ich auch behandeln. Das Zeug hier muss ja zu irgendetwas nütze sein. Zuerst

mal müssen die Klamotten runter. Wo fange ich an? Ach ja, die Kutte.«

Der dunkle Stoff war erstaunlich widerspenstig. Das grobe Sackleinen neigte dazu, sich zu verhaken, doch endlich war es geschafft. Der Junge trug ein helles Hemd und eine dunkle Hose, die mit einer Kordel zusammengehalten wurde. Am rechten Arm schien er eine Kratzwunde zu haben.

Logan entschied, zuerst mal das Hemd auszuziehen. Er öffnete die Knöpfe und war gerade dabei, das Hemd von den Schultern zu streifen, als er verwundert innehielt.

Seine Hand verharrte in der Luft, als sei sie plötzlich eingefroren. Seine Augen waren starr auf das gerichtet, was unter dem Hemd war. Was war denn das?

Konnte es sein, dass dieser Junge Brüste hatte? Logan runzelte die Stirn. Mit spitzen Fingern öffnete er die Kordel, die die Hose zusammenhielt, und sah etwas weiter unten nach. Jetzt war er sicher. *Ein Mädchen!*

Ein gottverdammtes Mädchen, gekleidet in die Uniform der Heiligen Lanze. Er verpackte alles wieder so, wie es vorher war, dann ließ er sich zurücksinken.

Was ging hier vor?

Hilfesuchend blickte Logan sich um. Ihm schwirrte der Kopf. Was sollte er tun? Sollte er sie mitnehmen oder zurücklassen? Genau, er musste sie aufwecken.

Er zog den Stöpsel aus der Flasche und spritzte dem Mädchen Wasser ins Gesicht. Als das nicht half, leerte er die ganze Flasche über ihr aus. Keine Reaktion. Ihr Gesicht schwamm regelrecht, die Haare klebten ihr am Kopf.

»Jetzt wach doch auf«, murmelte er. »Wie kann man nur so weggetreten sein?«

Doch sie blieb ohnmächtig, und auch die folgenden Minuten

ließen keine Hoffnung aufkommen, dass sich daran in naher Zukunft etwas ändern würde.

Ratlos stand er auf und klopfte den Staub von seiner Hose.

»Nehm ich dich eben mit, hilft ja nichts.«

Er ordnete die Taschen auf Hallas Rücken, legte eine weiche Decke darüber und befestigte den Sattel etwas weiter vorne. Dann hob er den schlaffen Körper hoch und wuchtete ihn auf den Pferderücken. Er band dem Mädchen Hände und Beine zusammen und schlang einen Gurt über ihren Rücken. So gesichert, konnte sie eigentlich nicht herunterfallen. Dann packte er die Medizintasche und verzurrte sie mit den anderen Sachen. Er wollte sich schon aufs Pferd schwingen, als sein Blick auf die Katze fiel. Sie saß immer noch da und sah ihn aufmerksam mit ihren grünen Augen an. Ob er …? Ach, was sollte es. Logan presste die Lippen zusammen und setzte den Flohfänger in eine der Satteltaschen. Dann stieg er in den Sattel, nahm die Zügel und schnalzte laut mit der Zunge, worauf Halla antrabte.

28

Es war kurz nach Mittag, als die junge Frau aus ihrer Ohnmacht erwachte. Logan hörte sie stöhnen, dann husten. Er drehte sich um und sah, dass sie sich erbrochen hatte. Rasch stieg er ab, nahm Wasser und Tuch und begann sie zu säubern.
»Was … wo … bin ich?«
Logan tränkte das Tuch mit Wasser und wischte ihr um den Mund. Sie stieß ein unwilliges Geräusch aus, ähnlich wie Dachs, wenn er Waschtag hatte.
»Halt still. Du willst doch, dass ich dich sauber mache, oder nicht?« Leicht angewidert putzte er auch die Kutte und Hallas Flanke. Sie murmelte etwas, das in Logans Ohren wie *losmachen* klang. Er schüttelte den Kopf. »Das kannst du vergessen. Aber ich könnte dich in eine sitzende Position bewegen. Ist vielleicht bequemer, als so über den Rücken zu hängen. Voraussetzung ist natürlich, dass du mir keine Schwierigkeiten machst.«
Sie zerrte an ihren Fesseln. »Was soll der Blödsinn? Mach mich los. Sofort!«
Er stieß ein abfälliges Schnauben aus, dann schickte er sich an, wieder in den Sattel zu steigen.
Sie hob den Kopf und starrte ihn einen Moment lang wutentbrannt an, dann sackte sie wieder vornüber. »Na gut.«
Logan löste ihre Fußfesseln und half ihr dann dabei, sich hinzusetzen. Als sie einen stabilen Halt hatte, verknotete er ihre Hände mit dem Sattel. »Durstig?«
Sie nickte erneut.

Er hielt ihr die Flasche an den Mund. Sie trank, als hätte sie seit Tagen kein Wasser gehabt. Irgendwann nahm er ihr die Flasche wieder weg. »Schluss jetzt«, sagte er. »Unsere Vorräte sind begrenzt. Das bisschen, das wir noch haben, muss bis zu Hause reichen.«

»Zu Hause ... wo ist das?« In ihren Augen lag eine Mischung aus Zorn und Verachtung. »Wohin bringst du mich?«

Ihre Stimme war dunkler als die von Alexanders Sklavin. Ein schöner weicher Klang, der Logan irgendwie an Kirschholz erinnerte.

»In den Norden.« Er wusste, dass diese Auskunft kaum zufriedenstellend war. Aber er hatte keine Lust, mit ihr über sein Ziel zu diskutieren.

»Bist du ein Clanmitglied?«

»Wie kommst du darauf?«

»Ich habe von euch gehört. Ihr tragt Tätowierungen, malt euch an und habt schlechte Zähne. Außerdem tötet ihr eure Nachbarn.«

»Meine Nachbarn?« Er lachte. »Wenn es so wäre, hätte ich dir wohl kaum das Leben gerettet, oder? Ich hätte deine Tasche gestohlen und dich den Bleichen überlassen. Stattdessen habe ich dich befreit, dir zu trinken gegeben und auch noch deine Katze gerettet. Das ist doch deine Katze, oder?«

Er schlug den Deckel der Satteltasche zurück.

Beim Anblick des rotbepelzten Köpfchens änderte sich der Ausdruck des Mädchens schlagartig.

»Füchschen!« Es war kaum mehr als ein Flüstern. Alles, was hart und trotzig an ihr war, wurde plötzlich weich. Der bittere Zug um ihren Mund verschwand, und in ihren Augen erschienen Tränen. Sie streckte die gefesselten Hände aus, und die kleine Katze kletterte aus ihrer Behausung und in die ausgestreckten Arme. Das Mädchen nahm sie hoch und drückte sie an ihr Gesicht.

»Ach ja, und was meine Zähne betrifft ...« Logan strich mit seiner Zunge darüber. »Alles in Ordnung, siehst du?«

Sie beachtete ihn gar nicht.

Logan nutzte den Augenblick der Ablenkung, um sie genauer zu betrachten. Sie hatte eine gewölbte Stirn, geschwungene Brauen und eine leicht gekrümmte Nase. Sie war hübsch, keine Frage. Eine zarte, feminine Art von Schönheit – vorausgesetzt, man stand auf so etwas. Der interessanteste Teil ihres Gesichtes war eindeutig ihr Mund. Die Lippen konnten wundervoll lächeln, im nächsten Moment aber auch streng und vorwurfsvoll aussehen. Wie es sich wohl anfühlen mochte, ihn zu küssen?

Logan räusperte sich und nahm ebenfalls einen Schluck aus der Flasche. Dann hängte er sie wieder an ihren Platz, stieg zurück in den Sattel und lenkte Halla mit einem leichten Druck seiner Schenkel zurück auf die Straße in Richtung Norden.

Kurz nach Sonnenuntergang erreichten sie die Felder außerhalb der Stadtumgrenzung. Links lagen die Gebäude einer kleineren Siedlung, rechts die Ausläufer eines Waldes. Vor ihnen erstreckte sich eine weite Ebene, aus der in einiger Entfernung ein einsamer Baum herausragte. In seinem Schutz standen einige Büsche sowie ein mannsgroßer Felsbrocken, der leicht zur Seite geneigt war. Jemand hatte auf seiner Oberfläche verschiedene Symbole eingeritzt. Vielleicht ein Grab oder ein Gedenkstein.

Logan hatte hier schon auf dem Hinweg Rast gemacht. Ein Ort ganz nach seinem Geschmack: überschaubar, gut zu verteidigen und umgeben von einem Geheimnis. Er hatte versucht, die Bilder auf dem Stein zu entschlüsseln, war aber gescheitert. Sie waren zu stark verwittert.

Die Stelle bot nach allen Seiten guten Schutz, und im Schatten des Baumes konnte man ungefährdet ein Feuer entfachen. Der Himmel hatte aufgeklart. Heute Nacht würde es trocken bleiben.

Er half seiner Gefangenen vom Pferd und setzte sie mit dem Rücken gegen den Stein. Dann leinte er Halla an, gab ihr Futter und etwas zu trinken. Nachdem er eine Decke auf dem Boden ausgebreitet hatte, begann er, Feuerholz zu sammeln. Etwas Holz war noch von seiner letzten Rast übrig geblieben, doch er fand auch ein paar Äste und Zweige, die der Wind vom Baum geschlagen hatte. Die ganze Zeit über beobachtete seine Gefangene ihn mit wütendem Blick. Sollte sie, irgendwann würde sie schon wieder auftauen.

Nach kurzer Zeit erhellte ein fröhlich zuckendes Feuer die hereinbrechende Nacht. Die ersten Sterne tauchten auf.

Logan hängte getrocknete Kaninchenstreifen über die Glut, packte die restlichen Getreidetaler daneben und suchte, was noch an Trockenobst übrig war. Viel war es nicht, doch bis zu Hause würde es reichen. Viel wichtiger war Wasser, und das hatte er zum Glück gefunden. In der Nähe eines Hauses in einer alten Regentonne waren noch ein paar Liter gewesen, und Logan hatte sie mit einem dünnen Schlauch in die Feldflaschen umgefüllt. Morgen ging es durch die Verbotene Zone, da würden sie jeden Tropfen brauchen.

Ein herrlicher Duft stieg von dem frisch gebratenen Fleisch auf.

»Möchtest du?« Er hielt seiner Gefangenen einen Streifen Kaninchenfleisch hin. Sie sagte kein Wort.

»Du musst Hunger haben, du hast seit heute Morgen nichts gegessen.«
Keine Reaktion.
»Stolz ist ein schlechter Ratgeber, hat mein alter Herr immer gesagt. Man sollte nehmen, was einem angeboten wird, und wer nicht will, der hat schon.« Er biss in das Fleisch und kaute herzhaft darauf herum. Etwas trocken, aber das war normal für Kaninchen. Es dauerte nicht lange, da kam die kleine Katze angestromert. Mit hungrigen Augen sah sie ihn an und stieß ein Maunzen aus. Er schnitt ein Stück Fleisch ab und warf es ihr hin. Der Rotschopf schlang den Streifen hinunter und leckte sich über die Lefzen.
»Deine Katze ist nicht so stolz wie du. Ihr wird es morgen gutgehen, während dein Magen knurren wird. Solltest dir ruhig ein Beispiel an ihr nehmen.«
Ein böses Augenfunkeln war die Antwort.
»Wie heißt du eigentlich?«
Wieder keine Antwort.
Logan musste einsehen, dass seine Hoffnungen, sie würde bald auftauen, vielleicht doch verfrüht gewesen waren. Diese Frau schien ein echter Sturkopf zu sein. Aber da war noch mehr. Auf ihren Schultern lastete ein Geheimnis, das spürte er. Nicht nur, was ihre Anwesenheit hier in der Stadt betraf – das wäre an sich schon interessant genug –, nein, auch was sie persönlich betraf. Irgendetwas war geschehen, ein Schicksalsschlag oder etwas Ähnliches. Er kannte diesen Gesichtsausdruck. Er hatte ihn schon bei Freunden gesehen, die einen geliebten Menschen verloren hatten.
Er seufzte. Irgendwie tat sie ihm leid.
»Vielleicht sollte ich mal den Anfang machen«, sagte er. »Mein Name ist Logan, ich stamme vom Clan des Steinernen Turms.

Unsere Siedlung liegt einen guten Tagesritt von hier. Du warst ohnmächtig, und ich wusste nicht, was ich mit dir machen sollte, deshalb habe ich dich mitgenommen. Selbst ohne die Bleichen hättest du in der Stadt keine zwei Tage überlebt. Ich habe es für das Beste gehalten, dich mitzunehmen. Falls es dich beruhigt, es leben noch andere Frauen in unserer Siedlung. Nicht wie bei der Heiligen Lanze, wo sie euresgleichen gleich ans Kreuz schlagen. Allerdings wirst du für dein Essen und deine Unterkunft arbeiten müssen, genau wie alle anderen.« Er kaute ein bisschen auf dem zähen Fleisch herum. »Du hast Glück gehabt, dass du mir in die Hände gefallen bist und nicht der Heiligen Lanze. Was wolltest du überhaupt in dem Tunnel?«

Sie wandte ihr Gesicht zur Seite.

Logan brummte etwas in sich hinein. Sollte sie doch schmollen, er hatte es wenigstens versucht. Da war es ja unterhaltsamer, mit einem Stein zu reden. Er beendete sein Mahl und räumte alles weg, dann holte er seine Laute hervor. Nachdem er die Saiten gestimmt und ein paar Akkorde gespielt hatte, begann er zu singen. Nur für sich und mit leiser Stimme. Der Gesang vertrieb die düsteren Gedanken und die Einsamkeit.

Das seltsame Mädchen hatte seinen Kopf gedreht und starrte ihn jetzt wieder mit großen Augen an. Er ignorierte sie. Den nächsten Schritt würde sie tun müssen.

Nach wenigen Minuten war er so in die Melodie vertieft, dass er alles um sich herum vergaß.

29

Gwen war erstaunt. Sie hatte diesem Kerl ja einiges zugetraut, nicht aber, dass er so sensibel mit der Laute umgehen konnte. Die Arme um ihre Knie geschlungen, lauschte sie dem fremden Gesang. Er hatte eine wirklich schöne Stimme, auch wenn sie das Lied nicht kannte.

»Sei uns stets gegrüßt, o Nacht!
Aber doppelt hier im Wald,
wo dein Aug' verstohl'ner lacht,
wo dein Fußtritt leiser hallt!
Auf der Zweige Laubpokale
gießest du dein Silber aus;
Hängst den Mond mit seinem Strahle
uns als Lamp' ins Blätterhaus.

Säuselnde Lüftchen sind deine Reden,
spinnende Strahlen sind deine Fäden,
was nur dein Mund beschwichtigend traf,
senket das Aug' und sinket in Schlaf!
Und doch, es ist zum Schlafen zu schön,
drum auf! Und weckt mit Hörnergetön,
mit hellerer Klänge Wellenschlag,
was früh betäubt im Schlummer lag.«

Er spielte die letzten Akkorde, ließ dabei seine Finger sanft über die Saiten gleiten und verstummte. Dann nahm er die Laute herunter und stellte sie nebenan an den Stein.

Gwen wischte sich verstohlen eine Träne aus dem Augenwinkel. Das Lied hatte sie berührt. Auf seinen Strophen war sie davongeschwebt, an einen Ort weit im Westen. Dorthin, wo die Sterne die Erde berührten. Sie hatte Juna am Ufer dieses großen Meeres stehen sehen, wie sie ebenfalls in den Nachthimmel emporblickte. Ob sie gerade dieselben Sternbilder sah wie sie?

Es war so ziemlich alles schiefgegangen, was nur schiefgehen konnte. Die Expedition war eine einzige Katastrophe gewesen, und ihre Pechsträhne schien immer noch nicht zu Ende zu sein.

»Was war das für ein Lied?«, fragte sie mit leiser Stimme.

Logan wandte ihr sein Gesicht zu. »Du kannst ja doch sprechen.«

»Ich wollte nur wissen, wer das Lied geschrieben hat, aber wenn du nicht reden magst …«

»Doch, ich war nur … überrascht.« Er schien sich wirklich zu freuen. »Ich weiß nicht, wer es geschrieben hat. Nur, dass es noch aus der Zeit vor dem Zusammenbruch stammt. Ich glaube, es heißt *Nachtgesang*. Hat es dir gefallen?«

»Es war … sehr schön.«

Ein Lächeln huschte über seine Lippen. »Normalerweise spiele ich nur für mich allein. Immer wenn ich irgendwo alleine unterwegs bin.«

»Ist das oft der Fall?«

Er stocherte in der Glut herum. »Hin und wieder – wenn ich auf die Jagd gehe oder Eisenvorräte zusammentrage. Mein Vater ist Schmied. Der beste Werkzeugmacher im gesamten

Nordviertel. Er stellt Waffen her, Äxte, Beile, Schwerter so wie dieses, siehst du?« Er zog eine silbrig glänzende Waffe aus dem Futteral.

»Nett.« Sie legte etwas weniger Spott in ihre Stimme, als sie vorgehabt hatte. Ihr war aufgefallen, dass dies ihre erste längere Unterhaltung mit einem Mann war und dass es sich seltsamerweise ganz normal anfühlte.

»Bist du auch Schmied?«

»Irgendwann mal, wenn ich härter an mir arbeite. Ich mag das Gewerbe, aber im Moment zieht es mich doch eher in die Welt hinaus. Alles, was ich hinbekomme, sind Schwertklingen und ein paar lausige Pfeilspitzen.« Er lächelte entschuldigend.

Gwen war verwundert, wie offenherzig er mit einer Fremden über persönliche Angelegenheiten plauderte. Das wäre bei ihnen in Glânmor undenkbar gewesen.

»Um ehrlich zu sein, ich weiß auch noch nicht genau, ob das wirklich mein Beruf ist«, fuhr er fort. »Mein jüngerer Bruder ist sehr viel talentierter als ich.«

»Du hast einen Bruder?«

»Na ja, nicht mein richtiger Bruder. Er war ein Findelkind, genau wie ich, aber er ist der tollste Kerl, den du dir vorstellen kannst. Du wirst ihn ja kennenlernen. Ich kann dafür ganz gut kämpfen, siehst du?« Er deutete auf die Tätowierung über seinem Auge. »Ich habe gerade ein Turnier gewonnen. Warlord Alexander hat mich in den Stand eines Clanoberen erhoben. Das heißt, ich werde irgendwann seiner Leibgarde zugeteilt werden, obwohl ich eigentlich keine besondere Lust dazu habe. Viel lieber würde ich reisen, fremden Menschen begegnen, die alten Länder erkunden. So wie die Wanderer.« Er machte eine Bewegung in Richtung Satteltasche.

Sie zuckte zurück.

»Du brauchst keine Angst zu haben, ich wollte dir nur etwas zeigen.« Er zog eine alte, abgewetzt aussehende Mappe aus der Tasche. Sie war an den Ecken abgestoßen und mit zwei Kordeln verschnürt.

»Das habe ich unweit der Stelle gefunden, an der ich dir zum ersten Mal begegnet bin. Sie gehörte einem alten Mann, der oben auf dem Turm gehaust hat. Leider ist er schon vor einiger Zeit gestorben. Hier, sieh mal. Ist das nicht faszinierend?«

Er öffnete die Mappe und schob ihr einige Bilder, Briefe und bedruckte Papiere entgegen. Vorsichtig kam Gwen näher. Auf vielen Bildern waren Menschen zu sehen, aber es gab auch Ansichten von Städten, Plätzen und Gebäuden. Einige waren zerstört, ein Hinweis darauf, dass die Bilder nach dem Zusammenbruch gemacht sein mussten. Und da war noch etwas. Türme, Kräne, Schiffe und etwas, das aussah wie – das Meer. Genau das Meer, das in letzter Zeit so häufig in ihren Träumen vorkam. Sie hatte es noch nie mit eigenen Augen gesehen, aber sie wusste auf Anhieb, dass es nur das Meer sein konnte. So groß, so endlos und weit.

»Woher hast du das?«

»Von einem Toten. Ich vermute, es ist dieser Mann hier.« Er deutete mit dem Finger auf einen hochgewachsenen Kerl, der eine Frau im Arm hielt und dessen zwei Kinder im Vordergrund Faxen machten. Ein Junge und ein Mädchen, beide etwa acht oder neun Jahre alt.

»Er hatte kaum etwas bei sich, nur die Kleider, die er am Leib trug, einen geschnitzten Stab und diese Mappe. Ich glaube, er war ein Wanderer.«

»Ein Wanderer?«

Er warf ihr einen neugierigen Blick zu. »Du hast schon einmal davon gehört?«

»Wer hätte das nicht? Allerdings nur, was man sich so erzählt. Gerüchte. Selber begegnet bin ich noch keinem.«
»Ich auch nicht.« Logan seufzte. »Dabei hatte ich so gehofft, mit ihm reden zu können. Das war der Grund meiner Reise gewesen – ich wollte mit dem Mann aus dem Westen sprechen.« Er zuckte die Schultern. »Aber wenigstens habe ich jetzt die Mappe. Ich denke, die kann uns auch einiges erzählen.«
Er fing an, alles wieder zusammenzuräumen.
Gwen war tief in Gedanken versunken. Diese Bilder ... konnte es sein, dass der Mann aus der Zuflucht stammte? Es passte alles zusammen: die Lage, die Entfernung, die Nähe zum Meer. Die Gebäude waren zerstört, und trotzdem konnte man auf den Bildern Männer und Frauen mit Kindern sehen. Richtige Familien, und das nach dem Zusammenbruch! Das musste die Zuflucht sein, es gab einfach keine andere Erklärung.
»Bitte entschuldige, dass ich vorhin so abweisend war«, sagte sie. »Mein Name ist Gwen, ich bin eine Heilerin.«
Logan steckte die Mappe zurück in die Tasche. Er schien ehrlich erfreut über ihr Entgegenkommen. »Schön, dich kennenzulernen, Gwen. Erzähl mir etwas über dich. Woher stammst du?«
»Aus Glânmor. Meine Gefährtinnen und ich waren auf dem Weg zu einem anderen Dorf, als uns die Nacht überraschte und wir in diesen Tunnel gerieten. Als wir umkehren wollten, war es schon zu spät ...«
»Aus Glânmor?« Er runzelte die Stirn. »Und was machst du dann in den Klamotten der Heiligen Lanze?«
Gwen schaute an sich hinab. Sie hatte ganz vergessen, dass sie ja noch immer die Uniform trug. »Das diente der Tarnung«,

sagte sie schnell und hoffte, dass ihre Lüge einigermaßen glaubwürdig klang. »Seit der Inquisitor die Außenbezirke angreifen lässt, leben wir Frauen in Angst und Furcht. Um nicht aufzufallen, ziehen wir erbeutete Kleidungsstücke an, so können wir uns einigermaßen frei bewegen.« Sie hoffte, dass das plausibel klang.

»Hm.« Logan machte ein nachdenkliches Gesicht.

»Es ist wichtig, dass du mich freilässt«, drängte sie. »Ich muss zurück zu meinen Begleiterinnen. Ich glaube, sie sind immer noch dort unten. Wir wurden angegriffen, ich muss ihnen helfen.«

»Zurück in die Tunnels, bist du lebensmüde?« Logan sah sie an, als habe sie nicht alle Tassen im Schrank. »Deine Begleiterinnen sind tot. So tot wie jeder andere, der dumm genug war, seinen Fuß auf das Territorium der Bleichen zu setzen. Habt ihr denn nicht gewusst, was euch da erwartet?«

»Nein. Wir suchten Schutz vor dem Unwetter, und dann …«

»Dann habt ihr euch verlaufen.«

Sie nickte.

»Tja, das ist dumm. Sehr dumm sogar, denn du wirst deine Freundinnen nie wiedersehen. Es war ein Riesenglück, dass ich dich gefunden habe. Nur ein paar Minuten später, und ich hätte nichts mehr für dich tun können.«

Sie presste die Lippen zusammen. »Was … ist denn genau geschehen? Ich weiß noch, wie wir überfallen wurden. Ich bin über eine Barriere geklettert und auf der anderen Seite weitergerannt. Dann kann ich mich an nichts mehr erinnern.«

»Du wurdest um ein Haar gefressen, das ist passiert. Als ich die Tür öffnete, kauerten bereits zwei von diesen Kreaturen über dir und fingen an, an dir herumzunagen. Eine halbe Stunde später, und von deinem Arm wäre nichts mehr übrig gewesen. Apropos …« Er deutete auf ihre Schulter. »Soll ich mir das mal ansehen?«

Sie blickte auf die Schürfwunde, die die Klauen bei ihr hinterlassen hatten.

»Ja, kannst du das denn …?«

Logan griff nach ihrer Tasche und holte Verbandsstoff und etwas zum Desinfizieren heraus. »Ich bin zwar kein Heiler, aber Verletzungen dieser Art sind mir nicht fremd. Lass mal sehen …« Er zog den Stoff ihres Hemdes herunter und begutachtete die Verletzung. »Das bekomme ich hin. Du hast großes Glück gehabt. Die Bleichen fackeln nicht lange, und mit Feuermachen halten die sich nicht auf. Sie mögen ihr Fleisch am liebsten roh und frisch.« Er nahm ein sauberes Stück Stoff, tränkte es mit Alkohol und begann, vorsichtig die Wunde abzutupfen. Obwohl er sanft und behutsam vorging, durchzuckte Gwen ein scharfer Schmerz.

»Alles in Ordnung?«

»Ja. Mach weiter.«

»Wie viele wart ihr?«

Gwen überlegte, ob sie lügen sollte, entschied sich dann aber dagegen. Sie wollte das frisch entstandene Vertrauen nicht gleich wieder verspielen.

»Fünf.«

»Fünf?« Die Überraschung stand ihm ins Gesicht geschrieben. »Ich habe von Patrouillen gehört, die dreimal so groß waren und die auch nicht mehr herausgekommen sind. Keiner, der halbwegs bei Verstand ist, marschiert mit so wenig Leuten ins Reich der Bleichen.«

»Wir wussten es ja nicht besser …«

»Ihr hättet doch umkehren können, als ihr euren Fehler bemerkt habt.«

»Es war Nacht, wir konnten nichts sehen. Als es wieder hell wurde, war es schon zu spät.«

Er beendete die Reinigung und legte ihr dann einen Verband an. Er arbeitete schnell und geschickt. Nach nicht mal zwei Minuten war er fertig. »So, alles in Ordnung«, sagte er. »Jetzt dürfte sich deine Wunde nicht entzünden.«

Sie bewegte die Schulter. Der Verband war nicht zu locker und nicht zu stramm. Genau richtig. »Danke«, sagte sie.

»Nicht der Rede wert.« Er goss ein wenig Wasser auf seine Hände und trocknete sie dann ab. »Weißt du, irgendwie hört sich deine Geschichte komisch an. Ich weiß nicht, ob ich dir wirklich glauben soll.«

»Was?«

»Ich glaube, ihr *wolltet* in das Tunnelsystem, aus welchem Grund auch immer. Vielleicht, um zu rauben, vielleicht, um zu töten, vielleicht aber auch, um die Stadt unbemerkt durchqueren zu können. Geht mich eigentlich auch nichts an. Fest steht, ihr habt euch überschätzt und seid geradewegs in euer Verderben gelaufen. Sei's drum, deine Leute sind tot. Du wirst sie nie wiedersehen.«

Ihr Blick verdüsterte sich. »Das heißt, du wirst mich nicht freilassen.«

Er schüttelte den Kopf. »Vorerst nicht. Glaub mir, es ist besser, wenn du mich begleitest. Wenn du hart arbeitest und deine Lebensschuld bei mir abgetragen hast, werde ich darüber nachdenken. Aber nicht vorher. So, und jetzt schlaf. Hier ist eine Decke. Wir haben morgen einen langen Weg vor uns und werden unsere Kräfte brauchen.«

Gwen lehnte sich zurück gegen den Stein. Sie hätte lügen müssen, wenn sie behauptete, sie wäre nicht enttäuscht. Andererseits war es auch sehr naiv von ihr gewesen zu glauben, er würde sie nur deswegen freilassen, weil sie so nett miteinander geplaudert hatten. Vermutlich hatte er sogar recht. Ihre Begleiterinnen waren tot, und es wäre reiner Selbstmord, in die Kanalisation zurückzukehren. Sie war jetzt auf sich allein gestellt und musste zusehen, wie sie das Beste aus ihrer Lage machte. Der eigentliche Grund aber, warum sie bei ihm blieb, war die Mappe. Sie schien Antworten auf genau die Fragen zu enthalten, die Gwen überhaupt zu dieser Reise veranlasst hatten. Und das war mehr als ein Zufall.

Das war ein Zeichen der Göttinnen.

30

Gwen lag auf der Erde, ihren Kopf auf ein Kleiderbündel gebettet, eine wärmende Decke um ihren Körper geschlungen. Ein kühler Wind wehte von Westen und vertrieb die letzten Wolkenschleier. Sie hatte so gut geschlafen wie schon lange nicht mehr. In dieser Nacht hatte sie erneut vom Meer geträumt, von der Küste – und von Juna. Ein Mann hatte neben ihr gestanden. Zuerst noch unscheinbar, doch beim näheren Hinsehen entpuppte er sich als Mönch mit Kutte und Wanderstab. Die beiden standen am Ufer des grenzenlosen Meeres und wandten ihr den Rücken zu. Als sie sich umdrehten, sah Gwen, dass Juna einen vorgewölbten Bauch hatte. Sie erwartete ein Kind.

Dann war Gwen aufgewacht.

Der Morgen warf flache Strahlen über das Land. Halla stand etwas abseits und knabberte an ein paar Blättern. Von der Feuerstelle stieg Rauch auf, der seinen belebenden Geruch in der kühlen Luft verteilte. Logan saß am Feuer und hielt etwas in die Flammen, das wie eine alte, rostige Bratpfanne aussah.

»Ich habe etwas zu essen gemacht. Vielleicht hast du ja heute Hunger.« Es zischte und brutzelte, und ein betörender Geruch stieg auf. »Im Baum war ein Nest, ich habe Eier gefunden. Wenn du Lust hast, kannst du dich zu mir setzen.«

Diesmal ließ Gwen sich nicht zweimal bitten. Mit gierigen Blicken rutschte sie heran, ließ sich etwas von dem Brot abbrechen und fing an, Eier und Speck in sich hineinzuschaufeln.

»Langsam, langsam«, lachte Logan. »Es ist genug da. Du wirst dir noch den Magen verderben, wenn du so schnell isst.«
Gwen schluckte alles runter und atmete ein paarmal tief ein und aus. »Recht hast du«, sagte sie. »Es ist nur so, dass ich das Gefühl habe, seit Tagen nichts gegessen zu haben.«
»Umso wichtiger, dass du dir Zeit lässt. Hier, der Rest gehört dir, ich habe schon genug.« Er schob ihr die Pfanne rüber.
Dankbar aß sie weiter.
»Diese Mappe«, sagte sie irgendwann mit vollem Mund. »Kannst du lesen, was in den Briefen steht?«
»Teilweise. Ich muss gestehen, ich habe nie richtig Lesen und Schreiben gelernt. Das wenige, das ich weiß, hat mir mein Vater beigebracht, und Schulen gibt es bei uns nicht. Wie ist das bei euch?«
Sie schüttelte den Kopf. »Wir haben zwar Schulen, aber Lesen und Schreiben lernen wir trotzdem nicht. Der Unterricht umfasst Hausarbeiten, Landwirtschaft, Religion und Heilkunde. Praktische Anwendungen. Bücher sind bei uns nur etwas für die herrschende Kaste.« Sie aß noch einen Bissen Brot. »Meinst du, du könntest mir das ein oder andere daraus vorlesen?«
Er zuckte die Schultern. »Ich kann's versuchen, aber ich glaube nicht, dass meine Fähigkeiten dafür ausreichen. Warum interessiert dich das so?«
Sie schluckte den letzten Bissen runter. »Nur so. Vielleicht, weil mich das Thema Dunkle Jahre gerade sehr beschäftigt. Wir können ja einen Handel abschließen.« Sie wischte mit dem Ärmel über ihren Mund und lehnte sich dann zurück. »Du liest mir daraus vor, und ich werde dafür nicht zu fliehen versuchen. Was sagst du dazu?«
Logan ließ sich das Angebot gründlich durch den Kopf gehen und nickte dann. »Einverstanden«, sagte er. »Hand drauf.«

Halla trabte müde über die staubtrockene Erde. Der Regen des vorangegangenen Tages war wie von Löschpapier aufgesaugt worden. Nicht das kleinste Rinnsal war übrig geblieben, nicht einmal eine winzige Pfütze. Ein totes Land, vernichtet von dem Feuer, das beide Geschlechter vor so langer Zeit entfacht hatten und das immer noch weiterbrannte.
Gwens Gedanken kreisten um die Frage, was das Land wohl vernichtet haben mochte. Sie kannte die Geschichten, gewiss. Sie wusste von dem Krieg und dass dabei fürchterliche Waffen zum Einsatz gekommen waren, die ihre Phantasie weit überschritten. Waffen, die künstliche Sonnen entfachen und alles im näheren Umkreis zu Staub verwandeln konnten. Sie wusste auch um die sogenannten chemischen Waffen, die einem die Lunge verätzten und einen qualvoll sterben ließen. Ein kluger Mann hatte einmal gesagt, er wisse nicht, welche Waffen beim nächsten Krieg zum Einsatz kämen, aber der übernächste würde wieder mit Keulen und Äxten ausgefochten. Wie recht er doch gehabt hatte!
Gwen kniff die Augen zusammen. Die Sonne überstrahlte alles. Jede Farbe, jeden Schatten. Bäume, Sträucher, Gras, alles verschwamm in Abstufungen von Weiß. Ohne Form, ohne Farbe, ohne Leben. Tote Äste ragten in die Luft, der Boden war aufgerissen und staubig. Die Trockenheit hatte die Erde mit einem Muster feiner Risse überzogen, die sich einem Netz gleich in der Endlosigkeit der Steppe verloren.
Gwen schloss die Tasche, um Füchschen vor der Sonne zu schützen. Sie beschattete ihre Augen und presste sich an Logans Rücken.
Je weiter sie ritten, desto gnadenloser stach die Sonne vom Himmel herab. Der Horizont war wie ein weiter Kreis aus Hitze und Staub. Die gleißenden Strahlen verdorrten die Erde,

brachen sie auf und ließen nichts als totes Land zurück. Kilometer um Kilometer nur Steine, Steppe und Einsamkeit. Der Durst wurde zu einem quälenden Begleiter. Es musste gegen Mittag sein, und die hochstehende Sonne brachte ein weiteres Problem mit sich. Es gab keinen Schatten und folglich auch keine Möglichkeit, festzustellen, in welche Richtung sie ritten. Die Luft war zu dunstig, um sich orientieren zu können. Die Sicht betrug vielleicht zwei, drei Kilometer, dann war Schluss, nur noch Dunst und Staub. Gwen vermutete, dass sie in westlicher Richtung unterwegs waren, aber sicher konnte sie nicht sein. Hoffentlich wusste Logan, wohin es ging.

Schritt für Schritt, Meter für Meter trabten sie weiter. Die Luft flimmerte, kochte in ihrem Hals und verbrannte ihre Lungen. Die Trinkbeutel waren schon wieder so gut wie leer. So blieb ihr nichts anderes übrig, als auf ihr Pferd zu vertrauen. Halla verfügte über enorme Kraftreserven, aber ob es ihr wirklich gelingen würde, diese Steppe zu durchqueren, war fraglich.

Wäre sie doch nie von Glânmor weggegangen!

Glânmor. Allein das Wort klang so verheißungsvoll. Warum nur hatte sie nicht auf Magdalena gehört? Die oberste Heilerin hatte völlig recht gehabt: Gwen war für ein solches Abenteuer nicht geschaffen. Was für eine Vermessenheit zu glauben, sie könne mit Juna mithalten. Verglichen mit ihr war sie eben doch nur ein dummes Bauernmädchen. Am liebsten hätte sie geweint, aber für Tränen war nicht mehr genug Wasser übrig. Und so brachte sie nicht mehr als ein jämmerliches Schniefen zuwege.

»Alles in Ordnung, dahinten?« Logan hatte ein Tuch um den Mund gebunden und einen Hut auf den Kopf gesetzt. Er sah irgendwie verwegen aus.

»Ja«, sagte sie. »Alles in Ordnung. Ich habe mir nur Sorgen wegen unserer Richtung gemacht. Wie kannst du dich nur in dieser Einöde orientieren?«

»Indem ich die Landschaft auswendig lerne. Hast du das noch nie gemacht?«

Sie schüttelte den Kopf. »Ich bin noch nie von zu Hause weg gewesen. Das hier ist das erste Mal.«

»Im Ernst?« Sie glaubte, ihn hinter seinem Mundschutz lächeln zu sehen. »Na, dann will ich dir mal erklären, wie das geht. Also, du musst dir bestimmte markante Punkte entlang deines Weges einprägen und sie auswendig lernen. So, wie wenn du ein Gedicht oder ein Lied auswendig lernst. Du musst eine Geschichte um sie herum erfinden und in der Lage sein, sie dir selbst zu erzählen. Dann kommt der knifflige Teil. Wenn du wieder zurückwillst, musst du in deinem Kopf alles vertauschen. Was rechts war, ist jetzt links, was Vorderseite war, ist jetzt Rückseite. Es ist, als würdest du die Geschichte rückwärts erzählen. Zum Beispiel da drüben. Siehst du den Wall?« Er deutete nach links. »Das ist in meiner Geschichte die Mauer des Todes. Noch nie hat ein Mensch diese Mauer überwunden, denn dahinter beginnt das Reich der Toten. Willst du es sehen?«

»Was?«

»Das Reich der Toten.«

»Wenn es nicht zu lange dauert.«

»Keine Sorge, wir liegen gut in der Zeit. Es wird zwar dunkel, bis wir zu Hause eintreffen, aber diesen Anblick solltest du dir wirklich nicht entgehen lassen.« Er zog am Zügel und lenkte Halla auf den Wall zu.

Es dauerte ein wenig, bis Gwen erkennen konnte, dass der Wall in Wirklichkeit eine riesige Aufschüttung war, schätzungsweise zwanzig Meter hoch. Warum irgendjemand auf die verrückte Idee kam, hier im Niemandsland so einen Wall aufzuschütten, entzog sich ihrem Vorstellungsvermögen. Logan hielt direkt davor an und stieg vom Rücken des Pferdes.

»Komm«, sagte er. »Den Rest müssen wir zu Fuß gehen.«

Gwen ließ sich von ihm beim Absteigen helfen und machte ein paar unbeholfene Schritte. Sie fühlte sich vollkommen steif. Selbst Magda war dagegen eine gelenkige Elfe.

Er streckte seine Hand aus. »Komm, aber sei vorsichtig. Hier können überall Eisenteile herumliegen.«

Das Erdreich war bröckelig und rutschte bei jedem Schritt nach. Drei Schritte nach oben, zwei wieder runter. Es war eine mühsame Kraxelei, aber es tat gut, sich nach Stunden des Stillsitzens endlich wieder bewegen zu können.

Oben angekommen, musste sie erst einmal verschnaufen. Sie hatte damit gerechnet, dass die Landschaft auf der Rückseite genauso aussehen würde wie vorne, doch die Wirklichkeit übertraf alles. Was im Namen der Göttinnen war das? Sie beschirmte ihre Augen und ließ den Blick schweifen. Vor ihr lag ein totes, lebloses Tal. Eine riesige Grube, mehrere hundert Meter tief und so breit, dass man die gegenüberliegende Seite kaum erkennen konnte.

Ein Bombentrichter, aber von einer Größe, wie sie es noch nie zuvor gesehen hatte. Dampf und giftige Gase stiegen aus der Tiefe.

Der Trichter hatte einen Durchmesser von zwei Kilometern und war geformt wie eine Suppenschüssel. Aus den Flanken ragten zerborstene Betonbögen; vielleicht die Reste einer alten Brücke? Weiter unten lagen etliche zerbrochene und zerschmetterte Gebäude. Eine ganze Stadt, versunken in einem einzigen großen Loch.

»Darf ich vorstellen: das Land der Toten. Das ist doch ein Anblick, den man nicht so schnell vergisst, oder?«
Gwen schüttelte den Kopf. Sie war fassungslos. Was für eine Wut, was für ein kranker Geist brachte solche Waffen hervor? Was war das nur für eine Gesellschaft gewesen, die solche Vernichtungsmaschinen benötigte? Für einen kurzen Moment schoss ihr der Gedanke durch den Kopf, dass das Virus der Welt einen Gefallen getan hatte, als es die Menschen dezimierte. Vielleicht waren sie einfach nicht dazu bestimmt, dauerhaft auf diesem Planeten zu leben.
»Ich dachte, du hättest dir die Geschichte bloß ausgedacht«, flüsterte sie.
»Was meinst du?«
»Das Land der Toten. Ich dachte, es sei nur eine Geschichte. Aber wie es scheint, existiert es wirklich.«

31

Mitten in der Nacht schlug Dachs die Augen auf. Er hatte etwas gehört. Er sprang aus seinem Alkoven, schlich ans Fenster und blickte hinaus. Dem Stand des Mondes nach musste es kurz nach Mitternacht sein. Vor dem silbrigen Licht erhob sich ein riesiger Schatten. Langer Kopf, gestreckter Rücken, ein geflochtener Schweif. *Halla!*

Mit einem Grinsen im Gesicht lief er aus seinem Zimmer, eilte zur Schlafstatt seines Vaters und schüttelte Gunnar.

Wie vom Blitz getroffen fuhr der Schmied in die Höhe.

»Was … was.« Er blickte sich um. »Dachs? Was soll das? Bist du noch bei Trost? Weißt du, wie spät es ist?«

Dachs deutete nach draußen, und seine flinken Finger formten die Botschaft. Gunnar brauchte ein paar Sekunden, um wieder zur Besinnung zu kommen. »Nicht so schnell. Wer soll da sein?«

Logan.

»Im Ernst?« Er schlug die Decke zurück. »Na, dann hattest du wirklich allen Grund, mich zu wecken. Komm, wir wollen ihn begrüßen.«

Dachs verkniff sich ein Lachen, als er seinen Vater mit einer Öllampe in der Hand in Richtung Haustür schlurfen sah. Gunnars Beine ragten wie zwei krumme, behaarte Äste unter dem Nachthemd hervor. Seine Füße steckten in Pantoffeln, die nur noch von Spucke und viel gutem Willen zusammengehalten wurden.

Noch ehe der Schmied seine Hand auf die Klinke legen konnte, wurde die Tür aufgestoßen, und Logan betrat den Raum.

Und er war nicht allein.
Eine zweite Person war bei ihm. Sie war etwas kleiner und vollkommen in ein braunes Tuch gehüllt, so dass man von ihrem Gesicht nur zwei funkelnde Augen, dunkle Brauen und eine kleine, leicht gekrümmte Nase erkennen konnte.
»Logan, mein Junge, du bist zurückgekehrt. Komm, lass dich drücken.« Gunnar schloss seinen Sohn in die Arme und klopfte ihm herzhaft auf den Rücken. »Schön, dich bei bester Gesundheit zu sehen. Hast du viel erlebt? Wer ist unser Gast? Willst du uns nicht vorstellen?«
Logan lächelte müde. »Dürfen wir erst mal reinkommen?«
»Ich … aber natürlich. Tretet näher.« Gunnar deutete auf den Küchentisch. »Setzt euch. Habt ihr Durst?«
»Und wie. Wir sind seit heute Mittag geritten.« Logan führte seinen Begleiter zum Tisch, wartete, bis er sich gesetzt hatte, und legte dann Umhang und Schwertgehänge ab. Dann ließ er sich neben dem Gast nieder, und zwar so, dass dieser zwischen ihm und der Wand saß. Offenbar wollte er einen Fluchtversuch verhindern. Ein Gefangener? Dachs runzelte die Stirn.
Vielleicht ein Dieb.
Auch Gunnar schien zu merken, dass etwas nicht stimmte, und setzte sich in die Nähe seiner Waffen. Nach dem Gesetz der Clans waren Diebe Freiwild. Man durfte sie töten oder einsperren, ganz wie man wollte. Man durfte sie auch einem Gericht überantworten, das dafür sorgte, dass diese Person künftig keine Diebstähle mehr verübte. Zwangsarbeit, Züchtigung oder Erhängen, die Methoden waren ebenso zahlreich wie hart. Ein Diebstahl bedrohte die materielle Existenz und wog damit schwerer, als wenn jemand einem anderen den kleinen Finger abhackte.
Während Gunnar einen Krug Wasser und etwas trockenes

Brot auf den Tisch stellte, versuchte Dachs immer noch, einen Blick auf das Antlitz des Fremden zu erhaschen. Ein paarmal kreuzten sich ihre Blicke, doch die meiste Zeit wich der Fremde ihm aus. Gesprochen hatte er bisher kein einziges Wort.
Logan war auch nicht besonders mitteilsam. Er bot dem Fremden etwas zu essen an, doch der schüttelte nur den Kopf. Ihm war anzusehen, dass er erst mal abwarten wollte, was hier geschah. Achselzuckend machte Logan sich über die Brote her, trank einen ganzen Krug Wasser und gab dann einen herzhaften Rülpser von sich. »Das hat gutgetan«, sagte er nach Beendigung der Mahlzeit. »Ich war halb verdurstet. Die Verbotene Zone zieht dir jeden Tropfen Wasser aus dem Körper. Eigentlich hätte ich noch eine Nacht einlegen müssen, aber als ich die Wohntürme am Horizont auftauchen sah, konnte ich mich nicht mehr beherrschen. Tut mir leid, wenn ich euch aus dem Schlaf gerissen habe.«
»Sagst du uns jetzt endlich, wer das ist?« Gunnars Ausdruck war inzwischen nicht mehr ganz so freundlich.
»Mein Begleiter … tja.« Logan wischte sich über den Mund. »Ich weiß nicht, wie ich euch das sagen soll. Es ist kompliziert …«
»Ein einfacher Name und ein Blick auf sein Gesicht dürften genügen«, sagte der Schmied. »Wir haben hier nichts zu verbergen.« Er zögerte einen Moment, dann streckte er dem Fremden seine Pranke entgegen und sagte: »Ich heiße Gunnar und bin Logans Vater. Das hier ist Dachs, Logans jüngerer Bruder. Er ist stumm, aber er kann gut hören, und auf den Kopf gefallen ist er auch nicht. Also, wie dürfen wir dich anreden?«
Die fremde Person warf einen kurzen Blick zu Logan hinüber, dann zog sie das Tuch vom Gesicht. »Mein Name ist Gwen.«

Dachs erstarrte. Einen Moment lang saß er stocksteif auf seinem Platz, dann rutschte er mit seinem Stuhl einen halben Meter zurück. Gunnar war wie vom Donner gerührt, dann stieß er aus: »Bei den Göttern ... ein Weibsbild.«

Seine Augen waren groß wie Murmeln. »Was hat das zu bedeuten? Ich verlange eine Erklärung ...«

Auf Logans Gesicht erschien ein schiefes Grinsen. »Wie schon erwähnt, es ist ein bisschen kompliziert.«

»Und wenn es die ganze Nacht dauert. Ich will wissen, was hier gespielt wird und warum du sie mitgebracht hast.«

»Na schön. Aber beklagt euch nicht, wenn es spät wird. Ich habe euch gewarnt.«

Logan holte noch mehr zu trinken, dann fing er an, von seiner Reise zu berichten. Von der Himmelskerze, seiner Begegnung mit den Kreuzgässlern und dem Wanderer, seinem Vorstoß in die Unterwelt. Er schilderte, wie er auf die Bleichen gestoßen war und die Frau gerettet hatte. Es dauerte eine halbe Stunde, bis die Geschichte zu Ende war, und er musste sich nebenher oft zu trinken nachschenken. Währenddessen saß die Frau regungslos daneben und rührte weder Speise noch Trank an.

Irgendwann kam er zum Ende, und alle saßen schweigend um den Tisch.

»Das ist in der Tat eine Geschichte, die man nicht alle Tage hört«, sagte Gunnar leise. »Du kannst von Glück sagen, dass du ohne Schaden aus der Sache herausgekommen bist.« Er schüttelte den Kopf. »Als ich dir sagte, du solltest mit einer guten Geschichte heimkehren, habe ich natürlich nicht gemeint, dass du dich dafür in Lebensgefahr stürzen solltest. Die Bleichen ... das ist wirklich allerhand.« Ein kurzes Zögern, dann sagte er: »Es erklärt aber immer noch nicht, warum du sie mitgebracht hast.«

»Ich konnte sie doch schlecht dort liegen lassen«, erwiderte Logan. »Selbst meinem schlimmsten Feind würde ich es nicht antun, bei lebendigem Leib von den Bleichen aufgefressen zu werden. Sie hat sich auf der ganzen Reise wirklich anständig benommen. Ich dachte, sie könnte vielleicht für uns arbeiten …«

»Die Frau kann nicht hierbleiben, das weißt du.«

Logan blickte Gunnar verwundert an. »Aber …«

»Kein *aber*. Unter meinem Dach wird keine Frau nächtigen.«

Einen kurzen Moment lang sah Logan Gunnar an, als habe dieser den Verstand verloren. Dann lächelte er und ließ die Hände auf seine Oberschenkel klatschen. »Es war vielleicht alles ein bisschen viel auf einmal. Vielleicht sollten wir die Entscheidung auf morgen vertagen. Tut mir leid, dass ich euch der Nachtruhe beraubt habe. Es gibt noch tausend andere Dinge zu erzählen, aber Gwen und ich sind todmüde. Wir haben doch diese Kammer, die immer leer steht. Dürfte ich …?«

»Mir scheint, du hast mich immer noch nicht verstanden. Diese Frau wird auf keinen Fall in meinem Haus bleiben.«

»Und was sollen wir dann mit ihr machen?«, fragte Logan trotzig. »Sie draußen am Haus festbinden wie einen Hund?«

Gunnar schob sein Kinn nach vorne, dann stand er auf und winkte Logan zu sich. »Komm mit in die Werkstatt, ich möchte unter vier Augen mit dir reden.«

Logan presste die Lippen zusammen. Einen Moment lang hatte Dachs das Gefühl, als würde es zwischen den beiden zu einer handgreiflichen Auseinandersetzung kommen, dann fügte Logan sich und folgte seinem Vater zur Tür hinaus.

Dachs blieb in der Küche zurück – allein mit ihrem *Gast*.

Neugierig schaute er sie an. Gwen war die erste Frau, die er aus der Nähe sah. Gewiss, es gab andere Frauen in der Siedlung, aber sie wurden unter Verschluss gehalten und durften nur selten die Häuser verlassen. Diese hier war besonders hübsch. Sie wirkte schüchtern, hielt ihren Blick gesenkt und die Hände auf dem Schoß.

Abgesehen von ihrer feinen Haut, den geröteten Lippen und den dunkel umrandeten Augen sah sie eigentlich aus wie ein junger Mann. Nun, vermutlich gab es körperliche Unterschiede, die auf den ersten Blick nicht zu erkennen waren, doch über die wollte Dachs jetzt nicht allzu genau nachdenken.

Wie alt sie wohl sein mochte? Er hätte sie gerne gefragt, doch es war nicht anzunehmen, dass sie Zeichensprache verstand. Sie wirkte traurig, niedergeschlagen. Irgendwie hatte er das Bedürfnis, mit ihr zu reden.

Er goss einen Krug voll mit Wasser und schob ihn zu ihr hinüber. Als sie ihn ignorierte, legte er eine Scheibe Brot auf einen Holzteller und reichte ihr auch diesen hin.

Keine Reaktion.

Sie musste Hunger haben, aber vielleicht kannte sie kein Brot, obwohl das eher unwahrscheinlich war. Um sie zu motivieren, nahm er die Scheibe, biss ein kleines Stück davon ab und legte den Rest zurück auf den Teller. Sie starrte darauf, als wäre es ein Stück Holz.

Dachs machte kauende Bewegungen und deutete auf das Brot. Ein zartes Lächeln huschte über ihr Gesicht. »Ich weiß schon, dass das Brot ist, ich bin ja nicht blöd.«

Am liebsten hätte er gerufen: *Na, dann iss doch,* aber das ging ja nun mal nicht. Also nahm er noch mal einen Bissen und schob das Brot wieder zu ihr hinüber. Mit den Fingern auf die Tischplatte trommelnd, wartete er auf ihre Reaktion.

Ein schmales Lächeln huschte über ihr Gesicht. »Du bist eine kleine Nervensäge, weißt du das?«

Dachs grinste. Er stützte seinen Kopf auf beide Hände und sah sie an. Langsam, aber sicher würde er sie weichkochen.

»Wirst du wohl aufhören, mich so anzustarren?«

Für einen kurzen Moment blickte Dachs in eine andere Richtung, dann sah er sie wieder an.

Sie seufzte. »Na schön.« Sie biss ein Stück Brot ab und spülte es mit Wasser hinunter. »Zufrieden?«

Er nickte erneut.

Dann ging alles sehr schnell. Kaum hatte Dachs sich versehen, war das Brot weg. Er machte eine kreisförmige Bewegung mit dem Finger. *Willst du doch mehr?*

»Gerne. Es schmeckt wirklich sehr gut.«

Zufrieden schnitt Dachs noch ein Stück ab. Die Gerüchte, dass Frauen blöd seien, waren für ihn nicht nachvollziehbar. Zumindest diese hier war es nicht. Den Kopf auf die Hände gestützt, beobachtete er Gwen, wie sie auch die zweite Brotscheibe verzehrte und mit reichlich Wasser hinunterspülte.

»Dein Name ist also Dachs?«, fragte sie nach einer Weile.

Er zeichnete einen kleinen Dachs in die Mehlschicht auf dem Tisch. Er fand, dass er die Form recht gut getroffen hatte.

»Ich heiße Gwendolyn. Gwen bedeutet in der alten Sprache *weiß* oder *hell*, dolen heißt *Mond*. Wörtlich übersetzt also *heller Mond.*« Sie malte eine Sichel rechts über den Dachs und verzierte das Bild mit ein paar Sternen. »Ein Dachs im Schein des Mondes. Sieht doch hübsch aus.«

Dachs wollte etwas entgegnen, doch in diesem Moment erklang ein seltsam krächzender Laut von rechts.

»Du lieber Himmel, das hätte ich ja fast vergessen.« Gwen öffnete die Tasche, und heraus hüpfte eine völlig verstrubbelte und augenscheinlich recht unzufriedene kleine Katze. Sie sprang direkt auf den Tisch und verwüstete das Bild, das

Dachs und Gwen gemalt hatten. Dachs zuckte zurück. Das fauchende Etwas sah ziemlich bedrohlich aus. Er griff nach dem Besen.

»Nein, bitte nicht, sie ist ganz harmlos.« Gwen kraulte der Katze über den Kopf, die sich daraufhin rasch beruhigte. »Füchschen, darf ich vorstellen, das ist Dachs. Er ist eindeutig eine Nummer zu groß für dich, also versuch lieber erst gar nicht, ihn zu fressen.«

Dachs blickte die beiden eine Weile groß an, dann stieß er ein tonloses Lachen aus. Das *Weibsbild,* wie sein Vater sie genannt hatte, besaß auch noch Humor. Er hätte sie gerne gefragt, ob sie länger bleiben würde, doch er wusste nicht, wie. Außerdem kamen in diesem Moment sein Vater und Logan wieder zurück. Ihre Gesichter waren ernst. Als Gunnar die Katze bemerkte, wurde sein Blick noch finsterer. »Was ist denn das für ein Vieh? Raus damit, und zwar schnell. Logan, tu, was ich dir gesagt habe.«

»Aber …«

»Keine Diskussion. Das ist mein Haus, und hier herrschen meine Regeln. Wenn dir das nicht passt, kannst du gerne gehen.«

Logan sah aus wie ein Kind, das man beim Stehlen von Süßigkeiten erwischt hatte. Wortlos ergriff er Gwens Tasche, nahm Füchschen und packte sie wieder hinein. Dann nahm er Gwen beim Arm und zog sie hinter sich her.

»He, was soll das?«, rief Gwen. »Wohin bringst du mich?«

»Rüber in den Stall. Da kannst du erst mal schlafen, bis sich die Wogen etwas geglättet haben.«

»Ist das die vielbeschworene Gastfreundschaft, von der du mir erzählt hast?«

Logan schwieg.

Dachs blickte seinem Bruder fragend hinterher und folgte ihm dann hinaus in den mondbeschienenen Hof. Sein Bruder führte die junge Frau hinüber zum Pferdestall, wo Liesel und Halla bereits in ihren Boxen standen. Daneben war noch ein kleiner Pferch, in dem früher mal eine Ziege gestanden hatte. Sie war gestorben, als Dachs noch sehr klein gewesen war. Er hatte kaum noch Erinnerungen an sie, nur dass sie einen ziemlich fiesen Charakter gehabt hatte.

»Hier wirst du schlafen«, sagte Logan und legte Decken und etwas Heu hinein. »Ich werde dir gleich noch einen Krug mit Wasser und etwas zum Waschen bringen.«

»Warum darf ich nicht im Haus schlafen?«

»Du hast meinen Vater doch gerade erlebt. Es geht nicht. Ich werde morgen noch mal mit ihm reden. Hier wirst du es auch recht gemütlich haben. Auf jeden Fall gemütlicher als während unserer Reise. Wenn du mir versprichst, dass du nichts anstellst, kann ich auf die Fesseln verzichten. Allerdings werde ich den Stall abschließen. Ich hoffe, das ist okay für dich.«

»Tu, was du nicht lassen kannst«, erwiderte sie schnippisch, riss ihm die Tasche aus der Hand und ging in den hinteren Teil des Stalls. »Und da wunderst du dich, dass ich dich gebeten habe, mich gehen zu lassen?«

Logan erwiderte nichts. Er wartete, bis sie sich eine Schlafstelle eingerichtet hatte, dann schloss er die Stalltür.

Auf dem Rückweg sah er Dachs in der Eingangstür stehen.

»Keine Fragen, in Ordnung? Ich bin todmüde. Morgen wird sich alles aufklären.«

32

Nichts klärte sich auf, jedenfalls nicht so, wie Logan gehofft hatte. Gleich nach dem ersten Hahnenschrei war Gunnar in seine Kammer getreten und hatte ihm erklärt, dass Gwen verkauft werden müsse. Er habe lange wach gelegen und sei zu dem Entschluss gekommen, dass es das Beste sei, sich von ihr zu trennen und das Geld für sie einzustreichen. Eine Frau zu halten würde nur Ärger geben. Gunnar war dermaßen hartnäckig gewesen, dass Logan irgendwann aufgegeben und eingewilligt hatte, seine Forderung zu erfüllen. Wahrscheinlich war es wirklich eine Dummheit gewesen, Gwen mitzunehmen. Von dem Geld wollte er allerdings nichts haben. Das würde er Gunnar auf den Tisch knallen und nie wieder ein Wort darüber verlieren.

Er kam sich so schäbig vor.

Hinter den bewaldeten Schluchten der Vorstadt war eben die Sonne aufgegangen. Die langen Schatten zwischen den Gebäuden wichen langsam zurück, aber die Stadt lag noch im Schlaf versunken. Ein paar wilde Hunde stromerten durch die Straßen, ein einzelner Rabe ließ vom Dach sein Krächzen vernehmen.

Logan schloss das Fenster, zog Hemd und Hose über und verließ das Haus. Barfuß eilte er zum Stall hinüber und schloss die Tür auf.

Er fand Gwen zusammengerollt in einem Winkel ihres Pferchs, eine Decke über sich gebreitet und ihren Kopf auf einen Sack mit Haferkörnern gebettet. Halla stand nebenan, das Maul tief

im Hafertrog. Gwens Katze lag an ihrem Kopfende und blickte Logan aus ihren unergründlichen Augen an.
Eine Weile beobachtete er die Szenerie, dann zog er die Tür vorsichtig wieder zu. Gwen sollte ruhig noch ein wenig schlafen, der Tag würde für sie ohnehin recht unangenehm werden.
Im Nachhinein musste er sich eingestehen, dass er an der Situation selbst nicht ganz unschuldig war. Was hatte er erwartet? Dass Vater die junge Frau mit offenen Armen willkommen heißen würde? Gunnar war ein alter Mann. Zeit seines Lebens hatte er nichts mit Frauen zu tun gehabt, und jetzt sollte er plötzlich eine unter seinem Dach beherbergen? Vermutlich wäre es wirklich klüger gewesen, sie laufenzulassen, dann hätte er sich eine Menge Ärger erspart. Immerzu musste er an ihr Gesicht, insbesondere an ihren Mund denken, es war wie verhext.
Gunnar hatte ganz recht. Frauen konnten einem Mann die Sinne verwirren.

*

Gwen öffnete die Augen. Sie hatte Logan zwischen ihren halbgeschlossenen Lidern beobachtet, wie er in der Tür stand, nach einer Weile einen Schritt zurücktrat und den Pferch wieder verschloss. Warum hatte er nichts gesagt? Irgendetwas belastete ihn. War es nur, dass er sie hier im Stall schlafen ließ, oder war da noch mehr? Nun, sie würde es ja früh genug erfahren.
Sie drehte sich auf die Seite und schlief wieder ein.
Es war irgendwann am späteren Vormittag, als er zurückkam. Er brachte ein karges Frühstück, stellte es ihr hin und wartete,

bis sie es gegessen hatte. Als sie fertig war, reckte sie die Arme und gähnte herzhaft. »Gut«, sagte sie. »Ich bin bereit für den Tag. Hast du Arbeit für mich?«

Er schüttelte den Kopf und vermied jeden Augenkontakt. »Es wird keine Arbeit für dich geben. Jedenfalls nicht bei uns. Tut mir leid.«

»Was soll das heißen?«

»Mein Vater hat entschieden, dass du verkauft wirst. Ich werde gleich mit dir zu Kolya gehen, dem hiesigen Sklavenhändler. Ich hoffe, dass er gutes Geld für dich bezahlen wird.« Immer noch vermied er es, ihr in die Augen zu sehen.

»*Was* sagst du da?« Sie spürte, wie die Wut in ihr hochkochte.

»Mir wäre es auch lieber gewesen, wenn du bei uns hättest bleiben können, aber es geht nun mal nicht. Es ist wegen Vater …«

»Hattest du mir nicht gesagt, Frauen wären bei euch akzeptiert? Was hat dein Vater für ein verdammtes Problem?«

»Weiß ich nicht …«

Sie presste die Lippen aufeinander.

»Und dein Versprechen?«

»Was für ein Versprechen?«

»Dass du mich gehen lässt, sobald ich meine Schuld abgeleistet habe? Ich wollte hier arbeiten, und ich hätte gut gearbeitet, das kannst du mir glauben.«

Er zuckte die Schultern.

»Wie, das ist alles? Ein müdes Schulterzucken?«

Wütend starrte sie ihn an. Logan stand direkt vor ihr. Aus einem spontanen Reflex heraus holte sie aus und trat ihm zwischen die Beine.

Er klappte zusammen wie ein Messer. Japsend und mit offenem Mund blieb er liegen. Anscheinend hatte sie, ohne es zu wollen, eine Stelle erwischt, an der er besonders empfindlich war.

Im Nu schnappte sie Katze und Tasche und rannte hinaus ins Licht.

Die Schluchten rund um die überwucherten Riesengebäude wirkten bei Tag ganz anders. Sie benötigte einen Moment, um sich zu orientieren, dann entschied sie sich, nach links zu laufen, in der Hoffnung, nach Süden zu gelangen. Noch im Laufen streifte sie ihre Kutte über.

Bereits hinter der nächsten Häuserecke begegnete ihr ein alter Mann. Er zog einen Stapel Holz auf einem Schlitten hinter sich her und erschrak mächtig, als sie auf ihn zugeschossen kam.

»He, Bursche, pass auf, wo du hinrennst. Du tickst wohl nicht ganz richtig, is' doch keine Rennbahn hier. Wenn ich dich in die Finger kriege, verarbeite ich dich zu Kleinholz.«

Gwen ignorierte ihn und schlug einen Haken nach rechts. Zwei Kerle standen im Weg, wichen aber auseinander, als sie sie auf sich zukommen sahen. Sie lachten und riefen ihr etwas hinterher, das wie *Vollpfosten* klang.

Weg. Nur weg.

Hinter der nächsten Ecke wich sie wieder nach links aus und glaubte schon, einen zufriedenstellenden Vorsprung herausgeholt zu haben, als sie Geräusche hinter sich hörte. Im selben Augenblick wurde sie umgeworfen und landete, Gesicht voraus, in einem Erdhaufen. Das Keuchen an ihrem Ohr kam ihr höchst vertraut vor.

»Hab ich dich.«

Logan packte ihre Hände und bog sie nach hinten, dass sie vor Schmerz aufstöhnte. »Glaub bloß nicht, du könntest mir entwischen. Ich bin der schnellste Läufer im ganzen Viertel.«

»Lass los, du tust mir weh«, zischte sie zwischen ihren Zähnen hervor, doch der Druck ließ nicht nach.

»Warum? Damit ich mir noch einen Tritt einhandele?«

»Wenn du mich nicht loslässt, wirst du die Schmerzen deines Lebens erfahren.«

»Was soll das Theater? Ich dachte, du wolltest dich friedlich verhalten.«

»Das war, ehe du mich wie ein Stück Vieh verkaufen wolltest.«

»Das ist mein Recht. Vergiss nicht, ich habe dir das Leben gerettet. Nach unseren Gesetzen …«

»Eure Gesetze scheren mich nicht. Du hast keinen Anspruch auf mich. Lass mich los, oder ich verspreche dir, du wirst es bereuen.«

»Ich hätte das gerne anders gelöst, aber du lässt mir keine andere Wahl …« Er drückte ihr sein Knie in den Rücken, löste seinen Gürtel und band ihr die Handgelenke zusammen. Dann zog er ein Tuch aus der Tasche, formte einen Ball, stopfte ihn ihr in den Mund und fixierte ihn mit einem schmalen Streifen Stoff, den er ihr von der Kutte riss. Unfähig zu schreien oder ihre Hände zu benutzen, wurde sie auf die Füße gerissen. Ihre Wut war so grenzenlos, dass sie einen roten Schleier vor den Augen hatte. Vielleicht war es auch der Schmerz, denn ihre Schultern waren in einem höchst unangenehmen Winkel nach hinten gebogen. Tränen des Zorns und der Verzweiflung rannen ihr über die Wangen. Das Tuch rutschte ihr vors Gesicht, so dass sie nicht mal mehr etwas sehen konnte. »Los, vorwärts jetzt!« Er trieb sie vor sich her wie ein Schwein, das man zur Schlachtbank führt. Immer wieder stieß sie mit den Füßen gegen Steine, knickte um, wurde hochgerissen und musste weitergehen.

Das Schubsen und Zerren wollte kein Ende nehmen. Nach einer gefühlten Ewigkeit hielten sie endlich an. Logan klopfte gegen etwas, das wie ein großes, eisernes Tor klang.

Gwen hörte Schritte, dann ertönte eine tiefe Stimme.

»Wer ist da?«

»Ich bin's, Logan, Sohn von Gunnar dem Schmied. Ich komme mit Ware.«

Jemand machte sich am Schloss zu schaffen, dann ertönte ein rostiges Quietschen, und das Tor ging auf.

»Sieh an, sieh an. Der Champion persönlich. Was führt dich in Kolyas bescheidenes Heim?«

»Ich habe hier etwas, worüber ich mit dir verhandeln will. Darf ich reinkommen?«

»Was für eine Frage, selbstverständlich. Und hier haben wir vermutlich das Handelsobjekt. Verhüllt, geknebelt und gefesselt. Na, ich bin gespannt. Tretet ein, tretet ein.« Wieder wurde Gwen gestoßen, wenn auch nicht mehr ganz so grob wie zuvor. Sie ging ein paar Schritte, dann gebot man ihr, stehen zu bleiben. Sie hörte, wie der Mann, der sich selbst Kolya nannte, um sie herumging. »Ich muss gestehen, ich bin überrascht, dich hier zu sehen, Logan. Du warst bisher noch auf keiner meiner Auktionen. Und jetzt kommst du sogar als Verkäufer zu mir. Hat das etwas mit deinem neuerlangten Rang zu tun?«

»Nein, das ist reiner Zufall. Ich will mich auch nicht lange aufhalten, sondern gleich zum Geschäft kommen. Ehe ich dir meine Ware zeige, würde ich aber empfehlen, sie festzubinden. Sie kann ausgesprochen … temperamentvoll sein.«

Kolya lachte. »Was ist passiert? Hat sie dich gebissen oder gekratzt?«

»Das Miststück hat mich getreten und ist dann abgehauen. Hat mich einige Mühe gekostet, sie wieder einzufangen.«

»Hoho, ein Wildfang also. Na, die werde ich mir gleich mal ansehen. Ich muss gestehen, ich bin neugierig zu erfahren, wer es schafft, einen Champion zu besiegen und dann zu fliehen. Zuerst aber hole ich uns einen Schnaps. Du kannst sie solange da vorne festmachen. Bin gleich wieder da.«

Gwen wurde mit dem Rücken an einem Pflock festgebunden. Ihre Hände sicherte Logan mit einer Kette. Das Metall scheuerte an ihren Handgelenken und verursachte einen stechenden Schmerz. Dann hörte sie, wie Kolya zurückkam.

»Setz dich, mein junger Champion. Hier ist ein kleiner Aperitif. Selbst gebrannt, versteht sich.« Gläser klirrten, dann spürte sie, wie sich jemand an ihrer Augenbinde zu schaffen machte. Grelles Tageslicht blendete sie.

»Na, wenn das nicht dem Fass den Boden ausschlägt. Eine richtige Schönheit. Ich dachte, du bringst mir irgend so ein altes Weib mit Runzeln und ohne Zähne. Das hier ist … außergewöhnlich. Glatte Haut, gute Proportionen, noch nicht mal zwanzig Jahre alt, würde ich schätzen. Ein Prachtexemplar.«

Gwen bedachte den Sklavenhändler mit einem finsteren Blick. Kolya war kaum größer als sie, aber außerordentlich korpulent. Sein Bauch wurde von einem Gürtel zusammengehalten, der die mit Flicken besetzte Hose am Herunterrutschen hinderte. Er trug ein helles Hemd, auf dem sich deutliche Schwitzflecken abzeichneten, und einen Strohhut als Schutz gegen die Sonne. Finger, Arme, ja sogar sein Hals und seine Ohren waren mit Ringen und Bändern geschmückt, die beim Gehen leise klingelten. Seine Wangen waren rot und bildeten einen interessanten farblichen Kontrast zu dem weißen Bart, der das Gesicht wie ein Kranz umrahmte.

Während Kolya sie eingehend musterte, hatte sie Zeit, sich in Ruhe umzusehen.

Der Holzpfahl, an den sie gefesselt war, stand inmitten eines weitläufigen Innenhofes, der von etlichen Stuhlreihen eingefasst war. Die umliegenden Gebäude waren aus Holzbalken, Wellblechplatten und Steinmauern zusammengefügt, über die sich Efeu und wilder Wein rankten.

»Mein lieber Junge, da hast du wirklich einen Fang gemacht«, sagte Kolya. »Ich bin beeindruckt. Schon lange war mein Auge beim Anblick einer Ware nicht so erfreut. Wie bist du darangekommen?«

Logan kippte seinen Schnaps runter und verzog das Gesicht.

»Hab sie gefunden, in den Schächten unter der Stadt. Die Bleichen hatten sich an ihr zu schaffen gemacht.«

Kolya hob seine buschigen Brauen. »Da kann sie von Glück sagen, dass sie noch am Leben ist.«

»Stimmt. Aber alles, was ich zum Dank bekommen habe, ist ein Tritt in die Eier.« Seinen ungelenken Bewegungen nach zu urteilen, litt er immer noch Schmerzen.

»Wieso trägt sie eine Uniform der Heiligen Lanze?«

»Frag mich nicht. Die ganze Geschichte ist sehr mysteriös. Angeblich hat sie sich in den Tunnels verirrt, aber das kann auch eine Lüge sein. Mir ist das egal, ich will sie nur noch loswerden. Was kannst du mir für sie geben?«

Kolya stützte sein fettes Kinn auf zwei Finger und taxierte Gwen unter gesenkten Augenlidern. Sein Kopf pendelte leicht von einer Seite zur anderen, was ihn aussehen ließ wie einen Betrunkenen. »Ich gebe dir hundert Nickel sofort bar auf die Hand. Oder …«, er machte eine vielsagende Pause, »… du bekommst zwanzig Nickel sofort plus dreißig Prozent vom Reinerlös später. An deiner Stelle würde ich das zweite Angebot annehmen. Wenn mich mein Gefühl nicht täuscht, können wir locker achthundert bis tausend Nickel für sie erzielen.

Aber ich will dir nicht vorgreifen. Es ist deine Entscheidung.« Er blickte Logan erwartungsvoll an.

»Einhundert Nickel.« Logan saß eine Weile da und ließ sich das Angebot gründlich durch den Kopf gehen. Dann stand er auf. Langsam und unter sichtlichen Schmerzen.

»Gib mir die einhundert.«

»Bist du sicher?«

»Hundertprozentig. Das ist mehr Geld, als ich in meinem ganzen Leben besessen habe. Gib mir die Kohle, dann ist der Handel perfekt.«

Die beiden Männer besiegelten den Handel mit einem Handschlag.

Kolya zog eine kleine Glocke aus einer Tasche und läutete sie. Aus einem der umliegenden Gebäude kamen drei Frauen mit langen Stangen in der Hand gelaufen. Die Stangen waren mit Lederschlaufen versehen, die man über den Kopf stülpte und am Hals zusammenzog. So konnte der Gefangene zwar atmen, war aber unfähig, sich zu befreien. Eine der Frauen löste die Ketten hinter Gwens Rücken und hielt sie mit der Stange auf Abstand. Wenigstens konnte sie ihre Hände wieder frei bewegen.

»Wie es der Zufall so will, findet die nächste Auktion in zwei Tagen statt«, grinste Kolya. »Meine Lager sind voll, aber das hier wird mein Prachtstück. Kannst ja mal vorbeischauen, wenn du Lust hast. Es werden viele hochgestellte Persönlichkeiten anwesend sein.«

»Ja, mal sehen«, erwiderte Logan. »Jetzt gehe ich zu meinem Vater zurück und überbringe ihm das Geld. Vielleicht kann er sich davon endlich die neue Poliermaschine kaufen, auf die er schon so lange spart. Ich bin sicher, er wird über den Handel sehr glücklich sein.«

Der Sklavenhändler zuckte die Schultern und stellte einen Beutel mit Münzen auf den Tisch. »Kannst nachzählen, wenn du willst. Es stimmt bis auf den letzten Nickel.«
»Das glaube ich dir auch so. Mach's gut, Kolya. Ich wünsche dir eine erfolgreiche Auktion.« Ohne ein Wort des Abschieds strich Logan das Geld ein, drehte sich um und verließ den Hof.

33

Gwen heißt du also«, säuselte Kolya mit hoher Stimme. »Ein wirklich schöner Name.« Die Augen des Sklavenhändlers funkelten wie bei einem Kind, das ein neues Spielzeug geschenkt bekommen hat.

»Vermutlich wirst du mich für einen Verbrecher halten, aber der Eindruck täuscht. Ich bin Geschäftsmann. Mir ist daran gelegen, dass du dich wohl fühlst und dass wir ein schönes, neues Zuhause für dich finden. Voraussetzung ist natürlich, dass du mir keine Schwierigkeiten machst. Beschädigte Ware verkauft sich leider nur sehr schlecht. Logan ist noch jung und unerfahren, ihn hast du überraschen können, doch bei mir funktioniert das nicht. Ich kenne alle Tricks und alle Schliche. Spiel das Spiel nach meinen Regeln, dann werden wir gute Freunde.«

Er umrundete Gwen wie ein Wolf seine Beute. Sie versuchte kurz, sich zu befreien, aber die Frauen waren auf der Hut. Sie zogen die Schlaufen enger und hielten sie mit den Stangen auf Abstand. Gwen blieb die Luft weg.

»Sachte, sachte, meine Schöne«, lachte Kolya. »Ich weiß, dass du Temperament hast, aber du solltest es nicht unnötig vergeuden.«

Gwen versuchte noch einmal, die Stangen zu lösen, aber die Schlaufen wurden sofort wieder straff gezogen. Es war sinnlos. Resigniert ließ sie die Arme hängen.

»Siehst du, schon besser«, sagte Kolya. »Das verursacht nur Striemen. Man kann sie natürlich mit ein wenig Puder überdecken, aber ohne ist es doch viel schöner.« Er deutete auf ihren Verband. »Diese Bandage, soll ich mir das mal ansehen?«

»Wenn du mich berührst, schlage ich dir die Zähne aus.«

»Hoho, du kannst ja sprechen. Und eine kleine Kratzbürste bist du auch. Na, dann lasse ich mal lieber meine Finger von dir. Die Frauen sollen sich um dich kümmern, die können das ohnehin viel besser. Sie werden dich waschen, dir die Haare schneiden und dich schön machen. An deiner Stelle würde ich tun, was sie sagen, sie sind nämlich nicht so nett und verständnisvoll wie ich. Außerdem willst du doch nicht, dass deiner kleinen Freundin hier etwas passiert, oder?« Er griff in Gwens Umhängetasche, packte Füchschen am Genick und hob sie heraus. »Das ist doch deine Freundin, oder?«

»Lass sie los, du stinkender Mistkerl«, fauchte Gwen. »Ich verspreche dir, ich werde dich umbringen, sollte ihr etwas geschehen.«

Kolyas Augen blitzten für einen Moment auf, dann erschien wieder das breite Lächeln. »So langsam beginne ich zu verstehen, warum Logan dich loswerden wollte. Hoffentlich habe ich mit den hundert Nickeln keinen Fehler gemacht.« Er steckte Füchschen zurück in die Tasche und gab sie Gwen.

»Hier. Ich will nicht, dass du mich für einen Unmenschen hältst. Und jetzt möchte ich dir dein neues Quartier zeigen. Bist du nicht neugierig? Gesa, Oda, bringt sie hinauf und gebt ihr zu essen und zu trinken. Wenn ich heute Nachmittag vorbeikomme, will ich eine wunderschöne und lammfromme Frau vorfinden, die jeden Käufer mit ihrem Charme bezaubern wird.« Er klatschte in die Hände. »Auf jetzt, macht eure Arbeit. Wir sehen uns dann nachher.«

Gwen wurde von den beiden Frauen in den oberen Stock des Hauses geführt.

Der Raum, in den man sie brachte, war äußerst luxuriös ausgestattet. Es gab einen Waschzuber, einen Spiegel und einen Tisch, auf dem Puder, Salben und verschiedene Duftfläschchen abgestellt waren. Dahinter standen Regale mit verschiedenen Kleidern und Gewändern. Auf dem Boden lagen wertvolle Teppiche, und ein zarter Geruch nach Rosenöl durchwehte den Raum. Vor den Fenstern und der Tür befanden sich dicke Eisengitter, die mit Vorhängeschlössern gesichert waren. Mochte der Käfig auch golden sein, es blieb ein Käfig.

Gwen setzte Füchschen auf den Boden, die gleich damit begann, das neue Revier zu untersuchen.

»Bis zur Auktion wird das dein Reich sein«, sagte Oda. »Es ist unser bestes Zimmer, also benimm dich anständig. Nicht alle haben so viel Glück.«

»Seid ihr alle Sklavinnen?«

»Was schert dich, was wir sind? Verhalte dich anständig, dann wird dir und deiner kleinen Freundin nichts passieren.«

Die beiden lockerten die Schlingen und hoben die Stangen über Gwens Kopf. Endlich konnte sie wieder richtig atmen. Sie tastete mit den Fingern über ihren Hals.

»Ich habe Durst.«

»Wir werden dir etwas bringen. Wir werden dir ein Bad einlassen und dich waschen. Da drüben steht ein Bett, falls du müde bist.« Mit diesen Worten verließen sie das Zimmer und schlossen die Tür von außen ab.

Gwen stand eine Weile unschlüssig herum und trat dann ans Fenster. Ihr Blick fiel auf den Innenhof, die kreisförmigen Gebäude und die dahinterliegenden Wohntürme. Sie spürte, wie die Anspannung von ihr abfiel. Momentan gab es nichts für sie zu tun, da konnte sie das Angebot genauso gut genießen. Um ehrlich zu sein, freute sie sich schon darauf, ein wenig Körper-

pflege zu erhalten. Sie hatte seit Ewigkeiten kein Bad mehr genossen, und wie es schien, waren alle hier ganz versessen darauf, ihr Gutes zu tun.
In diesem Moment schwang die Tür auf. Oda und Gesa erschienen in Begleitung zweier junger Frauen, die Eimer mit Wasser und Badetücher hereinbrachten. Sie füllten den Zuber und eilten davon, um Nachschub zu holen.
Gesa deutete auf Gwen und sagte: »Deine Sachen sind schmutzig. Wir werden etwas Besseres für dich finden.«
Oda ging zu den Regalen und prüfte den Bestand. Sie zog einige Kleider heraus, betrachtete sie und hängte sie wieder zurück. Nach einer Weile schien sie gefunden zu haben, wonach sie suchte.
»Das hier. Das könnte passen.«
Das Kleid war fliederfarben und mit goldenen Bändern durchwirkt. Es besaß kurze Ärmel, einen weiten Ausschnitt und einen schmalen Gürtel, der vorne zusammengebunden wurde. Oda hatte gut gewählt, Farbe und Schnitt entsprachen genau Gwens Vorstellungen. Sie hatte selbst ein paar Kleider in diesem Stil zu Hause hängen.
Die jungen Frauen hatten ihre Arbeit inzwischen beendet, und die Wanne war bis knapp unter den Rand gefüllt.
»So, dann zieh dich mal aus«, sagte Gesa lächelnd. »Wir werden draußen warten. Wenn du Schwierigkeiten haben solltest, ruf uns einfach. Wir stehen rund um die Uhr zu deiner Verfügung.« Mit diesen Worten verließen sie den Raum und schlossen wieder ab.
Gwen überlegte kurz, ob sie einen Ausbruchsversuch wagen sollte, entschied sich dann aber dagegen. Mit Kolya und Logan würde sie später abrechnen. Erst einmal musste sie wieder zu Kräften kommen und die Sache gründlich durch-

denken. Außerdem sah das Wasser sehr einladend aus. »Was soll's«, sagte sie. »Ich habe schon seit einer Ewigkeit nicht mehr gebadet. Wie steht's, Füchschen? Auch mit rein?«
Die Katze wich ein paar Schritte zurück.
»Hätte mich auch gewundert.« Gwen zog sich aus und warf die schmutzigen Sachen in die Ecke. Dann ließ sie sich mit einem wohligen Seufzen ins warme Wasser gleiten.

34

Dachs nahm die Zange, griff nach einem frischen Stück Roheisen und ließ es in den Schmelzbottich über dem Feuer fallen. Dann betätigte er den Blasebalg, um die Hitze hochzutreiben. Die Arbeit erforderte nicht besonders viel Konzentration, und so blieb ihm genügend Zeit, seinen Bruder zu beobachten.

Logan wirkte gereizt und angespannt. Er versuchte sich gerade an einer Schwertklinge, doch das Metall wollte und wollte sich nicht formen lassen. Immer wieder erhitzte er es, hielt es in die Esse, legte es zurück auf den Amboss und bearbeitete es mit dem Hammer. Doch seine Schläge waren zu hart und zu unpräzise, und anstatt das Metall zu glätten, schlug er immer neue Beulen hinein.

Gunnar konnte es nicht länger mit ansehen.

»So wird das nichts, Junge. Du schlägst auf das Metall, als wolltest du einen Feind in den Erdboden rammen. Leicht und mit Gefühl, siehst du? Zwei Schläge auf den Amboss, einen auf die Klinge. Es ist wie ein Takt: *kling, kling, klong.* Du könntest beinahe dazu tanzen. Die Bewegung muss aus dem Handgelenk kommen, nicht aus der Schulter. Los, versuch es noch einmal.«

Gunnar verschränkte die Arme vor seiner mächtigen Brust und beobachtete, wie Logan das Stück zuerst noch einmal erhitzte und dann versuchte, es so zu machen, wie sein Vater es ihm gezeigt hatte. Doch er scheiterte wieder.

Wütend ließ er den Hammer sinken.

»Lass es sein«, sagte Gunnar unwirsch. »Mach eine kurze Pause, und dann hilf deinem Bruder bei der Schmelze. Ich werde die Klinge nachher selbst zu Ende schmieden.«

Logan setzte sich mit hängenden Schultern neben Dachs. In seinem Gesicht lag eine Mischung aus Wut und Enttäuschung. Gunnar nutzte die kurze Pause, um sich eine Pfeife anzustecken. Genüsslich den Rauch in die Luft blasend, fragte er: »Warum bist du nicht bei der Sache? Es wird doch wohl nicht wegen diesem Weibsbild sein. Glaub mir, ich habe dir einen Gefallen getan, als ich dir befohlen habe, sie zu verkaufen. Frauen bringen nur Ärger.«

»Beruhen deine Thesen auf Erfahrung?«

Dachs erschrak. Noch nie hatte Logan es gewagt, so respektlos mit seinem Vater zu reden.

Gunnar ignorierte den beleidigenden Tonfall. »Du meinst, ob ich schon einmal eine Frau gehabt habe? Nein, ich muss dich enttäuschen. Ich habe aber mit Männern geredet, die sich auf das Abenteuer eingelassen haben. Und sie alle haben erzählt, dass es nur dann funktioniert, wenn du mehrere Frauen besitzt und sie wie in einem Harem hältst. In dem Fall tyrannisieren sie sich gegenseitig, anstatt dir auf die Nerven zu gehen. Eine Frau alleine, das ist die Hölle.«

»Alles nur graue Theorie.« Logan stocherte mit einem Stock im Sand herum. »Ich bin sicher, ihr erzählt euch viele Geschichten im Wirtshaus, wenn der Abend lang und das Bier stark ist.«

»Den gehässigen Tonfall kannst du dir sparen.« Gunnar zog die Pfeife aus dem Mund. »Ja, es ist Theorie, aber deswegen ja nicht nutzlos. Einer, mit dem wir früher viel zu tun hatten, war Willem, der Bäcker. Du kennst ihn nicht, du warst noch zu klein, um dich an ihn zu erinnern. Eines Tages ging er auf

den Markt und kaufte sich eine Frau. Er war der Meinung, er müsse sein Ansehen verbessern, indem er sich mit einem Weib schmückte. Eine knittrige alte Vettel mit Tränensäcken wie Tabaksbeutel. Sie begleitete ihn auf der Straße oder zu irgendwelchen Festen – überallhin.« Gunnar grinste. »Tag und Nacht lag sie ihm in den Ohren. Mit irgendwelchen Kleinigkeiten. Wie er sich kleidete, wie er sich bei Tisch benahm, wie er ging, wie er stand, wie er sprach, dass er mehr aus seinem Leben machen solle und so weiter. Vermutlich hätte ihr eine Tracht Prügel gutgetan, aber Willem war einfach zu gutmütig. Er wurde immer grauer und magerer. Sie hingegen wurde immer üppiger und hübscher, als wäre sie ein Vampir, der ihn aussaugen würde. Bei den paar Gelegenheiten, wo man ihn mal alleine traf, sah man ihn nie lachen. Irgendwann ging er gar nicht mehr aus. Nachts, wenn alles still war, konnte man ihr Gekeife hören. Ein halbes Jahr später hat er sie verkauft. Seine Gesundheit war allerdings zu dem Zeitpunkt schon so stark angegriffen, dass er den Winter nicht überlebte. Damals war für mich klar: Eine Frau kommt mir nicht ins Haus, unter keinen Umständen. Was sollte ich auch mit ihr anfangen? Den Haushalt schmeißen wir alleine, Ehre und Ansehen bekommen wir auch so, weshalb also?«
»Vielleicht Zuneigung?« Logan hielt seinen Blick starr auf den Boden gerichtet.
»Zuneigung?« Gunnar runzelte die Stirn. »Was meinst du damit?«
»Ich meine, dass man zusammen ist, weil man sich mag. Sich schätzt, respektiert, bewundert?«
»Redest du von einem Mann oder einer Frau?«
»Ich rede von einem *Menschen.* Ist doch egal, welches Geschlecht er hat. Hast du nie das Bedürfnis gehabt, jemanden

im Arm zu halten? Abends zusammen einzuschlafen? Vielleicht eine Familie zu gründen …«

Der Schmied blickte Logan an, als habe dieser den Verstand verloren. »Wovon redest du? Wir haben doch eine Familie. Wir leben zusammen, wir essen zusammen, wir arbeiten zusammen, und was das Schlafen betrifft – nun, ihr habt euch oft genug über mein Schnarchen beklagt.« Er lächelte. »Ihr bedeutet mir mehr als mein eigenes Leben. Also, wenn das keine Liebe ist, dann weiß ich auch nicht …«

»Ich meine ja nicht diese Art der Liebe …«

Gunnar sah ihn eine Weile verständnislos an; plötzlich wanderten seine Brauen in die Höhe. Ein breites Grinsen erschien in seinem Gesicht. »Jetzt kapier ich. Du redest von fleischlichen Genüssen.« Er lachte. »Sag das doch gleich. Leider bin ich dafür der falsche Ansprechpartner. Aber ich weiß, dass es drüben im Ostviertel Häuser gibt, in denen Vergnügungen dieser Art angeboten werden. Ich selbst habe mir nie viel daraus gemacht, aber ich kenne Männer, die dort ab und zu verkehren. Wenn du willst, kann ich mich ja mal bei denen erkundigen …«

Logan schüttelte vehement den Kopf. »Nein, das meine ich nicht.«

»Was denn dann?«

»Was ich meine, ist … ach, egal. Vergiss einfach, dass ich damit angefangen habe.« Er griff nach seiner Laute und fing an, leise darauf herumzuklimpern.

Dachs sah Logan traurig an. Er hatte das Gefühl, dass sein Bruder irgendwie verwirrt war. Auch Gunnar schien das zu spüren. Er trat neben seinen Sohn und legte ihm die Hand auf die Schulter. »So wie heute kenne ich dich gar nicht. Was ist da drüben bei der Himmelskerze geschehen?«

»Ich habe gesagt, ihr sollt es vergessen, ja?« Logan schwieg. Gunnar und Dachs tauschten bedeutungsvolle Blicke aus. Was immer es war, heute würden sie aus ihm nichts mehr herausbekommen. In diesem Moment hörten sie von draußen das Geräusch sich nähernder Füße.

Dachs blickte auf die Straße hinaus. Vor der Schmiede hielt eine Sänfte mit vier Männern. Innen drin saß Cedric, der Sohn des Warlords. Er wartete, bis die Männer die Sänfte abgestellt hatten, dann stieg er aus und betrat Gunnars Werkstatt.

Dachs fiel vor ihm auf die Knie. Er hatte den jungen Herrscher bisher nur aus der Ferne gesehen. Cedric ignorierte ihn und ging direkt auf den Schmied zu.

»Ah, Meister Gunnar. Bereits so früh am Morgen schon fleißig? Löblich, löblich.«

Der Schmied zog seine Pfeife aus dem Mund und neigte sein Haupt. »Ich grüße Euch, Cedric. Was verschafft mir die Ehre Eures Besuches?«

»Also zuerst mal verzichten wir auf das förmliche *Sie.* So etwas ziemt sich nicht in einer Familie. Seit dem großartigen Sieg von Logan habe ich das Gefühl, dass er wie ein Bruder für mich ist. Er würde mich nie im Stich lassen, komme, was da wolle, nicht wahr, Logan?« Er klopfte Logan auf die Schulter. »Ich bin hier, weil ich eine neue Rüstung in Auftrag geben möchte. Hier ist eine Skizze, über die ich gerne mit dir sprechen möchte. Mir schwebt da etwas Prächtiges, Heroisches vor, ganz im Stil alter Rüstungen aus der Römerzeit. Mit Verzierungen in Form von Pferden, Bannern und Standarten. Der Panzer muss leicht und bequem, gleichzeitig aber hart und spröde sein. Kannst du so etwas für mich herstellen?«

»Es wäre mir eine Ehre.«

»Wie schnell könntest du damit fertig werden?«

Gunnar blickte auf die Zeichnung und wiegte seinen Kopf. »Das sieht recht aufwendig aus, besonders die Verzierungen. Dafür benötige ich einen Monat. Und dann ist da ja noch der Auftrag deines Vaters. Neue Schwerter für die Garde.«

»Papperlapapp.« Cedric wischte Gunnars Bedenken mit einer knappen Handbewegung vom Tisch. »Die Waffen können warten. Ich aber nicht. Ich möchte, dass du die Rüstung in zwei Wochen fertig hast. Und ich möchte, dass es das Beste und Schönste ist, was du je gemacht hast.«

»Aber ich …«

»Zwei Wochen, haben wir uns verstanden? Und Geld spielt keine Rolle. Macht sie einfach, so gut ihr könnt.«

Gunnar verbeugte sich. »Wie Ihr wünscht, Euer Lordschaft.«

»Ich sehe, wir verstehen uns«, sagte Cedric. »So sollte es doch in einer Familie immer sein.« Er lächelte, doch seine Augen blieben kalt. »Dann werde ich mal wieder gehen. Oh, und übrigens, Glückwunsch zu deinem Fang, Logan. Da ist dir ja eine richtige kleine Wildkatze ins Netz gegangen.«

Logan blickte Cedric verständnislos an.

»Na, diese Sklavin. Ich war eben drüben bei Kolya. Wie hieß sie doch gleich? Regan, Ronya?«

»Gwen.«

»Richtig, Gwen. Ich trage mich mit dem Gedanken, sie zu kaufen. Vielleicht als Grundstein für eine eigene Dynastie, was meinst du?« Der Sohn des Warlords lächelte. »Es ist nie zu früh, um an die Zukunft zu denken. Wer weiß, wie lange mein Vater noch lebt. So, wie er frisst und säuft, könnte es jeden Tag zu Ende gehen.« Er fuhr mit dem Finger über den Amboss. »Der kluge Mann sorgt vor. Die Zeiten, da ich ein lästiges Anhängsel am Rockzipfel meines Vaters war, sind vorbei. In zwei Wochen ist mein Geburtstag, deswegen auch die Rüstung. Ich werde sie brauchen, wenn ich zum Inquisitor reise. Und danach trage ich mich mit dem Gedanken, einen eigenen Hausstand zu gründen. Könntest du dir eine bessere Frau vorstellen, um damit anzufangen, als Gwen? Die Auktion ist übermorgen. Wirst du auch dabei sein?«

Logan warf einen kurzen Blick zu seinem Vater hinüber und schüttelte dann den Kopf. »Ich? Nein. Warum auch, schließlich bin ich sie gerade erst losgeworden.«

»Verstehe, verstehe.« Cedrics Mund verzog sich zu einem schmallippigen Grinsen. »Ein Mann sollte einer Frau etwas bieten können. Diese Wesen sind wie Schmuckstücke. Luxusartikel, um die man zwar beneidet wird, die einem aber eigentlich nur am Bein hängen und Geld kosten. Aber wenn ich einmal Warlord werde, darf ich nicht aussehen wie ein Bettler, nicht wahr?« Seine Augen wanderten durch die Schmiede. »Na, jedenfalls beneide ich dich um deine Freiheit, das wollte ich dir nur sagen.«

Mit diesen Worten machte er kehrt und stieg zurück in die Sänfte. Unter Ächzen und Schnaufen schulterten seine Männer die Trage und liefen im Laufschritt zurück in Richtung Hauptquartier. Dachs sah seinen Bruder an.

Logan sagte nichts. Er saß nur da und vermied es, den anderen in die Augen zu sehen.

35

Punkt zehn läuteten die Glocken von Kolyas Turm. Es war der zweite Tag ihrer Heimkehr, und Logan sah, wie von überall her die Clanmitglieder zu dem Gebäude mit dem runden Innenhof strömten. Der Tag der Auktion war gekommen. Die Veranstaltung lockte unzählige Schaulustige an. Nicht dass sie tatsächlich etwas kaufen wollten, den meisten ging es nur um eine willkommene Abwechslung und die Möglichkeit, für ein oder zwei Stunden die Arbeit niederzulegen. In der Regel gab es bei solchen Gelegenheiten sogar Freibier. Sklavenauktionen erfreuten sich sowohl innerhalb als auch außerhalb der Stadt großer Beliebtheit.

Logan betrachtete die vorbeiziehenden Männer und presste die Lippen aufeinander. Eigentlich hatte er nicht vorgehabt, zur Auktion zu gehen, aber jetzt spürte er auf einmal eine unstillbare Neugier in sich aufsteigen. Wie mochte Gwen wohl aussehen? Wer würde sie kaufen, und wie war es ihr ergangen? Seit vorgestern hatte er einige Fortschritte beim Bearbeiten von Metall gemacht. Es war, als habe der Besuch Cedrics etwas in ihm ausgelöst. Einen Schalter umgelegt oder so etwas. Beinahe jede Arbeit, die er seither vollbracht hatte, war ihm gelungen, und heute wollte er seinen Vater mit einer richtig guten Klinge überraschen. Doch er spürte, dass er dazu nicht in der Lage war. Schmieden war in erster Linie eine Geistesangelegenheit. Konzentration war am wichtigsten. Wenn sie nicht da war, fing man besser gar nicht erst an.

Gunnar und Dachs waren unterwegs, um Chemikalien für die

Veredelung von Cedrics Rüstung zu besorgen. Der Schmied hatte angekündigt, dass sie vor Mittag nicht zurück sein würden. Logan war also allein.

Seine Gedanken kreisten um die Auktion. Immer wieder hatte er ihr Gesicht vor Augen. Ihre Stirn, die schwarzen Haare, ihre Nase … der Mund. Warum war nur alles so schiefgegangen? Als dann noch ein paar Freunde vorbeikamen, ihm zuwinkten und fragten, warum er nicht mitkomme, ließ er alles stehen und liegen, schloss die Werkstatt ab und folgte ihnen.

Rund um Kolyas Haus ging es zu wie auf einem Volksfest. Das schöne Wetter und die milde Luft trieben die Menschen in Scharen auf die Straßen. Rufe, lautes Lachen und Essensdüfte erfüllten die Luft. Fahrende Händler verkauften Fettgebackenes, dazwischen zeigten Gaukler und allerlei Akrobaten wie Schwertschlucker, Messerwerfer und Feuerzauberer ihre Kunststücke.

Logan drängelte sich durch die Menge.

Vor dem Eingang zum Innenhof hatte sich eine große Menschentraube gebildet. Die Veranstaltung war nur für geladene Gäste reserviert, aber alle wollten natürlich zuschauen. Schon von ferne konnte Logan sehen, dass der Innenhof voll war. Als er näher kam, wichen die Menschen respektvoll auseinander. Verhaltenes Gemurmel erklang, viele neigten den Kopf.

»Sei gegrüßt, Logan.«

»Hallo, Logan.«

»Champion.«

Logan schenkte den Menschen ein kurzes Lächeln und ging weiter vor bis zum Eingang. Das Tor wurde von Losting bewacht, Kolyas persönlichem Wächter. Ein Schrank von einem Mann, der mit dem Verstand eines Siebenjährigen gesegnet war. Noch niemals hatte Logan einen Menschen gesehen, bei dem Körper und Geist weniger zusammenpassten. Doch er war eine Seele von Mensch und außerdem ein guter Aufpasser. Allein sein imposantes Äußeres reichte aus, um die üblichen Streuner und Störenfriede abzuschrecken.

Als er Logan erblickte, hellte sich seine Miene auf.

»Logan!« Er winkte ihm zu. »Ha... hab mich schon gefragt, ob du noch auftauchst. Die Ver... Veranstaltung hat schon angefangen.« Er würgte die Worte heraus, als würden sie ihm quer in der Kehle stecken. Es hieß, als kleiner Junge sei er von einem anderen so lange unter Wasser gedrückt worden, bis er beinahe ertrunken wäre. Seitdem stimmte etwas mit seiner Sprache nicht mehr. Logan kannte Losting als ruhigen, tapsigen Bären, der keiner Fliege etwas zuleide tat – es sei denn, man provozierte ihn.

»Hallo, Losting. Ja, mein Großer, stimmt. Eigentlich wollte ich nicht mehr kommen, aber dann hat es mich doch gepackt. Ist denn noch ein Platz frei?«

Losting ließ den Blick über den bestuhlten Innenhof schweifen und schüttelte dann den Kopf. »Sorry, Mann, a... alles voll. Aber da drüben unter den Ar... Arkaden, da kannst du dich hin... hinstellen. Komm, ich lass dich vorbei.«

Logan bedankte sich und klopfte Losting auf die Schulter. Den Innenhof gegen den Uhrzeigersinn umrundend, stellte er sich in den Halbschatten unter den Bögen. Der Platz war gut. Er hatte freie Sicht, ohne selbst gesehen zu werden. In der Mitte des Runds stand eine hölzerne Empore, auf der die Sklaven zur Schau gestellt wurden. Fürst Alexander und Cedric hatten es sich unter einem Sonnenschirm bequem gemacht und ließen sich von Kolyas Dienern gekühlte Getränke servieren. Rechts und links von ihnen saßen weitere höhergestellte Persönlichkeiten, unter anderem Zeremonienmeister Quintus Marquardt sowie Handelsfürst Stollberg, einer der mächtigsten und reichsten Männer des Clans, die beide in eine angeregte Unterhaltung vertieft waren.

Die Auktion war bereits in vollem Gange, doch Gwen war bisher noch nicht aufgetaucht.

Kolya ließ es sich nicht nehmen, jedes einzelne seiner Handelsobjekte in vollsten Tönen anzupreisen. Natürlich stand am Anfang – wie bei solchen Auktionen üblich – nur minderwertige Ware auf der Bühne. Ältere Frauen und Männer, die ihre beste Zeit schon lange hinter sich hatten. Junge Burschen, denen man schon von ferne ansah, dass sie einem nur Ärger machen würden. Der Sklavenhändler lobte sie trotzdem in den höchsten Tönen. Selbst von einem Einbeinigen schwärmte er, als handelte es sich bei ihm um einen perfekt ausgebildeten Dienstboten, wobei jedem klar sein musste, dass dieser Mann ohne Krücken keine fünfzig Meter am Tag zurücklegen konnte.

Doch obwohl alle Leute wussten, dass dies nur eine Show war, liebten sie Kolya, und es gelang ihm tatsächlich, für jeden Sklaven einen Käufer zu finden. Selbst der Einbeinige bekam einen Zuschlag. Die Menschen riefen ihre Gebote, der Hammer verkündete den Zuschlag, und das Geld wechselte den Besitzer.

Der Höhepunkt rückte näher. Kolya präsentierte eine Frau von unverkennbar guter Abstammung. Sie trug ein rotes Kleid und hatte einen stolzen und hochmütigen Blick. Ihre Haut war gepflegt, und die blonden Haare waren zu einer aufwendigen Frisur hochgesteckt. Sofort schossen mehrere Hände in die Höhe, unter anderem die von Warlord Alexander.

Logan musste lächeln. Was wollte Alexander mit noch einer

Frau? Aber vermutlich war es wie mit so vielen Dingen – einmal auf den Geschmack gekommen, fiel es schwer, wieder damit aufzuhören.

Der Preis stieg in schwindelerregende Höhen. Schon bald war klar, dass es ein Kopf-an-Kopf-Rennen zwischen Alexander und dem Handelsfürsten geben würde. Stollberg schien einen Narren an der Frau gefressen zu haben und konterte jedes Gebot des Warlords, selbst auf die Gefahr hin, damit dessen Unmut auf sich zu ziehen. Doch er war einer der wenigen, die sich das leisten konnten. Erst als Cedric seinem Vater etwas ins Ohr flüsterte, stoppte dieser den Wahnsinn, und Stollberg bekam den Zuschlag für siebenhundertfünfzig Nickel.

Logan schwirrte der Kopf. Siebenhundertfünfzig Nickel für eine einzelne Frau? Vielleicht hatte er doch einen Fehler begangen, als er einfach die hundert genommen hatte.

Er grübelte noch darüber nach, als es still im Hof wurde. Kolya hatte seine Hände erhoben und richtete seine Stimme an die Menge: »Liebe Zuschauer und Gildenmitglieder, hochverehrter Warlord. Wir kommen nun zum Höhepunkt der heutigen Versteigerung. Wer meine Auktionen kennt, der weiß, dass ich die besten Stücke immer für den Schluss aufhebe. Auch heute kann ich euch wieder etwas präsentieren, was eure Herzen höherschlagen lässt. Ein Anblick, auf den zu warten sich lohnt.« Er machte eine bedeutungsvolle Pause, dann fuhr er fort: »Ihr alle kennt mich. Ihr wisst, dass ich ein bodenständiger Mann bin, der nicht zu Übertreibungen neigt.«

Gelächter erklang. Eine einzelne Stimme rief: »Na ja!«

Kolya war ein zu sturmerprobter Redner, um sich von einem solchen Einwurf aus dem Konzept bringen zu lassen. Lächelnd sagte er: »Ich gebe zu, manchmal geht die Begeisterung mit mir durch. Aber ihr müsst zugeben, dass ich nicht zu denen gehöre, die euch über den Tisch ziehen. Bei mir herrscht volles Umtauschrecht.«

Mehr Gelächter. Einzelne Hochrufe. *»Komm auf den Punkt!«*

Es entstand Unruhe, und Kolya sah sich genötigt, noch einmal seine Hände zu erheben. »Meine Freunde, lasst mich noch zwei Sätze sagen. Bis vor wenigen Tagen sah es so aus, als würde dies eine ganz normale Versteigerung werden. Mit Angeboten, die durchaus ansehnlich, aber eben doch nichts Besonderes sind. Mit Ware, wie man sie dutzendfach auch bei anderen Clans finden kann. Ich bin bescheiden genug, um zu würdigen, was meine Konkurrenz anbietet. Und ich weiß, dass auch kleine Auktionen wichtig sind. Sie bringen gutes Geld, und wenn meine Kunden zufrieden sind, so bin ich es auch. Aber in der Tiefe meiner Seele bin ich ein Jäger. Genau wie ihr bin ich auf der Suche nach dem Außergewöhnlichen, dem Besonderen, dem *Großen.* Nach etwas, das den Aufwand lohnt und einem ins Gedächtnis ruft, warum man diesen Beruf ergriffen hat. Oft genug wird man enttäuscht, doch manchmal – ganz selten – trifft man auf etwas, das einem das Herz höherschlagen lässt. So auch hier. In dem Moment, als ich dieses Geschöpf zum ersten Mal sah, wusste ich, dass es die Erfüllung meiner Gebete war und dass sich das Warten gelohnt hat. Verehrte Herren, ich präsentiere euch die Jungfrau von Glânmor.«

Von links näherte sich eine kleine Gruppe. Die Frau in ihrer Mitte war mit Tüchern verhüllt. Während die Dreiergruppe die Stufen zur Tribüne erklomm, rief sich Logan noch einmal ihr Aussehen ins Gedächtnis. Der Sklavenhändler neigte hin und wieder zu Übertreibungen, jeder wusste das, aber das war nun doch etwas zu viel des Guten. Gwen, die Erfüllung seiner Gebete?

Der Schuss konnte nur nach hinten losgehen.

Kolya trat neben die verschleierte Frau, und ein siegessicheres Grinsen breitete sich auf seinem Gesicht aus. Mit einer eleganten Geste zog er den Schleier zur Seite und enthüllte dem gebannten Publikum, was sich darunter verbarg.

36

Ein Raunen ging durch die Menge. Alle starrten mit großen Augen auf die wundersame Erscheinung, die Kolya – einem Zauberer gleich – vor ihnen enthüllte. Selbst Logan fiel es schwer, seinen Mund wieder zu schließen. Er musste zweimal hinschauen, um wirklich sicherzugehen, dass es dieselbe junge Frau war, die er vor zwei Tagen gefesselt und an sein Pferd gebunden von der Himmelskerze hierhergebracht hatte. Dieses Wesen dort drüben auf der Empore wirkte heute so anders. In ein fliederfarbenes Kleid gehüllt, stand dort ein Mädchen, das durchaus dem erhabenen Titel Jungfrau von Glânmor gerecht wurde. Ihr Gesicht war geschminkt, ihre Augen an den Rändern leicht abgedunkelt, was die Iris wie Edelsteine schimmern ließ. Auf den Wangen lag ein rosiger Schimmer, und die Lippen erstrahlten in einem kräftigen, glänzenden Rot. Ihre dunklen Haare waren hochgesteckt und mit goldenen Bändern durchwoben, die auch im Kleid Verwendung fanden. An ihren Ohren hingen wertvoll aussehende Ringe, die bei jeder Bewegung ihres Kopfes leise klingelten. Hände und Füße waren ebenfalls mit Schmuck verziert, genau wie ihr Hals, um den Kolya eine teuer aussehende Kette mit passender Brosche gehängt hatte. Das Kleid war ein wenig durchscheinend, so dass es der Phantasie genügend Möglichkeiten ließ, sich zusammenzureimen, wie es wohl darunter aussehen mochte. Alles in allem erschien sie eher als Göttin denn als junges, unerfahrenes Mädchen.

Logan fiel auf, dass Gwen vollkommen teilnahmslos agierte.

So als ginge sie das alles gar nichts an. Ruhig stand sie da, abgeklärt und uninteressiert. Beinahe, als stünde sie unter Drogen.
Er kam nicht mehr dazu, den Gedanken weiter zu vertiefen, als der Sklavenhändler sein Startgebot nannte. Die unglaubliche Summe von fünfhundert Nickeln schwebte über den Köpfen der Besucher. Etliche Arme schossen in die Höhe, darunter die von Cedric und Stollberg. Wollte der Handelsfürst etwa noch eine Frau erwerben? Oder bereute er bereits seinen ersten Kauf und hoffte auf einen Umtausch? Doch Kolya gewährte Umtausch nur auf mangelhafte Ware, niemals, weil man seine Meinung geändert hatte.

»Sechshundert.«

Immer noch waren etliche Arme in der Luft.

»Sieben.«

Zwei Hände senkten sich.

»Acht.«

Nur noch vier Arme blieben erhoben.

»Sagt jemand neun?«

Cedric war der Erste, der sich meldete, doch Stollberg konterte mit neunhundertfünfzig. Cedric überlegte kurz, dann bot er eintausend. Wieder ging ein Raunen durch die Menge. Noch niemals war auf einer Auktion das Gebot von eintausend Nickeln gefallen. Das war mehr Geld, als ein einfacher Arbeiter in seinem ganzen Leben verdiente. Es war, als hätte jemand gegen ein ungeschriebenes Gesetz verstoßen. Eine solche Summe zu bieten, das war einfach ... *unredlich.*

Wie gebannt verfolgten die Menschen den Kampf der Titanen. Roderick Stollberg war bekanntermaßen einer der reichsten Männer des Nordens. Ein Mann, dem ganze Stadtteile gehörten und der über ein Heer von Arbeitern verfügte. Doch auch er würde sich gut überlegen, ob er jemanden wie den Sohn des

Warlords herausforderte. Stollberg war ein fetter Mann mit wulstigen Lippen, auf denen stets ein feuchter Glanz lag, und großporiger Haut. Seine Wangen schimmerten rot. Er war bekannt für sein cholerisches Temperament und seine unvorhersehbaren Zornesausbrüche. Cedric musterte den Mann mit unverhohlenem Hass, als dieser die Hand hob und die Summe von tausendfünfzig Nickeln bot. Wieder beriet sich Cedric mit seinem Vater und konterte dann das Gebot.

Logan spürte, wie sich sein Magen zusammenkrampfte. Er sah Gwen, und er sah die Männer, die wie reißende Wölfe um sie stritten. Der eine fett, gierig und obszön, der andere kalt, grausam und verschlagen. Weder Cedric noch Stollberg hatten jemals in ihrem Leben etwas aus Freundlichkeit oder Hilfsbereitschaft getan.

»Tausendeinhundertfünfzig.«

»Tausendzweihundert.«

Gwen stand nur da und lächelte. Sie schwebte über den Dingen, bekam nicht mit, was um sie herum passierte.

Logan hatte nur noch Augen für sie. Er konnte seinen Blick nicht von ihr abwenden. Je länger er sie betrachtete, desto klarer wurde ihm, dass die Kleidung und der Schmuck nicht zu ihr passten. Gewiss, der Anblick war atemberaubend, aber es war einfach zu viel. Zu viel Schmuck, zu viel Schminke, zu viel Glanz. Unter all dem Plunder war die echte Gwen gar nicht mehr zu erkennen.

»Tausendzweihundertfünfzig.«

»Tausenddreihundert.« Cedric war aufgesprungen, in seinem Blick leuchtete kalter Hass. »Ich warne dich, Stollberg. Treib es nicht zu weit.«

»Du willst mich warnen? Wovor denn, du Würstchen? Das ist eine öffentliche Auktion. Ich habe vor, diese Frau zu erwerben, und wenn du dich auf den Kopf stellst. Also vergeude nicht deine Zeit und geh lieber heim zu Mutter.«

Beifall und Buh-Rufe erklangen. Die Zuschauer amüsierten sich köstlich über die beiden Streithähne, bei denen es nicht mehr ums Geld, sondern nur noch um die Ehre zu gehen schien. Am meisten freute es Kolya. Er war der lachende Dritte. Er würde aus diesem Streit als Gewinner hervorgehen. Allerdings nur bis zu einem gewissen Grad. Wenn Cedric ihn auf seine Abschussliste setzte, musste er um Haus und Hof bangen. Da konnte es leicht geschehen, dass des Nachts schnell mal ein Feuer ausbrach und am nächsten Tag niemand eine Ahnung hatte, wer es gewesen war. Jetzt mischte sich auch Alexander ein und wetterte gegen den starrköpfigen Handelsfürsten. Klar, immerhin war es sein Geld, das Cedric da verprasste.

Während Stollberg, Alexander und Cedric einander anbrüllten, stand Logan immer noch da, seinen Blick fest auf Gwen gerichtet. Er spürte, dass gleich etwas Ungeheuerliches geschehen würde. Etwas, mit dem weder die anderen noch er selbst rechneten und das sich auch nicht steuern ließ. Ohne dass er es verhindern konnte, trat er aus dem Schatten des Halbbogens und erhob seine Stimme.

»Ich möchte die Sklavin!«

Eine Weile hielten die Zwischenrufe noch an, aber dann wurde es still. Alle sahen ihn an, selbst Stollberg, Cedric und Alexander. Kolyas Lächeln wirkte wie eingefroren. »Was hast du gesagt? Du willst sie zurück?«

»So ist es.«

»Aber du hast sie mir verkauft.«

»Und jetzt will ich sie wiederhaben.«

Gwen richtete ihre Augen auf ihn. Zum ersten Mal seit Beginn der Veranstaltung zeigte sie eine Reaktion.

Sie lächelte.
Kolya stemmte die Hände in die Hüften. »Wir hatten ein Geschäft.«
»Das weiß ich.«
»Dann bleibt dir nur die Möglichkeit, sie zurückzukaufen. Hast du denn genug Geld? Das letzte Gebot lautete tausenddreihundert Nickel.«
»Nein.«
Wieder Gelächter, allerdings nur vereinzelt. Die Leute schienen nicht zu wissen, was sie von der Sache halten sollten. War Logan durchgedreht, oder hatte er einen berechtigten Anspruch? Auf jeden Fall war ihm ihre ganze Aufmerksamkeit sicher.
Der Sklavenhändler zuckte betrübt die Schultern. »Wenn du kein Geld hast, kann ich sie dir nicht überlassen, tut mir leid.«
»Doch, das kannst du.« Logan wandte sich an Alexander: »Verehrter Warlord, ich möchte Euch um eine Gunst bitten.«
Alexander erhob sich von seinem Stuhl. Dick, bärtig und rotgesichtig. »Was willst du?«
»Ihr sagtet, ich hätte einen Wunsch frei, weil ich den Sieg für Euch errungen habe, erinnert Ihr Euch?«
Alexander überlegte kurz, dann nickte er. »Das ist richtig.«
»Ich würde ihn gerne jetzt einlösen. Ich möchte Gwen. Mir ist klargeworden, dass ich einen Fehler begangen habe, als ich sie Kolya überließ. Bitte sorgt dafür, dass er sie mir wieder zurückgibt. Das ist mein Wunsch als Champion.«
Alle Augen richteten sich auf Alexander. Es war so still geworden, dass man eine Stecknadel hätte fallen hören können.
Der Warlord räusperte sich. »Weißt du, was du da sagst? Was willst du mit einer Frau? Du hast ja noch nicht mal ein eigenes Haus.«
»Überlasst das mir.«

»Frauen können überaus anstrengend sein.«
Einige lachten. Am meisten Stollberg.
Logan konnte sich ein Schmunzeln nicht verkneifen.
»Ich werde sie Dienste für mich tun lassen. Wenn sie ihre Schuld abgetragen hat, schenke ich ihr die Freiheit. Mir ist klargeworden, dass es nicht richtig war, sie zu entführen.«
»Wie nobel von dir«, sagte Alexander. »Nobel, aber dumm. Wenn sie weg ist, hast du deinen Wunsch ganz umsonst ausgesprochen.«
»Nicht ganz umsonst. Ich habe dann ja immer noch das Geld, das ich von Kolya erhalten habe.«
Um Alexanders bärtigen Mund spielte ein Lächeln. »Das ist ja allerhand. Habt ihr das gehört?« Er wandte sich seinen Untergebenen zu. »Der Junge ist mit allen Wassern gewaschen. Jetzt dachte ich, ich hätte ihn, da entwischt er mir wieder. Glatt wie ein Fisch.« Er lachte herzhaft.
In diesem Moment sprang Cedric auf. Sein Gesicht war bleich vor Zorn. In seinen Augen funkelte tödlicher Hass.
»Das kannst du nicht tun, Vater. Ich bekomme diese Frau, wir hatten das besprochen.«
Alexander wischte die Forderung Cedrics weg. »Logan ist mein Champion. Ich habe ihm diesen Wunsch zugestanden.«
»Und ich bin dein Sohn. Wer von uns beiden hat das größere Anrecht?« Die Blicke, die er Logan zuwarf, verhießen nichts Gutes.
Alexander grübelte eine Weile, dann sagte er: »Das Anrecht auf diese Frau hat mein Champion. Das Wort, das ich ihm gegeben habe, ist älter und wiegt schwerer als die Vereinbarung mit dir. Es ist eine Frage der Ehre, dass ich es halte. Nimm deinen Tribut, Logan. Werde glücklich mit dem Weib. Und mögen die Götter dich schützen.«

37

Es war kurz nach Mittag, als Dachs und Gunnar mit ihren Einkäufen heimkamen. Die Auktion schien vorüber zu sein, und die Leute hatten ihre Arbeit wieder aufgenommen. Die Straßen waren bevölkert von Zimmerleuten, Gerbern, Händlern und Müßiggängern. Alles war wie immer. Zumindest oberflächlich betrachtet.

Dachs spürte instinktiv, dass irgendetwas nicht stimmte. Er glaubte, verstohlene Blicke zu sehen; hin und wieder drang ein Lachen an sein Ohr, und die Leute begannen zu tuscheln, sobald sie sie sahen. Auch Gunnar bemerkte es.

»Kannst du mir sagen, was mit den Kerlen los ist?«, raunte er Dachs zu.

Dachs zuckte die Schultern. Er ahnte, dass etwas in der Luft lag, wusste aber nicht, was es war. Er machte das Zeichen für *einfach nicht beachten.*

»Du hast recht. Lass sie doch reden, wir haben unsere Arbeit. Jetzt, wo wir die neuen Chemikalien haben, werden wir uns gleich an die Arbeit für Cedrics Harnisch machen. Das Zeug war nicht billig, aber ich verspreche dir, der Glanz wird alles übertreffen, was du bisher gesehen hast. Der Sohn des Warlords wird Augen machen.«

Dachs nickte. Er freute sich auf die Arbeit mit seinem Vater, das Schmieden lag ihm im Blut. Er fieberte besonders den Verzierungen entgegen. Er hatte selbst einige Entwürfe gemacht, und sein Vater war so begeistert davon gewesen, dass er sich für einen entschieden hatte.

Aus der Schmiede erklang Hämmern.
»Wie es scheint, nutzt Logan die leere Werkstatt, um ein wenig zu üben.« Gunnar zwinkerte Dachs zu. »Sehr schön. Er ist nicht wirklich schlecht, weißt du? Ihm fehlen nur Übung und Konzentration. Jetzt, da dieses Weibsbild weg ist, wird er hoffentlich beides bald wieder zurückerlangen. Wenn alles gutgeht, können wir im Anschluss direkt mit der Produktion der Schwerter beginnen.« Er wuschelte Dachs durch die Haare und betrat das Haus.
Logan stand vorne an der Schmiede und hämmerte auf einer Schwertklinge herum. Dachs sah sofort, dass sie besser war als alles, was er bisher fabriziert hatte.
»Wir sind wieder da.« Gunnar lud die Taschen mit dem Chromstaub ab. »Haben einen guten Handel gemacht. Der alte Gerald wollte zweiundzwanzig fürs Kilo, aber ich konnte ihn auf achtzehn herunterhandeln. Jetzt kann es endlich losgehen. Hast du schon etwas gegessen?«
Logan schüttelte den Kopf und tauchte das glühende Eisen ins Wasser. Es zischte, und eine Dampfwolke stieg auf.
»Na, dann wird es höchste Zeit. Wer arbeitet, muss auch essen. Komm mit, dann können wir beisammensitzen. Übrigens, gute Arbeit.« Er deutete auf die Klinge.
Gemeinsam gingen sie ins Haus und in die Küche. Es war noch etwas kalter Braten da, Brot und Bier vom Vorabend. Dachs war zwar nicht besonders begeistert, schon wieder Fleisch und Brot zu essen, aber er hatte Hunger, und der war ja bekanntlich der beste Koch.
Sie hatten sich gerade hingesetzt, jeder mit einem Holzbrett und einem Messer vor sich, als ein kleines Quietschen ertönte und ein orangefarbener Pelz um die Ecke geschnürt kam.
Dachs erkannte Füchschen sofort. Auch Gunnar erkannte sie.

Sein Gesicht wurde hart.
»Was macht diese Katze in meinem Haus?«
Logan antwortete nicht, sondern schnitt etwas Fleisch ab und legte es auf den Boden. Sofort kam Füchschen angerannt und fing an zu fressen. Logan stellte auch noch eine Schale mit Wasser daneben, dann widmete er sich wieder seinem Essen.
»Ich habe dich etwas gefragt. Was macht diese Katze hier?«
»Sie wohnt bei uns.«
»Sie wohnt bei uns, aha. Na, wenn's weiter nichts ist. Mit einer Katze kann ich leben. Aber sie muss auch ein paar Mäuse fangen, sonst landet sie im Kochtopf.«
»Das würde Gwen aber nicht gefallen. Sie ist oben und schläft. Sie muss sich ausruhen, es war alles ein bisschen viel für sie.«
Dachs wäre um ein Haar die Gabel aus der Hand gefallen. Gunnar starrte Logan an. Niemand sagte etwas. Jetzt dämmerte es ihm, warum die Leute sie so angestarrt hatten.
»Sag das noch mal.«
»Ich sagte, sie ist oben und schläft. Ich habe sie wieder mitgebracht.« Logan hingegen wirkte erstaunlich gefasst angesichts der Ungeheuerlichkeit, die er gerade von sich gegeben hatte.
Gunnar saß einen Moment lang stocksteif auf seinem Platz, dann sprang er auf und eilte in Richtung Treppe. Logan und Dachs folgten ihm. Die Schlafquartiere waren sorgsam aufgeteilt: eines für Gunnar, eines für Dachs und eines für Logan. Und dann war da noch eins im hinteren Teil für Gäste. Genau darauf steuerte der Schmied zu. Mit einem Ruck riss er die Tür auf.
»Das ist doch …«
Dachs drängelte sich nach vorne, um besser sehen zu können. Auf einer Rosshaarmatratze, die mit einem frischen Laken be-

zogen war, lag ein bezauberndes Wesen. Schwarze Haare, ein fliederfarbenes Gewand, edler Schmuck. Er musste zweimal hinsehen, um festzustellen, dass es tatsächlich Gwen war und nicht irgendeine Märchenfigur, die zum Leben erwacht war.

Spieglein, Spieglein an der Wand,
wer ist die Schönste im ganzen Land?
Frau Königin, Ihr seid die Schönste hier,
aber Schneewittchen ist tausendmal schöner als Ihr.

Dachs erinnerte sich, wie Lothar der Sänger ihm das Märchen einmal erzählt hatte und wie begeistert er gewesen war. Eine junge Frau auf der Flucht, ein Haus voller Zwerge, ein seltsamer Pakt.

Er musste lächeln. Wenn das Schneewittchen war, dann würde das bedeuten, sie waren die Zwerge.

Eine Weile fand er den Gedanken ganz amüsant, doch dann blickte er zu seinem Vater. Sein Lächeln schwand.

Gunnar sah aus, als würde er jeden Moment einen Tobsuchtsanfall bekommen. »Komm mit, Logan«, sagte der Schmied, und seine Stimme zitterte vor unterdrückter Wut. »Wir müssen reden.« Mit schweren Schritten polterte er die Treppe hinunter.

Unten angekommen, sah er aus wie ein Teekessel, der überzukochen drohte.

»Ich verlange eine Erklärung. Sofort.«

Logan ließ sich Zeit mit der Antwort. Als er sprach, war seine Stimme ruhig und leise.

»Ich habe Gwen zurückgeholt«, sagte er. »Ich habe eingesehen, dass es falsch war, was ich getan habe. Ich hätte sie nicht hergeben dürfen, es war unredlich.«

»Unredlich?«
»Es war falsch. Ich konnte es nicht mit meinem Gewissen vereinbaren, sie dort zu lassen.«
Mit knappen Worten berichtete er, was sich auf dem Sklavenmarkt zugetragen hatte. Er ließ nichts aus, und er beschönigte nichts. Dachs hatte den Eindruck, dass er sich die Sache genau überlegt hatte. »Ihr könnt euch nicht vorstellen, wie mir zumute war. Wäre sie von einem anständigen Mann gekauft worden, hätte ich vermutlich nicht eingegriffen. Aber Stollberg und Cedric ...« Er schüttelte den Kopf. »Da hätte ich sie auch gleich den Bleichen überlassen können. Die zwei sind Tiere. Nein, schlimmer als das. Tiere haben wenigstens ihren Instinkt, der sie davor bewahrt, Schwächere zu quälen oder zu misshandeln.«
»Es kann dir doch egal sein, wer sie kauft«, fauchte Gunnar. »Sie ist ein dummes Frauenzimmer, ohne Achtung, ohne Würde, ohne Wert. Gerade mal gut genug, um zu arbeiten und Kinder auszutragen.«
»Ich möchte nicht, dass du so abfällig über sie sprichst. Außerdem hat sie einen Namen. Sie heißt Gwen.«
Dem Schmied verschlug es die Sprache. Einen Moment lang starrte er Logan an, als habe dieser den Verstand verloren. Dann sagte er: »Willst du mir etwa erzählen, dass du etwas für sie empfindest?«
Logan schüttelte den Kopf. »Nein ... ja. Ich weiß es nicht. Was ich jedoch weiß, ist dies: Ich hätte es nicht mit meiner Ehre vereinbaren können, sie diesem Schicksal auszuliefern. Ich habe sie hierhergebracht. Ich bin verantwortlich für sie, deshalb habe ich sie mir wiedergeholt.«
Gunnar schwieg. Er schien die Nachricht erst mal verdauen zu müssen. Wortlos ging er zum Küchenschrank hinüber, griff

nach einer Flasche Apfelkorn, setzte die Öffnung an die Lippen und trank einen großen Schluck. Mit dem Handrücken wischte er die letzten Tropfen ab.

»Was hast du dir nur dabei gedacht?«

Logan zuckte die Schultern. »Nicht viel, das gebe ich zu. Es war mehr so ein Gefühl. Das Gefühl, etwas Richtiges zu tun. Und jetzt, wo ich mich entschieden habe, stehe ich auch dazu. Das verstehst du doch, oder?«

Gunnar nahm noch einen Schluck.

»Und was soll denn jetzt mit ihr geschehen?«

»Zuerst mal muss sie sich erholen«, sagte Logan. »Kolya hat ihr irgendeine Droge verabreicht. Einen Glückstrank oder so. Er wird wohl ein paar Stunden anhalten. Danach … mal sehen. Ich dachte, sie könnte vielleicht ein paar Tage bei uns bleiben, ehe ich sie nach Glânmor zurückbringe.«

»Du willst sie nach Glânmor bringen?«

»Das war mein Plan. Allein schafft sie es nie durch die Verbotene Zone. Ich dachte, ich halte südwestlich auf die Berge zu, von dort sind es noch zwei Tage.«

Gunnar blickte zweifelnd. »Das ist Grenzland. Du könntest dabei draufgehen, das weißt du.«

»Ich verspreche dir, dass ich vorsichtig bin. Ich bringe sie so nah ran, wie ich muss, den Rest kann sie dann allein gehen.«

»Und danach?«

Logan fuhr mit dem Fingernagel die Maserung des Holztisches entlang. »Dann komme ich wieder zurück …«

Der Schmied starrte eine Weile auf Logan, dann schüttelte er den Kopf. »Mit dir macht man vielleicht was mit. Mann, Mann, Mann. Na gut, von mir aus. Sie darf bleiben. Zwei Wochen, maximal. Einverstanden?«

Ein Strahlen erschien auf Logans Gesicht. Er sah aus, als

könne er kaum fassen, was er soeben gehört hatte. »Einverstanden.«
Gunnar rülpste und blickte auf den Apfelkorn in seiner Hand. »Jetzt habe ich doch tatsächlich die halbe Flasche getrunken. Und das, obwohl ich mir geschworen habe, es nie wieder zu tun.« Er schüttelte den Kopf. »Du hast schon eine besondere Art, mich auf Trab zu halten, weißt du das?«
Logan grinste. »Das ist meine Spezialität.«

38

Dachs erwachte vom Geruch gerösteten Brotes. Er hörte ein Klappern aus der Küche, und eine leise Stimme erklang, so als würde jemand ... *singen.*

Im Nu war er aus dem Bett und in seinen Hosen.

Er warf sich das Hemd über, zog seine Sandalen an und schlich nach unten.

In der Küche brannte Licht. Gwen war bereits auf den Beinen. Sie hatte ein paar Öllampen entzündet und machte sich daran, ein Frühstück vorzubereiten. Sie trug immer noch das fliederfarbene Kleid, den Schmuck hatte sie allerdings abgelegt. Die kleine Katze war ebenfalls wach und begrüßte ihn mit einem fröhlichen Miauen. Als sie ihn bemerkte, zuckte Gwen zusammen.

»Bei den Göttinnen, habe ich mich erschreckt.« Sie presste die Hand auf die Brust. »Musst du dich so anschleichen?«

Er hob die Hände mit einer Geste der Entschuldigung, blieb aber vorsichtshalber in der Eingangstür stehen.

»Nein, komm ruhig«, sagte sie. »Ich hatte dich nur nicht gehört. Wegen dir werde ich noch einen Herzinfarkt kriegen. Hier, setz dich. Es gibt gleich etwas zu essen.« Sie deutete auf den gedeckten Tisch. »Ich war wach und dachte, ich könnte ja schon mal ein Frühstück machen. Allerdings habe ich nicht besonders viel gefunden. Ein paar trockene Brotreste, ein altes Stück Käse und einen letzten Rest Räucherspeck. Habt ihr immer so wenig? Keinen Tee, keine Butter, keine Eier oder Marmelade?«

Dachs machte ein betrübtes Gesicht.
»Na, macht nichts. Für heute Morgen muss es reichen. Aber nachher muss ich einkaufen gehen. Einen Markt habt ihr doch, oder?«
Er überlegte kurz und nickte. Einen Markt zwar nicht, aber der alte Mayering drüben hinter dem Brunnen besaß einen Laden, in dem frische Lebensmittel zu bekommen waren. Wenn gerade Liefertag war, gab es sogar eine ganz ansehnliche Auswahl. Er deutete auf Gwen und machte Handzeichen, als würde er schlafen.
»Wie ich geschlafen habe? Ganz gut. Ich kann mich allerdings kaum noch erinnern, wie ich hierhergekommen bin. Als ich heute Morgen aufwachte, musste ich mich erst mal orientieren. Muss wohl an dem Zeug gelegen haben, das mir dieser dreckige Kolya gegeben hat.« Sie blickte an sich herunter. »Meine alten Sachen hat er verbrannt, so dass ich nur noch dieses Kleid habe. Gefällt es dir?«
Dachs reckte einen Daumen in die Luft.
»Es ist ganz hübsch, das stimmt, aber ich hätte trotzdem gerne etwas Bequemeres. Ihr habt nicht zufällig ein Paar Hosen und ein Hemd übrig, oder?« Dachs überlegte kurz, dann signalisierte er Gwen, sie solle ihm folgen.
Oben, unter dem Dach, stand eine Kiste, in der Gunnar alte Kleidungsstücke aufbewahrte. Die Sachen waren zu wertvoll, um sie einfach wegzuwerfen, deshalb wurden sie, wenn sie abgetragen oder zu klein waren, hier eingemottet. Vielleicht konnte man sie später aufbessern oder gegen andere Dinge eintauschen. Hier lagen auch noch einige Stücke, die Logan zu klein geworden waren, in die Dachs aber noch nicht hineinpasste. Gwen fing an, in der Truhe herumzustöbern, und wurde nach wenigen Augenblicken fündig. Sie hob ein hell-

braunes Hemd und eine dunkle Hose hoch. »Darf ich das hier anziehen?«

Dachs nickte und deutete auf einen Stapel abgetragener Schuhe in einem Weidenkorb.

»Die auch? Wunderbar, da werde ich bestimmt fündig. Wenn du magst, kannst du wieder nach unten gehen. Ich ziehe mich nur schnell um und komme dann nach.«

Unten angekommen, rannte Dachs beinahe in Logan und Gunnar hinein. Die beiden standen in der Küche und schauten mit verwundertem Gesichtsausdruck auf den Frühstückstisch.

»Hast du das gemacht?«, fragte der Schmied.

Dachs deutete nach oben und ahmte mit den Händen die Form einer Sanduhr nach.

»Wer? Das Weib … ich meine, Gwen?«

Dachs nickte. *Sie zieht sich gerade um. Ich habe ihr erlaubt, sich ein paar Sachen aus der Truhe zu nehmen.*

Gunnar machte einen Gesichtsausdruck, als wäre jemand gestorben. »Hm, na ja. Soll sie. Sie scheint ja nicht ganz untalentiert in der Küche zu sein. Geröstetes Brot mit Speckstreifen, sieht gar nicht mal schlecht aus. Was soll's, setzt euch.« Er langte kräftig zu und fing an zu essen. Logan und Dachs folgten seinem Beispiel. Alter Speck schmeckte tatsächlich viel besser, wenn man ihn röstete.

Sie waren noch nicht ganz fertig, als Gwen die Treppe herunterkam. Vor der versammelten Frühstücksrunde blieb sie stehen. Dachs hob verwundert die Brauen. In Logans abgetragenen Sachen und mit hochgesteckten Haaren war sie kaum wiederzuerkennen.

Eine peinliche Stille entstand.

Dachs zog einen Stuhl vor und deutete darauf, doch Gwen

schüttelte den Kopf. Offenbar hatte sie keine Lust, sich mit den anderen an den Tisch zu setzen. Stattdessen nahm sie die Milchkanne und schenkte jedem von ihnen einen Becher voll ein. Logan bekam seinen nur halb voll, und das, obwohl in der Kanne noch genug drin war. Dachs hielt das zuerst für ein Versehen, doch als er ihren Gesichtsausdruck bemerkte, wusste er, dass es Absicht gewesen war.

Schweigend aßen sie weiter. Als Dachs fertig war, berichtete er den anderen von der Unterhaltung mit Gwen. Gunnar wischte mit dem Ärmel über seinen Bart.

»Sie will einkaufen? Wieso?«

Sie ist der Meinung, unser Vorratsschrank wäre eine Katastrophe. Sie will Brot, Eier, Butter und noch ein paar andere Sachen holen.

Der Schmied überlegte kurz, dann kramte er in seiner Hose und holte eine alte Lederbörse heraus. »Na, wenn's denn sein soll. Aber ich erwarte, dass etwas Anständiges auf den Tisch kommt. Hier sind fünf Nickel, dafür soll sie uns etwas besorgen. Vor allem Fleisch. Und sie soll sich nicht übers Ohr hauen lassen. Logan, du wirst sie begleiten.«

Logan verschluckte sich beinahe an seiner Milch. »Ich? Wieso das denn?«

»Du hast sie hier angeschleppt, du wirst dich um sie kümmern. Ich muss heute mit den Verzierungen beginnen, und Dachs wird mir dabei helfen. Mit deinen Schwertern kannst du später weitermachen. Also sieh zu, dass du das schnell über die Bühne bringst.« Er stand auf, nahm noch einen Schluck Milch und rülpste dann kräftig. Er war noch nicht ganz zur Tür hinaus, als er sich noch einmal umdrehte und Gwen einen strengen Blick zuwarf. Er sah aus, als wolle er noch etwas sagen, doch dann nickte er nur und ging hinaus.

Logan wartete noch einen Moment, dann stand er ebenfalls auf. »Tja, also … dann helfe ich dir mal, den Tisch sauber zu machen. Nach dem Abspülen können wir losgehen.«
Mit flinken Bewegungen räumte Gwen Becher und Frühstücksbrettchen in den Waschzuber und ging dann mit einem Eimer nach draußen zur Wasserpumpe. Logan und Dachs warfen sich einen vielsagenden Blick zu und zuckten die Schultern. Sie räumten Speck, Brot und Käse zurück in den Vorratsschrank und warteten dann.
Es dauerte nicht lang, bis der Eimer voll war und Gwen in die Küche zurückkehrte. Mit Schwung leerte sie den Eimer in den Zuber und fing an, das Geschirr abzuspülen.
»Hör mal«, begann Logan vorsichtig. »Ich weiß, dass das alles ziemlich verwirrend für dich sein muss, aber ich habe das Bedürfnis, es dir zu erklären. Ehrlich, ich wollte dich nicht verkaufen, es war der Wunsch meines Vaters. Wäre es nach mir gegangen, hättest du ruhig bleiben können. Ich habe einen Fehler gemacht, das sehe ich jetzt ein.« Ein gequältes Lächeln erschien auf seinem Gesicht. »Du hast übrigens einen ganz schönen Tritt, weißt du das? Selbst in den Vorrunden bin ich nie so außer Gefecht gesetzt worden.«
Dachs neigte fragend seinen Kopf, doch Logan beachtete ihn nicht. »Na ja, wie dem auch sei«, fuhr er fort, »jetzt, wo du wieder hier bist, werde ich dafür sorgen, dass alles in ruhigen Bahnen verläuft. Ein paar Wochen Arbeit, dann bringe ich dich persönlich nach Glânmor zurück. Wäre dir das recht?«
Mehr als einen finsteren Blick erntete er nicht für seine Worte. Dachs tat sein Bruder fast schon wieder ein bisschen leid. Gewiss, was er getan hatte, war nicht die feine Art gewesen, aber er bemühte sich redlich, die Dinge wieder ins Lot zu bringen. Gwen tat so, als beachtete sie ihn nicht.

»Wie wär's, wenn wir abtrocknen?«, fragte Logan. »Dann könnten Dachs und ich das Geschirr zusammen …« Gwen entriss ihm das Handtuch, trocknete das Geschirr selbst ab und räumte es dann fein säuberlich wieder ein. Dachs und Logan standen unschlüssig herum. Gwen ging nach hinten in die Rumpelkammer und kam mit zwei ledernen Beuteln zurück. Einen warf sie Logan zu, den anderen behielt sie selbst. Dann heftete sie ihren Blick auf Dachs. »Dein Vater hat gesagt, du sollst ihm in der Werkstatt helfen. Was stehst du also noch hier rum? Und du …« Ihr Finger zuckte in Logans Richtung. »Du zeigst mir jetzt, wo man Lebensmittel kaufen kann.«

39

Gisbert Mayering war ein nervöser Mann mit dicker Brille und Säufernase. Logan kannte ihn schon lange. Ein kleingeistiger Erbsenzähler, der versuchte, einen bei jeder Gelegenheit über den Tisch zu ziehen. Er hätte sogar die Dreistigkeit besessen, seinen eigenen Großvater zu verkaufen und ein paar Nickel extra für dessen Kleidung zu verlangen. Trotzdem war das »Mayerings« eine Goldgrube. Der einzige Krämerladen im Umkreis von vier Blocks. Das Geschäft bestand aus einem schäbigen Außenstand und einem noch schäbigeren Innenraum, in dem nicht mal genug Licht herrschte, um zu sehen, ob das Brot, das der Krämer einem andrehen wollte, schimmelig war. Mayering behauptete zwar immer, helles Licht schade seinen Waren, aber das war natürlich gelogen.

Gwen rümpfte bei ihrer Ankunft die Nase.

»Ist das der einzige Laden?«

»Ja, leider«, sagte Logan. »Es gibt noch einen drüben im Ostviertel, aber der ist auch nicht besser.« Logan war erfreut, dass Gwen doch noch ihre Stimme wiedergefunden hatte. »Meistens versorgen wir uns durch Tauschgeschäfte mit anderen, aber wenn du Obst und Gemüse willst, ist das hier die beste Adresse. Ich weiß, die Auswahl ist nicht berauschend, aber die Qualität ist ganz in Ordnung. Außerdem muss neue Ware reingekommen sein. Sieh mal, die Tomaten sehen doch ganz gut aus.«

Kaum hatte er sie gesehen, kam Mayering aus seinem Laden geschossen. Er rieb sich vergnügt die Hände.

»Willkommen, willkommen. Immer hereinspaziert. Ah, das ist ja Logan, unser allseits verehrter Champion. Dich habe ich auch schon lange nicht gesehen.« Sein Blick fiel auf Gwen. »Wen haben wir denn da?«
»Das ist Gwen. Sie wird vermutlich in nächster Zeit öfter mal bei dir vorbeikommen.«
»Richtig, die Auktion, ich hörte davon.« Mayering grinste. »Konnte leider nicht dabei sein, scheint aber ganz schön Staub aufgewirbelt zu haben. Wie man hört, ist der Sohn unseres verehrten Warlords gar nicht erfreut, dass du ihm das Weib vor der Nase weggeschnappt hast.« Sein Lächeln entblößte eine Reihe brauner Zähne.
»Hm, ja.« Logan wusste nicht, was er dazu sagen sollte. Er hatte keine Lust, über die Auktion zu reden, und schon gar nicht vor Gwen. Deshalb wechselte er schnell das Thema. »Zeig mir mal die Tomaten. Die sehen recht gut aus.«
»Feinste Ware. Gestern ganz frisch reingekommen. Hier, riech mal.« Er hielt Logan eine vor die Nase, und tatsächlich: Sie roch sogar nach etwas.
»Gut«, sagte Logan. »Gib mir sechs. Und was ist mit dem Salat da drüben?«
»Bestens, alles bestens. Komm, ich zeige ihn dir.« Mayering steckte sechs Tomaten in eine gefaltete Zeitung und stopfte sie in Gwens Lederbeutel. Dann wandte er sich den Salatköpfen zu. »Grüner Salat, Endivien oder Ackersalat?«
Logan überlegte, welche Sorte sein Vater am wenigsten verabscheute, als sein Gedankengang von Gwen unterbrochen wurde. »Willst du uns etwa betrügen?«
Die beiden Männer fuhren herum. Auf Mayerings Gesicht war Verwunderung zu lesen. »Wie bitte?«
»Ich fragte dich, ob du uns betrügen wolltest.« Gwen hatte die

Tomaten wieder ausgewickelt und hielt sie Mayering unter die Nase. »Die sind doch alle angematscht. Hier, sieh mal. Bis auf die, die du Logan gezeigt hast, und diese kleine hier ist das minderwertige Ware. Das nehmen wir nicht.«

Logan blickte in das geöffnete Paket. Tatsächlich: Die Hälfte aller Tomaten war beschädigt. Mayering hatte sie so schnell und geschickt verpackt, dass ihm der Betrug nicht aufgefallen war. Später hätte sich der Verkäufer dann sicher damit herauszureden versucht, dass Logan die Ware beim Rückweg beschädigt hätte.

»Das sind nur leichte Druckstellen. Ganz normal.«

»Von wegen normal«, sagte Gwen. »Wir wollen andere. Die da drüben zum Beispiel, die sehen besser aus.« Sie ging hinüber und fing an, die schlechten gegen gute Tomaten auszutauschen.

»He, das ist keine Selbstbedienung hier«, fuhr Mayering sie an. »Und überhaupt, leitet jetzt eine Frau deine Geschäfte?« Er riss Gwen die Tüte aus der Hand und nahm den Austausch selbst vor. »Ungeheuerlich, dass eine Sklavin sich erdreistet, mich des Betrugs zu bezichtigen. Und der Champion steht einfach daneben und sagt nichts. Ist doch erstaunlich, wie schnell Rang und Titel einen Menschen verändern. So, hier. Zufrieden?«

Gwen prüfte die Ware und nickte. »Dann lass mal sehen, was du für Salate hast. Ist das ein Zufall, oder warum liegen alle Köpfe auf der schlechten Seite. Hier, sieh mal: faul, matschig, angemodert. Da sind so viele braune Blätter, da bleibt kaum etwas übrig, wenn ich die ordentlich zupfe.«

»Meine Ware ist eben reif. Nicht wie bei diesen Bauern, die einem grünes und unreifes Zeug verkaufen. Man sollte sich nicht von den kleinen Druckstellen verunsichern lassen …«

»Druckstellen? Das ist alles gammelig.« Gwen hielt Mayering den fauligen Salatkopf unter die Nase und warf ihn dann zurück in den Kasten.

Logan konnte sich ein Grinsen nicht verkneifen. Der Einkauf besaß einen hohen Unterhaltungswert. Außerdem sah Gwen sehr hübsch aus, wenn sie wütend war.

Als Mayering bemerkte, dass er gegen die resolute junge Frau keine Chance hatte, beschloss er, die beleidigte Leberwurst zu spielen, und verkroch sich ins Innere seines Ladens. Doch Gwen ließ nicht locker. Aufgebracht folgte sie ihm, betrachtete seine Waren, hörte nicht auf, über die schlechte Qualität herzuziehen, und drückte den Preis, wo sie nur konnte. Als der Händler sich am Schluss weigerte, ihr überhaupt etwas zu verkaufen, stemmte sie die Hände in die Hüften und fragte, ob er ernsthaft erwäge, dem Champion des Clans seine Dienste zu verweigern. Ob er denn nicht wisse, dass er sich damit den Unmut des Warlords zuziehen würde. Mayering wurde kleinlaut, gab ihr, was sie wollte, und ließ sie am Ende zu einem Bruchteil dessen ziehen, was Logan bezahlt hätte, wäre er alleine gekommen. Gwen verließ hocherhobenen Hauptes den Laden, die Taschen voll mit Einkäufen. Sie drückte sie Logan in die Hand und sagte: »Wir können gehen.«

Logan betrachtete sie bewundernd. Dass Gisbert Mayering derart gedemütigt in seinen Laden zurückschlich, das hatte er in all den Jahren noch nicht erlebt. Muskelbepackte Gegner im Ring fertigzumachen war eine Sache, aber einen Händler auf eigenem Grund und Boden zu besiegen, dazu gehörte etwas mehr. Gwen war wirklich mit allen Wassern gewaschen. Er fragte sich, ob sie daheim in Glânmor ebenso kratzbürstig war.

Logan nahm die Taschen und wollte ihr gerade folgen, als er

von Mayering zurückgepfiffen wurde. »He, Logan, komm mal her.«
»Mmh?«
Der Händler spähte misstrauisch aus seinem Laden.
»Diese Frau ...«
»Was ist mit ihr?«
»An deiner Stelle wäre ich vorsichtig. Die wird dir noch viel Ärger einbringen.«
»Weil sie besser handeln kann als du?« Logan grinste.
»Nein.« Mayering schüttelte den Kopf und blickte auf einmal sehr ernst. »Als ich vorhin davon sprach, dass Cedric stinksauer ist, habe ich keinesfalls übertrieben. Ich habe läuten hören, er würde es nicht auf sich sitzenlassen, dass ein kleiner Emporkömmling wie du – seine Worte, nicht meine – sich ihm in den Weg stellt. Er wird geeignete Maßnahmen ergreifen, um die Frau zurückzubekommen. Sieh dich bloß vor. Der Kerl hat nicht alle Tassen im Schrank.«
»Danke für die Warnung.« Logan nickte nachdenklich. »Das ist wirklich nett, nach allem, was du eben erleiden musstest.«
Mayering rang sich ein Lächeln ab. »Ich wollte es nur gesagt haben. Ich weiß ja nicht, was alle an dem Weib finden, aber sie ist gefährlich. Denk an meine Worte. Trenn dich von ihr, sonst nimmt es noch ein schlimmes Ende.«

40

Gwen leerte das Kartoffelwasser aus und fing an, die Schalen mit einem Messer abzuziehen. Sie war gerade bei der drittletzten angelangt, als Gunnar und Dachs das Haus betraten und wie angewurzelt stehen blieben.

»Was ist denn hier los«, donnerte der Schmied mit Blick auf die Küche. »Hier sieht's ja aus, als habe eine Bombe eingeschlagen.«

»So sieht es nun mal aus, wenn gekocht wird«, erwiderte Gwen schnippisch. »Aber keine Sorge, ich werde alles wieder so herrichten, wie ich es vorgefunden habe. Mit Krümeln in jeder Ecke und Fetträndern so dick, dass man damit Schmalztöpfe füllen könnte.«

»Na, hoffentlich«, brummelte Gunnar, konnte jedoch nicht vermeiden, interessiert die Nase in die Luft zu halten.

»Riecht ja ganz gut. Was gibt's denn?«

Gwen vermutete, dass hier seit Jahren nicht mehr anständig gekocht worden war. »Schweinebraten, Pellkartoffeln und gebratene Tomaten. Ihr könnt euch hinsetzen, das Essen ist gleich fertig.«

So schnell wie heute hatten die Männer noch nie am Tisch gehockt. In ihren Augen leuchtete die blanke Gier. Auch Füchschen war aus irgendeiner Ecke hervorgesprungen und hockte auf einem Stuhl. Nachdem sie das Essen auf den Tisch gestellt hatte, war die nächsten zehn Minuten nichts außer Schmatzen, Schlürfen und Schnaufen zu hören. Bei dem Tempo war nach kurzer Zeit nichts mehr übrig. Satt und zufrieden lehnten sich die Männer zurück.

Gunnar strich über seinen runden Bauch. »So gut habe ich schon lange nicht mehr gegessen. Wo hast du so zu kochen gelernt?«
»Das lernt bei uns jedes Kind«, erwiderte Gwen kurz angebunden, wobei ihr einfiel, dass das gar nicht stimmte. Juna hatte zwei linke Hände gehabt, wenn es ums Essenzubereiten ging. Doch das war ein anderes Thema, und Gwen hatte nicht vor, das jetzt auszubreiten.
Gunnar überlegte kurz, dann zog er einen Stuhl vor. »Setz dich, du hast genug gearbeitet. Dachs, Logan, ihr beide räumt ab und macht den Abwasch.« Gwen fiel auf, dass er die Hand meist unter dem Tisch verborgen hielt. Sie hatte bereits früher bemerkt, dass sie ganz rot und schorfig war.
»Was ist mit deiner Hand?«
»Das? Oh, nichts Besonderes. Eine alte Geschichte.« Er rutschte ein Stück von ihr weg. Das Thema schien ihm unangenehm zu sein.
»Lass mich mal sehen.« Ohne um Erlaubnis zu fragen, nahm sie seine Hand und hielt sie prüfend ins Licht. »Das sieht nicht gut aus«, sagte sie. »Das gehört behandelt. Ich bin eine Heilerin, ich weiß, wovon ich rede.«
»Ich fette sie regelmäßig ein, aber es will nicht aufhören …«
»Was für Fett?«
»Von Ölfässern. Das weiße Zeug, das sich an den Rändern ablagert.« Er lächelte zu Logan hinüber, der angewidert das Gesicht verzog. »Ein echtes Allheilmittel.«
»Nur dass es in deinem Fall zu einer allergischen Reaktion geführt hat. Ich empfehle Pflanzenfette. Am besten in Kombination mit Urea.«
»Was ist denn das?«
»Rinderpisse. Ihr habt doch Rinder, oder?«
Gunnar sah sie entgeistert an.

Logan deutete mit seinem Daumen nach rechts. »Der alte Steffens drüben an der Brücke hat Rinder. Den könnte ich fragen.«
Gunnar zog seine Hand wieder weg. »Ich soll mich mit Rinderpisse einschmieren? Da kann ich auch gleich mit dem Hammer draufschlagen.«
»Rinderurin lindert den Juckreiz und besitzt überdies heilende Eigenschaften«, sagte Gwen. »Wenn du weiter dieses Zeugs draufschmierst, werden deine Hände nie heilen. Das Ekzem wird durch Kontakt mit Metallen und Umgang mit Putzmitteln hervorgerufen. Irgendwann wird es sich richtig stark entzünden, und dann wirst du nie wieder einen Hammer schwingen können.«
»Aber dieses ... Uredingsbums ...«
»Urea.«
»Das soll helfen?«
Sie nickte.
»Aber das stinkt doch sicher wie die Hölle.«
»Überhaupt nicht. Es wird eingekocht, bis es eine dicke Paste ergibt. Je nach Bedarf kann man noch etwas Rosenöl hinzufügen – obwohl ich bezweifle, dass ihr so etwas überhaupt habt.«
Über Gunnars Gesicht huschte ein Lächeln. Als er es bemerkte, wurde er jedoch rasch wieder ernst und räusperte sich. »Na schön. Ich werde wieder zurück an meine Arbeit gehen. Wenn du wirklich zu Steffens willst, kann dir Logan den Weg zeigen. Ansonsten hast du dir jetzt erst mal eine Pause verdient. Wir sehen uns später.« Er stand auf und verschwand in Richtung Werkstatt. Gwen schmunzelte. Irrte sie sich, oder war der Schmied gerade ein bisschen rot geworden? Sie stellte fest, dass es ihr hier zunehmend besser gefiel.

*

Cedric ließ sein Schwert durch die Luft pfeifen. Parade, Block, Riposte, Deckung. Und dann das Ganze von vorne. Seine Bewegungen waren schnell und geschmeidig. Seine Füße huschten über den Boden wie die eines Tänzers, und als er in die Ausgangsstellung zurückkehrte, war er kaum mehr als einen halben Meter vom Ursprungsort entfernt. Sein Oberkörper war schweißgebadet, die Hände konnten das Schwert nicht länger halten. Keuchend ließ er es zu Boden sinken, stützte sich auf den Griff und blickte hinüber zu seinem Trainer. Die Augen des Schwertmeisters leuchteten zufrieden.

»Gut gemacht, junger Herr. Ihr wart heute voller Kraft und Schnelligkeit. Das habe ich so noch nie an Euch bemerkt. Wie kommt das?«

Cedric wischte den Schweiß von seiner Stirn. Dem Schwertmeister konnte man nichts vormachen. Tatsächlich hatte er bei jedem Hieb und Stich Logans Gesicht vor seinem geistigen Auge gesehen und sich vorgestellt, wie es wohl wäre, seine Klinge tief in der Brust des Gegners zu versenken. Ein Gefühl unermesslicher Befriedigung, das ihn befähigte, noch schneller und härter zuzuschlagen.

»Schließ deine Augen.«

Cedric folgte dem Befehl. Er spürte die Hände des Schwertmeisters auf seiner Brust. »Dieses Gefühl«, sagte der Trainer, »ich will, dass Ihr Euch dessen bewusst seid und es bewahrt. Sperrt es in die Schatzkiste tief in Eurem Inneren ein und holt es nur heraus, wenn es nötig ist. Doch gebt acht: Lasst Euch nicht von ihm übermannen. Wohldosierte Wut kann den Unterschied zwischen Sieg und Niederlage ausmachen, doch wird sie übermächtig, kann sie einen verzehren. So, und nun wascht Euch und zieht Euch an. Für heute ist das Training vorbei.«

Cedric begab sich zum Rand des Waffenplatzes und wusch den Schweiß ab. Das Wasser tat seiner überreizten Haut gut. Die Wut nur herauslassen, wenn man sie benötigte – gar nicht so einfach. Gerade in diesem Moment war sie so stark wie nie zuvor.

Das Gespräch mit seinem Vater lastete schwer auf seinem Gemüt. Er hatte ihm auf den Kopf zugesagt, dass er ihn für einen verzogenen Weichling hielt, und ihm zu verstehen gegeben, dass er sich jemanden wie Logan an seiner Seite wünschte. Das Gesicht seines Freundes, als er ihn gebeten hatte, auf die Frau zu verzichten und sie ihm zu überlassen – und der ihm diese Bitte schnöde verwehrt hatte. Und dann die Frau selbst. Stolz, überheblich, herablassend. Als sie mit Logan davongegangen war, hatte sie ihn mit einem Blick bedacht, wie man ihn sonst nur einem Hund und nicht dem zukünftigen Gemahl zuwarf. Doch genau das hatte Cedric vor. Seit dem Augenblick, da er Gwen zum ersten Mal bei Kolya gesehen hatte, war klar gewesen, dass er sie haben musste. Wie ein Reh war sie ihm vorgekommen, so schön und grazil. Gleichzeitig jedoch mutig und durchtrieben wie eine Wölfin. Eine Frau, die einen Mann zu ungeahnten Höhen führen konnte, sowohl in seinem eigenen Haus als auch in seiner Rolle als zukünftiger Warlord.

Wie armselig und trampelig wirkten doch da die drei Gefährtinnen seines Vaters. Die eine faltig, die andere fett und die letzte faul. *Wie der Herr, so's Gescherr,* sagte man nicht so? Eine Sklavin sollte stets die Vorzüge ihres Herrn widerspiegeln. Schon allein deshalb gab es für Gwen keinen Ersatz. Aber da war noch mehr.

Wenn Cedric nachts die Augen schloss, tauchte ihr Bild vor ihm auf. Sie verfolgte ihn in seinen Träumen. Er konnte ihr nicht entrinnen. Wohin er auch ging, ihre Augen ruhten auf ihm, und wenn er aufwachte, waren seine Hände feucht.

Er musste etwas tun, doch er musste vorsichtig zu Werke gehen. Einfach in Logans Haus zu spazieren und sie für sich zu beanspruchen war kaum die richtige Strategie; dafür war der Champion zu populär. Nein, er musste einen kühlen Kopf bewahren – abwarten, beobachten und im richtigen Moment zuschlagen. Ein paar Tage mehr oder weniger machten da keinen Unterschied. Natürlich würde er sich nicht selbst die Hände schmutzig machen. Die Spur durfte nicht zu ihm führen. Ein paar durchtriebene Handlanger, das war genau das Richtige. Er wusste auch schon, wen er damit beauftragen würde.

Cedric lächelte versonnen. Er würde Gwen besitzen, das war so sicher wie das Amen in der Kirche. Die Frage war nur, wann und wie, aber das würde sich bald finden.

Den Sitz seiner Waffe prüfend, verließ er den Trainingsplatz, den Kopf voller Pläne.

TEIL 3

Des Teufels rußiger Bruder

Die Art aber, ihr gotteslästerliches Handwerk auf Grund eines ausdrücklichen Treuepaktes mit den Dämonen zu betreiben, ist verschieden, da auch die Hexen verschieden bei der Ausübung ihrer Hexerei zu Werke gehen. Um dies zu verstehen, ist zuerst zu bemerken: Wie die Hexen in dreifacher Art auftreten, nämlich solche, die schädigen, aber nicht heilen können, solche, die heilen, aber auf Grund eines besonderen Paktes mit dem Teufel nicht schädigen, und solche, die schädigen und heilen: Ebenso gibt es auch unter den Schädigenden eine erste Klasse, in welcher alle die Hexen sind, welche alle übrigen Hexereien auszuführen vermögen, welche die anderen nur zum Teil vollbringen. Es gehören aber dahin diejenigen, die gegen die Neigung der menschlichen Natur, ja aller Tiere, die Kinder der eigenen Art verschlingen und zu verzehren pflegen.

Und das ist die schlimmste Sorte, was Hexenwerk betrifft. Sie sind es nämlich, die sich auch mit unzähligen anderen Schädigungen befassen: sie nämlich schicken Hagelschlag, böse Stürme und Gewitter, verursachen Unfruchtbarkeit an Menschen und Tieren, bringen auch die Kinder, die sie nicht verschlingen, den Dämonen dar, oder töten sie sonst.

41

Inquisitor Marcus Capistranus lehnte sich zurück. Das Malleus maleficarum, der Hexenhammer, war zwar vor Jahrhunderten geschrieben worden, und doch waren die Worte immer noch von einer Kraft, der man sich nur schwer entziehen konnte. Das Buch offenbarte die Seele des Weibes, seine Tücken, seine Schliche. Trotz seines verlockenden Äußeren war das Weib ein durch und durch böses Wesen. Ein Geschöpf, gesandt vom Herrn, um den Mann zu prüfen. Nur die Treuesten und Stärksten konnten dieser Versuchung widerstehen. Einmal, ein einziges Mal, war er selbst schwach geworden und hatte Hand an ein Weib gelegt. Mit verheerenden Konsequenzen. Nicht nur, dass ein Kind entstanden war – ein Sohn –, nein, sein eigener Samen hatte sich später gegen ihn gewandt, hatte ihn geschmäht und danach getrachtet, ihn zu töten. Armer David. Vergiftet von den Einflüssen der Hexen, hatte er seinen besten Freund umgebracht und sich dann gegen sein gesamtes Geschlecht gewandt. Der Angriff auf die Raffinerie war sein Werk gewesen. Er hatte diese Flugmaschine gesteuert und die Bomben geworfen. Wäre Capistranus nicht so geistesgegenwärtig gewesen und in eine der Wasserzisternen gesprungen, er wäre mit Haut und Haaren verbrannt. Genau wie so viele, die ihm nahestanden. Doch der Allerhöchste hatte seine schützende Hand über ihn gehalten. Ein Zeichen, so viel stand fest.

Was sein Sohn wohl gerade tat? Augenzeugen hatten berichtet, David habe die Flugmaschine gen Westen gesteuert und sei dort im Licht verschwunden, zusammen mit der Hexe. Ob die beiden jemals zurückkehren würden?

Doch trotz seiner Verfehlungen war David nur eine verirrte Seele. Wie hätte er auch ahnen können, dass er Teil eines Unheils war, das aufgrund *eines einzigen* Fehlers seinen Lauf genommen hatte. Ein Fehler, eine Unachtsamkeit – und Satan hatte sein flammendes Schwert gezogen.

Der Antichrist. Immer erwischte er einen, wenn man schwach und wehrlos war.

Der Inquisitor entblößte seinen Oberkörper. Das Buch offen vor sich aufgeschlagen, den Raum von einigen wenigen Kerzen beleuchtet, griff er nach der mit Lederbändern umwickelten Geißel. Er trat einen Schritt zurück, erhob sein Gesicht zum Himmel und schloss die Augen. Dann ließ er das Marterinstrument auf seinen Rücken fahren.

Der Schmerz raubte ihm den Atem. Als die neun flammenden Zungen seine Haut durchschnitten, war es, als würden alle gepeinigten Seelen der Hölle aufschreien. Er selbst hätte am liebsten mitgeschrien, doch er wollte dem Antichrist dieses Vergnügen nicht gönnen. Er presste ein unartikuliertes Zischen zwischen seinen Lippen hervor. »Vater unser, der Du bist im Himmel.«

Wieder schlug er zu.

»Geheiligt werde Dein Name.«

Ein weiterer Hieb.

»Dein Reich komme.«

Klatsch.

»Dein Wille geschehe.«

Noch ein Schlag.

»Wie im Himmel so auch auf Erden.«

Zack.
Mittlerweile strömten die Tränen nur so über seine Wangen. Sein Rücken fühlte sich an, als stünde er in Flammen. Der Boden um ihn herum war mit Blutspritzern bedeckt. Noch immer hielt er die lederne Knute fest umklammert, doch er spürte, wie seine Hände zitterten. Er war nicht mehr der Jüngste. Die Geißelungen belasteten seinen Kreislauf mehr und mehr. Doch nichts war heilsamer als der Schmerz. Wenn er heute Nacht wieder nicht schlafen konnte, so würde er sich daran erinnern, dass es nur einer einzigen Verfehlung bedurft hatte, um das Höllenfeuer in Gang zu setzen.
Marcus Capistranus ließ die Geißel sinken. Er hatte keine Kraft mehr für einen weiteren Durchgang. Er musste seine Gedanken auf die anstehende Mobilmachung konzentrieren. Späher berichteten, dass bei den Frauen ungewöhnlich hohe Truppenaktivitäten herrschten. Reiterinnen wurden aus allen Teilen des Landes zusammengezogen und versammelten sich in Glânmor. Natürlich konnte niemand mit Bestimmtheit sagen, was hinter den Mauern der Stadt vor sich ging, aber das war auch nicht notwendig. Die Frauen rüsteten ihre Truppen für den Krieg, das war alles, was Capistranus wissen musste.
Unter Schmerzen kleidete er sich wieder an und läutete dann die Glocke. Sofort erschien sein Kammerdiener.
»Euer Eminenz?«
»Wisch das weg«, sagte Capistranus und deutete auf das Blut. »Und lass die Geißel reinigen.«
»Jawohl, mein Herr. Soll ich den Medicus rufen?«
»Nicht nötig. Mein Körper ist immer noch in der Lage, allein damit fertig zu werden. Was du tun kannst, ist, mir Papier und Feder zu bringen. Ich muss eine Aufstellung unserer Reserven

vornehmen. Eine Arbeit, die ich schon viel zu lange vor mir hergeschoben habe.«

»Sehr wohl, mein Herr.«

»Und sieh zu, dass du die Führer der Heiligen Lanze hierherholst. Ich möchte sie in die Pläne zur Verteidigung unserer Stadt einweihen. Uns stehen harte Wochen bevor.«

»Wird es sehr schlimm werden?«

Capistranus schüttelte missbilligend den Kopf. Eigentlich gingen den Kammerdiener solche Dinge nichts an, aber offenbar war der Mann wirklich besorgt.

»Ich will dir nichts vormachen, Heinrich, aber die Dinge stehen schlecht. Seit Alexander die anderen Clans unter seine Fuchtel gebracht hat, geht uns der Nachschub aus. Versorgung, Rekruten, Proviant – es fehlt an allem. Wenn es stimmt, was mir die Späher berichten, rotten sich die Frauen in großen Verbänden zusammen. Gut möglich, dass sie uns von mehreren Seiten angreifen. Wenn das geschieht, sehe ich schwarz. Gewiss, wir können ihnen Verluste zufügen, aber sie schlagen?« Er wackelte mit dem Kopf. »Schlagen können wir sie nur mit Hilfe der Clans.«

42

Die Tage vergingen. Gwen hielt das Haus in Ordnung, während die anderen ihrer Arbeit nachgingen und die neue Bequemlichkeit genossen. Sich morgens, mittags und abends an einen gedeckten Tisch setzen zu können war ein Luxus, den die drei Männer sichtlich genossen, auch wenn sie das Gwen gegenüber nicht zugaben. Besonders Gunnar verschanzte sich hinter Einwortsätzen, knappen Grunzlauten und harschen Gesten. Gwen spürte jedoch, dass er den störrischen Patriarchen nur spielte. In Wirklichkeit war er ein guter Mann.

Während er und Logan in der Schmiede arbeiteten, wurde Dachs zu Gwens ständigem Begleiter. Er zeigte ihr, wo alles war, unterwies sie in den Grundzügen der Zeichensprache und spielte mit Füchschen. Gwen erzählte ihm im Gegenzug Geschichten – vor allem Märchen –, von denen der Junge gar nicht genug bekommen konnte. »Hänsel und Gretel«, »Der Teufel mit den drei goldenen Haaren«, »Sechse kommen durch die ganze Welt« und natürlich »Schneewittchen«, sein Lieblingsmärchen. So erwachsen er auch tat, wenn sie erzählte, wurde er wieder zu einem kleinen Jungen, der sie mit offenem Mund anstarrte und jedes ihrer Worte für bare Münze nahm.

Abends, wenn die Arbeit vorbei war und sie alle zum Essen versammelt waren, wurde es gemütlich. Dann spielte Logan auf seiner Laute, und man tauschte die Neuigkeiten des Tages aus. Noch immer zeigte sie Logan die kalte Schulter. Nicht, weil sie wirklich böse auf ihn war – in ihrem Herzen hatte sie ihm schon lange verziehen –, aber sie konnte auch nicht über

ihren Schatten springen. Was er getan hatte, war nicht in Ordnung gewesen, und sie wartete immer noch auf den richtigen Zeitpunkt, um mit ihm darüber zu reden.
Eines war klar: Sowohl der Handelsfürst als auch Cedric waren nicht gut auf ihn zu sprechen. Beide hatten es Logan nicht verziehen, dass er ihnen ihre Beute abspenstig gemacht hatte. Stollberg mochte vielleicht einsichtig sein, schließlich hatte er schon genug Frauen, aber für Cedric musste die Aktion wie Verrat wirken. Alle spürten, dass die Rechnung dafür noch folgen würde. Der Gedanke an seinen kalten, fischigen Blick jagte Gwen Schauer über den Rücken. Er war so ganz anders als Logan. Kalt, hart und grausam. Wie eine schimmernde Klinge im Morgentau. Und so ruhte ihre einzige Hoffnung darauf, dass er sich nicht trauen würde, Hand an sie zu legen, solange sein Vater noch am Leben war.

Am darauffolgenden Tag war es endlich so weit, dass Gwen den Mut aufbrachte, sich allein auf den Weg Richtung Westen zu machen. Weder Logan noch Dachs hatten an diesem Morgen Zeit. Sie mussten beide in der Werkstatt helfen, weil Gunnar sie zur Vollendung der Rüstung brauchte.
Gwen band sich ein Kopftuch über ihre Haare und legte einen einfachen braunen Umhang an, dann folgte sie dem Weg, den Logan ihr auf einem Zettel eingezeichnet hatte. Zwischen den beiden Wohntürmen hindurch, am alten Schrottplatz vorbei und immer geradeaus über die staubige Straße.
Bauer Steffens gehörte ein kleiner Viehhof etwa zwei Kilometer außerhalb der Stadt, und wie man so hörte, lief der Betrieb nicht schlecht. Sie wollte Fleisch, Milch und etwas Käse kaufen und etwas Rinderurin für Gunnars kranke Hand besorgen.

Sie ging zügig, aber ohne Hast, bog an den entscheidenden Stellen ab und erreichte etwa zwanzig Minuten später ihr Ziel. Der Hof war leicht zu finden. Gwen atmete auf, als sie die Häuserschluchten verließ und das freie Land um sich herum sah. Das Leben zwischen den Wohnsilos war einfach nicht ihre Sache. Gewiss, die Gebäude wirkten auf sie nicht mehr ganz so einschüchternd wie zu Beginn, doch das Gefühl der Enge und des Eingesperrtseins wollte nicht verschwinden. Immer wieder ertappte sie sich dabei, wie sie sich nach der Schönheit und dem Licht Glânmors zurücksehnte. Trotzdem: Das Leben hier war eigentlich ganz annehmbar. Zum Teil war das wohl auch der Tatsache geschuldet, dass es außer ihr noch andere Frauen im Clan gab. Logan hatte berichtet, dass der Steinerne Turm dem weiblichen Geschlecht gegenüber recht aufgeschlossen war. Aufgeschlossener jedenfalls als die Tiefenwalder oder die Eisengießer, wo Frauen per Gesetz verboten waren. Hier durften sie sich sogar frei bewegen, auch wenn dieses Recht kaum in Anspruch genommen wurde. Die Frauen, die hier lebten, waren zurückhaltend und scheu. Gwen hatte ein paar von ihnen aus der Ferne gesehen, doch zu einer Unterhaltung war es nie gekommen. Dabei war sie sehr daran interessiert, zu erfahren, was die Frauen hierher verschlagen hatte und wie ihr Leben verlief.
Immerhin blieb ihr die Gewissheit, dass ihr Aufenthalt hier auf einen bestimmten Zeitraum begrenzt war und sie in nicht allzu ferner Zukunft wieder nach Hause dürfte.

Bauer Steffens war ein wettergegerbter, grobschlächtiger Mann, der für sein Alter erstaunlich fit wirkte. Er begrüßte Gwen mit Handschlag und zeigte ihr seinen Hof. Die Rinder waren in einem guten Zustand, und was er anzubieten hatte, gefiel ihr.

Dass sie eine Frau war, schien ihn nicht zu stören, und auch was den Preis betraf, wurde man sich rasch einig.
Die Umhängetasche mit Fleisch, Butter und Käse gefüllt, rechts und links je eine Kanne mit Milch und Rinderurin, trat Gwen den Rückweg an.
Sie hatte die Stadtgrenze noch nicht erreicht, als ihr ein paar Gestalten auffielen, die am Wegesrand hockten. An sich war das nichts Ungewöhnliches. Viele Männer hatten keine Arbeit, lungerten einfach nur herum und vertrieben sich die Zeit mit Nichtstun. Doch irgendetwas an diesen Burschen ließ bei Gwen die Alarmglocken klingeln. Vielleicht lag es daran, dass sie vorhin noch nicht da gewesen waren. Vielleicht auch an dem Eindruck, dass sie auf sie warten würden.
Sie überlegte kurz, ob sie einen anderen Weg einschlagen sollte, doch dann musste sie sich eingestehen, dass ihr Orientierungssinn dafür nicht ausreichte.
Der vorderste der vier Männer war aufgestanden und schlenderte auf sie zu. Seine Haut war unrein und voller Pickel. Zwischen seinen Zähnen steckte ein Grashalm. Sie versuchte, an ihm vorbeizugehen, doch er verstellte ihr den Weg.
»Wohin denn so schnell, mein schönes Kind?«
»Nach Hause.«
»So, nach Hause. Und wo ist das?«
»Das geht dich gar nichts an. Lass mich vorbei.«
Noch einmal versuchte sie, ihn zu umgehen, und wieder trat er ihr in den Weg. Diesmal stieß er sie sogar vor die Brust.
»Du bist ganz schön unhöflich, weißt du das? Ich wollte nur ein bisschen mit dir plaudern.«
Gwen stellte die beiden Kannen ab und schob die Umhängetasche nach hinten. Jetzt hatte sie die Hände frei.
»Hoho. Seht euch das an. Die Kleine will raufen. Na, du bist

aber ganz schön mutig, es mit uns vieren aufzunehmen. Hast du keine Angst, dass wir dir deinen hässlichen braunen Kittel vom Leib reißen und uns mal ansehen, wie es darunter aussieht?« Ein lüsternes Grinsen erschien auf seinem Gesicht, was ihn noch hässlicher aussehen ließ.

Jetzt kamen auch die restlichen drei herbei. Einer hatte Haare in Form einer Irokesenfrisur, der zweite trug einen Metallring in der Augenbraue, weshalb er einen ziemlich schiefen Blick hatte, dem dritten fehlten einige Zähne. Alle vier waren um die fünfundzwanzig und von Kopf bis Fuß tätowiert. Sie umrundeten sie wie Wölfe ein Schaf. Nur mit dem Unterschied, dass Gwen kein Schaf war.

Blitzschnell beugte sie sich vor und zog ihren Dolch. Die Männer wichen ein Stück zurück.

»Ich will keinen Streit«, sagte sie mit ruhiger Stimme. »Wenn ihr wollt, gebe ich euch etwas Milch und Schinken. Mehr ist nicht drin. Logan hat mir versichert, ich bekäme keine Schwierigkeiten, wenn ich allein gehe.«

»Logan, welcher Logan?« Der Kerl mit der unreinen Haut kam ihr so nahe, dass sie seinen Atem riechen konnte. Er stank nach Alkohol. Die anderen zogen ihren Kreis enger.

»Du weißt genau, von wem ich spreche. Er dürfte wenig begeistert sein, wenn ich ihm erzähle, was hier los ist.«

»N… nimmst das M… Maul ja g… ganz schön v… voll«, stammelte der Typ mit der Zahnlücke. »W… willst wohl, d… dass wir d… dir 'ne Tracht Prügel v… verpassen.«

»Lass nur, Devin, die Braut ist es nicht wert, dass wir uns die Hände schmutzig machen«, sagte der Anführer. »Habe Weiber noch nie leiden können. Außerdem haben wir unsere Anweisungen. Ihr soll kein Haar gekrümmt werden. Also packt sie und bindet ihr die Arme hinter dem Rücken zusammen.«

»Anweisungen?« Gwen zog die Brauen zusammen. »Was für Anweisungen? Von wem?«
»Schnauze, Kleine. Und das Spielzeug da …«, er deutete auf den Dolch, »das solltest du lieber ganz schnell verschwinden lassen. Wir wollen doch nicht, dass jemand verletzt wird, oder?«
Gwen spürte, dass die Schlinge enger wurde. Es gab keinen Ausweg, weder räumlich noch mit Worten. Sie konnte jetzt in Panik geraten oder sich darauf vorbereiten, die Sache auszufechten. Was hatte ihr Juna gesagt, was man tun sollte, wenn sich ein Kampf nicht vermeiden ließ? *Schlag schnell zu. Triff deinen Gegner hart und endgültig und bring ihn zu Boden, bevor er weiß, was los ist. Dann ist der Kampf zu Ende, ehe er richtig begonnen hat.* Ein Ratschlag von jemandem, der wusste, wie man kämpfte. Wenn sie Glück hatte und diese Arschlöcher wirklich so feige waren, wie sie hoffte, dann würden sie ohne ihren Anführer nicht weiterkämpfen.
Gwen nickte grimmig.
Mit einer Bewegung, die selbst nach ihren eigenen Maßstäben schnell war, sprang sie vor und ließ das Messer durch die Luft sausen. Der pockennarbige Kerl sah den Angriff kommen, reagierte aber zu spät. Die Klinge hinterließ eine blutige Schneise auf seiner Wange. Kreischend schlug er die Hände vors Gesicht und taumelte zurück. Gwen spürte, wie sich jemand von hinten näherte, und fuhr herum. Der Kerl mit dem Augenbrauenpiercing drang auf sie ein und umschlang sie mit seinen Armen. Der Stoß war so heftig, dass sie umfiel und auf dem Boden aufschlug. Hart.
Noch im Fallen streckte sie die Hand aus, packte den Ring und riss ihn mit einem kräftigen Ruck heraus. Der Kerl schrie wie ein abgestochenes Schwein. Halb blind und rasend vor

Schmerz, taumelte er zur Seite und riss dabei den Anführer um, der gerade versuchte, wieder auf die Beine zu kommen. Es gab ein ziemliches Durcheinander. Gwen hoffte noch, mit einem schnellen Sprint zu entwischen, als sie von etwas Schwerem am Kopf getroffen wurde. Eine Kaskade gleißender Sternchen explodierte vor ihren Augen und tauchte alles in blendende Helligkeit. Die Welt verschwamm, wurde unscharf, dann kippte der Horizont.

Als sie wieder klar sehen konnte, fand sie sich auf allen vieren auf dem Boden kauernd wieder. Ihr Blick fiel auf den Kerl ohne Zähne. Eine rostige Kette mit einer fiesen Eisenkugel am Ende baumelte in seinen Händen. Bösartig grinsend ließ er sie hin und her baumeln.

»N… na, meine K… Kleine? Ein bisschen ge… geschlafen?«

»Halt sie fest. Halt die Schlampe fest, ich will ihr eine Abreibung verpassen, die sie nicht vergisst.«

Der Anführer kam wieder auf die Beine. Seine rechte Gesichtshälfte war blutüberströmt, und er hielt seine Hand darauf gepresst. Sein Auge schien nichts abbekommen zu haben, was Gwen auch beabsichtigt hatte. Sie wollte die Kerle verschrecken, nicht verstümmeln.

»Ich hab gesagt, ihr sollt sie packen!«

Gwen fühlte, wie sie von starken Händen gepackt und auf die Füße gestellt wurde.

»Gib mir deine Kette.« Der Anführer streckte die Hand aus.

»W… was willste denn d… damit?«

»Na, was wohl? Gib her, und jetzt hilf den anderen beim Festhalten.« Er nahm dem Zahnlosen die Kette aus der Hand und ließ die Kugel ein paarmal im Kreis sausen.

»Ich w…eiß nich', ob das so 'ne g… gute Idee is'. Cedric h… hat gesagt …«

»Ich weiß, was er gesagt hat. Aber er hat dabei vergessen zu erwähnen, dass diese Schlampe ein Messer hat. Sieh mich an. Du glaubst doch nicht, dass ich so was ungestraft durchgehen lasse. Und jetzt hör auf, hier rumzumäkeln, und tu, was ich dir gesagt habe.«

Gwen fühlte sich immer noch etwas benommen. Sie war jedoch klar genug, um zu erkennen, dass die Sache ernst zu werden drohte. Offenbar erkannte das auch der Irokese, denn er ließ Gwens Arm los und trat dem Anführer in den Weg.

»Lass den Scheiß, Rolf, und leg die Kette weg. Sie hat ihre Abreibung bekommen. Bringen wir sie zu Cedric.«

Statt einer Antwort rammte der Anführer seinem Kollegen den Kopf ins Gesicht und schlug ihm, als das noch nicht ausreichte, die Kette um die Ohren. Der Irokese sackte zusammen und stand nicht mehr auf.

»Sonst noch jemand, der mit mir diskutieren will?«, kreischte er. »Nicht? Dann tut gefälligst, was ich euch sage, und haltet sie fest. Einer rechts, einer links. Und zieht eure Köpfe ein, es könnte gleich ziemlich ungemütlich werden.« Sein Gesicht war zu einer teuflischen Fratze verzerrt. Die Kette mit der Kugel kreiste wie ein Lasso über seinem Kopf. Gwen zweifelte keine Sekunde, dass er sie jeden Moment loslassen würde. Sie sprach ein stilles Gebet, als ein plötzliches Zischen sie innehalten ließ. Sie hörte einen schmatzenden Einschlag, gefolgt von einem dumpfen Stöhnen. In Rolfs Schulter steckte ein fingerdicker Pfeil. Fünfzehn Zentimeter lang und am Ende mit roten Federn besetzt.

Mit einem Ausdruck größter Verwunderung griff Rolf nach dem Bolzen. Die Kette sauste durch die Luft und wickelte sich um seinen eigenen Hals. Röchelnd stürzte er zu Boden.

Der Zahnlose und der Kerl mit dem herausgerissenen Ring

fuhren herum. Der Schütze befand sich zwischen den Hochhäusern, etwa hundert Meter entfernt. Er war in einen Umhang gehüllt und hielt eine Armbrust in der Hand. Noch während er auf sie zurannte, spannte er die Waffe und richtete sie erneut auf die Angreifer. *Logan,* dachte Gwen.

»Der Champion«, flüsterte einer der Wegelagerer, als ein weiterer Pfeil dicht über ihre Köpfe hinwegzischte. »Machen wir, dass wir wegkommen.«

Selbst Rolf mit dem Pfeil im Arm und der Irokese mit der Platzwunde am Kopf waren geistesgegenwärtig genug, die Beine in die Hand zu nehmen und abzuhauen.

Gwen fühlte, wie sie losgelassen wurde. Sie sackte zu Boden. Fußgeräusche und schweres Atmen ließen sie aufblicken. Logan kniete sich nieder und hob ihr Kinn.

»Alles in Ordnung mit dir? Bist du verletzt?«

»Ich glaub schon. Bloß ein bisschen wackelig auf den Beinen.« Sie lächelte schwach. »Scheint, als würde das langsam zur Gewohnheit werden.«

»Was denn?«

»Deine Rettungsaktionen.«

»Kannst du gehen? Ich bringe dich jetzt nach Hause. Da kannst du dich hinlegen und ausruhen. Meinst du, du schaffst das?«

Sie nickte. Ihr Kopf schwirrte wie ein Bienenstock. Logans Gesicht war nur wenige Zentimeter von ihrem entfernt. Eine Mischung aus Sorge und Erleichterung lag in seinen Augen. Ohne lang zu überlegen, beugte sie sich vor und gab ihm einen Kuss.

43

Logan, Gunnar und Dachs gönnten sich eine kurze Pause. Die Füße hochgelegt, jeder etwas zu trinken in der Hand, saßen sie vor der Werkstatt und sprachen leise miteinander. Gwen war noch immer auf ihrem Zimmer.

Meinst du, sie schläft noch? Dachs deutete nach oben.

»Davon gehe ich mal aus«, sagte Logan. »Sie war sehr erschöpft, als ich sie hochgebracht habe. Kein Wunder bei dem, was ihr passiert ist. Wenn es stimmt, was sie erzählt hat, wäre es durchaus ein Grund, um mal mit Warlord Alexander darüber zu sprechen.«

»Wie meinst du das?«, fragte Gunnar.

»Ich rede von Cedric. Es ist doch sonnenklar, dass er hinter dem Angriff steckt«, sagte Logan. »Gwen gehört per Recht und Siegel mir. Ein Angriff auf sie kommt einem Übergriff auf mein persönliches Hab und Gut gleich.«

Gunnar nickte. »Das wäre ein schwerer Verstoß gegen unsere Gesetze. Hoffen wir, dass Gwen sich verhört hat.«

»Ich kann nur wiedergeben, was sie mir erzählt hat. Sie konnte mir sogar die Namen von zweien der Angreifer nennen. Rolf und Devin.«

»Kenne ich«, sagte der Schmied. »Üble Halunken, drüben aus dem Westviertel. Strauchdiebe ohne festen Wohnsitz und immer auf der Suche nach Streit. Pech für die Kleine, dass sie ihnen in die Finger gelaufen ist.«

Logan nahm noch einen Schluck von dem Johannisbeersaft. Das Getränk schmeckte herrlich erfrischend. Fast so gut wie

Gwens Kuss. »Klang nicht, als wäre die Begegnung ein Zufall gewesen. Eher, als wäre ihr aufgelauert worden. Ich finde, wir sollten der Sache auf den Grund gehen.«
Gunnar paffte nachdenklich an seiner Pfeife. »War nur eine Frage der Zeit, bis Cedric sich regen würde. Dass es gegen Gwen geht, überrascht mich allerdings. Was hatten sie wohl vor, was meinst du?«
»Keine Ahnung. Vielleicht wollten sie ihr Angst einjagen, vielleicht hatten sie es auf die Einkäufe abgesehen. Diesen Typen ist alles zuzutrauen. Ich hätte ruhig noch ein paar Pfeile mehr verschießen sollen.« Logan schüttelte den Kopf. »Wäre ich Gwen nicht nachgegangen, hätte die Sache böse enden können.« Er zeigte ihnen die Kette mit der Kugel daran. Das rostige Eisen klingelte leise. Dachs und Gunnar betrachteten die Waffe mit angewidertem Gesichtsausdruck.
»Fest steht, wir können Gwen nicht mehr alleine auf die Straße lassen«, sagte Logan. »Es ist zu gefährlich. Wenn die Burschen tatsächlich von Cedric angeheuert wurden, dann ist sie hier nicht mehr sicher. Vermutlich ist es das Beste, wenn ich sie morgen oder übermorgen zurückbringe.«
Gunnar hob verwundert eine Braue. »So bald schon? Aber ich verstehe deine Bedenken. Schade, ich hatte gerade angefangen, mich an sie zu gewöhnen.«
Logan runzelte die Stirn. Solch nette Worte hätte er von seinem Vater nicht erwartet. Ihm gefiel der Gedanke ja auch nicht, aber noch mehr quälte ihn die Vorstellung, dass Gwen etwas zustoßen könnte. »Dann ist das beschlossen«, sagte er. »Ich finde, sie hat genug durchgemacht. Zuerst der Angriff durch die Bleichen, dann der Sklavenmarkt und jetzt der Überfall. Ihre Schuld ist beglichen.«
Gunnar sah ihn eine Weile nachdenklich an. »Du kannst Halla

haben. Sie wird euch bis in die Grenzlande tragen. Sei aber vorsichtig: Reite nicht zu nah an die Ortschaften heran. Die Frauen sind wachsamer, als du glaubst. Seit der Inquisitor die Dörfer angreifen lässt, sind sie in permanenter Alarmbereitschaft. Fahrende Händler haben berichtet, sie hätten sogar damit begonnen, Truppen zusammenzuziehen und sich auf einen Krieg vorzubereiten. Wenn das stimmt, stehen uns schlimme Zeiten bevor.« Er schwieg einen Moment, dann nahm er einen Zug aus seiner Pfeife. »Ich wüsste zu gerne, was Gwen da unten im Untergrundschacht zu suchen hatte. Zum Blümchenpflücken war sie bestimmt nicht da.«

»Das werden wir vermutlich nie erfahren«, sagte Logan. »Selbst wenn sie vorgehabt hätte, den Domschatz zu stehlen, ich hätte Verständnis dafür. Der Inquisitor hat bisher nur Ärger gemacht. Seine Vorstellung, die Frauen trügen an allem die Schuld, scheint mir jedenfalls eine ziemlich fixe Idee zu sein. Das sage ich nicht, weil ich plötzlich mit dem Feind paktiere, sondern weil ich Gwen kennengelernt habe. Ich weiß, dass sie keiner Fliege etwas zuleide tun könnte. Gut, dass unser Warlord sich gegen einen Pakt ausgesprochen hat. Soll Marcus Capistranus seinen heiligen Krieg doch alleine führen. Ich werde jedenfalls nicht meinen Kopf für ihn hinhalten.«

»Hoffen wir, dass Alexander noch lange an der Macht bleiben wird«, sagte Gunnar. »Solange ich denken kann, hatten wir keinen besseren Führer, auch wenn er manchmal etwas exzentrisch ist.« Er streckte die Glieder. »Weißt du, Logan, manchmal beneide ich dich um deine Jugend. Alles ist so viel einfacher, wenn man jung ist. Im Alter werden die Dinge zunehmend komplizierter. Aber egal, die Pause ist vorbei. Wir haben noch einiges zu tun, wenn wir heute fertig werden wollen. Schmieden wir diesem Cedric eine Rüstung, bei der ihm die Augen übergehen.«

Es war spät in der Nacht, als sich Logan mit seiner Laute auf die Gartenbank setzte. Gunnar und Dachs waren bereits zu Bett gegangen, er selbst war jedoch zu aufgewühlt, um schon schlafen zu können.

Die Rüstung war fertig.

Es war das Schönste, was Logan je gesehen hatte. Ein Prachtstück, das einem Helden zur Ehre gereicht hätte. Schade nur, dass Cedric kein Held war. Aber egal. Hauptsache, er zahlte ordentlich dafür und ließ sie mit weiteren Übergriffen in Ruhe.

Logan stöhnte. Sein ganzer Rücken war verspannt. Er fühlte sich, als ob Halla über ihn drübergetrampelt wäre. Vorsichtig nahm er Platz, griff nach seiner Laute und begann, gedankenverloren ein paar Akkorde zu klimpern. Der Himmel war sternenklar. Eine milde Brise wehte den Geruch von Holzfeuern heran. Irgendwo wurde Fleisch gebraten, von hinter den Häusern hörte er Gesänge und Gelächter.

Sehnsüchtig blickte er zu Gwens Fenster empor, wo noch immer Dunkelheit herrschte. Wie konnte ein Mensch so viel schlafen? Ob mit ihr alles in Ordnung war? Vielleicht sollte er mal nachsehen. Ach nein, lieber nicht. Er wollte das neugewonnene Vertrauen nicht gleich wieder zerstören. Zum ersten Mal hatte sie wieder ein paar Worte an ihn gerichtet. *Und* sie hatte ihm einen Kuss gegeben, von dem er noch immer nicht wusste, was er eigentlich bedeutete. Das herauszufinden würde die Aufgabe des nächsten Tages sein.

Müde klimperte er ein paar Strophen. Nichts Besonderes, Melodien, die er schon mal gehört hatte, an deren Texte er sich aber nicht erinnerte. Nichts war belebender, als wenn sein Geist die Flügel ausstreckte und einfing, was gerade so durch die Luft schwebte: Melodien, Satzfragmente, Teile von Strophen. Manchmal ergab sich daraus ein neues Stück, manchmal blieb es bei Fragmenten. Vor allem aber war es entspannend.

Er hatte noch nicht lange gespielt, als er auf eine fast vergessen geglaubte Melodie stieß. Ein ruhiges, melancholisches Stück, bei dem es irgendwie um Trauer und Verlust ging. Es war so lange her, dass er es gehört hatte; er wusste schon gar nicht mehr, wo und bei welcher Gelegenheit.

Die ersten Akkorde klangen etwas schräg, aber nach einer Weile fand er sich besser zurecht. Wie von selbst wanderten seine Finger über das Griffbrett. Wenn ihm doch nur der Text wieder einfiel! Mit wachsender Sicherheit spielte er weiter.

Plötzlich hielt er inne.

Er glaubte, eine Stimme gehört zu haben, gar nicht weit weg. Er lauschte, doch da war nichts. Vermutlich Einbildung.

Er spielte weiter, blieb aber wachsam. Und tatsächlich: Nach ein paar Sekunden hörte er es wieder. Es war eine Stimme, ganz klar. Jemand sang, und das gar nicht mal schlecht.

Es klang nach Gwen.

Er blickte hoch zu ihrem Fenster und bemerkte, dass das Licht im oberen Stock angegangen war. Sein Herz begann zu klopfen.

Mit einem Lächeln auf den Lippen klimperte er weiter. Beinahe umgehend setzte die Stimme wieder ein.

»Sag ein kleines Stückchen Wahrheit und sieh, wie die Wüste lebt. Schaff ein kleines bisschen Klarheit und schau, wie sich der Schleier hebt.«

Logan spürte ein warmes Kribbeln im Bauch. Natürlich, das war der Text. Wie hatte er den nur vergessen können?

»Eine Wüste aus Beton und Asphalt, doch sie lebt und öffnet einen Spalt. Der dir Neues zeigt, zeigt, dass Altes weicht, auch wenn dein Schmerz bis an den Himmel reicht.«

Jetzt kam der Refrain. Logan fiel es nicht schwer, ihn mitzusingen. Er war völlig versunken und bemerkte viel zu spät, dass das Licht im oberen Stock ausgegangen war. Stattdessen stand eine Silhouette in der hellerleuchteten Tür.

Gwen!

44

Das Mondlicht schimmerte geheimnisvoll über Gwens Körper und ließ den Stoff ihres Nachthemds transparent erscheinen. Als sie sprach, war ihre Stimme kaum mehr als ein Flüstern.

»Dieses Lied … woher kennst du es?«

»Ich glaube, ich habe es von einem fahrenden Sänger, der vor vielen Jahren einmal hier durchkam. Er brachte mir die Melodie bei, den Text hatte ich leider vergessen. Wie kommt es, dass du ihn kennst?«

Gwen kam zu ihm herüber. Neugierig und scheu wie ein wildes Tier setzte sie sich eine Armlänge entfernt neben ihn.

»Bei uns kennt es fast jeder«, sagte sie. »Es ist ein Schlaflied. Wir singen es, wenn wir die Kinder ins Bett bringen oder wenn jemand krank ist und das Bett hüten muss. Niemand weiß, wer das Lied geschrieben hat, aber es stammt definitiv noch aus der Zeit vor dem Zusammenbruch.«

Er klimperte ein bisschen auf den Saiten herum. »Ich mag die Melodie. Der Text ist mir ein bisschen zu düster.«

»Ich finde ihn schön«, sagte sie und lauschte seinem Spiel.

»Hast du gut geschlafen?«, fragte er.

Sie nickte. »Außer dass ich eine Mordsbeule am Hinterkopf habe, ist alles noch mal gutgegangen. Danke, dass du mir gefolgt bist.«

»Das hätte böse enden können, du musst vorsichtiger sein. Ich werde nicht immer da sein können, um dich zu beschützen. Ich werde der Sache auf den Grund gehen, das verspreche ich

dir, aber vorher werde ich dich in Sicherheit bringen.« Er zögerte. »Übermorgen reiten wir nach Glânmor. Vorausgesetzt, du möchtest das.«
Sie sagte kein Wort und sah ihn groß an.
Logan fühlte, wie sein Herz klopfte. Ihr Schweigen konnte zweierlei bedeuten. Entweder war sie so erleichtert, dass es ihr die Sprache verschlug, oder aber sie wollte gar nicht weg. Letzteres war natürlich völlig ausgeschlossen, ja, der Gedanke daran war schon abwegig. Aber irgendwie hoffte ein kleiner Teil von ihm, dass es genau so war. Ihre Blicke trafen sich. Das silbrige Licht stellte seltsame Dinge mit ihm an.
»Und, möchtest du das?«, fragte er.
»Ich glaube ja. Das würde mir gefallen.«
Natürlich würde es das. Was hatte er sich nur eingebildet? Und warum war er bei ihrem Anblick immer so verwirrt? War das Hexenkunst, Zauberei?
Männer und Frauen, das ging nicht zusammen, das wusste jeder. Und doch war da etwas an ihr, das ihn nicht mehr losließ. Ihre Lippen … dieser Kuss. Er riss sich aus seinen Gedanken los. »Erzähl mir etwas über dich«, sagte er.
»Was willst du wissen?«
»Irgendetwas. Wie du gelebt hast, was du so machst. Ob du mit jemandem zusammen bist …«
Gwen schien eine Weile zu überlegen, dann zog sie die Beine an und umschlang sie mit ihren Armen.
»Ihr Name war Juna …«
»War?«
Gwen nickte. »Sie ist fort. Mit einem *Mann.*«
Logan hob den Kopf. »Ich dachte, das sei verboten bei euch.«
»Ist es auch. Es ist … widernatürlich.«
»Also ich …«

»Sie war eine Kriegerin, eine Dienerin der Brigantia, Göttin der Waffen. Die stolzeste und schönste Frau, die du je gesehen hast. Sie verliebte sich in einen Gefangenen, befreite ihn und floh mit ihm. Alles, was mir blieb, war ein Brief. Dabei kann sie noch nicht mal schreiben.« Sie stieß ein kleines Lachen aus, das aber auch genauso gut ein Schluchzen hätte sein können. »Es ist schon eine ziemliche Ironie des Schicksals, dass das Einzige, was ich von ihr habe, ein Brief ist, geschrieben in der Handschrift des Mannes, der sie mir weggenommen hat.«

»Tut mir leid ... ehrlich.« Logan überlegte, ob er seinen Arm um sie legen sollte, entschied sich aber dagegen. Er wollte nicht, dass sie ihn für zudringlich hielt.

»Was war das für ein Mann?«

»Ein Mönch. Ein Bücherwurm. Stammte, soweit ich weiß, aus dem Kloster des heiligen Bonifazius im Westen der Stadt.«

Logan horchte auf. »Davon habe ich gehört«, sagte er. »Angeblich ein Adlatus von Meister Sven, dem Baumeister. War da nicht irgendetwas mit einer Flugmaschine? Die zwei wurden doch aus der Raffinerie entführt.«

Ein Lächeln huschte über ihr Gesicht. »Die Buschtrommeln scheinen bei euch ja gut zu funktionieren. Ja, es stimmt. Sven konstruierte dieses Teufelsding und geriet dann zusammen mit diesem David in Gefangenschaft. Soweit ich weiß, verstarb er aber während der Befragungen. Wie auch immer, Juna befreite den Jüngeren, stahl die Flugmaschine und floh nach Westen. Seitdem habe ich nichts mehr von ihr gehört ...«

»Eine unglaubliche Geschichte.« Logan schüttelte den Kopf. Ihm war plötzlich der Wanderer wieder eingefallen. Auch er war aus dem Westen gekommen.

Gwen wusste eine ganze Menge. Was der Inquisitor wohl dazu sagen mochte, wenn er wusste, dass sie hier war? Vermutlich würde er Ross und Reiter in Bewegung setzen, um sie in die Finger zu bekommen. Ein Grund mehr, sie möglichst schnell von hier fortzuschaffen.

Sie warf ihm einen Blick aus dem Augenwinkel zu. »Was ist los, du siehst so sorgenvoll aus.«

»Mmh …?« Logan schrak aus seinen Gedanken. »Oh, nichts. Ich musste nur daran denken, wie merkwürdig es manchmal auf der Welt zugeht. Wie viele Zufälle es gibt und was für seltsame Umstände zwei Menschen zusammenführen. Es gibt Momente, da könnte man wirklich an einen Plan glauben.«

Gwen warf ihm einen schrägen Blick zu. »Du wirst mir doch nicht religiös werden.«

Logan grinste. »Nein, keine Sorge. Mit Religion habe ich nicht viel am Hut. Bringt nichts als Scherereien. Trotzdem … manchmal ist es schon seltsam. Ich musste gerade an den Wanderer denken, den ich oben auf dem Turm gefunden habe. Er hatte das hier bei sich.«

Er holte das kleine Radio aus seiner Tasche und zeigte es Gwen. Gunnar hatte ihm gesagt, dass es ein ganz besonderer Schatz sei, auf den er gut achtgeben solle.

»Was ist das?«

»Mein Vater sagt, das sei ein *Radio.* Früher muss es davon Tausende gegeben haben, doch heute existieren nur noch wenige. Das Problem ist, sie funktionieren mit etwas, das *Strom* heißt, siehst du?« Er öffnete das sogenannte *Batteriefach.* Darin lagen zwei fingerdicke Metallzylinder.

»Bei diesem hier reicht der Strom noch aus. Eine große Seltenheit, wenn man meinem Vater glauben darf.«

»Und was macht es?«

Logan drehte an einem Knopf, und mit einem Knacken wurde das Gerät lebendig. Gwen zuckte zurück.

»Keine Sorge, es ist harmlos. Das grüne Licht sagt nur, dass noch genug Strom da ist. Angeblich soll man damit Stimmen empfangen können, bisher ist mir das aber noch nicht gelungen. Allerdings habe ich es auch noch niemals in der Nacht versucht. Wollen wir es mal probieren?«

Ihr Lächeln hatte etwas Unsicheres. »Wenn du meinst …«

Er zog den Stab heraus, den sein Vater *Antenne* getauft hatte, und drehte an dem Regler. Wie schon gestern und auch die Tage davor empfing ihn gleichförmiges Rauschen. Ganz langsam bewegte er den Regler erst an das eine Ende der Skala, dann an das andere. Nichts.

»Mein Vater sagt, wenn es irgendwo auf der Welt noch Menschen gäbe, dann könnten sie sich hiermit verständigen. Alles, was man dazu brauche, sei ein Sender und ein Empfänger.«

»Und das hier ist ein Empfänger, richtig?«

»Genau. Warte mal, ich glaube, da war etwas.« Er drehte den Knopf ein kleines Stück zurück. Das Rauschen veränderte seine Tonlage. Es wurde höher, dann verwandelte es sich in eine Art Pfeifen oder Quietschen. Er ging näher mit seinem Ohr heran. Über dem Pfeifen war etwas anderes zu hören. Seine Augen leuchteten.

»Hörst du das?«

»Ja. Klingt wie Stimmen, oder?«

Er nickte. »Möglich. Aber ich verstehe sie nicht.«

»Eine andere Sprache?«

»Wer weiß. Cedric erzählte, der Wanderer habe gesagt, dass man hin und wieder Menschen aus anderen Teilen der Welt hören könnte. Menschen, die in fremden Sprachen sprechen und fremde Sitten pflegen.«

»Wie weit weg?«

Er zuckte die Schultern. »Keine Ahnung. Hunderte, vielleicht Tausende von Kilometern.«

»Ob es wohl bei ihnen ebenso aussieht wie bei uns?«

Er sah sie an. »Was meinst du?«

»Na ja ... ob Männer und Frauen dort auch getrennt leben? Weißt du, ich habe mir deine Mappe angesehen, und ich habe den Eindruck, dass diese Bilder nicht sonderlich alt sind. Zehn, vielleicht zwanzig Jahre. Also, entweder hat die Katastrophe dort nicht so schlimm gewütet wie bei uns, oder ...«

»Oder was?«

Sie zögerte, dann sagte sie: »Hast du schon mal von etwas gehört, das *Virus* genannt wird?«

»Virus?« Er überlegte, schüttelte dann aber den Kopf. »Was soll das sein?«

»Weißt du, ich habe mit zwei klugen, alten Frauen in Glânmor gesprochen, und beide meinten, die Feindschaft zwischen Männern und Frauen hinge damit zusammen. Angeblich sei es eine Krankheit. Etwas, das uns zwingt, einander zu hassen.«

»Blödsinn. Ich hasse dich doch nicht.«

»Ich rede auch nicht von uns, sondern von den Menschen allgemein. Wenn man glaubt, was diese Frauen gesagt haben, hat dieses Virus aufgehört zu existieren oder sich in eine ungefährliche Form zurückverwandelt. Etwas in der Art. Der Auslöser für die Feindschaft sei damit verschwunden.«

»Und warum stehen wir dann kurz vor einem Krieg? Wenn das stimmt, was du sagst, könnten wir uns doch die Hände reichen, und alles wäre gut.«

»Ja. Nur, dass das einigen einen Strich durch ihre Pläne machen würde. Dem Inquisitor zum Beispiel. Die beiden Frauen sagen, der Grund für unsere jetzigen Probleme sei nicht der ursprüngliche Auslöser, sondern unsere verkrusteten Gesellschaftsstrukturen. Wir wären so mit dem täglichen Überlebenskampf beschäftigt, dass wir gar nicht mehr über den Tellerrand blicken könnten.«

Logan drehte das Radio in seiner Hand hin und her. Er war nachdenklich geworden. Er musste zugeben, die Sache mit dem Tellerrand klang irgendwie schlüssig. Kaum einer hatte Zeit, über so etwas wie *Gesellschaftsformen* nachzudenken. Aber der Rest war natürlich kompletter Unfug. Ein Virus? Er schüttelte den Kopf. »Frauen sind mir egal«, murmelte er.

»Bist du sicher?«

»Klar. Ich finde, jeder soll da bleiben, wo er ist, und in Ruhe und Frieden sein Leben führen.«

»Und warum hast du mich dann zurückgekauft?«

Überrascht blickte er auf. Er spürte, wie ihm das Blut ins Gesicht schoss. Das war genau die Frage, die er sich selbst schon oft gestellt, auf die er aber bislang keine Antwort gefunden hatte.

»Vielleicht aus Verantwortungsgefühl, aus schlechtem Gewissen … wer weiß?«

»Ist das wirklich alles?«

»Was sollte es denn sonst sein?«

»Ich rede von Gefühlen«, sagte sie. »Gefühle, die es eigentlich gar nicht geben dürfte, wenn man unseren geistigen und politischen Führern Glauben schenkt. Ich habe lange darüber nachgedacht. Die Mappe dieses Wanderers hat mich auf die Spur gebracht. Ich glaube, ich weiß jetzt, warum Juna David befreit hat. Es hat genau mit dieser Sache zu tun. Jahrelang waren die Gefühle verschwunden, doch auf einmal sind sie wieder da. Ich glaube nicht, dass das ein Zufall ist.« Sie schlang ihre Arme um die Knie und wippte leicht vor und zurück. Sie sah aus, als würde sie frieren. Logan sah ihr eine Weile zu, dann streifte er seinen Umhang ab und legte ihn ihr über die Schultern. Sie schien es gar nicht zu bemerken.

»Vielleicht ist das, was wir gerade erleben, eine Art Revolution«, sagte sie. »Eine Umwälzung, wie sie das letzte Mal vor fünfundsechzig Jahren stattgefunden hat. Ich gebe zu, es klingt ein bisschen verrückt, aber ich kann seit Tagen an nichts anderes mehr denken. Ich glaube, viele von uns spüren den Wandel, sie wollen ihn bloß nicht wahrhaben. Vielleicht fehlt ihnen auch der Mut. Sie verdrängen die Wahrheit und hoffen, dass unsere Führer schon wissen, was sie tun. Aber das ist nicht der Fall. Sie wissen genauso wenig wie wir. Das ist der Grund, warum wir jetzt wieder am Rande eines Krieges stehen.« Sie hob den Kopf. In ihren Augen lag ein spezielles Funkeln. »Kann es sein, dass du dich in mich verliebt hast?«

Logan musste nach Luft schnappen. Das schlug dem Fass den Boden aus.

»Ich … *was?*«

Sie lächelte. »Eine einfache Frage.«

Er spürte sein Herz schlagen. Er war sprachlos. Seine Gefühle waren ein einziges Durcheinander.

Ihr Lächeln wurde breiter. »Ich warte.«

Logan ballte die Hände zu Fäusten. Jetzt hatte sie ihn ganz schön in die Ecke manövriert.

Halb aus Wut, halb aber auch aus dem Umstand heraus, dass er absolut keine Ahnung hatte, was er jetzt machen sollte, drehte er sich zu ihr um und küsste sie.

Und sie erwiderte seinen Kuss.

In der Dunkelheit, nur etwa einen Steinwurf entfernt, war eine Bewegung zu erkennen. Nicht für die beiden auf der

Holzbank, die hatten alles um sich herum vergessen. Auch nicht für den Schmied und seinen kleinen Sohn, die lagen bereits in ihren Betten und schliefen tief und fest. Aber ein Spaziergänger, der just zu diesem Zeitpunkt am Haus des Schmieds vorbeigekommen wäre, hätte vielleicht eine dunkle Gestalt bemerkt, die aufstand und sich auf leisen Sohlen davonstahl. Zu welchem Zweck und mit welchem Ziel, das blieb ihr Geheimnis.

45

Die Hütte lag etwas abseits des Weges im Wald, inmitten einer Ansammlung uralter Kastanien. Ein völlig überwachsenes Gebäude, das früher einmal einem Waldarbeiter oder Einsiedler gehört haben mochte. Dicke Moospolster und Flechtenbärte hingen vom Dach herab, überwucherten Seiten und Fensterbänke und führten dazu, dass Arkana das Gebäude erst bemerkte, als sie schon beinahe mit der Nase dagegenstieß.
Verblüfft blieb sie stehen und strich mit der Hand über das alte Holz. »Ist sie das?«
Claudius nickte. »Das ist sie. Anders, als ich sie in Erinnerung hatte, aber es ist auch ein paar Jährchen her, dass ich das letzte Mal hier war. Hauptsache, sie steht noch. Und wie es aussieht, wird sie immer noch benutzt.« Er deutete auf die saubere Fußmatte.
Arkana stellte ihren Reiserucksack auf die Erde und umrundete das Haus wie ein Jäger, der einen Bären erlegt hat. Ein kurzer Blick durch die geschlossenen Fensterläden überzeugte sie, dass niemand drin war. Sie griff an die Türklinke und drückte sie herunter.
»Abgeschlossen«, sagte sie.
»Natürlich ist sie das«, sagte Claudius. »Schließlich soll ja nicht jeder rein- und rausgehen, wie es ihm beliebt. Allerdings bezweifle ich, dass sie überhaupt von jemandem gefunden werden kann, der sie nicht kennt. Du darfst dich glücklich schätzen, einen Mann an deiner Seite zu haben, der so ein gutes Ortsgedächtnis besitzt.«

»Eingebildet bist du überhaupt nicht.« Arkana schenkte ihm ein Lächeln. Seit sie Glânmor verlassen hatten, war Claudius wie ausgewechselt. Die Freiheit, die Luft und die Bewegung taten ihm gut. Seine Haut war gebräunt, seine Bewegungen wurden geschmeidiger, und der Bart ließ ihn männlicher erscheinen.
Zwanzig Jahre hatte er an ihrer Seite verbracht, immer in Angst, eines Tages entdeckt zu werden. Nie hatte sie ihn klagen oder jammern hören. Doch jetzt merkte sie, wie sehr er darunter gelitten haben musste. Manchmal waren sie durch den Geheimgang der Enge und der Bedrohung entflohen, doch meist nur im Schutze der Dunkelheit und wenn keine Gefahr drohte. Mit ihrer Flucht war alles anders geworden. Auf ihrer viertägigen Wanderung hierher hatte Arkana einen anderen Claudius kennengelernt. Nun war er derjenige, der die Führung übernahm, der sagte, wo es langging, wann gegessen und geschlafen wurde. Seine Erfahrungen aus der Zeit der Heiligen Lanze waren lange Jahre verschüttet gewesen, doch nun kamen sie mit voller Kraft zurück. Und der Sex war nie besser gewesen.
Lächelnd musste sie daran denken, dass sie während der letzten Jahre selten öfter als einmal pro Monat miteinander geschlafen hatten. Seit ihrer Flucht hingegen jede Nacht. Es war, als wäre das Tier, das so lange in einem Käfig eingesperrt gewesen war, endlich wieder zum Leben erwacht. Und Liebe unter dem Sternenhimmel, das war schon etwas ganz Besonderes.
Sie schüttelte den Gedanken ab – wenn auch nur widerwillig.
»Wie kommen wir jetzt rein?«
»Ben hatte immer ein besonderes Versteck, lass mich überlegen. Ah ja, ich glaube, ich erinnere mich wieder.« Er tastete unter dem Dachfirst entlang. »Hier ist er.«

Er hielt einen schwarzen Schlüssel mit langem Bart in die Höhe. »Drück die Daumen, dass er passt.«
Er steckte ihn ins Schlüsselloch, und die Tür öffnete sich mit einem Schnappen. »Immer hinein in die gute Stube.«
Arkana nahm ihren Rucksack und betrat das Halbdunkel der Hütte. Muffige, abgestandene Luft schlug ihr entgegen. »Wird dein Freund nichts dagegen haben, dass wir sein Privateigentum benutzen?«
Claudius schüttelte den Kopf. »Ben ist der beste Freund, den ein Mann nur haben kann. Wir stehen per Brieftauben in regelmäßigem Kontakt miteinander. Eine Tradition, die noch aus unserer gemeinsamen Zeit bei der Heiligen Lanze herrührt. Dank ihm war ich stets im Bilde, was rund um die alte Stadt geschieht. Allerdings habe ich jetzt schon längere Zeit nichts mehr von ihm gehört. Unser letzter Kontakt ist über ein Jahr her. Ich habe ihm kurz vor unserer Abreise noch eine Taube geschickt und gesagt, dass wir kommen, doch er hat nicht geantwortet. Ich hoffe, es geht ihm gut. Er ist auch nicht mehr der Jüngste, weißt du?«
»Kannst du ihm trauen?«
»Wenn es jemanden gibt, dem ich mein Leben anvertrauen würde, dann ihm. Ich werde morgen Kontakt mit ihm aufnehmen. Aber jetzt lass uns erst mal auspacken. Dieses Haus wird für längere Zeit unsere Heimat sein. Am besten, wir machen es uns so gemütlich wie möglich.«
Arkana stellte ihren Rucksack in die Ecke, öffnete Fenster und Fensterläden und ließ die frische Luft herein.
Die Hütte lag in der Nähe eines schmalen Wasserlaufs, der von Schilf und Seerosen bewachsen war. Nicht weit entfernt standen zwei mächtige Statuen. Mythische Wassergötter, die einander mit Steinbrocken bewarfen, wobei allerdings nur noch ihre

Köpfe und Arme aus dem grünen Bewuchs herausragten. Die Hütte selbst war einfach, aber komfortabel. Ein paar Stühle, zwei Schränke, ein Bett und ein Regal. Es gab sogar eine Kochnische mit Holzofen sowie etliche Pfannen und Töpfe.

»Das Bett ist zu schmal für uns beide«, sagte Arkana mit fachkundigem Blick. »So unruhig, wie du schläfst, bekomme ich hier kein Auge zu.«

»Dann werde ich mir einfach auf dem Boden ein Lager machen«, sagte Claudius. »Sieh mal, hier sind jede Menge Decken und etwas, das wie eine Strohmatte aussieht. Keine Sorge, du musst nicht mit mir teilen, es sei denn, du möchtest das.« Er warf ihr einen hungrigen Blick zu.

»Wir können uns auch abwechseln. Im Gegensatz zu dir habe ich keine Probleme mit dem Rücken, du alter Lüstling.« Sie lachte und gab ihm einen Klaps auf den Po. »Was ist das hier eigentlich?«

»Das? Oh, das wird dir gefallen. Es ist ein Grammophon, ein Schatz aus der guten alten Zeit. Ben steht auf diese Dinger. Soweit ich weiß, hat er bei sich zu Hause noch so eins. Wollen doch mal sehen, ob es noch funktioniert.« In einem Fach nebenan standen etliche quadratische Papphüllen mit Bildern und Schriftzeichen darauf. Claudius wählte eine davon aus, entnahm ihr eine runde schwarze Scheibe und legte sie auf den entsprechenden Teller. Dann betätigte er eine Kurbel, hob den schwenkbaren Arm auf die Scheibe und trat einen Schritt zurück. Zuerst waren nur Knacken und Knistern zu hören, doch dann erklang aus dem trichterförmigen Aufsatz Musik. Ein einzelner Ton, der aufstieg und zu einer einfachen, aber schönen Melodie anwuchs. Schon bald gesellten sich weitere Instrumente hinzu; sie nahmen die federleichte Melodie an- und abschwellender Akkorde harmonisch auf und führten sie weiter. Ein kunstvolles Gebilde aus Noten. Es war so wunderschön und zerbrechlich, dass ein einziger störender Laut es zum Einsturz gebracht hätte. Die Musik war so anders als die, die in Glânmor gespielt wurde, und Arkana fühlte, wie ihr die Tränen in die Augen stiegen.

»Was ist das?«, fragte sie mit verschwommenem Blick.

»Das Konzert in A-Dur für Klarinette und Orchester von Wolfgang Amadeus Mozart, 2. Satz. Ich mochte dieses Stück immer besonders gern. Kaum zu glauben, dass es bereits dreihundert Jahre alt ist, oder?«

»Es ist wunderschön«, flüsterte Arkana.

Die Hütte kam ihr mit einem Mal wie verzaubert vor. Während der langen Wanderung hierher hatte sie sich oft gefragt, ob es die richtige Entscheidung gewesen war, zu fliehen. Ob es nicht besser gewesen wäre, zu bleiben und sich zu stellen. Aber ihr Traum hatte an Deutlichkeit nichts zu wünschen übriggelassen. Wenn es stimmte, was sie gesehen hatte, so wären Claudius und sie jetzt tot. Hingerichtet auf dem Scheiterhaufen von Glânmor. Opfer eines sinnlosen Krieges.

Sie wischte die Tränen aus ihren Augen und hob das Kinn. »Komm«, sagte sie. »Lass uns Feuerholz und etwas zu essen besorgen. Heute Abend wollen wir unsere neugewonnene Freiheit feiern.«

46

Cedrics Wut war kalter Entschlossenheit gewichen. Was er zu tun gedachte, würde Staub aufwirbeln, so viel war klar. Aber es gab jetzt kein Zurück mehr. Er wollte Logans Hochmut brechen, ihm das Siegerlächeln aus seinem Gesicht fegen. Die Informationen, die man ihm in die Hände gespielt hatte, ließen viele Dinge in einem anderen Licht erscheinen.

Von wegen strahlender Sieger und Held des Clans. Logans Verhalten erfüllte alle Bedingungen eines Hochverrats.

Schon bald würde sein Stern so weit gesunken sein, dass niemand mehr etwas mit ihm zu tun haben wollte.

Cedric hatte nicht vergessen, wie Logan ihn behandelt hatte. Vor allen Versammelten hatte er ihn wie einen Trottel aussehen lassen. So etwas ließ er sich von niemandem bieten – nicht mal von seinem Vater. Demütigungen hatten die Eigenschaft, irgendwann auf einen zurückzukommen.

Seine Begleiter bestanden aus einer handverlesenen Gruppe von Männern, die keine Lust mehr hatten, sich von Corbin herumkommandieren zu lassen. Beinharte Söldner, die danach dürsteten, an der Seite des Inquisitors in den Krieg zu ziehen. Für ihre Leistung erwarteten sie natürlich Gold und Privilegien, doch darüber würde Cedric schon bald im Übermaß verfügen. Sein Vater würde schließlich nicht ewig leben. Und sobald er an der Reihe war, würden sich hier die Dinge ändern.

Die Sonne ging gerade über den Dächern der Siedlung auf, als Cedric und seine Leute die Schmiede erreichten. Ein dünner Rauchfaden ringelte sich aus dem Schornstein, und aus dem geöffneten Fenster drang Lachen. Die Familie war offensichtlich noch beim Frühstück. Sollten sie nur, es würde für lange Zeit das letzte Mal sein, dass sie so einvernehmlich beisammensaßen.

Cedric spürte die Aufregung in sich hochsteigen. Nur noch wenige Augenblicke, dann würde Logan sein blaues Wunder erleben.

*

Dachs war gerade dabei, sich von Gwen einen zweiten Becher Honigmilch einschenken zu lassen, als er aus dem Fenster blickte. Von der Hauptstraße her näherte sich eine Gruppe bewaffneter Milizen, angeführt von Cedric, dem Sohn des Warlords. Dachs schwante nichts Gutes.

»Hm?« Logan wirkte müde, irgendwie nicht bei der Sache.

Gunnar hatte es auch gesehen. Er wischte seinen Mund mit einem Stofflappen ab und stand auf.

»Was ist denn los?«

Dachs deutete aus dem Fenster. Die Milizen umstellten das Haus in weitem Kreis. Ein heftiges Klopfen war zu hören.

»Gunnar, bist du da? Ich muss mit dir reden.«

Gunnar ging zur Tür und öffnete sie. Im Eingang stand der Sohn des Warlords. Seine helle Haut war gerötet, ein dünner Schweißfilm glänzte auf seinen Wangen. In seinen Augen lag ein Ausdruck, der Dachs gar nicht gefiel.

Gunnar deutete eine Verbeugung an. »Wenn das nicht eine glückliche Fügung ist. Hast du erraten, dass ich dir heute einen Besuch abstatten wollte? Komm doch rein.«

Cedric folgte der Einladung und gab seinen Männern Befehl, draußen zu warten. Als er in die Küche trat, wanderten seine

Augen über den gedeckten Tisch. Ein köstlicher Geruch hing in der Luft. Gwen stand an der Spüle und beobachtete ihn misstrauisch. Als Cedric sie bemerkte, wurde sein Ausdruck schlagartig noch ein paar Grad eisiger.

»Die Rüstung ist fertig«, sagte Gunnar. »Willst du sie sehen? Sie ist drüben in der Werkstatt. Ohne mich selbst loben zu wollen, aber es ist das Schönste, was ich je gefertigt habe.«

Auf ein knappes Nicken von Cedric hin verließ Gunnar die Küche und schlug den Weg zur Schmiede ein. Einige der Söldner erwarteten sie dort bereits. Dachs kannte keinen einzigen von ihnen. Offensichtlich gehörten sie nicht zu Corbins Männern.

Gunnar trug einen großen Gegenstand, eingewickelt in dunkle Öltücher. Er ging in die Mitte des Raums und stellte den Gegenstand auf einen Amboss. Dann zog er das Tuch wie ein Magier beiseite.

Ein Raunen ging durch die Schmiede. Die Männer waren angemessen beeindruckt. Im fahlen Licht des Tages schimmerte der Brustpanzer wie Gold. Pferde und Wagen, Schwerter und Schilde, alles war wunderschön gearbeitet. Ein Prachtstück, das einem König zur Ehre gereicht hätte.

Cedric umrundete die Rüstung, betrachtete sie von allen Seiten und hob sie dann hoch. »Ungewöhnlich leicht«, stellte er fest.

»Das Metall ist dreilagig mit einem Kern aus Aluminium«, sagte Gunnar. »Trotzdem ist es hart genug, um Pfeile und Schwerthiebe abzuwehren. Willst du sie anprobieren?«

Cedric stellte die Rüstung wieder ab. »Wer hat dir eigentlich erlaubt, mich zu duzen?«

»Du selbst … ich meine, Ihr selbst«, sagte Gunnar verwirrt.

»Tatsächlich? Nun, dann ziehe ich diese Erlaubnis hiermit

zurück. Ich bin der Sohn des Warlords und möchte dementsprechend angeredet werden.«

»Wie Ihr wünscht, Fürst Cedric.« Gunnar deutete eine Verbeugung an. »Möchtet Ihr die Rüstung jetzt anprobieren?«

»Nicht nötig«, sagte Cedric und stellte die Rüstung wieder an ihren Platz. »Ich benötige sie nicht mehr. Und meinen Auftrag ziehe ich hiermit zurück.«

»Wie bitte?« Gunnar sah aus, als habe ihm jemand einen Magenhieb verpasst. Fassungsloses Schweigen erfüllte den Raum. Dachs konnte nicht glauben, was er da gehört hatte.

»Würdet Ihr das noch mal wiederholen?«

»Ich benötige die Rüstung nicht mehr. Der Auftrag ist null und nichtig.« Cedric machte eine kurze Pause, dann sagte er: »Verkaufe sie doch an jemand anderen. Oder schenk sie deinem Sohn, der scheint in letzter Zeit ja sehr auf Luxus zu stehen.«

Gunnar ging nicht auf die Spitze ein, sondern sagte mit unterdrücktem Zorn: »Ich kann diese Rüstung nicht an jemand anderen verkaufen, das wisst Ihr so gut wie ich. Sie ist an Eure Maße angepasst. Abgesehen davon verfügt niemand außer Euch über die finanziellen Mittel, dieses Stück zu bezahlen.«

»Dann tut es mir leid …«

»Wir hatten einen Vertrag.«

»Einen Vertrag?« Der Sohn des Warlords stemmte die Hände in die Hüften. »Ich kann mich gar nicht daran erinnern. Ob ich ihn wohl mal sehen dürfte …?«

»Nichts Schriftliches natürlich. Aber eines Mannes Wort ist genauso viel wert wie Tinte auf Papier.«

»Ein Wort?« Cedric kratzte sich am Kopf. »Zu dumm, ich kann mich gar nicht erinnern, dir irgendetwas gegeben zu haben, am wenigsten mein Wort. Du musst dich irren.«

»Mein Sohn Logan war anwesend. Er kann das bezeugen.«
»Logan?« Cedric hob eine Braue. »Der Logan, der vergessen hat, dass er mir einen Eid geschworen und bedingungslose Treue gelobt hat? Der Logan, der sich hinter dem Versprechen meines Vaters versteckt, anstatt mit mir persönlich zu reden, und der sich nicht zu schade war, mich vor allen Anwesenden zum Gespött zu machen? Nun, ich denke, wir dürften alle wissen, dass eine Aussage von ihm nicht viel Gewicht hat.«
Logan ballte seine Fäuste, trat einen Schritt vor, doch Gunnar hielt ihn zurück. »Wir hatten Ausgaben«, sagte er, seine Stimme mühsam beherrschend. »Die Materialien, die zur Veredelung nötig waren, haben mich ein halbes Jahreseinkommen gekostet. Die müsst Ihr mir erstatten.«
Cedrics Augen schimmerten kalt wie Eis. »Was scheren mich deine Ausgaben? Dein Problem, wenn du dich verschuldet hast. Muss ich dir jetzt auch noch erklären, wie du dein Geschäft führen sollst? Kommt, Männer. Hier gibt es nichts mehr für uns zu bereden. Die Sache ist beendet.«
»Sie ist keinesfalls beendet«, donnerte Gunnar. »So wahr ich hier stehe, Ihr werdet nicht gehen, ehe ich nicht mein Geld bekommen habe.«
»Willst du mir etwa drohen?« Da war er wieder, dieser eiskalte Ausdruck. Dachs sah, wie die Männer zu ihren Waffen griffen.
»Ich werde mich an Euren Vater wenden«, sagte Gunnar. »Ein Wort ist ein Wort. Ich werde ihm berichten, was hier vorgefallen ist, und auf seinen Urteilsspruch warten.«
Cedric, der gerade gehen wollte, hielt inne.
»Zu meinem Vater rennen willst du? Na, das passt ja. Wie der Vater, so der Sohn, sagt man nicht so? Wie es scheint, gilt das auch umgekehrt. Allesamt unterwürfige, kriecherische

Hunde, die bei jeder sich bietenden Gelegenheit zu ihrem Herrchen gekrochen kommen. Sieh dich vor, dass du dir nicht den Hals brichst, Gunnar. So was passiert schnell in diesen Tagen.« Er spuckte auf den Boden.

Dachs war so entsetzt von der Entwicklung, dass er zu spät bemerkte, wie Logan sich auf Cedric stürzte. Vielleicht hätte er ihn noch abhalten können, aber dafür war es jetzt zu spät. Logans Faust traf den Emporkömmling unterm Kinn und schleuderte ihn durch die Tür hinaus in den Staub vor der Werkstatt. Logan wollte sich schon auf ihn stürzen, als ihm die Wachen mit gezogenen Waffen in den Weg traten.

»Tötet ihn!«, kreischte Cedric mit blutendem Mund. Er deutete auf Logan. »Tötet den Hurenbock, er hat den Sohn des Warlords angegriffen! Das ist Hochverrat. Tötet ihn!«

Die Wachen rückten mit grimmigen Gesichtern gegen Logan vor. Der wich zurück, doch sie zogen einen Halbkreis um ihn und drückten ihn gegen die Außenseite der Werkstatt. Es schien keinen Ausweg zu geben. Plötzlich flog die Küchentür auf. Gwen erschien. In ihrer Hand hielt sie Logans Armbrust. Sie war gespannt, und ein Bolzen lag auf der Sehne.

»Schick deine Männer fort, Cedric. Schick sie zurück, oder dieser Pfeil wird direkt in deinen Schädel fahren, das schwöre ich dir.«

Eine der Wachen wollte sich schützend vor ihren Herrn stellen, doch Gwen hob die Waffe. »Noch einen Schritt, oder dein Herr ist tot. Mach, dass du zu den anderen kommst, und leg deine Waffen ab. Ihr alle, legt eure Waffen ab. Und dann geht. Als Hexe bin ich an keinen Treueschwur gebunden. Wenn ihr tut, was ich euch sage, wird euer Herr überleben. Wenn nicht …« Ihr Finger krümmte sich um den Abzug.

»Tut, was sie sagt«, schrie Cedric. Seine Augen waren vor

Panik weit aufgerissen. Die nackte Angst stand ihm ins Gesicht geschrieben. Widerwillig legten die Wachen Schwerter und Dolche ab und wichen zurück. Auf einen Wink ihres Anführers gingen sie noch weiter zurück.

Gwen nickte. »Gut. Und jetzt steh auf.«

Cedric stand auf und wischte das Blut von seinem Kinn. »Glaub nicht, dass du vor mir sicher bist. Ich werde dich finden. Überall, jederzeit. Du gehörst mir, verstehst du? Mir.«

»Verschwinde. Du hast für heute schon genug angerichtet. Mach, dass du wegkommst, und kehre nie wieder zurück.«

Cedric stand einen Moment unschlüssig herum, dann trottete er davon wie ein geprügelter Hund. Als er sich noch einmal umdrehte, hob Gwen ihre Armbrust und richtete sie auf ihn. Rasch lief er hinter seinen Leuten her.

47

Logans Augen ruhten auf Gwen. Sie stand da, die Armbrust in Schussposition, ein grimmiger Ausdruck auf ihrem Gesicht, während sie Cedric dabei beobachtete, wie er langsam aus ihrem Blickfeld entschwand. Sie hatte noch nie schöner ausgesehen.

»Danke«, sagte er. »Danke, dass du mir das Leben gerettet hast. Das war verdammt knapp.«

Sie entspannte sich und ließ die Armbrust sinken. Ein Ausdruck der Erleichterung erschien auf ihrem Gesicht. »Keine Ursache. Ich bin froh, dass es so glimpflich ausgegangen ist. Ich weiß nicht, ob ich ihn wirklich hätte erschießen können, wenn es nötig gewesen wäre.«

»Mit dem Sicherungshebel in dieser Position sicher nicht.« Er nahm die Waffe an sich und deutete auf die Stelle rechts vom Abzug. »Wenn du jemanden erschießen willst, musst du ihn vorher lösen.«

»Oh.« Sie schaute auf den kleinen Hebel und lachte. »Gut, dass ich das nicht gewusst habe. Ich war nämlich noch nie gut im Lügen.«

Alle lachten, außer Gunnar. Der Schmied war außer sich vor Zorn. Sein Bart war gesträubt, seine Haut leuchtete rot wie ein Kürbis. »Ich muss zum Warlord. Sofort. Er muss wissen, was hier vorgefallen ist. Logan, was hast du dir nur dabei gedacht? Cedric anzugreifen war mehr als nur dumm, es war Wahnsinn. Wie leicht hättest du dabei sterben können.«

Logan schüttelte betroffen den Kopf. »Ich weiß auch nicht.

Ich war so wütend. Er ... er hat dich beleidigt und unseren Namen in den Schmutz gezogen. Da habe ich ...«

»... da hast du die Nerven verloren. Das hätte mir auch passieren können. Trotzdem. So etwas darf einfach nicht geschehen. Wenn Gwen nicht gewesen wäre, hätte ich jetzt vermutlich nur noch einen Sohn.« Er starrte das Mädchen eine Weile an, dann trat er auf sie zu und schloss sie in die Arme.

»Danke«, hörte Logan ihn murmeln. »Danke, dass du meinen Jungen gerettet hast.« Gunnar wischte eine Träne aus seinem Augenwinkel. »Wenn ich etwas schroff zu dir war, so tut mir das leid. Ich bin ein alter Mann und stecke Veränderungen nicht mehr so leicht weg. Als Logan mit einer Frau hier ankam, da war ich ... da dachte ich ... na ja, jedenfalls möchte mich für mein unhöfliches Verhalten entschuldigen.«

»Entschuldigung angenommen«, sagte Gwen.

Gunnar räusperte sich, dann hob er den Kopf. »Gut, das wäre geklärt. Und jetzt zu Alexander. Logan, du wirst mich begleiten. Mach dich fertig und schnapp dir die Rüstung. Alexander muss sehen, um was es geht. Dachs und Gwen, ihr haltet die Stellung. Schließt die Tür ab und lasst niemanden rein. Spätestens mittags sind wir wieder hier. Komm, mein Junge. Lass uns aufbrechen.«

*

Cedric klopfte den Staub von seinen Kleidern und blieb stehen. Sein Mund schmeckte nach Blut. Einer der Zähne schien locker zu sein. Er spuckte zu Boden und atmete langsam ein und aus. Verflucht sei dieser Logan und seine Rechte. Der Schlag hatte ihn doch glatt aus den Schuhen gehoben.

Seine Männer standen abseits und warteten auf Anweisungen.

Drago kam zu ihm herüber und legte ihm die Hand auf die Schulter. »Alles in Ordnung?« Cedric wischte die Pranke unwirsch zur Seite und fauchte: »Fass mich nicht an.«
Der Anführer der Leibgarde war ein vierschrötiger Kerl, dem man ansah, dass er schon viele Kämpfe bestritten hatte.
»Ist nicht so gelaufen, wie Ihr erhofft hattet, oder?«
»Kümmere dich um deinen eigenen Scheiß. Wir werden uns das Mädchen holen, so oder so.«
»Wie wollt Ihr vorgehen?«
Cedric presste die Lippen zusammen. »Wenn ich richtigliege, wird der Schmied sein Haus verlassen und sich bei meinem Vater ausheulen. Wenn das geschieht, schlagen wir zu. Wir steigen ein, holen uns das Weib und sind wieder weg, ehe Gunnar zurückkommt.«
»Was ist mit Warlord Alexander? Er wird nicht sehr erfreut sein zu hören, dass Ihr hinter seinem Rücken die Dinge alleine in die Hand nehmt.«
»Mein Vater ist ein trotteliger alter Mann ohne Ehrgeiz und Kampfeswillen. Mein Wort steht gegen das des Schmieds, was will er machen? Sieh dir an, wie ich aussehe. Ich bin angegriffen worden, du warst Zeuge. Logan wollte mich umbringen. Also zerbrich dir nicht den Kopf. Tu, was ich dir sage, dann gibt es auch keine Probleme. Sieh mal da drüben. Logan und der Schmied verlassen das Haus, genau wie ich gesagt habe. Geht in Deckung, sie dürfen euch nicht sehen. Jetzt sind nur noch Gwen und der kleine Krüppel im Haus. Macht euch bereit.«

*

Logan war nicht wohl dabei, Gwen und Dachs alleine im Haus zu lassen. Sein Instinkt sagte ihm, dass Cedric noch nicht aufgegeben hatte. »Ob es die richtige Entscheidung war, das Haus unbewacht zu lassen? Vielleicht sollte ich zurückgehen und auf die beiden aufpassen.«

Gunnar schüttelte den Kopf. »Ich brauche dich. Du stehst Alexander näher und kannst besser mit Worten umgehen. Außerdem bist du der Champion, vergiss das nicht.«

»Aber …«

»Hör auf, dir Sorgen zu machen. Cedric ist mit eingekniffenem Schwanz nach Hause gerannt, von dem droht keine Gefahr. Wahrscheinlich hockt er gerade bei seinem Vater und heult ihm die Ohren voll. Nein, nein, du musst mitkommen. Du bist ein wichtiger Zeuge. Ich verspreche dir auch, dass es nicht lange dauern wird.«

»Na gut«, sagte Logan. »Dann nichts wie los.«

*

Cedric beobachtete, wie Gunnar und Logan den Weg Richtung Westen einschlugen und schließlich in der Ferne verschwanden. Er wartete noch einen Moment, dann gab er das Zeichen zum Angriff. Leise und in geduckter Haltung strebten seine Männer auf das Haus zu. Auf dem Weg dorthin zerstreuten sie sich und umzingelten das Gebäude. Niemand sollte entkommen.

Cedric blieb einige Meter hinter den anderen zurück. Er hatte nicht vor, in vorderster Reihe mitzukämpfen, sollten sich die anderen die Finger schmutzig machen. Er wollte nur Gwen. Was würde das für ein Triumph sein, sie endlich in seine Gewalt zu bringen.

Wenn er seinem Informanten glauben durfte, hatte sie ihr Herz an Logan verschenkt. Als Frau kam sie daher für ihn nicht mehr in Frage. Überdies schien sie eine Terroristin zu sein. Anfangs hatte er Probleme gehabt, das zu glauben, doch so, wie sie sich vorhin verhalten hatte, gab es keine andere Erklärung. In einem kurzen Augenblick war sein ganzes Leben an ihm vorübergezogen. Es war die reine Mordlust gewesen, die da in ihren Augen geleuchtet hatte. Sie war eine Hexe, genau wie der Inquisitor sie beschrieben hatte. Verführerisch, tückisch und schön. Der Oberste des Ordens würde es sicher als Zeichen seines guten Willens betrachten, wenn Cedric ihm dieses hübsche Vögelchen als Geschenk brachte.
Die Männer hatten Position bezogen und warteten auf seine Befehle. Er schritt auf die Haustür zu, wartete einen Moment, dann hämmerte er gegen die Haustür.
»Im Namen von Warlord Alexander, öffnet die Tür. Ihr seid festgenommen wegen Hochverrats.«

*

Gwen und Dachs tauschten entsetzte Blicke aus. *Cedric!*
»He, ihr da, ihr braucht gar nicht so zu tun, als wäret ihr nicht da. Ich weiß, dass ihr euch dadrinnen versteckt haltet. Ich habe gesagt, ihr sollt die Tür aufmachen, oder soll ich mit Gewalt reinkommen?«
Dachs signalisierte Gwen, sie solle in Deckung bleiben. Er selbst kroch unterhalb der Fenster an der Holzwand entlang und riskierte einen schnellen Blick hinaus. Gwen, die hinter dem Kachelofen Position bezogen hatte, konnte sein ernstes Gesicht sehen. »Was ist los?«, zischte sie. »Was siehst du?«
Er ließ seinen Finger durch die Luft kreisen.

»Was heißt das? Sind wir umzingelt?«

Er nickte und formte die Zahl Sechs mit seinen Fingern.

Gwen zog die Brauen zusammen. War das Spektakel vorhin vielleicht nur ein Ablenkungsmanöver gewesen?

Dachs kam zu ihr zurückgekrochen. Hastig machte er ihr Zeichen, sie solle ihm folgen.

48

Das Gebäude des Warlords ragte stumm in die Höhe. Außer den zwei Wachen am Eingang war niemand zu sehen.
»Cedric scheint noch nicht wieder aufgekreuzt zu sein«, murmelte Logan. »Alles ruhig.«
»Sieht so aus«, sagte Gunnar. »Umso besser. Dann können wir in Ruhe mit Alexander reden. Cedric hätte bestimmt ein Riesentheater gemacht.«
»Hm.«
»Du bist anderer Meinung?«
»Ich weiß nicht ... irgendetwas ist hier faul.«
»Jetzt mach dir mal keine Sorgen. Wir werden mit Alexander sprechen und die Dinge ins Lot bringen, dann kehren wir wieder zurück. Alexander und ich kennen einander schon sehr lange. Er weiß, dass er mir vertrauen kann. Komm jetzt, nur noch ein paar Meter, dann hast du es geschafft.«
Die beiden Wachen hockten neben der Pforte und rauchten irgendein stinkendes Kraut. Als sie Gunnar und Logan sahen, standen sie auf. »Was wollt ihr?«
»Wir müssen mit Alexander sprechen, es ist dringend«, sagte Gunnar. »Ist er da?«
»Selbstverständlich ist *Warlord* Alexander da«, sagte der eine mit tadelndem Tonfall und trat seine Kippe mit dem Fuß aus. »Aber ihr könnt nicht so einfach rein. Nicht ohne Anmeldung.«
»Wärst du dann so freundlich? Wie ich schon sagte, es ist dringend.«

»Da könnte ja jeder kommen. Der Warlord schläft vermutlich noch. Was habt ihr überhaupt für ein Ding da?« Er deutete auf die Rüstung.

In diesem Moment näherte sich eine Gestalt aus dem Inneren. Es war Corbin.

»Was ist hier los?«

»Die beiden wollen zu Warlord Alexander. Ich habe gesagt, sie sollen später wiederkommen.«

»Gunnar, bist du das? Oh, und Logan. Ich habe dich hinter deinem Gepäckstück kaum erkannt. Was gibt es?«

In wenigen Worten erklärte der Schmied, was vorgefallen war. Corbin hörte sich alles in Ruhe an, dann nickte er. »Das klingt ernst«, sagte er. »Ich werde mal besser sehen, was ich tun kann. Wartet hier.«

Es dauerte keine fünf Minuten, da kam er schon zurück und brachte sie nach oben.

Fürst Alexander schien geradewegs von der Morgentoilette zu kommen. Er war nur in einen weiten Mantel gehüllt, und an seinen Wangen hing noch Schaum. Seine Füße hinterließen feuchte Flecken auf dem Holzboden.

»Was höre ich da? Ihr habt Ärger mit meinem Sohn?«

»Bitte verzeiht die frühe Störung, Fürst Alexander. Glaubt mir, wir hätten es nicht gewagt, wenn es nicht wirklich wichtig wäre.«

»Spar dir die Floskeln. Was ist los?«

Gunnar nahm Logan die Rüstung aus der Hand und packte sie aus. »Seht selbst.«

Logans Arme fühlten sich an, als wären sie in die Länge gezogen worden. Verglichen mit anderen mochte die Rüstung ja leicht sein, aber es blieb eine Rüstung. Seine Hände, sein Hemd, ja sein ganzer Oberkörper stanken nach Öl.

Alexander kam näher und betrachtete den Panzer. In seinem Blick mischten sich Staunen und Verwunderung.

»Ein Brustharnisch?«

»So ist es, Euer Lordschaft.«

»Wunderschön. Ich habe dergleichen noch nicht gesehen.« Er fuhr mit dem Finger darüber. »Die Außenseite wurde veredelt.«

»Mit Blattgold, Euer Exzellenz. Ein halber Jahresverdienst steckt in dieser Rüstung.«

»Für wen wurde sie gefertigt? Ich hoffe nicht für mich. Sie wäre ein wenig eng ...« Er schmunzelte.

»Für Euren Sohn, Sir. Cedric hat sie bei mir bestellt.«

Das Lächeln verschwand. »Cedric? Ich verstehe nicht ...«

»Er hat sie bei mir bestellt. Er hat gedrängt, ich solle alle Aufträge zurückstellen und sie für ihn anfertigen. Und jetzt will er nicht zahlen.«

»Moment, Moment, immer langsam mit den jungen Pferden. Cedric hat diese Rüstung bei dir bestellt?«

»So wahr ich hier stehe. Stimmt's, Logan?«

Logan nickte. »Er sagte, der Auftrag sei von größter Dringlichkeit. Die Schwerter für Eure Garde werden daher erst in ein paar Tagen fertig sein.«

»Cedric hat gesagt, ihr sollt meine Schwerter zurückstellen, um für ihn einen Harnisch anzufertigen? Mit Goldapplikationen?« Alexander wischte mit seinem Ärmel den Schaum aus dem Gesicht.

Gunnar nickte. »Ja, mein Fürst, so wahr ich hier stehe.«

Alexander umrundete das Stück. »Das kostet doch bestimmt ein Vermögen.«

»In der Tat, Sir. Vielleicht hätte ich Euch vorher informieren sollen, aber ich dachte ...«

»Du dachtest? Du *dachtest?*« Alexander fing an, rot anzulaufen. »Ich glaube nicht, dass du viel gedacht hast. Natürlich hättest du mich informieren müssen. Bei einem Auftrag in dieser Größenordnung wäre es deine verdammte Pflicht gewesen, dich rückzuversichern. Aber jetzt liegt das Kind schon im Brunnen. Was mir allerdings noch viel größere Sorgen bereitet, ist, dass Cedric mir nichts gesagt hat. Mein eigener Sohn. Ich habe das Gefühl, jetzt ist bei ihm endgültig eine Schraube locker. Wo steckt der Taugenichts nur wieder? *Inga!*«

»Er dürfte noch nicht wieder hier sein, Euer Ehren«, sagte Gunnar. »Es gibt da nämlich noch etwas, was ich Euch erzählen muss.«

Alexander fuhr herum und bedachte den Schmied mit einem finsteren Blick. »Was denn noch?«

*

»Letzte Warnung!«, drang Cedrics Stimme durch die Haustür. Er klang wie eine Ratte, die sprechen gelernt hatte.

»Ich zähle jetzt bis zehn. Wenn ihr die Tür dann noch nicht aufgemacht habt, treten wir sie ein. Also stellt euch nicht dümmer an, als ihr seid. Eins … zwei …«

Dachs hob einen Stuhl hoch und zog den Teppich zur Seite. Die Falltür im Boden war kaum zu erkennen. Mit gerunzelter Stirn beobachtete Gwen, wie er ein dünnes Metallstück aus der Tasche zog, es in die hauchdünne Ritze steckte und die Bodenplatte hochhebelte. Ein dunkles Quadrat erschien auf dem Holzboden. Gwen konnte eine Leiter erkennen, ein paar Regale und ein Fass. Der Rest war Dunkelheit. Der Junge gab ihr zu verstehen, dass sie hinunterklettern solle.

Gute Idee.
Sie packte Füchschen, ergriff eine der Sprossen und stieg hinab. Feuchte Kälte umfing sie. Drei Meter tiefer stieß sie auf festen Untergrund. Der Boden war aus gestampftem Lehm und ziemlich uneben. Eine Vorratskammer, vielleicht auch ein Sturmkeller. Sie schaute nach oben.
»Jetzt du«, zischte sie. »Komm schon.«
Dachs sah zu ihr hinab, dann schüttelte er den Kopf.
»Was soll das heißen? Na los, mach schon.«
Dachs legte seinen Finger auf die Lippen, warf ihr einen traurigen letzten Blick zu, dann schloss er die Klappe.
Von einer auf die andere Sekunde wurde es stockfinster. Gwen hörte, wie Dachs den Teppich an seinen Platz zog und den Stuhl wieder daraufstellte.
»Zehn.« Cedrics hoher Rattenstimme folgte ein Krachen und Bersten. Schwere Schritte stampften durch die Wohnung.
»Wo ist sie? Wo ist Gwen?«
Keine Antwort, stattdessen hektische Schritte in der Wohnung. Stühle wurden gerückt, Möbel verschoben. Dann das Poltern von Stiefeln auf der Treppe. Einige der Wachen waren auf dem Weg nach oben.
»Ich habe dich etwas gefragt!« Cedrics Stimme erklang direkt über ihr. Dachs schwieg. Was blieb ihm auch anderes übrig?
Gwen hörte ein Klatschen, dann ein Wimmern.
»Bist du taub, oder was? Soll ich dir noch eine scheuern? Rück endlich mit der Information heraus. Ich weiß, dass sie hier ist, ich habe euch beide hineingehen sehen. Also, wird's bald?«
Er ist stumm, du Idiot, wollte Gwen rufen. *Er kann dir nicht antworten, selbst wenn er wollte.*
»Ich habe langsam keine Lust mehr zu fragen. Die kleine Schlampe ist eine Verräterin, eine Terroristin und Spionin. Sie

steht in Verbindung zu einer Person, die am Angriff auf die Raffinerie beteiligt war. Ich werde sie finden und zum Inquisitor bringen, so oder so. Also, sagst du mir jetzt, wo sie ist, oder soll ich dir deinen dämlichen kleinen Schädel einschlagen?«

Als nichts geschah, ertönte ein weiterer Schlag, diesmal heftiger. Das Poltern eines umfallenden Stuhls war zu hören und etwas, das ihr das Herz zusammenpresste: ein Keuchen und Wimmern. Dann Stille.

Gwen hielt es nicht mehr aus. Sie erklomm die Leiter und hatte die Hand schon an der Falltür, als ihr einfiel, dass Dachs das alles nur für sie tat. Gab sie sich jetzt zu erkennen, hätte er völlig umsonst gelitten.

Trotzdem.

Nur wenige Zentimeter von ihr entfernt litt ein kleiner Junge. Das konnte sie nicht zulassen. Wieder wanderte ihre Hand nach oben.

»Keine Spur von ihr«, hörte sie eine der Wachen rufen. »Hier oben ist nichts.«

»Aber irgendwo muss sie sein, wir haben sie doch reingehen sehen. Habt ihr wirklich alles genau durchsucht?«

»Bis in den letzten Winkel.«

»Scheiße.«

Gwen zog ihre Hand ganz langsam wieder fort. Sie konnte Cedric atmen hören. Sie bildete sich sogar ein, ihn *denken* hören zu können. *Sie hat das Haus nicht verlassen, muss also noch hier sein. Wenn sie in keinem der zugänglichen Räume ist, dann in einem, der auf den ersten Blick nicht zugänglich ist. Eine geheime Kammer, oder ein … Kellerraum.*

Fast im selben Moment hörte sie ein Scharren, direkt über ihrem Kopf. Mit angehaltenem Atem wich sie zurück. Füchschen dicht an die Brust gepresst, ging sie langsam rückwärts, Fuß um Fuß in den finsteren Stollen.

»He, kommt mal alle hierher, hier ist eine Klappe im Boden.« Kratzende Laute, dann: »Da ist kein Griff dran. Drago, gib mir dein Messer.«

Es knirschte, dann erschien ein heller Spalt in der Decke.

»Dachte ich's mir doch, ein Keller. Drago, schnapp dir zwei Männer, steig da runter und sieh nach. Der Rest von euch untersucht das Haus nach weiteren Versteckmöglichkeiten. Wäre doch gelacht, wenn wir die kleine Schlampe nicht finden.« Ein teuflisches Lachen war zu hören. »Hörst du, Gwen? Wir werden dich finden, und dann gnade dir Gott!«

49

Warlord Alexander starrte auf die Rüstung und fragte sich, was zum Teufel er jetzt bloß tun sollte. Sein Sohn war unehrenhaft und tat Dinge hinter seinem Rücken, die langfristig Schaden für ihn und den gesamten Clan bedeuten konnten. Das durfte er nicht auf sich beruhen lassen.

Alexander kannte den Schmied schon lange. Wäre er nicht Clanführer, sondern Handwerker wie Gunnar, sie wären vermutlich gute Freunde geworden. Doch ein Warlord hatte keine Freunde. Er *durfte* keine Freunde haben. Er konnte es sich nicht leisten, dass Gefühle sein Urteilsvermögen beeinträchtigten. Objektivität, das war es, was einen Warlord auszeichnete. Und genau diese Objektivität war nötig, wenn er herausfinden wollte, was tatsächlich geschehen war.

Ein kleiner Teil in ihm hoffte inständig, dass alles nur ein Missverständnis war. Dass Cedric sich vielleicht unklar ausgedrückt und Gunnar etwas falsch verstanden hatte. Es war ein Hoffnungsschimmer, doch er tendierte gegen null. Wenn er eines über seinen Sohn wusste, dann, dass nichts, was Cedric tat, aus Zufall geschah. In seinem ganzen Leben war er noch keinem so berechnenden Menschen begegnet. Manchmal kam es ihm vor, als habe ihm ein Kuckuck ein Ei ins Nest gelegt, als habe man seinen richtigen Sohn fortgenommen und ihm stattdessen dieses Küken anvertraut, das alles, was er aufgebaut hatte, zerstörte.

Ein Geräusch an der Tür, ein zaghaftes Klopfen.

»Herein!«

Corbin erschien und neigte seinen Kopf. »Euer Sohn ist hier, Sir. Er möchte mit Euch sprechen.«

»Das trifft sich gut. Schick ihn rein!«

Die Tür schwang auf, und Cedric betrat den Raum. Er hatte Verfärbungen im Gesicht – Schlagspuren. Dieser Punkt in Gunnars Erzählung entsprach schon mal der Wahrheit. Doch trotz seiner Blessuren wirkte Cedric arrogant, selbstsicher, kalt.

Corbin zögerte. »Benötigt Ihr noch etwas, Herr?«

»Nein. Schließ die Tür und lass uns allein. Und egal, was du hörst, komm nicht herein.«

Der Hauptmann der Garde sah einen Moment lang verwundert aus, dann nickte er und neigte sein Haupt. »Wie Ihr befehlt, Herr.«

Alexander wartete, bis die Tür geschlossen war, dann wandte er sich an seinen Sohn: »Komm näher, Cedric. Wo warst du? Was ist mit deinem Gesicht passiert?«

Cedric erwiderte nichts. Er steuerte den Tisch mit der Obstschale und den Getränken an, trank ein Glas Holunderwasser, verspeiste eine Birne und ließ sich dabei viel Zeit.

»Wie ich sehe, waren Gunnar und Logan bereits bei dir«, sagte er, als sein Blick auf die Rüstung fiel. »Ein Jammer. So eine wunderbare Arbeit, ganz umsonst.«

»Ich habe dich etwas gefragt.«

»Was denn? Ach so – das.« Cedric strich über seine geschwollene Lippe. »Eine kleine Meinungsverschiedenheit. Wie es der Zufall so wollte, ging es dabei genau um diese Rüstung.«

Alexander spürte, wie die Wut in ihm hochstieg. Er ballte seine Hände zu Fäusten. Ruhig bleiben, sagte er sich. Du musst ruhig bleiben – auch wenn es schwerfällt. Dieses oberflächliche Getue, dieses lauernde Taktieren, das war genau das, was er an Cedric nicht ausstehen konnte.

»Hör auf, um den heißen Brei herumzureden, und erzähl mir, was passiert ist. Du hast eine Rüstung anfertigen lassen, ohne mich vorher um Erlaubnis zu fragen?«

Cedric riss vor Überraschung die Augen auf. »Aber nein. So war es gar nicht. Ich habe Gunnar nur gesagt, wie sehr ich seine Arbeit bewundere und dass ich mir irgendwann gerne mal so eine Rüstung anfertigen lassen würde. Aber das war kein Auftrag. Ein dummes Missverständnis, nichts weiter. Schade, dass es deswegen jetzt so einen Ärger gibt.«

Alexander runzelte die Stirn. Sein Gefühl sagte ihm, dass Cedric log.

»Weswegen warst du überhaupt bei ihm?«

Cedric aß in aller Seelenruhe noch eine Birne.

»Ich musste mir über ein paar Dinge klarwerden. Informationsbeschaffung, wenn du verstehst, was ich meine.«

»Nein, ich verstehe nicht!«, brüllte Alexander. »Was ich von dir zu hören bekomme, ist ein Haufen Scheiße, der mich zu dem Schluss kommen lässt, dass du komplett den Verstand verloren hast. Gunnar ist einer meiner treuesten und zuverlässigsten Untertanen. Er war nie auffällig und hat immer seine Abgaben bezahlt. Er würde mich nie betrügen. Dass sein Sohn für mich und unsere Männer sein Leben riskiert und unserem Clan zu Ansehen und Respekt verholfen hat, davon will ich gar nicht erst reden. Die beiden genießen mein vollstes Vertrauen. Es gehört mehr als das fadenscheinige Wort meines verzogenen Sohnes dazu, um dieses Vertrauen zu erschüttern. Also, willst du mir jetzt endlich erzählen, was vorgefallen ist, oder soll ich dich die Rüstung anziehen lassen und schauen, ob sie dir passt? Vielleicht hilft dir ja eine ordentliche Tracht Prügel wieder auf die Sprünge.«

Zum ersten Mal war in Cedrics Blick so etwas wie Unsicherheit zu sehen. Ein kurzes Aufflackern, das aber gleich wieder verschwand.

»Du willst mich schlagen? Reicht es dir noch nicht, was dein hochgelobter Champion mir angetan hat? Du willst die Wahrheit, nun, dann will ich sie dir erzählen. Wusstest du, dass Logan einer gesuchten Rebellin Unterschlupf gewährt? Einer Person, die in die Vorfälle bei der Raffinerie verstrickt ist und die als Spionin und Attentäterin eingestuft werden muss?«

»Blödsinn.«

»Kein Blödsinn. Solche Dinge erfährt man natürlich nicht am gedeckten Tisch, sondern nur, wenn man sich darum kümmert. Aber dazu müsste man ja Augen und Ohren aufmachen ...«

»Wie kannst du es wagen, so mit mir zu reden?«

»Du kannst mir drohen, soviel du willst, es wird an den Tatsachen nichts ändern. Logan und Gunnar sind in Dinge verstrickt, die deine Phantasie weit übersteigen. Aber wenn du es nicht hören willst, kann ich auch schweigen. Nur beklage dich dann nicht hinterher, ich hätte dich nicht gewarnt.«

Alexander war fassungslos. Konnte das wahr sein? Logan und Gunnar – Verräter? Nein, das war unmöglich. Aber er musste sichergehen.

»Na schön«, stieß er aus. »Rede weiter. Aber wehe, du lügst mich an. Ich merke sofort, wenn mich jemand anlügt, und das hat bisher für niemanden ein gutes Ende genommen.«

Cedric hob sein Kinn. »Mein Informant hat ein Gespräch belauscht, dem zufolge Gwen zu einem Kreis weiblicher Verschwörer rund um die Hexe Juna gehört. Ist dir der Name schon mal zu Ohren gekommen?«

Alexander schüttelte den Kopf.

»Sie war es, die den entscheidenden Schlag gegen die Raffinerie geführt hat. Sie hat zusammen mit dem Mönch David die Flugmaschine gelenkt und die Anlage zerstört. Gwen hat mit ihr zusammengelebt. Sie war die Lebensgefährtin von Gwen.« Er lächelte verschlagen. »Nun wirst du dich vermutlich fragen, was das alles mit Gunnar und Logan zu tun hat. Das will ich dir erklären. Mein Informant war Zeuge, als Gwen Logan in ihre Geheimnisse eingeweiht hat. Sie erzählte ihm von ihrer Vergangenheit: von ihrer Beziehung zu Juna, von Glânmor, dem Hohen Rat, dem ganzen Trara. Und dreimal darfst du raten, was dein geliebter Champion daraufhin tat.« Er machte eine rhetorische Pause. »Nichts. Im Gegenteil. Anstatt dich zu informieren, versprach er Gwen, ihr zur Flucht zu verhelfen. Er will sie bis zur Grenze bringen, damit sie nach Glânmor heimkehren kann. Hätte ich Gwen nicht in meinen Gewahrsam gebracht, Logan wäre noch heute mit ihr geflohen.«

Alexander runzelte die Stirn. »Du hast sie in deiner Gewalt? Wo ist sie jetzt?«

Cedric trat einen Schritt zurück. »An einem sicheren Ort. Weg von Logan und seinem verräterischen Vater. Mir war klar, dass sie über kurz oder lang hier auftauchen und um Gwens Auslieferung betteln werden.« Cedric nahm noch einen Schluck von dem erfrischenden Getränk und wischte mit dem Ärmel über seinen Mund. »Das sind die Fakten. Selbst du, der du den beiden so überaus wohlgesinnt bist, kannst nicht verhehlen, dass sich dein geliebter Champion des Hochverrats schuldig gemacht hat. Und sein lieber Vater gleich mit.«

Alexander strich nachdenklich über seinen Bart. Wenn es stimmte, was Cedric da erzählte, hatte er ein Problem.

»Warum hasst du die beiden so?«, fragte er. »Ich dachte, du könntest Logan gut leiden.«

Cedrics Augen funkelten. »Das war, bevor er mir meine Braut ausgespannt hat. Ich will zurück, was mir zusteht, das ist alles.«

»Aber du sagst doch selbst, sie ist eine Verräterin. Was willst du mit dem Weib?«

»Lasst das meine Sorge sein. Zuerst mal werde ich sie zum Inquisitor bringen. Ich bin sicher, er wird sich sehr für diese Geschichte interessieren. Unter den richtigen Umständen und mit den geeigneten Mitteln wird sie ihre Geheimnisse schon preisgeben. Danach … das werden wir sehen.«

Alexander hob den Kopf. *Der Inquisitor?*

Jetzt dämmerte es ihm. Daher wehte also der Wind. Cedric wollte sich bei Marcus Capistranus lieb Kind machen, aber der Sache würde er sofort einen Riegel vorschieben.

»Kommt gar nicht in Frage. Erst mal werde ich mit den Beteiligten selbst reden. Solche Dinge regelt man am besten erst mal im kleinen Kreis. Bring Gwen zu mir, und dann hol auch Logan und Gunnar dazu. Ich will wissen, was sie zu der Sache zu sagen haben.«

Cedric verschränkte die Arme vor der Brust. »Das werde ich nicht tun.«

»Ich habe mich wohl verhört. Das war keine Bitte, sondern ein Befehl. Bring sie her.«

»Damit du sie mir wieder wegnehmen kannst?« Cedrics Gesicht war noch bleicher als sonst. »Nein.«

»Du willst wohl, dass ich dich übers Knie lege. Ich bin dein Vater, du wirst mir gefälligst gehorchen.«

»Ich lasse mich nicht einschüchtern«, stieß Cedric zwischen den zusammengepressten Zähnen hervor. »Die Zeiten, in denen du mich wie ein kleines Kind behandelt hast, sind vorbei. Das hier ist meine Angelegenheit, und ich werde sie auf meine Weise lösen. Du wolltest dich ja nicht um die Sache kümmern.«

Alexander holte aus und schlug Cedric mit voller Wucht ins Gesicht. Der Schwung war so heftig, dass der Junge ausglitt und zu Boden stürzte. Auf seiner Wange zeichnete sich ein knallroter Fleck ab, der langsam auf die gesamte linke Gesichtshälfte ausstrahlte. Zusammen mit den blauen Flecken von Logans Angriff eine recht farbenfrohe Mischung.

Cedric stand unter sichtbaren Schmerzen auf. Er atmete schwer. Seine Beine schienen etwas wackelig zu sein, und in seinem Mundwinkel war ein Blutstropfen zu sehen. Selber schuld, was hatte er ihn auch so reizen müssen?

»Ich hoffe, das war dir eine Lehre«, sagte Alexander. »Und jetzt tu, was ich dir gesagt habe.«

Statt einer Antwort erntete er nur Schweigen. Cedric wich nach hinten aus und brachte Abstand zwischen sich und seinen Vater. Mit hasserfüllten Augen sah er ihn an. »Ich weiß, dass du mich nicht leiden kannst und dass du mir misstraust. Doch das beruht auf Gegenseitigkeit, *Vater*«, entgegnete er mit heiserer Stimme. Er spuckte die Worte regelrecht aus. »Wie soll ich einem Mann vertrauen, der einen Fremden seinem eigenen Sohn vorzieht? Seit ich mich erinnern kann, hast du mir immer andere vorgezogen. Nie war ich dir gut genug. Zu klein, zu blass, zu schwach.« Er wischte eine Träne aus seinem Augenwinkel. »Aber die Zeiten sind vorbei. Jetzt bist du es, der schwach ist. Zu schwach, um die Clans zu vereinen, zu schwach, um gegen die Frauen in den Krieg zu ziehen, zu alt, um die Wahrheit zu erkennen, wenn man sie dir vors Gesicht hält. Deine Tage sind gezählt. Ich werde zum Inquisitor gehen und mich dem Kampf anschließen. Und ich werde Gwen mit mir nehmen. Und wenn ich zurückkomme, werde ich den Laden hier übernehmen. Genieße die letzten Tage in deinem selbsterschaffenen Traumland, viele werden es nicht mehr sein.« Er wischte einen dünnen Blutfaden aus seinem Mundwinkel. »Oh, und eines noch: Solltest du je wieder Hand an mich legen, wirst du das mit deinem Leben bezahlen, das schwör ich dir.«

Alexander spürte, wie er die Beherrschung verlor. Noch nie in seinem ganzen Leben hatte jemand gewagt, so mit ihm zu reden. Worte wie diese waren mehr, als er verkraften konnte. Er ballte seine Hände zu Fäusten. Ein blutroter Schleier vernebelte sein Blickfeld, während er mit eingezogenem Kopf auf seinen Sprössling zuging. Er war so erfüllt von Zorn, dass er zu spät bemerkte, wie sein Sohn den Teppich, auf dem er stand, zur Seite riss. Er verlor das Gleichgewicht, taumelte, konnte sich aber im letzten Moment am Tisch abstützen. Cedric packte einen der Stühle und ließ ihn von oben auf seinen Kopf sausen. Es gelang Alexander zwar noch, gerade rechtzeitig die Arme hochzureißen; er konnte jedoch nicht verhindern, dass eines der Stuhlbeine ihn an der Schläfe erwischte. Der Schlag war ebenso heftig wie unerwartet. Er spürte, wie ihm schwindlig wurde. Seine Hände tasteten nach der Tischkante. Er suchte nach Halt, doch es gelang ihm nicht. Als er sich umdrehte, sah er, dass Cedric eines der Stuhlbeine abgebrochen hatte. Er schwang es wie eine Keule und kam damit auf ihn zu. Alexander wollte etwas sagen, doch mehr als ein Stöhnen kam nicht heraus. Cedric hatte das Stuhlbein zum Schlag erhoben und ließ es mit mächtigem Schwung durch die Luft sausen.

Es gab ein dumpfes Krachen, dann löste sich die Welt in einem

Regen aus funkelnden Sternen auf. Alexander glitt aus, stürzte zu Boden und riss dabei die teure Rüstung mit sich.
Das Letzte, was er sah, war Cedric, wie er auf ihn herabblickte. Hass und Triumph in seinen Augen – und ein Anflug von Wahnsinn.

50

Dachs fühlte, wie das Leben in seinen Körper zurückkehrte. Licht sickerte durch seine halbgeschlossenen Lider und entfachte ein Feuerwerk aus Helligkeit. Unter Schmerzen bewegte er seinen Kopf. Zwei dunkle Schemen schoben sich vor sein Gesichtsfeld, dann hörte er eine vertraute Stimme: »Schnell, Vater, bring etwas zu trinken. Ich glaube, er kommt wieder zu sich. Na, mein Kleiner, geht's wieder?« Er fühlte, wie ihm jemand die Hand in den Nacken legte und ihn sanft in eine aufrechte Position bewegte.

Er versuchte zu nicken, aber sein Hals war steif wie ein Brett. Das Nächste, was er spürte, war ein Krug Wasser an seinen Lippen. Gierig trank er einige Schlucke, dann startete er einen neuen Versuch, die Augen zu öffnen.

Logan und Gunnar sahen ihn besorgt an.

»Wie geht es dir, kannst du dich bewegen?«

Dachs bewegte seine Arme und Beine und nickte.

»Gut«, sagte Gunnar. »Dann versuch mal, ob du dich auf den Stuhl hier setzen kannst. Komm, ich helfe dir. So, siehst du? Ich werde dir einen kühlen Verband machen. Eine hübsche Beule hast du da abgekriegt.«

Dachs tastete vorsichtig über seinen Hinterkopf und zuckte schmerzerfüllt zusammen. Das Ding war groß wie ein Taubenei.

Logan zog einen zweiten Stuhl heran und nahm ebenfalls Platz.

»Wo ist Gwen? Was ist passiert?«

»Lass den Jungen doch erst mal wieder zur Besinnung kommen. Er wird uns schon alles erzählen, wenn er so weit ist. Hier ist erst einmal der Verband. Wird anfangs etwas unangenehm sein, aber nach einer Weile wirkt er Wunder.«

Das kalte Tuch fühlte sich tatsächlich seltsam an, doch es dauerte keine zwei Minuten, und der Schmerz verging.

»Besser?«

Dachs nickte.

Wie spät ist es?

Gunnar warf einen Blick auf seine alte Taschenuhr. »Vier Uhr. Du warst einige Stunden weggetreten.«

Vier Uhr? Das hieß ja, er wäre sechs Stunden außer Gefecht gewesen. Was war geschehen? Wenn nur sein Kopf besser funktionieren würde!

Cedric war mit seinen Männern zurückgekehrt und ins Haus eingedrungen. Gwen? Gwen war im Kellerloch gewesen. Er hatte den Stuhl daraufgestellt und sich dann hingesetzt. Ab dem Punkt fingen die Dinge an, schwammig zu werden.

Rasch stand er auf und öffnete die Klappe. Ein verzweifeltes Miauen erscholl aus der Tiefe.

Logan schob Dachs zur Seite und stieg die Leiter nach unten. Als er wieder hochkam, hatte er Füchschen auf dem Arm.

Gunnar nahm sie ihm ab und half Logan wieder an die Oberfläche. »Was ist mit der Katze? Hast du Gwen dort unten versteckt?«

Dachs nickte und begann zu erklären, an was er sich erinnerte. Es dauerte eine Weile, aber dann hatte er das Puzzle wieder zusammengesetzt. Logan war weiß vor Zorn.

»Dieses Schwein«, stieß er aus. »Dieses stinkende heuchlerische Schwein hat sie entführt. Sagte ich nicht, ich hätte ein komisches Gefühl? Jetzt ist genau das passiert, was ich am meisten befürchtet habe. Schade, dass ich nicht noch fester zugeschlagen habe. Ich hätte ihm das Genick brechen sollen, als ich die Gelegenheit dazu hatte.« Er ballte seine Hand zur Faust.

»Dann wärst du jetzt tot und wir vogelfrei«, sagte Gunnar. »Danke den Göttern, dass sie uns dieses Schicksal erspart haben. Es ist auch so schon schlimm genug.«

»Ich werde auf der Stelle noch einmal zum Warlord gehen«, sagte Logan. »Die Dinge fangen an, aus dem Ruder zu laufen.«

»Ich halte das für keine gute Lösung«, entgegnete Gunnar.

»Was? Willst du Gwen etwa kampflos diesem Emporkömmling überlassen?«

»Natürlich nicht«, sagte Gunnar. »Aber ich kenne Alexander gut genug, um zu wissen, dass seine Geduld schnell erschöpft ist. Wenn wir jetzt schon wieder bei ihm antanzen, könnte es sein, dass es uns eher schadet als nützt. Ich denke, es wäre besser, erst mal einen Tag verstreichen zu lassen.«

»Aber …«

»Kein *aber.* Alexander darf man nicht bedrängen. Er ist sehr launisch und jähzornig wie ein Kind. Morgen werde ich persönlich bei ihm vorstellig. Ich bin sicher, dass die Dinge ihren gerechten Weg gehen. Deiner Gwen wird schon nichts passieren.«

Logan ließ den Kopf hängen. »Dein Vertrauen in Ehren, aber du hast dich schon einmal geirrt. Was, wenn dein Alexander uns hängenlässt?«

»Das wird er nicht, er ist ein guter Mann. Lass uns noch ein bisschen arbeiten, du musst auf andere Gedanken kommen. Dachs, du hast für heute frei. Nimm dir etwas zu trinken und leiste uns etwas Gesellschaft in der Schmiede. Ich will, dass du uns in allen Einzelheiten erzählst, was passiert ist.«

Logan war nicht bei der Sache. Unentwegt kreisten seine Gedanken um Gwen und die Frage, was Cedric wohl mit ihr angestellt haben mochte. Er konnte nur hoffen, dass er seine Finger von ihr ließ – um seinetwillen. Mochte er auch der Sohn des Warlords sein, bei manchen Dingen zählten weder Ämter noch Titel. Wenn er Gwen ein Haar krümmte, würde Logan ihn töten, das schwor er sich.

Der Gedanke an das Mädchen ließ ihn unkonzentriert werden. Während er eine der neuen Klingen schärfte, rutschte er mit dem Schleifstein ab und erwischte seinen Daumen.

»Au, verdammt …« Er steckte den Finger in den Mund.

Gunnar war sofort bei ihm. »Alles in Ordnung, mein Junge? Lass mich mal sehen. Ach, nur eine oberflächliche Schürfwunde. Am besten, du machst dir einen kleinen Verband.« Er grinste schief. »Was ich immer sage: Dummes Fleisch muss weg.«

»Ja, ja.« Logan war nicht nach Scherzen zumute.

Aus dem Augenwinkel heraus bemerkte er, wie draußen einige Clanmitglieder vorbeiliefen. Nach einer kurzen Pause kamen weitere und dann noch mal ein paar. Alle liefen sie Richtung Westen.

Gunnar hatte es ebenfalls bemerkt. Er formte seine Hände zu einem Trichter. »He, Markstedt, wohin so eilig? Gibt's Freibier, oder was?«

Der Angesprochene verlangsamte seine Schritte. »Ja, habt ihr es denn noch nicht gehört? Die Nachricht verbreitet sich wie ein Lauffeuer. Es geht das Gerücht um, Alexander sei tot.«

»*Was* sagst du da?«

»Vorhin ist ein Botenjunge hier vorbeigerauscht. Sagte, wir sollen uns vor dem Hauptquartier versammeln. Keine Ahnung, ob an der Sache etwas dran ist, aber an eurer Stelle würde ich die Arbeit zusammenpacken. Still, hört ihr das?«

Logan spitzte die Ohren.

Ein klagender Laut drang über Bäume und Schluchten zu ihnen herüber. Ein Horn oder etwas Ähnliches. Gunnar stand vollkommen steif da, sein Gesicht bleich und ernst. Als habe er ein Gespenst gesehen. »Ich kenne diesen Laut«, stieß er hervor. »Es ist der Ruf des Totenhorns.«

Er stand noch einen Moment so da, dann legte er Hammer und Zange beiseite, zog seine Lederschürze aus und pfefferte sie in die Ecke. »Kommt, wir müssen zum Hauptquartier.«

Zwanzig Minuten später trafen sie bei Alexanders Wohnturm ein. An die hundert Männer waren bereits versammelt und blickten besorgt zum Haupteingang hinüber. Unruhe lag in der Luft. Dutzende von Wachen hatten sich versammelt. Niemand sagte ein Wort. Alle blickten sie ernst.

Verhaltenes Flüstern war zu hören, hin und wieder ein Räuspern oder Husten. Alle warteten gespannt, was als Nächstes geschehen würde. Auf einmal ertönte eine Stimme: »Da kommen Leute die Treppen runter. Sie tragen etwas.«

Durch die Fenster des Treppenhauses konnte Logan Fackelschein erkennen. Eine Prozession von Menschen, die einen langen, rechteckigen Gegenstand auf ihren Schultern trugen. Ihnen voran ging jemand, der in einen roten Umhang gehüllt war. Logan wusste sofort, wer das war. Die misstrauischen Blicke über die Schulter, die linkische Art, sich zu bewegen – das konnte nur Cedric sein.

Der Sohn des Warlords beorderte die Träger und Fackelhalter vor das Gebäude, wo ein großer Stapel Holz aufgeschichtet war. Er selbst erklomm einen Steinblock und blieb einige Minuten reglos stehen. Die Träger stellten inzwischen den Sarg auf dem Holzstapel ab und versammelten sich rundherum.

»Verehrte Clanmitglieder, geliebte Brüder.«

Cedric hatte den roten Umhang von seinen Schultern gestreift. Sein Gesicht war bleich und ausgemergelt. Logan konnte erkennen, wo ihn seine Faust getroffen hatte.

»Ich trete mit einer ebenso traurigen wie schockierenden Botschaft vor euch. Vor wenigen Stunden ist unser allseits geliebter Vater, Warlord Alexander, Herrscher des Clans vom Steinernen Turm und Hüter über die Nordlande, von uns gegangen. Sein Tod kommt so unerwartet, dass es mir schwerfällt, darüber zu sprechen. Trotzdem fühle ich mich als sein einziger Sohn dazu verpflichtet. Mit Alexander ist ein großer Führer von uns gegangen. Der beste. Es wird mir nicht leichtfallen, in seine Fußstapfen zu treten, und doch muss ich mich dieser großen Aufgabe annehmen. Ich verspreche euch, dass ich mich bemühen werde, ebenso gerecht und gut zu regieren wie mein Vater, und dass es euch an nichts mangeln wird.

Gleich morgen werde ich mich aufmachen und dem Inquisitor die traurige Kunde überbringen. Und auch wenn wir nicht immer einer Meinung waren, so bin ich sicher, dass Alexander von da, wo er jetzt ist, wohlwollend auf mich herabschaut, in der einen Hand einen Kelch mit Wein, in der anderen sein scharf geschliffenes Schwert.

Wenn ich seinen Leichnam nun dem Feuer überantworte, so tue ich das in tiefstem Respekt, mit Demut und immerwährender Dankbarkeit. Lasst uns nun das Holz in Brand setzen und meinem Vater die letzte Ehre erweisen. Wir wollen zu den Göttern beten.«

»Wie ist er gestorben?« Eine einzelne Stimme aus den Reihen der Clanbrüder.

Cedric ließ seinen Blick über die Köpfe der Versammelten schweifen. »Erwähnte ich das nicht? Es war ein Unfall. Gerade eben noch war er bei bester Laune, da stürzte er und stieß seinen Kopf so unglücklich an einer Rüstung, dass er binnen weniger Sekunden starb. Ich war sofort bei ihm, doch ich konnte ihm nicht mehr helfen.« Er deutete auf einen Mann, der ein goldenes Rüstungsstück vor sich hertrug. »Dies ist die Rüstung, durch die mein Vater den Tod fand. Ihr werdet verstehen, dass weder ich noch sonst jemand dieses Stück jemals wird tragen können. Sie soll mein Geschenk an die Götter sein, damit mein Vater nicht mit leeren Händen vor sie treten muss.« Er ging zum Scheiterhaufen hinüber und legte sie auf den Sarg.

Logan sah sofort, dass es der Brustharnisch war.

»Unfall, dass ich nicht lache«, stieß er hervor. »Er hat ihn umgebracht, um schneller an die Macht zu kommen. Jetzt will er uns dafür die Schuld in die Schuhe schieben. Der Kerl schreckt wirklich vor nichts zurück.«

»Sei still«, zischte Gunnar. »Cedric hat seine Augen und Ohren überall.« Misstrauisch sah er sich um, doch niemand schien von Logans Worten Notiz genommen zu haben. Vermutlich dachten viele in diesem Moment genau wie er.

Logan strich seinem Bruder über den Kopf. Gemeinsam sahen sie zu, wie Cedric den Scheiterhaufen in Brand setzte. Das Holz war mit Öl getränkt worden, so dass bald ein riesiges Feuer in den Himmel loderte. Die Flammen schlugen empor und tauchten Sarg und Rüstung in blendende Helligkeit. Heißer Wind schlug ihnen ins Gesicht. Das Knacken und Bersten der Holzscheite hallte von den Hauswänden wider.

»Das Schicksal hat sich gegen uns gewandt«, sagte Gunnar mit düsterer Miene. »Ich dachte, es könne nicht mehr schlimmer werden, aber ich habe mich geirrt. Ab jetzt wird das Chaos regieren. Am besten, wir verkriechen uns und hoffen, dass der Sturm über uns hinwegzieht.«

»Macht das«, flüsterte Logan. »Aber für mich hat das Verkriechen ein Ende. Ich werde Gwen finden und sie befreien. Und wenn es das Letzte ist, was ich tue.«

51

Der Morgen war grau und verhangen. Nebel hing zwischen den bewaldeten Schluchten und ließ die Gebäude noch riesenhafter erscheinen. Über Nacht hatte es schlagartig abgekühlt. Von Osten waren dunkle Wolken herangezogen.
Logan fröstelte. Nach dem herrlichen Wetter der letzten Tage hatte nun unzweifelhaft der Herbst Einzug gehalten. Bald würden die Stürme und der Regen kommen und die letzten Blätter von den Bäumen fegen.
Er schlug den Kragen hoch.
Drüben, etwa hundert Meter entfernt, waren die Überreste des Scheiterhaufens zu sehen. Zwischen den verkohlten Balken stieg dünner Rauch in die Höhe. Noch immer lag der Geruch von verbranntem Holz in der Luft. Die Bestattungsfeierlichkeiten hatten bis spät in die Nacht angedauert und – wie es die Tradition erforderte – in einem Besäufnis geendet. Logan hatte nicht an der Zeremonie teilgenommen. Für ihn stand fest, dass Cedric seinen Vater ermordet hatte, um sich selbst an die Spitze des Clans zu setzen. Derlei Machtwechsel waren bei den Clans zwar nichts Ungewöhnliches, doch die Sache hatte einen unangenehmen Beigeschmack. Erstens war Cedric Alexanders leiblicher Sohn, zweitens war der Tod nicht durch einen ehrenhaften Zweikampf erstritten worden, vielmehr durch List und Heimtücke. Da jedoch niemand etwas gesehen hatte, musste man dem Wort des jungen Fürsten glauben. *In dubio pro reo,* wie es bei ihnen hieß. Im Zweifel für den Angeklagten.

Für Logan aber ging es jetzt erst mal um Gwen.
Er hatte herausbekommen, dass Cedric sie gestern Nachmittag, noch ehe er dem Volk vom Tod seines Vaters berichtet hatte, heimlich aus der Stadt hatte schaffen lassen.
Mit unbekanntem Ziel.
Corbin, der Gunnar und seiner Familie nach wie vor freundlich gesinnt war, erzählte ihm, dass er gesehen hatte, wie Gwen gefesselt auf ein Fuhrwerk verladen und abtransportiert worden war. Begleitet wurde sie dabei von Männern aus Cedrics Leibwache. Vierschrötige Kerle, die für Geld alles tun würden. Wohin die Reise gehen sollte, konnte er nicht sagen, aber er tippte auf die alte Stadt.
Den entscheidenden Hinweis lieferte Dachs. Tief in der Nacht, als alle schon schliefen, kam er zu Logan und rüttelte ihn wach. Er sagte, ihm wäre etwas eingefallen, das Cedric gesagt habe, kurz bevor er ihn niedergeschlagen hatte. Die Rede sei davon gewesen, dass er sie zum Inquisitor bringen wolle und dass sie eine Verräterin und Attentäterin sei. Er wusste sogar von ihrer Beziehung zu Juna. Die Frage war natürlich, woher?
Dennoch war jetzt klar, wohin Gwen gebracht werden sollte. Zur schwarzen Kathedrale und zum Inquisitor.
Noch in derselben Nacht fing Logan an, seine Ausrüstung zusammenzustellen. Es war sehr wahrscheinlich, dass es eine Reise ohne Wiederkehr werden würde.

Halla stand mit gesenktem Kopf hinter einer umgestürzten Mauer und knabberte an einigen Grasbüscheln. Fertig gesattelt, erwartete die Stute die Befehle ihres Herrn.
Endlich war drüben beim Hauptquartier Bewegung zu sehen. Mehrere Männer verließen das Gebäude und gingen hinüber

zu den Ställen. Logan hatte sich das alte Fernglas seines Vaters ausgeborgt und spähte hindurch.

Da war Cedric.

Gekleidet in seinen roten Umhang, folgte er den Männern hinüber zu den Pferden. Mit geschickten Bewegungen prüfte er den Sitz von Sattel und Zaumzeug, dann schob er seinen Fuß in den Steigbügel und schwang sich auf den Rücken des Tieres. Auf sein Zeichen ritten die Männer los.

Logan wartete, bis sie weit genug entfernt waren, dann ging er zu Halla hinüber und stieg ebenfalls in den Sattel. Die fünf waren bis an die Zähne bewaffnet. Einen Überraschungsangriff konnte er vergessen, aber das war auch gar nicht seine Absicht. Wenn er Gwen lebend wiedersehen wollte, musste er ihnen folgen.

»Sei vorsichtig, mein Junge, versprichst du mir das?« Es war die Stimme seines Vaters.

Gunnar und Dachs standen im Halbschatten hinter der Wand. Zusammen hatten sie mit Logan ausgeharrt, um sich noch von ihm verabschieden zu können. Logan spürte einen Kloß im Hals.

»Und versprich mir, dass du wieder zurückkommen wirst. Irgendwann.«

Logan nickte.

»Das genügt mir«, sagte Gunnar. »Und jetzt reite los. Befreie Gwen und pass gut auf sie auf. Sie ist etwas ganz Besonderes.«

»Versprochen.«

Dachs kam zu ihm herübergerannt und presste sein Gesicht gegen Logans Stiefel. Seine Wangen waren nass vor Tränen. Logan legte die Hand auf den Kopf seines kleinen Bruders und wuschelte ihm durchs Haar. Niemals hätte er sich träumen lassen, dass ihm der Abschied so schwerfallen würde. Es zerriss ihn beinahe innerlich, und er spürte, dass er es nicht mehr schaffen würde, wenn er jetzt zögerte. Er gab sich einen Ruck. »Ich muss gehen.«

Dachs ließ ihn los und zog etwas unter seinem Umhang hervor. Es war Füchschen. Er hielt sie ihm mit ausgestreckten Armen entgegen. »Möchtest du, dass ich sie mitnehme?«

Dachs nickte.

»Wenn das dein Wunsch ist, werde ich das tun. Ich werde sie Gwen zurückgeben, einverstanden?«

Wieder ein Nicken.

Logan nahm die kleine Katze und setzte sie auf seinen Schoß. »Leb wohl, kleiner Bruder. Und pass gut auf Vater auf. Wir sehen uns.« Er formte mit seinen Fingern eine Pistole, so, wie sie es früher immer getan hatten, wenn er ein paar Tage fort war. Dachs erwiderte die Geste, dann ging er mit hängenden Schultern zu Gunnar zurück.

Mit einem Schnalzen lenkte Logan Halla hinaus auf die Straße und folgte der Spur in Richtung Stadt.

52

Von den Türmen der schwarzen Kathedrale schlug es neun. Inquisitor Marcus Capistranus war gerade vom Morgengebet zurückgekehrt, als ein leises Klopfen ihn aus seiner Lektüre riss. In der Tür erschien das Gesicht seines Kammerdieners.
»Euer Eminenz.«
»Was gibt es?«
»Eine Gesandtschaft aus dem Norden. Sie möchten mit Euch sprechen.«
»Sollen warten. Ich habe gerade keine Zeit.«
»Aber Euer Eminenz …«
»Ich muss diese neuen Verteidigungspläne begutachten. Wenn es stimmt, was mein Meisterstratege Reginald hier schreibt, dann bestehen doch noch gewisse Chancen, den Kampf gegen die Hexen zu gewinnen. Hier, sieh dir das an.« Er winkte den Diener zu sich heran. »Wir müssen die Armeen bis zu diesem Punkt locken. Wenn sie hier stehen, können wir die Falle zuschnappen lassen. Dann gibt es kein Entkommen mehr. Die Frage ist natürlich, wie sollen wir sie dazu bringen, sich bis hierher vorzuwagen …?«
»Mit Verlaub, Hochwürden, ich glaube, Ihr solltet den Gesandten Gehör schenken. Sie haben … ähem … eine Gefangene bei sich.«
Marcus Capistranus blickte über den Rand seiner Brille.
»*Eine* Gefangene?«
»Ganz recht, Eminenz. Eine Frau. Angeblich eine Attentäterin. Genaueres konnte mir der Mann nicht sagen.«

»Mit wem hast du gesprochen?«

»Sein Name ist Drago. Er behauptet, vom Clan des Steinernen Turms zu kommen. Sein Herr, Cedric, der Sohn des Warlords, würde ebenfalls bald eintreffen. Mit wichtigen Nachrichten, wie es heißt. Ehrlich gesagt, die Männer sehen ziemlich wild aus, von der Frau ganz zu schweigen. Ich habe sie in den Hinterhof nahe des Refektoriums bringen lassen und ihnen eine Unterkunft angeboten. Die Frau habe ich in ihrem Käfig gelassen. Sie ist eine Hexe ...« Seine Furcht war ihm anzusehen.

»Na schön.« Der Inquisitor nickte und steckte die Pläne zurück in die lederne Tasche. »Dann wollen wir uns diese Gesandtschaft mal ansehen. Geh du voran.«

*

Das Hauptschiff der schwarzen Kathedrale verlor sich irgendwo im nebeligen Grau über ihrem Kopf. Es war das größte Gebäude, das Gwen je gesehen hatte. Dunkel, schwarz, massig. Trotzdem kein einförmiger Klotz. Sah man genauer hin, lösten sich die Formen auf, zerflossen und wurden zu etwas, das noch viel beängstigender war: einer eigenen Stadt, mit Hunderten kleiner Gebäude, Fenstern, Erkern, Bögen und Türmen, die allesamt aussahen, als wären sie von winzigen Menschen bewohnt.

Im unteren Viertel blickten düstere Heiligenfiguren auf sie herab, hielten sie mit starren Augen gefangen, während weiter oben schreckliche Kreaturen, die an Drachen, Kobolde und Spukgestalten erinnerten, darauf zu warten schienen, endlich aus ihrer steinernen Leblosigkeit befreit zu werden.

Was für ein Glaube mochte solche Schreckgestalten hervorbringen?

Der Wagen hatte in einem Innenhof angehalten, dessen umgebende Gebäude so hoch waren, dass nur noch ein Ausschnitt der Kathedrale zu sehen war. Die schiefen Dächer und steilen Perspektiven verzerrten den Blickwinkel derart, dass die schwarzen Türme auf sie niederzustürzen schienen.

Gwen zog die Beine an und schlang ihre Arme darum. Sie hatte die Nacht über kaum ein Auge zugemacht. Das Rumpeln und Poltern des Wagens sowie die andauernden Stöße hatten jeden Schlafversuch zunichtegemacht. Sie war müde, ihr war kalt, und hungrig und durstig war sie auch. Die Männer, die sie entführt hatten, saßen nebenan in einer Art Speisesaal und aßen und tranken. Man hörte Geschirr klappern, hin und wieder auch ein Rülpsen oder ein rauhes Lachen.

Niemand kümmerte sich um sie.

Eingesperrt in diesen Wagen aus Gitterstäben, wartete sie auf das, was noch kommen mochte. Ironie des Schicksals, dass sie es als Einzige aus ihrer Gruppe geschafft hatte, tatsächlich bis zur Kathedrale vorzudringen.

Ob eine ihrer Gefährtinnen es geschafft hatte zu überleben? Die Ereignisse unten im Tunnel ließen eigentlich keine Hoffnung zu, aber vielleicht war doch ein Wunder geschehen. Sie faltete die Hände und betete zu den drei Göttinnen.

Als sie fertig war, ging es ihr ein klein wenig besser.

»Logan«, flüsterte sie. »Wo bist du? Kannst du mich hören?«

Beim Klang seines Namens wurde ihr ein wenig wärmer ums Herz. Wie ein einziger Funken ein Feuer in Gang setzen konnte, so vermochte sein Name die eisige Kälte aus ihrem Herzen zu vertreiben. Die Begegnung mit ihm hatte ihr geholfen, ihren Frieden mit Juna zu machen. Sie glaubte ihre Gefährtin jetzt besser zu verstehen. Wie sie gefühlt haben musste und warum sie sich entschieden hatte, nichts zu sagen und stattdessen mit ihrem Geliebten fortzugehen. Es war, als habe die Reise ihr die Augen geöffnet. Wer es nicht selbst erlebt hatte, dem konnte man das nicht erklären.

Vergebung, das war das Schlüsselwort. Innerer Friede resultierte aus Vergebung. Der Knoten in ihrem Magen war fort, als hätte er sich wie von selbst aufgelöst.

»Ja«, flüsterte sie. »Ich glaube, ich verstehe es.«

»Na, da bin ich ja mal gespannt«, sagte eine Stimme. »Was verstehst du?«

Gwen schrak zusammen. Hinter ihr stand ein Mann. Er war vollkommen geräuschlos an sie herangetreten und blickte sie an, in Erwartung einer Antwort.

»Nun, willst du nicht mit mir sprechen?« Sie glaubte, ein leises Lachen zu hören.

Gwen kroch in die entlegene Ecke ihres Käfigs.

»Was ist, erschrecke ich dich?«

Sie presste die Lippen zusammen. Körper und Gesicht des Mannes waren von einer Kutte verhüllt. Sie bestand aus einem Stoff, der aussah, als wäre er mit Blut getränkt worden. Er war groß und schlank und stützte sich auf einen Stab, um dessen Ende Stacheldraht gewickelt war. Das Einzige, was Gwen von seinem Körper sehen konnte, war seine Hand, die den Stab wie eine Vogelkralle umklammert hielt. Die Haut war merkwürdig hell, beinahe durchscheinend und von schrecklichen Narben entstellt. Noch ehe sie wusste, wer da vor ihr stand, schob er die Kapuze zurück und enthüllte sein Gesicht.

Gwen blieb das Herz stehen. Um ein Haar hätte sie aufgeschrien. Sie kannte die Geschichten um den Inquisitor, sie wusste von seinen Verletzungen. Doch was sie sah, spottete jeder Beschreibung.

»Du willst nicht mit mir reden? Nun, das ist dein gutes Recht, allerdings ist es nicht sehr höflich. Denn in diesem Fall bin ich gezwungen, die Unterhaltung alleine zu bestreiten. Ich denke, die Vorstellung können wir uns sparen. Du weißt, wer ich bin, und ich weiß, wer du bist. Habe ich recht, Gwen von Glânmor?« Er nickte. »Ja, es gibt so einiges, was ich über dich weiß. Doch es gibt noch mehr Dinge, bei denen ich noch im Dunkeln tappe. Dinge, wie den Angriff auf die Raffinerie und deine Beziehung zu einer Hexe namens Juna. Ah, ich sehe, du kennst sie. Ich bin sicher, dass es vieles gibt, worüber wir beide uns unterhalten können. Magst du mir dabei helfen, den Schleier zu lüften?« Er streckte seine Hand zwischen den Gitterstäben hindurch. Gwen versuchte, noch weiter zurückzuweichen, doch da waren die Eisenstangen. Der Blick, den er ihr mit seinem einen Auge zuwarf, ließ sie vor Furcht aufstöhnen.

53

Da kommt jemand.«
Arkana war gerade dabei, das Kaninchen, das Claudius erlegt hatte, zu häuten und in mundgerechte Stücke zu schneiden. Sie wollte das Fleisch zusammen mit einigen Zwiebeln und Wurzeln, die sie im Wald gefunden hatte, kochen und einen schmackhaften Eintopf daraus zubereiten. Genauer gesagt hatte sie vor, Claudius dabei zu assistieren, denn im Gegensatz zu ihm konnte sie überhaupt nicht kochen. Was das betraf, hatte sie zwei linke Hände – genau wie ihre Tochter. Sie konnte allerdings zu ihrer Entschuldigung vorbringen, dass es nie zu den Tätigkeiten einer Hohepriesterin gehört hatte, ein Essen zuzubereiten. Seit sie ein kleines Mädchen gewesen war, hatte man ihr diese Tätigkeit abgenommen. Ob als Brigantin in den Diensten Silvanas oder später in der Schwesternschule, nie hatte sie diese Fähigkeit benötigt. Doch hier in der Wildnis war auf einmal alles anders. Hier musste man Spuren lesen, Fallen stellen, Feuer machen und giftige von ungiftigen Pflanzen unterscheiden können. Man musste wissen, wie man eine Angel konstruierte und wie man Fische mit Ködern anlockte. Lauter Tätigkeiten, in denen ihr Lebensgefährte über grundlegende Kenntnisse verfügte. In der Spähertruppe der Heiligen Lanze hatte Claudius all diese Dinge lernen müssen – und dazu noch viel mehr. Überleben in eisiger Kälte, das Bauen eines Biwaks, Signalfeuer, medizinische Grundlagen. Voller Verblüffung stellte sie fest, dass er in all den Jahren nicht aus der Übung gekommen war. Sehnig sah er aus, sportlich – wie neugeboren.

Claudius drehte sich um. »Was hast du gesagt?«
»Ich sagte, dass ich jemanden gehört habe.«
Claudius wischte seine Hände an einem Lappen ab und verließ das Haus. Arkana folgte ihm, das Messer in der Hand.
Sie hatte sich nicht geirrt. Auf dem Weg, der von der Innenstadt am Kanal entlangführte, kam ihnen ein seltsames Gespann entgegen. Auf einem Esel saß ein gebeugter Mann, dessen Körper und Gesicht von einer hellgrauen Kutte mit tiefsitzender Kapuze verdeckt waren. Beide, der Mann wie auch der Esel, schienen recht alt zu sein, auch wenn man das auf die Entfernung hinweg natürlich nicht hundertprozentig erkennen konnte. Doch sie hatten eine Art, sich zu bewegen, wie man sie nur bei alten Geschöpfen fand. Geschöpfen, die unter Gicht oder anderen altersbedingten Krankheiten litten.
Das Gespann war noch gute fünfzig Meter entfernt, als es plötzlich anhielt. Der alte Mann hob seinen Kopf und blickte genau in ihre Richtung. Fast hätte man meinen können, er habe sie gewittert. Sein Gesicht lag immer noch im Schatten. Eine ganze Weile stand er so da, dann stieg er vom Rücken des Esels und packte seinen Stab. Er band das Tier an einen nahe gelegenen Baum, verließ den Weg und kam genau auf sie zu.
»Geh wieder ins Haus«, raunte Claudius. »Das Messer kannst du mir dalassen.«
»Ich gehe nirgendwohin«, sagte Arkana. »Wenn es Ärger gibt, möchte ich lieber dabei sein. Hast du eine Ahnung, wer das ist?«
»Nein.« Claudius schüttelte den Kopf. »Auch wenn mir die Gestalt irgendwie bekannt vorkommt. Ich weiß auch nicht …«
Der Fremde war auf zehn Meter herangekommen, als er stehen blieb. »Wer ist da?« Seine Stimme klang dünn und brüchig.

Arkana schien mit ihrem Gefühl, was sein Alter betraf, richtiggelegen zu haben.
»Mein Name ist Claudius, und das hier ist mein Weib Arkana. Wir haben für kurze Zeit hier Quartier genommen. Ich hoffe, das stört Euch nicht.«
Der Mann stand da wie festgewachsen. Einen Moment lang glaubte Arkana, ein Lächeln zu sehen, doch konnte das genauso gut auf die unsteten Lichtverhältnisse zurückzuführen sein.
»Dann ist es also wahr. Als du geschrieben hast, du würdest kommen, konnte ich es kaum glauben.«
Der Mann streifte die Kapuze ab. Eine Halbglatze, buschige Augenbrauen und eine goldumrandete Brille kamen zum Vorschein. Das Gesicht selbst war haarlos und von einer Vielzahl Runzeln und Falten bedeckt.
Claudius stand da wie vom Donner gerührt. Seit sie sich kannten, hatte Arkana ihn noch nie so erschüttert gesehen. Ehe sie noch etwas sagen konnte, stürmte er auf den Fremden zu, nahm seine Hand und fiel vor ihm auf die Knie. »Ben, mein alter Freund. Du lebst. Als ich nichts mehr von dir gehört habe, befürchtete ich das Schlimmste.«
»Unkraut vergeht nicht, das weißt du doch. Und jetzt steh auf. Es macht mich verlegen, wenn du vor mir kniest.«
Claudius rappelte sich auf und wischte über seine Augen. Arkana konnte sehen, dass Tränen der Rührung darin standen.
»Darf ich dir meine Frau vorstellen? Das ist Arkana.«
»Die Hohepriesterin von Glânmor, es ist mir eine Ehre und ein Vergnügen.« Der alte Mann nahm ihre Hand und drückte einen Kuss darauf. »Mein Name ist Ben, oder Benedikt, wie man im Kloster sagt. Ich bin Prior der nahe gelegenen Abtei zum heiligen Bonifazius. Ich freue mich, Junas Mutter

kennenzulernen. Als Claudius mir schrieb, ihr würdet hierherkommen, wusste ich mich vor Freude kaum noch zu halten.«

»Ihr … du kanntest meine Tochter?«

Benedikt schüttelte den Kopf. »Leider nur aus einem Brief, den mein lieber Freund David mir hinterlassen hat. Ich hätte sie gerne persönlich kennengelernt, aber dafür blieb keine Zeit. Die beiden waren auf der Flucht, und die Ereignisse überschlugen sich. Auch ich blieb davon nicht völlig verschont.« Er hob seinen linken Arm. Arkana sah, dass er in einer Schlaufe hing. »Gebrochen«, sagte er mit einem gequälten Lächeln. »Von einem gewissen Amon. Aber ich will euch nicht mit Krankengeschichten langweilen. Lasst uns ins Haus gehen, dort redet es sich leichter. Ich habe ein paar Sachen für euch mitgebracht, hauptsächlich Lebensmittel. Sie sind in den Tragetaschen drüben auf dem Esel.«

»Lass mich das für dich übernehmen«, sagte Claudius. »Geh du schon mal mit Arkana voran ins Haus.«

Wenig später saßen sie am Tisch und unterhielten sich bei einer duftenden Tasse Kräutertee. »Eigener Anbau«, sagte Benedikt und lachte. »Der Kräutergarten ist mein Steckenpferd. Bei den ganzen Zipperlein, die mich plagen, nicht ganz uneigennützig.«

»Er ist wunderbar«, sagte Arkana. »Pfefferminze und Holunderblüten. Aber da ist noch etwas, das ich nicht identifizieren kann. Und das, obwohl ich als Hohepriesterin viel mit Kräutern zu tun hatte.«

»Kalmuswurzel«, sagte Benedikt. »Wirkt kräftigend und appetitanregend. Ihr Öl hat einen ganz speziellen Geschmack, den aber nicht jeder mag.«

»Muss ich mir merken.«
Benedikt ließ die Tasse in seinen Fingern kreisen. »Wer hätte gedacht, dass ich mich mal mit einer Frau über Kräutertees unterhalte. Dass ich mich überhaupt mit einer Frau unterhalte, grenzt schon an ein Wunder. Das habe ich seit fünfundsechzig Jahren nicht getan.« Sein Lächeln schwand. »So gerne ich das auch fortführen würde, ich werde nicht lange bleiben können. Man erwartet mich zurück, und ich will keinen Verdacht erwecken. Die Zeiten, in denen ich als Prior ein paar Tage fortbleiben durfte, sind vorbei.«
»Warum hast du nicht früher geantwortet?«, fragte Claudius. »Ich habe drei Tauben geschickt und nie eine Antwort erhalten.«
Benedikt starrte finster auf seine Tasse. »Späher des Inquisitors«, stieß er aus. »Sie sind überall, selbst in meinem Kloster. Seit der Verdacht besteht, dass ich etwas mit der Verschwörung zu tun haben könnte, werde ich streng überwacht. Der Inquisitor hat jede Menge neuer Männer zu mir geschickt, die über alles, was geschieht, Bericht erstatten. Du ahnst gar nicht, wie viele Umwege ich in Kauf nehmen musste, um sicherzugehen, dass ich nicht verfolgt werde. Ich bete zu Gott, dass sie niemals etwas über diese Hütte erfahren, euer Leben wäre sonst in höchster Gefahr.«
»Ich würde gerne eine Nachricht an den Tempel schicken«, sagte Arkana. »Meine Dienerin Zoe hütet immer noch meine Gemächer. Ich muss ihr Bescheid geben, dass wir wohlbehalten angekommen sind und dass es uns gutgeht.«
»Ich denke, das lässt sich bewerkstelligen«, sagte Benedikt. »Das System mit den Brieftauben funktioniert ganz gut, auch wenn ich sehr vorsichtig sein muss. Wenn du möchtest, kannst du mir eine Notiz schreiben, ich werde sie dann mitnehmen.«

»Danke«, sagte Arkana. »Claudius hat nicht übertrieben. Du bist ein guter Mensch.«
Auf Benedikts Gesicht erschien ein gequältes Lächeln. »Sag das nicht. Ich war nicht immer so. Als ich jung war – während der Dunklen Jahre –, habe ich schlimme Dinge getan. Dinge, die mich immer noch verfolgen, selbst nach all den Jahren.«
»Ja, aber das waren andere Zeiten. Ich bin sicher, jeder hätte damals so gehandelt. Außerdem bist du inzwischen ein anderer.«
»Ich versuche es«, sagte der Abt. »Im Glauben habe ich Zuflucht und Hoffnung gefunden. Er hilft mir dabei, Gut von Böse zu unterscheiden und den rechten Weg nicht aus den Augen zu verlieren. Auch wenn das Ende bereits in Sichtweite ist. Man sieht es mir vielleicht nicht an, aber ich bin müde. Alt und müde. Ich sehne mich nach den Freuden des Paradieses.«
»Was redest du da«, sagte Claudius, brach sich ein Stück Brot ab und bestrich es mit Butter. »Du wirst sicher hundert Jahre alt und noch miterleben, wie dieser Krieg endet. Apropos: Wie entwickeln sich die Dinge in der Stadt?«
»Ich bin mir nicht sicher«, sagte Benedikt. »Seit dem Vorfall mit David und Juna gehöre ich nicht mehr zum engsten Beraterstab. Es geht aber das Gerücht, dass der Inquisitor einen Gegenschlag plant. Doch was das genau ist und wann er stattfinden soll, entzieht sich meiner Kenntnis. Erzählt mir lieber, wie es euch geht und wie ihr aus der Stadt fliehen konntet. War es nicht furchtbar, so viele Jahre in Gefangenschaft zu leben?«
»Nicht an der Seite dieser Frau«, sagte Claudius mit liebevollem Blick. »Sie war es, die mich gerettet hat, und ich wäre mit ihr zu den Pforten der Hölle gegangen, wenn ich gemusst hätte. Durch sie habe ich gelernt, was es bedeutet, jemanden

zu lieben. Eine Erfahrung, die Marcus Capistranus noch nicht gemacht hat. Ich bin sicher, er würde sonst über viele Dinge anders denken.«

»Da magst du recht haben«, sagte Benedikt, »auch wenn ich glaube, dass es für ihn jetzt zu spät ist. Er ist so gefangen in seiner Welt aus Furcht und Hass, dass er nur noch Feinde um sich herum sieht.«

»Für Liebe ist es nie zu spät«, sagte Claudius nachdenklich. »Vielleicht, wenn ich mal mit ihm reden würde?«

Arkana sah ihren Mann mit großen Augen an. »Du willst zum Inquisitor?«

»Der Gedanke ging mir durch den Kopf, ja. Er würde mich bestimmt wiedererkennen.«

»Aber er glaubt doch, die Hexen hätten dich damals getötet.«

»Ebendeswegen. Mein Anblick würde ihm vielleicht den Hass nehmen. Ich bin mir nicht sicher, ob es funktioniert, aber es wäre eine Option, das Ruder doch noch herumzureißen.«

Benedikt blickte zweifelnd. »Du kennst ihn nicht. Er hat sich sehr verändert seit damals. Er ist nicht mehr derselbe.«

»Das sind wir alle nicht. Aber er war mal mein Freund. Ich bin überzeugt, dass tief in ihm noch ein guter Kern steckt, und vielleicht bin ich der Einzige, der noch an ihn herankommt. Wenn ich merke, dass ein Krieg unausweichlich geworden ist, werde ich mit ihm reden. Ich muss es versuchen.«

54

Die Barrikade erstreckte sich von einer Straßenseite zur anderen. Sie war etwa drei Meter hoch, fugenlos aus übereinandergestapelten Autos errichtet und mit einem einzigen Tor in der Mitte. Eine ebenso einfache wie sichere Konstruktion. Nicht mal ein Kaninchen würde hier ungesehen durchkommen.

Logan beobachtete durch sein Fernglas, wie Cedric und seine Männer das Tor passierten. Sie sprachen mit dem Posten, zeigten ihm irgendwelche Dokumente und überreichten Geschenke. Nach einem längeren Gespräch schlossen sich fünf Mitglieder der Stadtwache an und eskortierten Cedric und seine Männer weiter ins Stadtinnere. Den zwei zurückbleibenden Wachen war anzusehen, dass sie keine Lust hatten, die Stellung alleine zu halten.

Logan steckte das Fernglas weg und ging zurück zu seinem Pferd. Er musste sich beeilen, wenn er den Anschluss nicht verlieren wollte. Einen kurzen Moment lang überlegte er, ob es ratsam wäre, zu versuchen, sich über die Seitenstraßen ins Innere zu schlagen, doch er verwarf den Gedanken wieder. Erstens gab es keine Garantie, dass man dort wirklich unbeobachtet war, zweitens würde ihn eine solche Aktion wertvolle Zeit kosten. Zeit, die er für die Verfolgung Cedrics benötigte.

Er stieg auf sein Pferd, zog die Kapuze ins Gesicht und ritt auf die Barrikade zu.

»Halt!« Der Wachposten schlenderte mit einer Lanze in der

Hand auf ihn zu. Über seiner Schulter baumelte eine halbautomatische Waffe. Er war etwa im Alter von Gunnar und trug die Uniform der Heiligen Lanze. In einiger Entfernung hockte ein zweiter Mann auf einem Stein, rauchte und spielte Karten mit sich selbst.

»Wer bist du, und wohin willst du?«

»Mein Name ist Logan vom Steinernen Turm. Ich will mich der Heiligen Lanze anschließen.« Etwas Besseres fiel ihm im Moment nicht ein.

»Vom Steinernen Turm? Das ist ja ein eigenartiger Zufall. Hast du den Sohn des Warlords nicht bemerkt? Er ist eben hier vorbeigekommen.«

»Echt?«

»Echt. Dann gehört ihr also nicht zusammen?«

Logan überlegte, ob er lügen sollte, verwarf den Gedanken schnell wieder. Eine solche Lüge wäre zu durchschaubar.

»Ich schwöre es dir. Ich hatte keine Ahnung, dass er hier vorbeigekommen ist. Was wollte er denn?«

»Ich glaube, er wollte zum Inquisitor. Also, wenn ihr nicht zusammengehört, muss ich dich demselben Routinecheck unterziehen wie ihn. Steig mal ab und zieh deine Kapuze runter, damit ich dich besser sehen kann.«

Logan tat, was der Mann von ihm verlangte, und entblößte sein Gesicht. Als der andere die Tätowierung sah, wurden seine Augen schmal. »Logan, Logan«, sagte er. »Den Namen habe ich doch schon mal gehört. Sag mal, bist du nicht der neue Champion?«

Logan spielte den Verlegenen und zuckte die Schultern. »Ertappt.«

»Ha, dachte ich's mir doch. He, Rudger, komm mal her, wir haben noch mehr hohen Besuch hier.«

Logan verfolgte aus dem Augenwinkel, wie der Kerl namens Rudger zu ihnen herübergeschlappt kam. Er war sehr viel stämmiger als der andere und schien auch nicht so freundlich zu sein. »Hast recht, Bert. Sieht wirklich aus wie die traditionelle Tätowierung der Champions. Ich war früher im Eisengießer-Clan, hab's aber nie so weit gebracht. Bist ziemlich jung für einen Arenakämpfer, oder?«

Logan zuckte die Schulter. »Der Jüngste, soweit ich weiß.« Ihm behagte das Gespräch nicht. Sein Instinkt sagte ihm, dass die beiden ihm diesen angeblichen *Zufall* nicht abnahmen.

»Und du hast vor, unserem Verein beizutreten?«

Logan nickte. »Bei uns zu Hause gibt's nichts mehr zu reißen. Nach meinem Sieg über Norgal und Wengul hocken mir dauernd irgendwelche Fans auf der Matte. Ist echt nicht zum Aushalten. Ich dachte, ich schließ mich euch an und helfe mit, die Weiber aufzumischen.« Er ließ ein dreckiges Lachen ertönen.

Bert klopfte ihm auf die Schultern. »Du bist richtig, Junge. Komm, setz dich und trink einen mit uns. Auf diese Neuigkeit müssen wir anstoßen.«

»Wenn's euch recht ist, würde ich das lieber auf ein andermal verschieben. Ich bin weit geritten, und mein Hintern tut mir weh. Ich würde mich gerne so bald wie möglich einschreiben und dann erst mal ein gemütliches Gasthaus aufsuchen.«

»Hast du das gehört, Rudger? Der Champion gibt uns 'n Korb.«

»Ist aber nicht die feine Art«, sagte der andere. »Passt aber zu dem, was dieser Cedric gesagt hat.«

Logan bemerkte aus dem Augenwinkel, wie die Hand des Mannes unauffällig die Schnallen am Schwert lockerte. Die Dinge fingen an, aus dem Ruder zu laufen. Trotzdem versuchte er, den Schein zu wahren. »Wieso, was hat er denn gesagt?«

»Er sagte, es könne sein, dass er verfolgt würde. Er hat uns 'ne ziemlich genaue Beschreibung gegeben. Und dreimal darfst du raten, auf wen die zutrifft ...«

Logans Hand flog zum Schwert. Noch ehe Rudger seine Klinge ziehen konnte, sauste es durch die Luft und klatschte mit der flachen Seite gegen seinen Unterarm. Mit einem Schrei taumelte Rudger zurück, stolperte über ein paar alte Holzkisten und landete auf der Erde.

Bert warf seine Lanze fort und nestelte am Verschluss seiner Maschinenpistole herum. Doch ehe er den Lauf auf Logan richten konnte, war dieser schon bei ihm und versetzte ihm einen Tritt, der ihn rücklings in einen Haufen Abfall beförderte. Im Nu war er bei ihm, riss ihm die Waffe aus der Hand und richtete sie auf ihn. »Hoch mit dir und keine Mätzchen. Ich habe einen ziemlich nervösen Finger.«

Bert hob die Hände. »Pass bloß auf, dass du nicht an den Abzug kommst.«

»Keine Sorge, ich kenn mich mit den Dingern aus. Waffen für Feiglinge. Trotzdem werde ich nicht zögern, sie zu benutzen, wenn ihr mir Schwierigkeiten macht. Los, rüber da zu der Hütte.«

Er trieb die beiden zu einer kleinen Wachhütte am Rande der Barrikade, in der es schmutzig war und stank. Ein Plumpsklo, leergefressene Konservendosen, alte Lappen, Plastikteller, Klebeband und alte Tüten. Dazwischen leere Patronenschachteln und Reste von Seilen.

»Hier, heb das auf und binde deinem Kumpel die Hände auf den Rücken. Schön festziehen, ich werde den Knoten hinterher kontrollieren. Gut. Und jetzt zieh deine Klamotten aus.«

»Ich soll was?«

»Dich ausziehen. Mach schon, oder soll ich dir in den Fuß schießen?«
»Mach keinen Scheiß, ich tu ja schon, was du sagst.«
»Unterwäsche kannst du anbehalten. Wirf die Sachen rüber. Gut. Und jetzt die Hände auf den Rücken.«
Logan nahm ein zweites Stück Seil und band Bert die Hände zusammen. Dann schob er die beiden gegen einen der Holzpfeiler in der Hütte und schlang ein langes Stück Seil um sie herum.
»Damit wirst du nicht durchkommen«, zischte Rudger. »In zwei Stunden kommt die Wachablösung. Die werden uns losmachen, und dann ist dir die ganze Stadt auf den Fersen.«
»Zwei Stunden genügen mir. Und jetzt macht den Mund auf.«
Logan stopfte beiden jeweils einen schmutzigen Lappen in den Mund und fixierte ihn mit Klebeband. Dann legte er einen Teil seiner Sachen ab, zog die Uniform der Heiligen Lanze darüber und verstaute den Rest in seinem Umhängebeutel. Das Kettenhemd drückte zwar unter der Kutte, aber er wollte es trotzdem lieber anbehalten. Ab jetzt war die Gefahr sein ständiger Begleiter.

55

Die Krypta war ein feuchtes, dunkles Loch unterhalb der Kathedrale. Ein Ort für Tote – oder solche, die es bald sein würden. Es roch nach Siechtum, Fäulnis und Verfall. Zwischen den Sarkophagen verstorbener Heiliger kroch Feuchtigkeit aus dem Boden. An den Wänden hing Salpeter. Eine einzige, schummerige Fackel verbreitete kränkliches Licht.

Gwens Hände steckten in zwei eisernen Manschetten, die über Ketten in der Wand verankert waren. Bei Bedarf konnte man sie über Umlenkrollen an der Decke straff anziehen. Mit erhobenen Armen stand sie da und musste hilflos zusehen, wie der Inquisitor sie umkreiste. Etwas Raubtierhaftes lag in seiner Art. Wie er sie ansah, sie begutachtete und taxierte. Schlimmer als auf jedem Sklavenmarkt. Die Art, wie er ihren Geruch einsog, erfüllte sie mit Ekel – viel mehr noch als sein Äußeres. Dieser Mann hatte ein Problem mit Frauen, das spürte sie. Ein gewaltiges Problem.

Capistranus strich mit seinen Fingern zärtlich durch ihre Haare. »Schön«, murmelte er. »Wunderschön. Schwarz wie Ebenholz, weiß wie Schnee und rot wie Blut. Die vollkommene Versuchung. Wie alt bist du, mein Kind?«

Gwen überlegte, ob es sinnvoll war, auf stur zu schalten, verwarf den Gedanken aber gleich wieder. Der Inquisitor war ein Mann, bei dem Wahnsinn und Vernunft sehr nahe beieinanderlagen. Es erschien ihr nicht ratsam, ihn zu provozieren. Er hatte seine Diener hinausgeschickt. Niemand sollte sehen, was hier unten geschah.

»Achtzehn, Euer Eminenz.« Diese Anrede hatte sie von seinen Untertanen gehört. Sie hoffte, ihn dadurch milder zu stimmen. Auch vermied sie es, ihm in die Augen zu sehen.

»Achtzehn …« Seine knochigen Finger ließen ihre Locken los und krampften sich wieder um den Stab. »Noch nicht ganz Frau, aber doch auch kein Kind mehr. Ein Geschöpf, gefangen zwischen Himmel und Hölle. Ein wahrhaftiger Sukkubus. Was hat ER sich nur dabei gedacht, mir eine solche Prüfung aufzuerlegen?« Gedankenverloren umrundete er sie weiter. Gwen hatte keine Ahnung, wovon er da faselte, war aber klug genug, ihn nicht darauf anzusprechen. Seine Worte klangen in höchstem Maße unheilvoll.

»Du bist nicht die erste Frau, die hier angekettet vor mir steht.« Sein zerstörter Mund formte sich zu einem Lächeln. »Doch, doch. Vor vielen Jahren war schon mal eine Hexe hier. Sie war nicht so jung und auch nicht so schön wie du, aber es lag etwas in ihren Augen, das ich auch bei dir wiederfinde. Etwas schwer zu Fassendes, Flüchtiges. Eine Art Sehnsucht … oder Verlangen. Die Augen eines Wesens, das danach trachtet, den Teufel zu empfangen. Bist du schon einmal dem Teufel begegnet, mein Kind?« Er strich über ihre Wange.

Gwen konnte sich nur mit Mühe beherrschen, nicht vor Ekel zu schreien. Doch sie hielt still und presste nur die Lippen aufeinander.

»Oh, aber was frage ich? Natürlich bist du das. Genau wie ich.« Seine Stimme klang brüchig. »Einmal. Ein einziges Mal war ich schwach. Ich erlaubte dem Teufel, von mir Besitz zu ergreifen, und tat etwas, was ich niemals hätte tun dürfen. Die Folgen waren katastrophal.« Er stammelte, wurde leiser, dann brachen seine Worte ab. Gwen bemerkte ein Schimmern in seinem Auge, war sich jedoch nicht sicher, ob es wirklich

Tränen waren. Genauso gut konnte es an der schwachen Fackel liegen. Als er bemerkte, dass sie ihn ansah, wandte er sich von ihr ab. Es dauerte nur einen Moment, dann erschien wieder das kalte, unbarmherzige Antlitz.

»Hexen«, sagte er. »Ihr seid doch alle gleich. Ihr glaubt, eure Zauberkräfte würden überall wirken, selbst hier in den heiligen Hallen meiner Vorväter. Aber ich bin gewappnet. Noch einmal lasse ich mich nicht verführen, hörst du? Nicht noch einmal!« Mit diesen Worten drehte er sich um und verließ die Krypta.

Gwen zitterte.

Der Inquisitor war tatsächlich genauso wahnsinnig, wie gemunkelt wurde. Nein, schlimmer noch. Es war eine Form kontrollierten Wahnsinns, die es ihm ermöglichte, noch immer klare Gedanken zu fassen. Eine furchtbare Mischung. Männer wie er hatten damals die Welt regiert. Sie blickte ihm hinterher und zweifelte, ob sie die nächsten Stunden überleben würde.

Marcus Capistranus eilte die Stufen hinauf. Sein Kammerdiener empfing ihn im Altarraum.

»Alles in Ordnung, Euer Eminenz? Ihr wirkt besorgt.«

»Natürlich bin ich besorgt, Idiot. Wir beherbergen eine Hexe unter unserem Dach. Ich hatte schon beinahe vergessen, über welche Kräfte diese Wesen verfügen. Um ein Haar wäre es ihr gelungen, mich in ihren Bann zu zwingen. Nur mein starker Glaube konnte mich schützen.«

»Soll ich sie in ein anderes Quartier verlegen lassen?«

Capistranus schüttelte den Kopf. »Lass sie, wo sie ist. Der Einfluss dieses Tempels wird ihre Kräfte schwächen.« Er ging in Richtung seiner Privaträume. »Was mag Cedric wohl damit bezwecken, mir ein solches Geschenk zu machen?«

»Warten wir's ab. Der Anführer der Garde sagte, dass sie Euch Informationen zu dem Angriff auf die Raffinerie geben könnte. Ich habe allerdings meine Zweifel. Sie ist keine Kriegerin.«

»Nein, ist sie nicht. Doch wir sollten sie nicht unterschätzen. Sie verfügt über einen starken Willen. Einen Willen, der uns Männer schwächt und es schwermacht, ihr zu widerstehen. Aber du hast recht, wir werden mehr erfahren, sobald Cedric hier eintrifft. Lass die Instrumente vorbereiten. Ich werde die Hexe heute Abend einem Verhör unterziehen. Starker Wille hin oder her, ich werde schon herausbekommen, was ich wissen will. Und wenn ich ihr dafür die Haut Stück für Stück abziehen muss.«

*

Cedric und seine Männer waren fort, die Fährte war kalt. Die Zeit, die er mit der Wache vertrödelt hatte, war ausreichend für sie gewesen, in dem Gewimmel von Straßen und Gebäuden unterzutauchen. Selbst nach intensivem Suchen gelang es Logan nicht, ihre Spur zu finden. Doch ihm war klar, dass sie Gwen zur schwarzen Kathedrale bringen würden. Fand er sie, fand er auch Gwen – und den Inquisitor. Er richtete sich im Sattel auf und blickte geradeaus.

Vor ihm lag ein Platz, von dem aus Straßen in verschiedene Richtungen abgingen. Ein ovales Rund, ein steinerner Torbogen und viele Gebäude. Überall waren Geschäfte, die jedoch schon vor langer Zeit zerstört und geplündert worden waren. Unkraut überwucherte die Fassaden. Efeu, Brombeeren und Haselnusssträucher sprossen aus allen Winkeln, und aus der Kanalisation wucherte wilder Wein. Die guten Zeiten lagen

lange zurück. Überall zeugten zerbrochene Fensterscheiben, schief hängende Schrifttafeln und vernagelte Eingänge von dem Reichtum, der hier einst geherrscht hatte.
Logan lenkte Halla vorsichtig um die verbeulten Autos herum. Er kam nur langsam voran, denn er wollte verhindern, dass sich seine Stute an den vielen Dosen und Splittern verletzte.
Er war noch niemals in der Stadt gewesen. Natürlich kannte er die Berichte und Erzählungen – er hatte sie wie Milch aufgesogen –, doch sie kamen bei weitem nicht an die Wirklichkeit heran. Trotz Elend und Verfall hatte der Ort etwas Magisches. Eine tiefe Ruhe und Zufriedenheit lagen über den Dächern. Genau wie bei dem Märchen von Dornröschen, das Gwen ihnen erzählt hatte. Das alte Schloss, die schlafenden Bediensteten, die meterhohe Dornenhecke, es passte alles.
In die Stille mischte sich plötzlich ein Geräusch.
Ein Quietschen wie von einem schlechtgeölten Scharnier. Logan hob den Kopf. Drüben, hinter dem Torbogen, war eine Bewegung zu sehen. Er zog sein Fernglas und blickte hindurch.
Ein alter Mann mit zottligem Bart und dreckigen Klamotten schob einen Wagen vor sich her, auf dem allerlei Müll und Gerümpel gestapelt lagen. Hin und wieder bückte er sich, hob etwas auf und warf es wieder fort. Offenbar ein Trödler und Sammler. Ein Ortskundiger, der ihm vielleicht einen Tipp geben konnte. Einen Versuch war es allemal wert.
Logan schnalzte mit der Zunge und setzte Halla in Bewegung. Wenn der Alte ihn bemerkt hatte, ließ er sich nichts anmerken. Logan ritt auf ihn zu und brachte Halla kurz vor ihm zum Stehen. »He, du da. Bitte entschuldige die Störung, ich würde dich gerne etwas fragen.«

Die Augen des Alten wanderten zu ihm hoch. Er runzelte die Stirn und öffnete den Mund.

»Was willst du von mir?«

Logan musste sich zwingen, nicht auf die braunen, ungepflegten Zähne zu starren. »Nur eine Auskunft. Über ein paar Leute, die hier vorbeigekommen sein könnten. Fünf Mann, auf Pferden.«

»Lasst mich in Ruhe. Ich hab nix zu schaffen mit der Heiligen Lanze.« In den Augen leuchtete Wut, gepaart mit Furcht.

»Heilige Lanze? Ach so, die Uniform.« Logan lächelte. »Ich bin nicht von der Heiligen Lanze, ich stamme vom Clan des Steinernen Turms. Hier, siehst du?« Er deutete auf seine Tätowierung. »Die, die ich verfolge, stammen auch von dort. Ich wollte mich mit ihnen treffen, habe aber ihre Spur verloren.«

Der Alte wirkte immer noch abweisend. »Wenn du 'n Clanmitglied bist, wieso hast du dann 'ne Uniform von der Heiligen Lanze an?«

Tja, das war jetzt ein Problem. Sollte er dem Alten erzählen, was an der Barriere vorgefallen war, oder lieber schweigen? Der Alte schien auf die Heilige Lanze nicht besonders gut zu sprechen zu sein.

»Es gab ein paar Probleme an der Barriere. Die beiden Kerle wollten mich nicht durchlassen, da habe ich ihnen ein paar aufs Maul gegeben. Hier, schau mal.« Er hob seine Kutte und wies auf das darunterliegende Kettenhemd. »So was tragen Mitglieder der Heiligen Lanze nicht, oder?«

Die Augen des Alten leuchteten. Er trat näher und befühlte das Kettenhemd. »Das ist aber 'ne feine Arbeit, Chef. Wo hast du das her?«

»Mein Vater hat es für mich angefertigt. Also, hast du sie gesehen oder nicht?«

»Hängt davon ab.«
»Wovon?«
»Was du zu zahlen bereit bist.« Der Alte grinste verschlagen. »Für das Kettenhemd da könnte ich dir einiges erzählen.«
Logan zog die Kutte wieder runter. »Vergiss es. Das gebe ich nicht her.«
»Deine Entscheidung. Aber ich würde mir das noch mal überlegen. Wenn es wirklich stimmt und du die beiden Wachen fertiggemacht hast, dann is' bald die halbe Stadtwache hinter dir her. Für jemanden, der sich hier nich' auskennt, kann die Flucht ganz schnell vorbei sein. Und was sie dann mit dir anstellen, das erzähle ich dir lieber nicht.« Sein Atem stank wie eine Kloake. »Für das Kettenhemd da würde ich dir verraten, wie du dich am besten verstecken kannst und wohin deine sogenannten *Freunde* geritten sind.«
»Und woher willst du das alles wissen?«
»Vielleicht, weil ich sie belauscht habe, als sie hier vorbeigeritten sind? Vielleicht, weil ich früher selbst bei der Heiligen Lanze war und all die Schleichwege kenne? Vielleicht aber auch, weil ich ganz genau weiß, dass du keineswegs hierhergekommen bist, um dich mit ihnen zu *treffen.*« Er grinste. »Ich bin nicht blöd, weißt du? Ich könnte mir vorstellen, dass dein Besuch etwas mit dem Weibsbild zu tun hat, das vor kurzem hier vorbeigekommen ist.« Er stieß ein meckerndes Lachen aus. »Ja, ja, ich sehe es dir an. Nur weil mein Bart zerzaust und meine Zähne kaputt sind, heißt das noch lange nicht, dass kein scharfer Verstand in diesem Kopf tickt.« Er tippte an seine Stirn. »Also, was is'? Haben wir einen Deal?«
Logan überlegte. Es war natürlich ein Risiko. Bestimmt hatte dieser alte Sack einen Haufen Freunde, die beim ersten Schrei herbeigerannt kamen. Wenn er ihn übers Ohr hauen wollte,

dann war das eben so. Das Risiko musste Logan in Kauf nehmen.

»Na gut«, sagte er. »Aber ich warne dich. Wenn du mich verarschst, kannst du deine Innereien aus dem Rinnstein kratzen. Ich bin nicht so weit geritten, um mich von einem alten Schwätzer übers Ohr hauen zu lassen.«

Der Stadtstreicher ließ ein braunes Grinsen sehen, spuckte in seine Hand und hielt sie Logan hin. »Ich sehe, wir verstehen uns. Nenn mich Paul.«

56

Die Riemen waren etwa achtzig Zentimeter lang und bestanden aus hauchdünnem Leder, in das kleine Metallstückchen eingeflochten waren. Die neun Enden waren zu einer Knute zusammengebunden und endeten in einem Haltestück von der Länge seines Unterarms.

Die neunschwänzige Katze war nicht irgendeine Peitsche. Ihre Tradition reichte bis weit ins Mittelalter zurück und machte sie damit zu einem von der Kirche offiziell anerkannten Instrument zur Bestrafung der Sünden. Marcus Capistranus strich mit seinen Fingern zärtlich über den lederumwickelten Griff. Sein Hemd und seine Kutte hatte er bereits abgelegt. In der Reflexion des Spiegels stand ein magerer, weißhäutiger Mann, dessen Rippen wie Schiffsspanten hervortraten und dessen Haut an vielen Stellen von Verbrennungen dunkel gefärbt war. Die Rußpartikel waren so tief eingedrungen, dass sie sich nicht mehr wegwaschen ließen, was sie quasi zu einem Teil von ihm selbst machten. So viele Jahre lebte er jetzt schon mit diesem Anblick, dass es ihn nicht mehr schockierte. Was ihn aber schockierte – was ihn zutiefst beunruhigte –, war das Gefühl, das er heute unten in der Krypta empfunden hatte. Ein Gefühl, das er längst vergessen hatte, das aber, einer schorfigen Wunde gleich, wieder aufgebrochen war.

Seine Finger umschlossen den Griff. Prüfend ließ er die Lederriemen durch die Luft pfeifen.

Er war bereit.

Er atmete tief ein, konzentrierte seinen Geist auf einen kleinen Punkt in der Mitte seines Körpers und schlug zu.
Der Schmerz war überwältigend. Ein grelles Licht in finsterer Nacht. Noch einmal führte er den Hieb.
... Jesus, Mann der Schmerzen, Hohepriester des neuen Bundes ...
Wieder schlug er zu, diesmal auf die andere Schulter.
... Lamm Gottes, du nimmst hinweg die Sünden der Welt ...
Was war nur über ihn gekommen? Wieso hatte das Weib so eine Macht über ihn?
... Jesus am Ölberg bis zum Tode betrübt, mit blutigem Schweiß bedeckt ...
Die vollen Lippen, die dunklen Augen.
... ergeben in den Willen des Vaters, du nimmst hinweg die Sünde der Welt ...
Die helle Haut, die weiblichen Rundungen.
... Jesus, von Judas verraten, von den Jüngern verlassen, von Petrus verleugnet, du nimmst hinweg die Sünde der Welt ...
Wieder schnitt die Geißel in sein Fleisch.
Noch mal.
Und noch mal.
... Jesus, der Freiheit beraubt, von Geißelhieben zerschlagen, mit Dornen gekrönt und verspottet, du nimmst hinweg die Sünde der Welt ...
Tränen rannen über sein Gesicht. Tränen des Schmerzes und der Reue.
... Erbarme dich unser ...
Sein Rücken brannte wie Feuer.
... Erbarme dich unser ...
Die Kraft verließ ihn. Von den ledernen Enden troff das Blut. Er musste die Geißel sinken lassen.

… Erbarme dich unser …
Er sank auf die Knie und faltete die Hände.
Zehn Minuten oder mehr verharrte er so im Gebet. Dann stand er auf und läutete mit zitternden Händen die Glocke. Das Martyrium war beendet.

Der Sohn des Warlords wartete im Untergeschoss. Cedric und seine Männer hatten auf Stühlen Platz genommen und sahen ungeduldig dem Eintreffen des Inquisitors entgegen.
Marcus Capistranus hatte seine Wunden versorgt und sich ein weites, bequemes Gewand angezogen. Die Schmerzen und der Blutverlust hatten ihn geschwächt, doch sein Geist war befreit. Er hatte das Gefühl, als wäre eine schwere Last von seinen Schultern genommen worden. So hart die Geißelung auch war, das Ergebnis war stets das gleiche: eine Versöhnung mit Gott.
»Cedric, mein Freund. Ich freue mich, dich in meinen Hallen begrüßen zu dürfen. Ich hätte nicht damit gerechnet, dich so bald wiederzusehen.« Er nahm zwischen den Männern Platz und bestellte Wein. »Was führt dich zu mir, und was hat es mit deinem *Geschenk* auf sich?«
Alexanders Sohn senkte den Kopf. »Etwas Schreckliches hat sich ereignet, Euer Eminenz. Etwas, von dem Ihr unbedingt erfahren müsst.«
Capistranus ließ sich vorsichtig in den Sessel gleiten. Der Schmerz war gerade noch erträglich. Er streckte die Hand aus und empfing ein Glas Wein vom Tablett seines Dieners.
»Das klingt sehr bedrohlich. Bitte fahre fort.«
»Ich fürchte, ich bin ohne Eure Hilfe überfordert. Es bedarf jemandes von Eurer spirituellen Weitsicht.«
»Sosehr mich dein Vertrauen auch ehrt, aber wenn es um

Staatsgeschäfte geht, ist dafür dein Vater zuständig. Alexander und ich haben nicht das beste Verhältnis, wie du weißt. In Anbetracht der angespannten Situation möchte ich mich unter keinen Umständen zwischen ihn und dich stellen.«

»Das ist genau das Problem.« Der Junge stieß ein merkwürdiges Kichern aus.

Der Inquisitor nippte an seinem Glas. »Inwiefern?«

»Mein Vater ist tot.«

*

Die Kathedrale war kaum weiter als einen Kilometer entfernt. Ihre Türme schnitten dunkle Winkel in den Himmel. Die Patrouillen der Heiligen Lanze kamen jetzt häufiger. In Gruppen zu je zwei oder drei Kriegern zogen sie durch die Straßen und bewachten den Innenstadtbereich. Logan musste alle paar Minuten Haken schlagen, um ihnen zu entgehen. Keine leichte Aufgabe mit einem Schwergewicht wie Halla. Zum Glück hatte er den Stadtplan. Ohne die handgefertigte Skizze Pauls wäre er in diesem Labyrinth aus Sträßchen und Gassen aufgeschmissen. So gesehen ein guter Tausch, auch wenn ihn der Verlust seines heißgeliebten Kettenhemdes natürlich schmerzte. Aber die Sorge um Gwen war dringlicher.

Die *Karte* bestand aus einem verbeulten Stück Blech, in das Paul mit einem scharfkantigen Metallstück Straßen, Gebäude und markante Punkte hineingekratzt hatte. Der Alte war wirklich talentiert. Sein Plan stimmte fast vollkommen mit der Wirklichkeit überein. Problematisch war nur, dass viele der Straßen nicht passierbar waren; man musste höllisch achtgeben, um ungesehen von A nach B zu gelangen. Paul wusste jedoch nicht nur, wo die Heilige Lanze ihre Barrikaden errichtet hatte, er war als Stadtstreicher in sämtlichen leeren und unbewohnten Gebäuden gewesen und kannte die Durchgänge. Offene Durchgänge, verschlossene Türen – Paul kannte sie alle. Er hatte ihm sogar die Namen einiger Männer aufgeschrieben, denen er unterwegs begegnen mochte. Stadtstreicher so wie er, aber in einer Art Gilde organisiert. Normalerweise machten sie mit Fremden kurzen Prozess, aber dank des geheimen Codewortes sollte er eigentlich keine Schwierigkeiten haben.

Logan entschied, dass es Zeit war, sich von Halla zu trennen. Natürlich nur vorübergehend. Sobald er Gwen gefunden hatte, würde er zurückkehren und mit ihr fliehen.

Er führte die Stute in ein Gebäude, das früher einmal eine Wirtschaft oder Brauerei gewesen sein musste, und band sie an einem Messinggeländer fest. Damit sie nicht anfing, vor Furcht zu wiehern, füllte er den Hafersack und band ihn ihr ums Maul. Auch Füchschen bekam etwas Futter in die Satteltasche, dann schloss er die Klappe. Bei dem, was er vorhatte, konnte er weder Pferd noch Katze brauchen. Er nahm nur leichtes Gepäck mit. Sein Schwert, die Maschinenpistole und natürlich Pauls unbezahlbare Karte. Seine Tätowierung war natürlich ein Problem, aber er behalf sich damit, dass er von einem der vielen verrosteten Fahrzeuge, die draußen herumstanden, etwas Wagenschmiere abkratzte und sie in sein Gesicht schmierte. Die Kapuze tief ins Gesicht gezogen, brach er auf.

Er umrundete einen zugewucherten Springbrunnen, der zu Ehren einiger Heinzelmännchen errichtet worden war, und näherte sich dem großen Vorplatz der Kathedrale. Der Anblick der schwarzen Mauern ließ seinen Mut sinken.

Wohin mochte Cedric Gwen nur gebracht haben? Seine Suche kam ihm aussichtsloser vor als die sprichwörtliche Suche nach der Nadel im Heuhaufen. Wenn er nur einen Anhaltspunkt hätte!

»Na, Rekrut. Gerade nichts zu tun?«

Logan zuckte zusammen. Ein Mann war lautlos von hinten an ihn herangetreten. Seiner Haltung und der Uniform nach zu urteilen ein Offizier. Logan grüßte, wie er es bei Gelegenheit schon gesehen hatte. »Bitte um Entschuldigung, hab gerade Pause. War auf dem Weg zur Kathedrale.«

Der Mann nickte beifällig. »Ich habe dich hier noch nicht gesehen. Wo gehörst du hin?«

Logan warf einen verstohlenen Blick über die Schulter des Mannes. In einiger Entfernung sah er einen Transporter mit weiteren Kriegern an Bord. Wenn er den Kerl jetzt zu Boden streckte, würden sie alle hinter ihm her sein. Ihm blieb nur eine Möglichkeit: lügen. Und zwar so überzeugend wie möglich.

»Ich komme von außerhalb. Eskorte für Cedric und seine Begleiter.«

»Der Junior vom Warlord, verstehe. 'ne ganz schöne Aufregung hat es wegen dem schon gegeben. Erst schickt er dieses Weib, dann rückt er mit seiner Leibgarde hier an. Möchte wissen, was das soll. Konntest du etwas in Erfahrung bringen?«

Logan versuchte, tiefer in seine Kapuze einzutauchen, ohne dabei auszusehen, als habe er etwas zu verbergen.

»Nicht viel«, murmelte er. »Es geht das Gerücht, der alte Warlord sei gestorben.«

»Alexander, im Ernst? Na, das würde die Aufregung erklären. He, Johann, komm mal hier rüber.« Er winkte zu dem Fahrzeug hin. Einer der Kerle sprang vom Wagen herunter und näherte sich. Ein Koloss von einem Mann. Er hatte sein Gewehr geschultert.

»Major Rennick?«

»Dieser junge Rekrut hier … wie heißt du überhaupt?«
»Steffen, Herr Major.«
»Steffen hier sagt, er sei bei der Gruppe von Stadtwachen gewesen, die Cedric und seine Leute eskortiert hätten. Er habe gehört, der Warlord sei tot.«
»Der olle Alexander, tatsächlich?«
»Habe ich gehört«, erwiderte Logan und zuckte mit den Schultern. »Sie haben es natürlich nicht so offen gesagt. Aber es gab bestimmte Bemerkungen. Und wenn man eins und eins zusammenzählen kann …«
»Das ist 'n Ding«, sagte Johann. »Würde aber Sinn ergeben. Warum sollte der Junior sonst mit seinem halben Hofstaat hier aufkreuzen?«
»Da ist noch mehr«, sagte Logan und hoffte, den Bogen damit nicht zu überspannen. »Wenn ich das richtig verstanden habe, ist der Alte keines natürlichen Todes gestorben.«
»Was sagst du da?«
Logan nickte und winkte die beiden näher zu sich ran. »Es geht das Gerücht, der Junior sei am Ableben seines Vaters nicht ganz unschuldig. Aber bitte nagelt mich nicht darauf fest. Wie gesagt: alles nur Gerüchte. Vielleicht hat er auch einfach nur Lust auf ein Kaffeekränzchen beim Inquisitor.«
Johann lachte. »Du scheinst den Inquisitor nicht besonders gut zu kennen. Aber was ich so über diese Clans gehört habe, ist es bei ihnen Tradition, ihre Alten zu erschlagen. So ein Barbarenhaufen.«
»Dieser Pakt ist eine Schande«, sagte der Major. »Wären wir nicht so hoffnungslos in der Unterzahl, würde ich diese Bande achtkantig rauswerfen. Aber vielleicht ist es ja ein gutes Zeichen, wenn der Junior jetzt beim Inquisitor ist. Wie ich gehört habe, steht er unserer Sache aufgeschlossen gegenüber.«

»Jedenfalls aufgeschlossener als Alexander«, sagte Logan. Jetzt, wo die beiden ihm glaubten, gefiel ihm die Rolle mehr und mehr. »Ich kann die Clans auch nicht ausstehen, aber in der Not frisst der Teufel ja bekanntlich Fliegen.«

Für einen kurzen Moment herrschte Schweigen, dann lachten die beiden Männer gleichzeitig los. »Lass solche Sprüche lieber nicht den Inquisitor hören, der ist in dieser Beziehung ziemlich humorlos.«

»Ich werde mich daran erinnern, wenn ich ihm begegne. Wohin hat Capistranus eigentlich die Gefangene bringen lassen?« Die Frage war natürlich riskant, aber er musste es versuchen.

»Du wirst es nicht glauben«, erwiderte der Major und deutete auf die Kathedrale. »Du bist direkt auf dem Weg dorthin.«

Auf Logans verständnislosen Blick hin sagte er: »In die Krypta, direkt unter dem Altar. Keine Ahnung, was das soll. Angeblich haben ihre Hexenkräfte dort keine Wirkung. Wenn du mich fragst, absoluter Humbug. Aber wer bin ich schon, unser Hochwürden zu kritisieren?« Er streckte Logan die Hand entgegen. »Hat mich gefreut, dich kennenzulernen. Johann und ich, wir werden mal zurück auf unseren Posten gehen. Und dir alles Gute beim Gebet. Ich wünsche dir Gottes Segen. Übrigens, das wollte ich schon die ganze Zeit fragen: Was ist eigentlich mit deinem Gesicht los?«

Logan erstarrte. Da ihm auf die Schnelle nichts Besseres einfiel, stammelte er einen Satz, bei dem zwei Worte herausstachen: *Raffinerie* und *Verbrennung*.

Das Lächeln der beiden Männer verschwand. »Willst du damit sagen, du warst beim Angriff auf die Raffinerie dabei?«

Logan senkte seinen Kopf noch ein bisschen tiefer.

»Scheiße«, murmelte Johann.

»Verzeiht. Ich möchte euch den Anblick lieber ersparen. Ich bin seit dieser Sache ein bisschen lichtempfindlich geworden.«
Der Major legte Logan die Hand auf die Schulter. »Armer Junge. Ich habe einen guten Freund bei dem Angriff verloren. Ein anderer wird nie wieder laufen können. Sei froh, dass du noch beide Beine hast.«
»Jawohl, Sir. Danke, Sir.« Mit diesen Worten machte er kehrt und ging auf die Kathedrale zu.

57

Logan überquerte den Platz mit schnellen Schritten und ging in Richtung des Haupteingangs. Er hatte immer noch weiche Knie bei dem Gedanken, wie knapp das eben gewesen war. Er wusste nicht, was geschehen wäre, wenn er nicht noch in allerletzter Sekunde die Idee mit der Raffinerie gehabt hätte. Doch die beiden hatten ihm geglaubt und ihn außerdem mit wichtigen Informationen versorgt. Gwen wurde also unterhalb der Kathedrale in der Krypta gefangen gehalten. Wer außer dem Inquisitor konnte auf so eine abartige Idee kommen? Ein Gotteshaus als Gefängnis, das war wirklich nicht zu überbieten.

Doch wie sollte er jetzt weiter vorgehen?

Es musste schnell geschehen, so viel war sicher. Wenn die Sache mit der Barrikade bekannt wurde, würde es zu spät sein. Sosehr er sich gewünscht hätte, noch einmal alles in Ruhe überdenken zu können, er konnte nicht warten. Er musste handeln.

Jetzt oder nie.

Das Innere der Kathedrale war noch beeindruckender als das Äußere. Wenn man bedachte, was für eine architektonische Meisterleistung die Fassade darstellte, war das eigentlich unmöglich. Vielleicht hing der Eindruck damit zusammen, dass man im schummerigen Licht des Chorraums nur wenige Details erkennen konnte.

Logan hob den Kopf. Irgendwo im Schatten über ihm trafen die mächtigen Pfeiler, Streben und Bögen aufeinander, doch

ob das nun in fünfzig oder fünfhundert Metern Höhe geschah, konnte er nicht mit Bestimmtheit sagen. Genau wie bei den seltsamen Gemälden und Heiligenfiguren, die hier überall herumhingen. Die paar Fackeln und Öllampen reichten nicht aus, um ihnen ihr Geheimnis zu entlocken.
Ein seltsamer Geruch hing in der Luft. Es roch verbrannt, wenn auch nicht nach Holz oder Kohle. Es waren Harze und irgendwelche Gewürze, die den Verstand seltsam unruhig werden ließen.
Logan war noch niemals im Inneren der Kathedrale gewesen. Gotteshäuser waren nicht nach seinem Geschmack. Weder teilte er den Glauben des Inquisitors, noch konnte er der oftmals kargen Inneneinrichtung etwas abgewinnen. Die paar Kirchen, die er kannte, waren längst ausgeraubt und geplündert. Selbst die hölzerne Inneneinrichtung war zu Brennholz verarbeitet worden, so dass man nicht mal gemütlich zum Essen Platz nehmen konnte. Die schwarze Kathedrale war in dieser Hinsicht anders. Hier gab es Gebetsbücher und goldene Kreuze, Kelche und Schmuckschatullen. Die größte von ihnen war eine Schatztruhe von beeindruckenden Dimensionen. Die Kiste stand hinter dickem Glas und funkelte von lauter Gold und Edelsteinen.
Nur wenige Menschen hielten sich zurzeit in der Kathedrale auf. Logan bemerkte drei Mitglieder der Heiligen Lanze, einige Kirchendiener sowie Männer in violetten Kutten. Insgesamt kaum mehr als zehn Personen, die in der Weite der Halle seltsam verloren wirkten. Am Altar war ein einzelner Mann damit beschäftigt, Vorbereitungen für die nächste Messe zu treffen. Er trug eine violette Kutte und einen Überwurf, auf den einige kirchliche Symbole eingestickt waren. Neben ihm befand sich der Eingang zur Krypta. Ein schmaler Treppen-

abgang führte in ungewisse Tiefen. Er war nicht bewacht, wie Logan mit schnellem Blick feststellte.
Mit gesenktem Kopf und gefalteten Händen ging er unauffällig darauf zu. Der Mann am Altar wurde trotzdem auf ihn aufmerksam.
»Ich grüße dich, Bruder«, sagte er mit leiser Stimme. »Kann ich dir helfen?« Er deutete auf Logans Maschinenpistole. »Deine Waffe solltest du vorne am Haupteingang abgeben. Werkzeuge des Todes sind in dieser Kirche nicht erlaubt.«
»Bitte verzeiht.« Logan faltete die Hände und ging zurück zum Westportal. Die Waffenkammer lag in einem kleinen Vorraum rechts davon. Ein mürrischer alter Kirchendiener hockte hinter einem Tisch und las in einem Buch. Hinter ihm in den Regalen lagen etliche Pistolen und Gewehre.
Logan schnallte die Maschinenpistole ab und plazierte sie auf dem Tisch. Ohne seinen Blick vom Buch abzuwenden, griff der Alte danach und legte sie ins Regal. Dann kramte er in einer Schachtel mit Nummern und gab Logan eine.
»Sonst noch irgendwelche Waffen?«
Logan schüttelte den Kopf. Sein Schwert behielt er am Körper.
»Dienstgrad und Vorgesetzter?«
Logan schluckte, dann sagte er: »Rekrut. Major Rennick.«
Der Kirchendiener warf ihm einen prüfenden Blick zu, dann nickte er. Logan zwang sich zu einem Lächeln, dann ging er zurück zum Altar.
Der Violette war gerade damit beschäftigt, das große goldene Kreuz am Ende des Altars mit einem Stofftuch zu polieren. Eine Tätigkeit, die seine ganze Aufmerksamkeit beanspruchte. Logan reagierte schnell. Er blickte in die Runde, vergewisserte sich, dass er nicht beobachtet wurde, und betrat dann die

Treppe zur Krypta. Wie ein Schatten huschte er hinab und nahm auf dem Weg die Fackel aus der Wandhalterung.
Die Luft unten war kühl und feucht. Es roch nach Moder und Schimmel. Die Wände waren mit Moosen und Flechten überzogen. Es war still. Kein Laut war zu hören außer seinen Schritten und dem leisen Knistern der Fackel.
Und hier sollte Gwen sein?
Logan schaute sich um. Der Raum war leer. Ein paar Rundbögen, einige Nischen in den Wänden, das war alles. An der hinteren Wand bemerkte er eine schwere Holztür. Hoffnungsvoll ging er darauf zu und legte die Hand auf die Klinke.

*

Gwen sah einen Lichtschimmer durch den Spalt am Boden. Sie hörte, wie sich jemand an der Tür zu schaffen machte.
Der Inquisitor!
Nicht schon wieder.
Die letzte Begegnung hatte ihr gereicht. Nicht dass er ihr etwas angetan hätte, aber seine seltsame Art, seine unterschwelligen Drohungen und Anspielungen hatten sie keine Ruhe finden lassen. Sie stand noch immer mitten im Raum, die Arme angehoben, Ketten um ihre Handgelenke. Ihre Hände waren taub.
Immer wenn sie versuchte, eine bequemere Stellung einzunehmen, schnitten ihr die Metallmanschetten ins Fleisch und erinnerten sie daran, dass doch noch Leben in ihr war. Wie viel Zeit war seit dem Besuch des Inquisitors vergangen? Zwei Stunden, fünf, ein halber Tag? Es war beinahe unmöglich, das abzuschätzen. Das Zeitgefühl war ihr völlig abhandengekommen.

Der Lichtspalt wurde breiter, als die Tür aufging. Fackelschein legte sich über die Wände und erzeugte bizarre Schatten.
Jemand stand in der Tür.
Sie konnte nur seinen Umriss sehen. Eine Gestalt, gekleidet in eine Kutte mit Kapuze. Breitbeinig, die Fackel hoch über den Kopf haltend, stand sie da und sagte kein Wort. Auf einmal geschah etwas Seltsames. Der Mann steckte die Fackel in einen Halter an der Wand, schlug die Kapuze zurück und eilte auf sie zu. Ehe sie sich wehren konnte, nahm er ihr Gesicht zwischen seine Hände und gab ihr einen Kuss.
»Gwen.«
Sie roch Schmierfett, aber seine Stimme klang vertraut. Außerdem glaubte sie, sich an seine Lippen zu erinnern.
»L… Logan?«
»Ja.« Er nickte und trat etwas zur Seite. Jetzt konnte sie sein Gesicht sehen. Unter einer Schicht aus Öl oder dunkler Farbe nahm sie Logans vertraute Züge wahr.
»Was … was tust du hier? Wieso ist dein Gesicht so schwarz?«
»Erkläre ich dir später. Ich bin gekommen, um dich zu befreien. Wie geht es dir? Kannst du laufen?«
»Ich glaube schon, ja.«
»Viel Zeit haben wir nicht.« Er begann, an ihren Ketten herumzunesteln. »Mal sehen. Sie sind hier hinten in der Wand verankert. Verdammt, das bekomme ich nicht auf, der Ring ist zu dick. Bleiben die Manschetten an deinen Händen.« Er inspizierte sie genauer. »Einfache Schlösser. Du hast nicht zufällig einen Schlüssel in deiner Tasche?«
Sie lächelte entschuldigend.
»Hätte ich auch nicht vermutet. Warte mal, vielleicht kann ich helfen. Vater hat mir eingebleut, nie ohne Werkzeug los-

zuziehen.« Er öffnete seine Umhängetasche und wühlte darin herum. Triumphierend hob er einen komischen kleinen Stift mit gebogenem Ende in die Höhe. »Wusste ich's doch. Das könnte funktionieren.«

Gwen blickte darauf und wusste nicht, was sie davon halten sollte. »Wie … wie hast du mich gefunden?«

»Ist eine lange Geschichte. Halt still, das könnte jetzt ein bisschen weh tun.« Er steckte den Stift ins Schloss und drehte und hebelte darin herum. Eine Weile lang passierte gar nichts. Plötzlich rutschte er ab und schlug ihr gegen die Schulter.

»Bitte entschuldige.«

Sein Gesicht war ihrem ganz nah.

»Nichts passiert. Mach weiter.«

Eine Woge der Erleichterung durchfuhr sie. Seine Berührung hatte sie endgültig davon überzeugt, dass es kein Traum war. Logan war hier. Er würde sie befreien, und der Alptraum hätte ein Ende.

Ihre Angst verschwand. Es war, als würde der Eispanzer, der ihr Herz umschlossen hielt, von einer Sekunde auf die andere schmelzen. Er versuchte weiter, den gebogenen Metallstift in das Schloss zu bekommen.

»Was ist das eigentlich für ein Ding, mit dem du da herumhantierst?«, fragte sie.

»Ein Dietrich. Ganz nützlich, wenn man Kisten und Truhen öffnen will, aber mit diesem Schloss habe ich meine Probleme.« Mit einem aufmunternden Lächeln machte er weiter. Er schnaufte und schwitzte, doch irgendwie schien es nicht zu klappen. »Verdammt«, murmelte er nach einer Weile. »Das ist schwerer, als ich gedacht habe. Vielleicht ein Sicherheitsschloss. Warte mal, ich versuche was anderes.« Er zog den Stift wieder heraus, kramte in seiner Tasche und wurde erneut fündig. Diesmal war es ein Stück Draht, das er vorsichtig zurechtbog. Er wollte es gerade ins Schloss stecken, als hinter ihnen eine Stimme ertönte.

»Dachte ich mir doch, dass ich Geräusche gehört hätte. Was tust du da, Bruder?«

58

In der Tür stand ein Mann, gekleidet in eine violette Robe. In der einen Hand hielt er einen Putzlappen, in der anderen einen Schlüsselbund. Logan zog den Draht aus dem Schloss und ließ ihn schnell hinter seinem Rücken verschwinden. »Ich … äh. Routinekontrolle. Der Inquisitor wollte nachher vorbeikommen, da dachte ich, ich prüfe mal die Handschellen.«

»Davon hat mir niemand etwas gesagt. Seltsam. Wer hat dich beauftragt?«

»Äh … Major Rennick.«

»Rennick? Der ist doch gar nicht zuständig. Ich habe hier das Sagen, und dich habe ich noch nie gesehen.« Der Mann kam näher. »Warte mal. Dich habe ich doch vorhin oben schon gesehen. Der Kerl mit der Maschinenpistole. Wie ist dein Name, und was ist mit deinem Gesicht los?«

»Oh, das.« Logan ging einen Schritt auf den Mann zu. »Eine Verbrennung. Ich war an der Schlacht bei der Raffinerie beteiligt. Seht her, es hat mich fast mein Augenlicht gekostet …« Logan ließ seinen Kopf vorschnellen. Mit einem trockenen Knacken brach die Nase des Mannes, der daraufhin ein überraschtes Heulen von sich gab und wie ein Klappmesser zusammensackte. Noch ein Schlag in den Nacken, und er lag mit verdrehten Augen auf dem Boden.

»Das wird ihn eine Weile außer Gefecht setzen«, sagte Logan. »Aber jetzt schnell. Ich muss diese Schlösser aufkriegen.«

»Versuch's doch mal mit einem seiner vielen Schlüssel«, sagte Gwen. »Vielleicht passt einer.«

»Gute Idee.« Logan drehte den Mann auf die Seite und riss ihm den Schlüsselbund vom Gürtel. Gwen hielt ihm die Handschellen hin. »Wo hast du gelernt, so hart zuzuschlagen?«

»Mein Vater hat mich trainiert. Er war früher selbst mal Arenakämpfer, hat aber leider nie gewonnen. So, dann wollen wir mal sehen …«

Der vierte Schlüssel passte. Logan schloss die erste Handschelle auf, dann die zweite. Gwen ließ erschöpft die Arme sinken. Sie hatte kein Gefühl mehr in ihren Händen.

»Alles in Ordnung?«, fragte er mit besorgtem Blick. »Wirst du es schaffen?«

Sie versuchte zu lächeln. »Es geht schon. Zuerst mal muss das Leben in meine Hände zurückkehren. Ich habe seit Stunden in dieser Position gestanden. Alles fühlt sich taub an.«

Er begann, ihre Arme zu massieren. »Setz dich da rüber, am besten mit dem Rücken zur Wand. Dauert sicher nicht mehr lange, dann geht es dir wieder besser. Siehst du, von unten nach oben massieren. Kommst du alleine klar? Gut. Ich werde in der Zwischenzeit dafür sorgen, dass unser Freund hier keine Dummheiten macht.«

Gwen befolgte Logans Rat und beobachtete, wie er dem Mann die Kutte auszog, ihm die Manschetten über die Hände streifte und die Schlösser zuschnappen ließ. Dann zog er die Ketten stramm. Abschließend riss er ein Stück Stoff von seiner Kutte, stopfte es dem Bewusstlosen in den Mund und fixierte es mit einem Stück Klebeband aus den unergründlichen Tiefen seiner Tasche.

»Fertig«, sagte er keuchend. »Das wird ihn eine Weile unschädlich machen. Und jetzt lass uns abhauen.«

Sie nickte und ließ sich von Logan auf die Füße ziehen.

Mit einem verwunderten Blick auf den Gefangenen fragte sie: »Warum hast du den armen Kerl ausgezogen?«
»Dreimal darfst du raten.« Er hielt ihr die Kutte hin.
Einen Moment blickte sie ratlos auf den Stoff, dann verstand sie plötzlich. Im Nu hatte sie ihre alten Sachen ausgezogen und das neue Gewand übergestreift. Logan sagte kein Wort. Er stand nur da und starrte sie an. Lächelnd reichte sie ihm ihre Sachen. »Hier, mein Held. Steck sie schnell ein, ehe dir noch die Augen aus dem Kopf fallen. O ja, und eines noch …« Sie trat an ihn heran und gab ihm einen Kuss. Einen langen und zärtlichen. »Danke«, flüsterte sie. »Danke, dass du mir gefolgt bist. Ich habe keine Ahnung, ob ich das je wiedergutmachen kann.«

*

Im ersten Stock des ehemaligen Museums berieten Inquisitor Marcus Capistranus und seine Berater über die nächsten Schritte. Auf dem Arbeitstisch lag eine Karte, auf der an verschiedenen Stellen Spielzeugsoldaten positioniert waren. Das Ganze machte den Eindruck eines Kinderspiels, doch tatsächlich ging es um die Aufstellung der Truppen während der bevorstehenden Schlacht.
Cedric stand am Fenster und blickte hinaus. Militärstrategie interessierte ihn nicht. Viel lieber hätte er gewusst, ob der Inquisitor von Gwen schon irgendetwas erfahren hatte, doch der Kirchenmann hatte bisher noch nichts verlauten lassen. Beim ersten Besuch durfte Cedric mit dabei sein, das war ihm versprochen worden, doch wann das sein würde, stand in den Sternen.
Der Kathedralenvorplatz wirkte wie ausgestorben. Viele von Capistranus' Truppen waren bereits in die Randbezirke der

Stadt beordert worden, deshalb war es hier relativ ruhig. Über die Dächer fegten tiefhängende Herbstwolken hinweg. Bäume, Büsche und Sträucher flatterten im Wind, während sich das Laub langsam gelb färbte. Kein Zweifel: Der Herbst war da, bald würde es Winter werden.

Zwei Männer huschten über den Platz. Einer in Violett, der andere in die traditionellen Farben der Heiligen Lanze gekleidet. Mit gesenkten Köpfen strebten sie den Gebäuden auf der anderen Seite entgegen. Vermutlich auf der Flucht vor dem herannahenden Regen.

Cedric fühlte, wie er fröstelte. Der Anblick löste eine düstere Vorahnung in ihm aus. Vielleicht war es die Einsamkeit, mit der diese beiden über den windgepeitschten Platz eilten, vielleicht aber auch der Gedanke an die kommenden Wochen und Monate.

Der Winter war die härteste Zeit des Jahres. Ohne Brennholz und ausreichende Vorräte würden viele sterben. Die Zahl der Clanmitglieder nahm von Jahr zu Jahr ab. Höchste Zeit, den Plan des Inquisitors in die Tat umzusetzen. Warum nur hatte sein Vater das nicht einsehen wollen? Es lag doch auf der Hand, dass die Männer ohne ausreichende Reserven nicht überleben konnten. Dummer alter Mann. Er hätte wissen müssen, dass seine Zeit gekommen war. Aber wie hatte der Inquisitor gesagt: Wer zu spät kommt, den bestraft das Leben.

Er wandte sich um und blickte auf den Plan.

Der Inquisitor warf ihm einen aufmerksamen Blick zu. »Nun, mein junger Freund, was hältst du davon?«

»Ihr scheint wirklich an alles gedacht zu haben, Euer Eminenz«, sagte Cedric und tippte auf die Karte. »Sind die Frauen erst mal an diesem Punkt, gibt es für sie kein Entkommen. Die Frage ist nur: Werden sie wirklich so weit kommen?«

»Das werden sie, mein Freund. Ihre Wut wird sie dazu treiben. Dank deiner Mithilfe werden sich die anderen Clans uns anschließen. Ihr Auftrag lautet, die Frauen anzugreifen und so lange zu provozieren, bis sie uns tiefer in die Stadt folgen.«

»Warum sollten sie das tun?«

»Nun, zum einen, weil sie uns für schwach und schlecht ausgerüstet halten. Zum anderen, weil sie mich wollen.« Er lächelte, was sein Gesicht nicht unbedingt hübscher machte. »Sie werden nicht eher ruhen, bis sie meinen Kopf auf einen Pfahl pflanzen können. Sie wissen ganz genau: Solange ich lebe, werden sie keine ruhige Minute haben. Ihr Hass konzentriert sich ganz auf meine Person, und das ist etwas, aus dem wir Kapital schlagen werden. Natürlich benötigen wir bis dahin noch ein paar Informationen. Organisation, Truppenstärke, Anführer. Deine kleine Freundin unten in der Krypta war bisher noch nicht sehr gesprächig. Ich habe vor, sie einer ausgiebigen Befragung zu unterziehen. Bist du mit dabei?«

Cedric nickte. »Natürlich.«

»Schön. Ich habe vor, ihr heute Abend noch einen Besuch abzustatten, und würde mich freuen, wenn du mich begleitest. Du wirst feststellen, dass mir die geeigneten Mittel zur Verfügung stehen, sie zum Sprechen zu bringen. Aber wenn du möchtest, lasse ich dir gern den Vortritt.« Das Lächeln, das er Cedric schenkte, war nicht dazu angetan, dessen düstere Vorahnungen zu zerstreuen. Schon jetzt fragte er sich, ob es eine gute Idee gewesen war, Gwen an den Inquisitor auszuliefern. Andererseits: Er hatte den Weg eingeschlagen, jetzt gab es kein Zurück mehr.

59

Halla erwartete sie mit aufgestellten Ohren. Es schien ihr gutzugehen, außer dass der Hafersack leer gefressen war.
Gwen schlang ihre Arme um den Hals des Pferdes. »Ich hätte nicht gedacht, dass wir uns so bald wiedersehen. Meine gute alte Halla.« Die Stute stieß ein zufriedenes Schnauben aus.
»Scheint so, als hätte sie dich auch vermisst«, sagte Logan. »Ich glaube, sie mochte es nicht, wieder die einzige Frau im Haus zu sein. Aber hier ist noch jemand, der dich begrüßen möchte.« Er klappte eine Satteltasche auf. Aus ihrem Inneren tauchte ein zerknautscht aussehender roter Kopf mit leuchtend grünen Augen auf. Gwen war einen Augenblick wie erstarrt, dann fiel sie Logan in die Arme, bettete ihren Kopf an seinen Hals und schluchzte herzerweichend. Logan, zuerst überrumpelt von so viel Gefühl, legte seine Hand auf ihre Haare und drückte Gwens Kopf an sich. »Es wird alles gut«, flüsterte er. »Ich werde dich nach Hause bringen, das verspreche ich dir.«
Gwen löste sich von ihm und wischte die Tränen aus ihren Augen. Ihre Nase war rot, ihre Haut fleckig von Schmutz und Feuchtigkeit. Sie schenkte ihm ein kleines Lächeln. Zu mehr war sie gerade nicht in der Lage.
Logan schluckte seine Enttäuschung herunter. Was hatte er erwartet? Dass sie ihn mit Liebesschwüren überschütten würde? Vielleicht.
»Am besten, du setzt dich vorne aufs Pferd«, sagte er. »Ich werde hinter dir sitzen, dann kann ich dich besser schützen. Komm, wir müssen uns beeilen.«

Gwen nahm Füchschen auf den Arm, setzte sich auf Hallas breiten Rücken und rutschte etwas nach vorn, damit Logan auch noch Platz hatte.
»Wie hast du eigentlich hierhergefunden?«, fragte Gwen.
»Ich hatte Hilfe.« Logan drückte ihr Pauls Stadtplan in die Hand.
»Dieses Stück Blech?«
»Es ist eine Karte, sieh mal genau hin. Sie hat mich in die Stadt geführt, und sie wird uns auch wieder hinausbringen. Hoffen wir, dass unsere Feinde uns noch ein bisschen Zeit lassen, ehe sie die Verfolgung aufnehmen, denn im Gegensatz zu uns sind sie motorisiert.« Er schnalzte mit der Zunge, und Halla setzte sich in Bewegung

*

Die Beratung dauerte und dauerte. Cedric hatte das Gefühl, sie würde überhaupt kein Ende nehmen. Als die Militärstrategen endlich das Arbeitszimmer verließen, schlug es bereits zwei. Sein Magen knurrte. Gab es hier überhaupt mal etwas zu essen oder zu trinken? Woher nahm der Inquisitor seine Energie?
Der Oberste des Ordens rollte die Pläne zusammen, räumte seinen Tisch auf und kam dann zu ihm herüber. »Ich muss mich entschuldigen, die Besprechung hat länger gedauert als erwartet. Ich hoffe, du hast dich nicht gelangweilt. Bist du bereit, unserer Gefangenen einen kleinen Besuch abzustatten?«
»Jetzt?«
»Warum nicht? Wir können ihr etwas zu essen bringen und nebenher selbst eine Kleinigkeit zu uns nehmen.«
»Gewiss doch, ja.«

»Gut, dann lass uns gehen.«
Cedric nahm seinen Umhang und folgte dem Inquisitor hinaus.

In der Kathedrale wurden sie von Bruder Sigmund, dem Domschweizer, empfangen.
»Euer Eminenz, welch eine Freude, Euch zu sehen. Was verschafft uns die Ehre Eures Besuches? Eure Messe beginnt doch erst in zwei Stunden.«
»Wir wollen die Gefangene sehen«, entgegnete Capistranus. »Führt mich zu Gregorius. Oh, und lasst uns etwas zu essen bringen, wir sterben vor Hunger.«
»Aber natürlich. Gregorius ist drüben beim Altar und bereitet alles für die Messe vor. Bitte folgt mir.«
Sie durchquerten das Mittelschiff, doch am Altar war von dem Betreffenden nichts zu sehen. Neben dem Kreuz lag ein Lappen. Sigmund runzelte die Stirn. »Ich kann ihn gerade nicht sehen. Eigenartig, er war vorhin noch hier. Bitte wartet einen Moment, ich werde ihn suchen.«
Cedric blickte in die Runde. Die Kirche war gut gefüllt. Etliche Würdenträger aus den umliegenden Gemeinden, manche betend, andere in leise Gespräche vertieft. Auch Mitglieder der Heiligen Lanze waren unter den Gläubigen. Sie taten so, als würden sie sich nicht für ihn interessieren, aber er spürte, dass sie ihm verstohlene Blicke zuwarfen. Normalerweise durften Clanmitglieder diesen Ort nicht betreten, schon gar nicht, wenn sie bewaffnet waren. Für ihn galten jedoch andere Regeln. Die Anwesenheit des Inquisitors rechtfertigte jeden Tabubruch. Cedric genoss seine neuerworbenen Privilegien. Sie machten ihn zu jemandem, der er in seinen Träumen schon immer hatte sein wollen.
»Ich kann ihn nicht finden«, sagte Sigmund, als er zurückkam.

»Dabei war er die ganze Zeit hier. Vielleicht ist er unten in der Krypta. Kommt mit.«

Der hagere Kirchendiener führte sie die schmalen Stufen zum Kerker hinunter. Cedric wurde mulmig bei dem Gedanken an die vielen Tonnen Stein, die jetzt über ihm lasteten. Die stickige Enge schnürte ihm die Brust zu. Überall standen Särge und Urnen. In speziellen Nischen in den Wänden wurden Knochen und Schädel aufbewahrt. Die Fackel ließ ihre Schatten über die Wände tanzen. Sie zuckten und krümmten sich, als wären sie vom Teufel besessen.

Die Tür auf der gegenüberliegenden Seite war abgeschlossen. Als Sigmund seinen Schlüssel hineinstecken wollte, schien es ein Problem zu geben. Es wollte ihm nicht gelingen, den Schlüssel hineinzustecken. Er kauerte sich hin und leuchtete mit der Fackel ins Schlüsselloch. Cedric hörte ihn sagen: »Verdammt noch mal. Da steckt doch irgendetwas drin.« Er fummelte ein paar Sekunden darin herum, dann zuckte er die Schultern. »Ich bekomme das Schloss nicht auf. Sieht aus, als hätte irgendein Idiot den Schlüssel abgebrochen.« Er rüttelte und schüttelte, doch die Tür bewegte sich keinen Millimeter. »Es tut mir leid, Euer Eminenz. Vielleicht ist Gregorius gerade unterwegs, um einen Handwerker zu holen.«

Der Inquisitor blickte grimmig auf das Schloss. Dann drehte er sich um und sagte: »Wachen, aufbrechen!«

»Aber Euer Eminenz«, rief Sigmund entsetzt. »Diese Tür ist viele hundert Jahre alt.«

»Dann werden wir sie durch eine neue ersetzen. Los jetzt, Männer, schlagt sie ein.«

Die beiden Leibgardisten traten vor, legten ihre Lanzen und Schilde ab und fingen an, das Holz mit ihren Äxten zu bearbeiten.

Es dauerte eine ganze Weile, bis es ihnen gelang, so tief in das Holz vorzudringen, dass sie das Schloss nebst dem Sperrriegel aus der Halterung stemmen konnten. Mit einem lauten Scheppern fiel es zu Boden.
Marcus Capistranus griff sich die Fackel des Domschweizers, riss die Tür auf und stürmte in das Verlies.
Wie angewurzelt blieb er stehen.
»Beim Allmächtigen.«
An Ketten gefesselt und bis auf die Unterwäsche ausgezogen hing … Meister Gregorius. Seine Augen waren vor Schreck geweitet. Unverständliches Gestammel drang aus seinem Mund. Cedric sah sich um, der Raum war leer. Keine Spur von Gwen. Der Inquisitor riss Gregorius den Knebel aus dem Mund. »Was ist mit der Gefangenen geschehen? Was ist hier passiert, wieso hängst du in dieser unwürdigen Aufmachung in den Ketten?«
»Ich …« Gregorius hatte sichtlich Mühe zu sprechen. »Ich wurde überrumpelt, Euer Eminenz.«
»Drück dich gefälligst deutlicher aus.«
»Da war ein Mann. Er trug die Uniform der Heiligen Lanze. Ich hatte ihn noch nie gesehen. Er fummelte an den Handschellen herum, als ich ihn überraschte.«
»Und?«
Gregorius schluckte ein paarmal. Vermutlich litt er unter brennendem Durst. »Er behauptete, in Eurem Auftrag unterwegs zu sein und die Sicherheit der Schlösser zu überprüfen. Als ich ihn darauf hinwies, dass das meine Aufgabe sei, schlug er mich nieder.«
»Wie sah er aus?«
Gregorius versuchte mühsam, sich zu erinnern. Dabei machte er ein Gesicht, als würde er in eine saure Zitrone beißen.

»Er ... er war irgendwie gefärbt.«
»Gefärbt?«
»Ja, Euer Eminenz. Hier, seht meine Hände. Sie sind voller Wagenschmiere. Darunter war etwas, das wie eine Tätowierung aussah. Mehr kann ich Euch nicht sagen. Sein Kopf war von einer Kapuze bedeckt.«
»Moment mal ...« Cedric drängte nach vorne. »Sagtet Ihr gerade Tätowierung?«
»Ja.« Gregorius nickte. »Da waren so Zeichen, sie liefen über sein Auge. Runen, wenn ich mich nicht irre.«
Marcus Capistranus warf Cedric einen durchdringenden Blick zu.
»Kennst du den Mann? Weißt du, von wem er spricht?«
Cedric nickte. »Ihr kennt ihn auch. Ihr seid ihm bei Eurem Besuch begegnet. Logan, der Champion des Clans.«
»Was sagst du da? Warum sollte er so etwas tun?«
»Er ist ein Verräter, Eminenz. Zum Feind übergelaufen. Und jetzt hat er, wie es scheint, Gwen befreit.« Cedric verstummte. Schlagartig fielen ihm die beiden Personen wieder ein, die er vor Stunden über den Vorplatz hatte huschen sehen. Er erinnerte sich, bei ihrem Anblick das sichere Gefühl gehabt zu haben, er würde sie kennen. Auf seine Instinkte war immer noch Verlass.
»Sie haben einen ziemlichen Vorsprung.«
Der Inquisitor umklammerte seinen Stab mit knöcherner Hand. »Dann müssen wir sie verfolgen«, stieß er hervor. »Hast du eine Ahnung, wo sie hinwollen?«
Cedric nickte. Ja, er wusste, wohin sie wollten.

60

Die Barriere lag hinter ihnen, als Logan zum ersten Mal eine Rast einlegte. Vier Stunden auf dem Rücken eines Pferdes, das war etwas, was er seinem schlimmsten Feind nicht zumuten würde. Aber sie hatten keine andere Wahl gehabt. Solange sie sich innerhalb der Stadtgrenzen befanden, mussten sie ständig damit rechnen, entdeckt zu werden. Bei der Heiligen Lanze war es besser, immer in Bewegung zu bleiben. Er hatte die Route nach Süden gewählt, die Richtung, in der früher die Raffinerie gelegen hatte. Einer breiten Straße folgend, hatten sie zuerst den Innenstadtbereich durchquert und waren dann in die ehemaligen Vororte gekommen. Hier lebten nur noch wenige Menschen. Endlich brauchten sie sich nicht mehr zu verstecken. Gwen hatte ihre Kapuze abgestreift und ließ ihre Haare im Wind flattern. Als dann der Regen einsetzte, verschwand sie wieder unter ihrem Umhang.

Logan half Gwen aus dem Sattel und machte ein paar steife Bewegungen. *Himmel,* sein Hintern fühlte sich an wie ein durchgerittenes Steak. Nach ein paar Schritten verschwand das taube Gefühl, und er konnte wieder normal gehen.

Sie befanden sich an der Grenze zur Verbotenen Zone. Logan hatte einen Platz gewählt, der in einer geschützten Nische unterhalb eines halben Brückenbogens lag. Ob die Brücke überhaupt jemals fertiggestellt oder während der Dunklen Jahre zerstört worden war, konnte niemand mit Bestimmtheit sagen. Ein paar Stahlstreben ragten aus dem Beton hervor wie die Finger eines Blinden. Ein düsterer Ort, der vor dem

Hintergrund der herannahenden Regenwolken noch bedrohlicher wirkte.
Gwen war schweigsam. Seit ihrer Rettung hatte sie kaum ein Wort gesprochen. Jetzt stand sie bei den Satteltaschen und begann, eine kleine Mahlzeit für sie herzurichten. Logan erinnerte sich, wie sie immer das Essen für ihn und seine Familie zubereitet hatte. Schöne Tage waren das gewesen. Tage, die niemals wiederkehren würden. Vielleicht war das der Grund für ihre Schweigsamkeit. Als habe sie seine Gedanken gelesen, hob sie den Blick.
»So nachdenklich?«
»Ich mache mir Sorgen. Wir haben noch einen weiten Weg vor uns, und das Wetter macht gerade dicht. Ich fürchte, wenn der Regen kommt, werden wir uns mitten in der Verbotenen Zone befinden.«
»Komm, setz dich zu mir.« Sie klopfte mit der Hand auf die Decke und reichte ihm ein Stück Brot. Sie hatte es liebevoll mit dünn geschnittenem Schinken und wildem Löwenzahn belegt.
»Tut mir leid, wenn ich dir nicht mehr anbieten kann.«
»Ist schon in Ordnung«, sagte er. »Ich weiß selbst, wie es um unsere Vorräte bestellt ist. Aber keine Sorge, bald werden wir in fruchtbarere Gegenden kommen, dann steht auch wieder Fleisch auf dem Speiseplan.«
»In den Ortschaften können wir uns mit Nahrung versorgen. Ich werde um etwas Brot und Käse bitten.«
»Und du meinst, das wird man uns so einfach geben?« Er schüttelte den Kopf. »Machen wir uns nichts vor. Sobald die mich sehen, werden sie die Stadttore verschließen. Ich bin der Feind. Ich werde stets nur der Feind sein.«
»So darfst du nicht denken. Wir müssen etwas haben, worauf

wir hoffen können. Und selbst, wenn ich allein in die Ortschaften gehen muss, ich werde etwas zu essen bekommen, versprochen.«
»Und dann? Wollen wir uns die ganze Zeit verstecken? Immer in Angst leben, entdeckt zu werden? Es fällt mir schwer, mir ein solches Leben vorzustellen.« Er schüttelte den Kopf. »Besser, wir sehen den Dingen ins Auge und stellen uns den Tatsachen. Du wirst in die eine Richtung gehen und ich in die andere. Genau das wird passieren.«
Gwen ließ ihre Schultern hängen. »Gott, wie ich das alles hasse«, sagte sie. »Unsere bornierten Führer, die immer und überall nur Krieg und Verrat wittern. Und diese dummen Leute, die ihnen auf Gedeih und Verderb folgen, ohne Fragen zu stellen. Warum können sie sich nicht einfach alle die Hände reichen und gut ist? Warum können wir nicht das Kriegsbeil begraben und in Frieden miteinander leben? Was hindert uns daran?« Sie starrte missmutig zu Boden. »Sieh mich an. Bis vor kurzem habe ich Männer gehasst. Ich hätte jeden getötet, der mir in die Finger gekommen wäre. Ihr habt mir Juna weggenommen, ihr wart dafür verantwortlich, dass mein ganzes Leben aus der Bahn geraten ist. Ich habe dir nie erzählt, was wirklich in den unterirdischen Stollen geschehen ist, nicht wahr?«
Er schüttelte den Kopf.
»Ich gehörte einem Sonderkommando an, einem Kommando mit dem Ziel, den Inquisitor zu töten. Wir wollten auf unterirdischen Pfaden zur Kathedrale vorstoßen und diesem Teufel in Menschengestalt den Garaus machen. Ich war eine Attentäterin, doch dann wurde ich selbst zur Gejagten.«
»Ich hatte mir schon so etwas gedacht …«
»Weißt du, warum ich diesen Auftrag angenommen habe? Um

mich selbst zu bestrafen. Um nicht zugeben zu müssen, dass ich keinerlei Schuld an Junas Flucht trage. Ich wollte mich aber schuldig fühlen. Aus einem Mangel an Selbstbewusstsein und weil ich es nicht besser wusste. Ich war der Meinung, Juna habe mich nur deshalb verlassen, weil ich ihr nicht gut genug war. Ich habe nicht verstanden, dass ich gegen einen Gegner kämpfte, gegen den ich keine Chance hatte. Einen unbekannten Gegner – eine Krankheit.«

»Es muss hart für dich gewesen sein, das einzusehen.«

Sie nickte. »Anfangs schon, doch dann habe ich meinen Frieden mit Juna gemacht, und wichtiger noch, ich habe meinen Frieden mit mir selbst gemacht. Wir können nichts dafür. Wir sind, wie wir sind. In uns wirken Kräfte, die wir nicht steuern oder kontrollieren können. Aber manchmal hilft es, einen Schritt zurückzutreten und das gesamte Bild zu betrachten. Wenn wir den Menschen Gelegenheit geben, Erfahrungen zu sammeln – das zu erleben, was wir erlebt haben –, haben beide Geschlechter wieder eine Chance.«

Die ersten Tropfen fielen. Sie klatschten auf die staubtrockene Erde und durchtränkten den Boden. Kurz darauf verwandelten sich die Tropfen in einen Wolkenbruch, doch der Brückenbogen hielt sie trocken.

»Und wie soll das geschehen?«, fragte Logan. »Die Zeit läuft uns davon. Ein neuer Krieg droht auszubrechen. Er wird alles noch viel schlimmer machen.«

»Dann müssen wir verhindern, dass es so weit kommt. Lass uns einen Anfang machen. Komm mit mir, begleite mich. Zeigen wir den anderen, dass Männer und Frauen Freunde sein können.« Sie deutete auf den Asphalt. »Sieh her.« Eine einzelne kleine Pflanze hatte sich durch den geborstenen Straßenbelag gekämpft und strebte dem Licht entgegen. »So zart sie auch ist, sie hat mehr Kraft als dieser starre Asphalt. Schon bald werden hier viele neue Pflanzen stehen und alles in einen grünen Teppich verwandeln. Aber eine muss den Anfang machen.«

»Und du meinst, wir sollen das sein?« Nachdenklich betrachtete Logan die Pflanze. »Ich glaube, da überschätzt du unsere Möglichkeiten. Ich wäre froh, wenn ich dich lebend zu deinem Volk zurückbringen und anschließend zu meinem Vater und Bruder zurückkehren könnte. Wenn mir das gelingt, wäre schon viel gewonnen.«

»Das Virus hat aufgehört, das spüre ich«, sagte Gwen. »Ich konnte es sogar in den Augen des Inquisitors lesen. Die Art, wie er mich ansah, sprach Bände. Nur sein Glaube hält ihn noch davon ab, die Wahrheit zu erkennen. Genau wie bei meinem eigenen Volk. Bitte, begleite mich. Ich verspreche dir, es wird dir nichts geschehen.«

Logan sah sie an. Sie war so sanft in diesem Moment, so schön – und gleichzeitig so stark. Er spürte, dass er für immer mit ihr zusammen sein wollte.

»Ich werde es mir überlegen«, sagte er. »Zuerst mal bringe ich dich zur nächsten Ortschaft, dann sehen wir weiter, einverstanden?«

»Du wirst es nicht bereuen, das verspreche ich dir.« Sie lächelte geheimnisvoll. Logan spürte, wie ihm warm ums Herz wurde. Es lag etwas in ihrem Blick, das ihn magisch anzog. Ihre Augen schienen tief in sein Innerstes zu schauen. Was sie dort sah, gefiel ihr offenbar.

Er legte das Brot zur Seite, nahm sie in den Arm und küsste sie. Nicht so wie in der Nacht vor ihrer Entführung, unsicher und vorsichtig. Diesmal war es stürmisch und leidenschaftlich. Er fuhr ihr durchs Haar, sog ihren Atem ein und vergrub sich in ihrem Nacken. Dort konnte er ihren Duft am stärksten riechen. Sie erwiderte den Kuss mit solcher Heftigkeit, dass es beinahe weh tat. Gemeinsam sanken sie auf das Lager und vergaßen die Welt um sich herum. Sie verschwand einfach. Da waren nur noch er, sie und das Feuer, das sie beide entfacht hatten. Ein Licht, inmitten von Trümmern und Düsternis.

*

Es war beinahe Abend, als sie auf Hallas Rücken stiegen und ihren Weg fortsetzten. Niemand sagte ein Wort. Gwen war viel zu aufgewühlt zum Reden. Der Rausch, mit dem sie sich geliebt hatten, erschreckte sie. Wie ein Sturm war er über sie hinweggefegt. Ein Sturm, dem sie nichts entgegenzusetzen hatte, der aber dennoch ein Teil von ihr war.

Jetzt stand sie vor einem Berg von Fragen. Wie sollte es weitergehen? Würde er sie wirklich begleiten? War ihre Hoffnung nicht nur ein Traumgebilde? Wie dachte er darüber?

Verwirrt und glücklich lehnte sie sich nach hinten. Seine kräftigen Arme umschlangen sie. Sie konnte seinen Atem im Nacken spüren.

Füchschen lag vor ihr auf dem Sattel und schlief. Fern im Westen neigte sich der Tag langsam dem Ende zu. Die Regenwolken waren weitergezogen und hatten einem farbenprächtigen Sonnenuntergang Platz gemacht. Der Himmel sah aus, als würde er brennen.

Irgendwann wurde es dunkel. Sie saßen ab, entfachten ein Feuer und brieten eine Ratte, die Logan zwischen den Trümmern erlegt hatte. Sie sprachen nicht viel, plauderten über Belanglosigkeiten und vermieden die wirklich wichtigen Fragen.

Sie liebten sich noch zweimal in dieser Nacht, beide Male zärtlich und voller Leidenschaft.

Irgendwann kurz vor Tagesanbruch erwachte Gwen für kurze Zeit aus ihrem Schlummer. Sie meinte, etwas gehört zu haben. Motorengeräusche und das Licht von Scheinwerfern.

Sie löste sich aus Logans Umarmung und blickte müde in die Ferne. Von ihrer erhöhten Position aus hatte sie einen guten Blick nach allen Seiten. Die Welt lag noch im Schlaf. Ein paar Sterne funkelten auf sie herab. Im Süden stand der Orion, gut zu erkennen an der typischen X-Form und dem Gürtel in der Mitte. Im Osten lag die alte Stadt, dunkel und bedrohlich. Sie blickte eine ganze Weile in diese Richtung, konnte jedoch nichts erkennen. Offenbar ein Irrtum. Vermutlich hatte sie nur schlecht geträumt.

Es würde noch etwa eine Stunde dauern, bis es hell wurde. Zeit genug, noch einmal die Augen zu schließen. Mit einem zufriedenen Seufzen sank sie zurück in Logans Arme.

61

Alcmona lag etwa zwei Kilometer westlich auf einem Hügel. Es war umgeben von alten Bäumen und hölzernen Palisaden. Ein Wachturm ragte auf, dahinter die Dächer einiger Häuser.

Gwen war noch nie hier gewesen, wusste aber, dass die Ortschaft erst vor kurzem angegriffen worden war. Juna hatte ihr von dem Kampf erzählt. Wie es ihr und ihren Mitstreiterinnen gelungen war, die Feinde in die Flucht zu schlagen und das Dorf zu retten. Auf die Entfernung waren keine Spuren des Kampfes mehr zu erkennen.

Das Dorf thronte wie ein Adlerhorst auf dem Hügel, umgeben von saftigen Weiden und goldgelben Feldern, auf denen hüfthoch das Getreide stand. Nicht mehr lange, dann würde die Ernte eingefahren werden. Dieses Jahr würde es eine gute Ernte geben, das konnte man sehen. Die Kammern würden bis unters Dach voll sein und dafür sorgen, dass auch nächstes Jahr niemand zu hungern brauchte.

Logan zog am Zügel. Halla senkte den Kopf und blieb stehen. »Da wären wir«, murmelte Logan. »Ab hier musst du alleine weiterlaufen.«

Gwen drehte sich überrascht um. »Und du?«

Er sah sich um. »Siehst du die Buche dort vorne? Ich werde da auf dich warten. Du solltest vorgehen und die Lage sondieren. Wenn alles in Ordnung ist, kannst du ja wiederkommen und mich abholen.«

Sie schaute ihn lange und durchdringend an. Sie spürte, dass

etwas nicht stimmte. »Du hast gar nicht vor, auf mich zu warten, oder? Du willst dich aus dem Staub machen.«
»Ich …« Eine Weile hielt er ihrem Blick stand, dann senkte er den Kopf. »Bin ich wirklich so leicht zu durchschauen?«
»Für mich schon.« Sie stemmte die Hände in die Hüften. »Was soll das? Hattest du nicht gesagt, du würdest mich begleiten?«
»Ja, habe ich«, erwiderte Logan mit leiser Stimme. »Das Problem ist … es wird nicht funktionieren. Ich habe über die ganze Sache noch einmal gründlich nachgedacht. Mein Gefühl sagt mir zu bleiben, aber mein Kopf sagt etwas anderes.«
»Du hast es mir versprochen.«
Logan schwieg beschämt.
»Und die letzte Nacht? Was ist damit?«
»Das war wunderschön«, flüsterte er. »Das Schönste, was ich je erlebt habe. Glaub mir, das Gefühl, dich verlassen zu müssen, ist so schlimm, dass es mich beinahe zerreißt. Aber ich kenne die Menschen. Sie werden nicht auf uns hören, nur weil wir beide verliebt sind. Sie werden uns nicht zusammenlassen. Nie und nimmer werden sie das. Dich werden sie nach Hause schicken und mich in irgendein stinkendes Loch werfen, wo ich dann auf meine Verhandlung warten darf.«
»Nicht, wenn ich dabei ein Wörtchen mitzureden habe«, erwiderte Gwen trotzig. »Ich bin eine freie Bürgerin. Ich …«
»Gwen …« Er nahm ihre Hände.
»Ich habe Rechte. Eines davon lautet, dass ich mir aussuchen darf, mit wem ich zusammen sein will …« Sie spürte, wie die Verzweiflung sie übermannte. Sie wollte nicht heulen. Nicht jetzt. Doch sie konnte es einfach nicht verhindern.
»Gwen … nicht.« Logan zog sie zu sich heran. »Eure Gesetze gelten nur für Frauen, ich aber bin ein Mann. Ich kenne deine Kultur nicht, aber wenn ich etwas weiß, dann das. Warum ist

Juna geflohen? Sie war eine Frau. Sie wurde geliebt und bewundert. Eine Kriegsheldin. Doch selbst sie sah keinen anderen Ausweg. Glaubst du, sie hat nicht genauso gelitten wie wir beide jetzt? Glaubst du, sie hätte sich nicht dieselben Fragen gestellt?«

»Dann lass uns zusammen weggehen«, schniefte sie. »Ich besorge uns nur schnell etwas Verpflegung, und dann verschwinden wir von hier. Wir gehen irgendwohin, wo uns niemand findet. Wo wir ein Leben in Liebe und Frieden führen können. Und wer weiß, vielleicht finden wir ja die Zuflucht …«

»Ein Leben in der Wildnis? Immer auf der Flucht? Du bist dafür nicht geschaffen, Gwen. Ich weiß nicht mal, ob ich das bin. Im Grunde meines Herzens bin ich ein Familienmensch. Der Gedanke, nie wieder meinen Vater zu sehen oder meinen Bruder … nein.« Er schüttelte den Kopf. »Vielleicht wird es eine Weile weh tun, aber irgendwann wirst du mich vergessen haben. Du wirst jemanden finden, der besser zu dir passt, jemanden, bei dem du nicht dauernd in Angst leben musst, dass er gefangen oder getötet wird. Du wirst glücklich werden.«

»Nein«, schluchzte sie. »Ich will nicht, dass es so endet. Nicht schon wieder. Es kann doch nicht sein, dass wir …«

Sie hielt inne.

Sie hatte etwas gehört.

Ein dumpfes Brummen aus der Richtung, aus der sie gekommen waren. Sie neigte den Kopf und lauschte. Irgendwie kam ihr das Geräusch vertraut vor. Hatte sie nicht letzte Nacht etwas Ähnliches gehört, kurz vor Tagesanbruch? Doch, ganz sicher.

Dann war es also keine Einbildung gewesen!

In diesem Moment erklang eine Art Sirren, das in einem dumpfen Aufprall endete. Ein Krachen zerriss die Stille. Logan wurde nach vorne geschleudert. Sein Körper prallte gegen Gwen, und sie konnte ihn gerade noch davor bewahren, vom Pferd zu fallen.

Ein Donner dröhnte über den Himmel, brach sich an Felsen und Bäumen und verhallte jenseits der Hügel. Vögel stoben auf und flohen mit ängstlichem Krächzen.

Logan richtete sich wieder auf. Seine Bewegungen wirkten merkwürdig steif. Ein Fleck zeichnete sich auf seiner Brust in Höhe des Schulterblatts ab. Er war dunkelrot und wurde rasch größer. Logan tastete danach und hielt die Finger vor sein Gesicht.

Blut!

Er war getroffen worden. Und er hatte kein Kettenhemd mehr.

Wieder erklang ein Sirren. Irgendetwas zischte knapp über ihre Köpfe hinweg, dann erst ertönte das Krachen. Es kam von einer kleinen Baumgruppe schräg hinter ihnen.

»Flieh«, keuchte Logan. »Sie haben uns gefunden.«

»Wer? Wer hat uns gefunden?«

»Die Heilige Lanze.«

Gwen kniff die Augen zusammen. Am Waldrand stand etwas.

Ein Fahrzeug!

Logan zog seine Füße aus den Steigbügeln und ließ sich ins Gras fallen. Aus seinem Gesicht war jegliche Farbe gewichen. Mit einer trägen Bewegung zog er sein Schwert aus der Satteltasche.

»Was machst du denn da? Steig wieder auf.«

»Ich … ich werde versuchen, sie aufzuhalten. Beeil dich. Wenn du jetzt losreitest, kannst du es vielleicht noch schaffen.«

Ehe Gwen antworten konnte, kam vom Wachturm von Alcmona ein Signal. Ein einsames Horn. Das Signal für einen Angriff.

»Bitte«, flüsterte Logan. »Tu, was ich dir sage. Nur dieses eine Mal.« Sein Lächeln hatte etwas Gequältes.

»Aber du bist verletzt. Du brauchst Hilfe.«

»Ich komme schon klar. Im Nachhinein betrachtet, war es vielleicht doch nicht so klug gewesen, mein Kettenhemd herzugeben. Andererseits: Das war der beste Tausch meines Lebens.«

Das Fahrzeug hatte seine geschützte Position unter den Bäumen verlassen und kam jetzt auf sie zu. Es war noch etwa fünfhundert Meter entfernt. Wieder ertönte ein Schuss. Gras und Erde spritzten vor ihren Füßen auf.

Gwen schaute auf Logan, dann wieder auf das Fahrzeug. Sie musste eine Entscheidung treffen.

Jetzt.

Hier!

»Nein«, sagte sie. »Ich werde bei dir …« *bleiben,* wollte sie noch sagen, doch in diesem Augenblick gab Logan Halla einen kräftigen Schlag auf die Flanke. Das Pferd schoss mit einem überraschten Wiehern auf und davon. Gwen wurde nach hinten geschleudert und verlor dabei die Tasche mit den Medikamenten und dem Verbandszeug. Nur mit knapper Not konnte sie verhindern, vom Pferd zu fallen.

Halla schoss den Hang hinauf.

Oben bei der Siedlung war man bereits auf sie aufmerksam geworden. Auf den Wehrgängen erschienen Bogenschützen. Zwischen den geöffneten Toren konnte Gwen herumrennende Frauen erkennen, die Pferde und Wagen in Sicherheit brachten. Waffen, Schilde, Wassereimer wurden herangeschafft, und über allem ertönte das Horn.

Ein rascher Blick über die Schulter zeigte ihr, dass das Fahrzeug Logan eingeholt hatte. Einige Krieger der Heiligen Lanze

sprangen von der Ladefläche des Kleinlasters herab und umringten ihn. Mit erhobenen Waffen drangen sie auf ihn ein und schlugen ihn zu Boden.
Lasst ihn in Ruhe, er ist verletzt, wollte Gwen ihnen zurufen, aber dafür war die Entfernung zu groß. Wieder und wieder schlugen sie auf ihn ein und hievten seinen leblosen Körper dann auf die Ladefläche. Gwen spürte, wie etwas in ihr zerbrach. Es tat schrecklich weh, ihn so hilflos und verletzt zu sehen. Ihn, der bisher immer so stark gewesen war. Nun war er selbst zum Opfer dieses Krieges geworden. Tränen der Wut und der Verzweiflung strömten über ihr Gesicht.
Sie hörte, wie der Motor aufjaulte, und sah mit ungläubigem Staunen, dass das Fahrzeug die Verfolgung fortsetzte. Sie wollten sie nicht entkommen lassen. Ihr Vorsprung schmolz rasch zusammen. Das Fahrzeug war nur noch zwei- bis dreihundert Meter von ihr entfernt. Wieder krachten Schüsse. Gwen hörte, wie ihr die Geschosse um die Ohren flogen.
Die Tore von Alcmona waren verschlossen. Sämtliche Frauen hatten sich im Inneren in Sicherheit gebracht. Auf den Wehrgängen herrschte Gedränge.
»Helft mir«, schrie sie. »Macht das Tor auf, bitte. Lasst mich rein!«
Nichts geschah. Die Pforte blieb verschlossen.
Immer näher kam der Laster.
Nur noch fünfzig Meter trennten sie von dem Fahrzeug. Auf der Laderampe stand ein einzelner Mann, das Gewehr im Anschlag. Selbst aus dieser Entfernung konnte sie sehen, wer es war. Cedric! Ein breites Grinsen lag auf seinem Gesicht. In aller Seelenruhe legte er an und schoss.
Mit einem kreischenden Wiehern ging Halla zu Boden.
Gwen flog in hohem Bogen über den Kopf des Tieres und

landete auf der Straße. Scharfkantige Steine bohrten sich in ihre Hände. Füchschen entglitt ihren Händen und landete einige Meter weiter im Gras. Gwen versuchte, sich abzurollen, schlug dabei aber gegen einen Markierungsstein. Ein sengender Schmerz fegte durch ihre Schulter.
Das Dröhnen des Motors direkt hinter ihr.
In diesem Moment schwang das Tor auf. Gwen sah eine Gruppe berittener Frauen auf sie zukommen. Der Boden vibrierte vom Dröhnen der Hufe. Sie hörte das Schnauben der Nüstern. Aufgeregte Rufe erklangen. Sie spürte, wie jemand sie packte und auf die Füße zog. Es ging alles so schnell, dass sie nicht einmal bemerkte, wer sie da packte, ob Freund oder Feind. Erst als sie sah, wie das schwere Holztor hinter ihr geschlossen wurde, wusste sie, dass sie in Sicherheit war.
Eine Frau in Rüstung und mit dunklen Haaren beugte sich über sie. »Wer bist du? Was machst du hier? Rede!«
Gwen schüttelte die Hände ab, sprang auf und erklomm die Leiter.
»Halt, warte. Komm zurück!«
Die Frauen auf dem Wehrgang wichen vor ihr zurück. Doch Gwen hatte keine Zeit für Erklärungen. Sie rannte nach vorne und schaute über die Brüstung nach unten.
Das Fahrzeug der Heiligen Lanze hatte angehalten. Halla war immer noch am Leben. Gwen konnte sehen, dass das Tier litt. Schaum war vor seinem Maul, und es stieß qualvolle Laute aus.
Cedric stieg von der Ladefläche, trat neben das Pferd und hielt ihm den Lauf seiner Waffe an den Kopf.
Dann ertönte der Schuss.
Einige der Frauen schrien auf, andere wichen vor Entsetzen zurück. Gwen war vergessen. Alle richteten ihre Konzentra-

tion auf die fünf Männer, die mit vorgehaltenen Waffen auf das Dorf zugingen.

Eine der Bewohnerinnen ließ sich von der einschüchternden Machtdemonstration nicht beirren. Die dunkelhaarige Frau mit der Rüstung war kaum älter als Gwen. Über ihrer Schulter hing ein Köcher mit Pfeilen, auf ihrer Schulter konnte Gwen eine Tätowierung sehen. Eine Brigantin. Sie hob ihren Bogen, spannte die Sehne und schoss einen Pfeil direkt vor Cedrics Füße. Zitternd blieb er im Erdreich stecken.

»Wer seid ihr? Was wollt ihr?«

»Gebt uns die Frau zurück«, rief Cedric. »Sie ist Eigentum des Inquisitors. Gebt sie zurück, oder wir fackeln euer Dorf ab.«

»Ich bin niemandes Eigentum«, rief Gwen. »Ich bin eine freie Bürgerin von Glânmor und wurde von euch entführt. Meine Gefährtin Juna hat dieses Dorf einst mit ihrem Leben verteidigt. Meine Meisterin ist die oberste Heilerin Magdalena.« Sie wandte sich an die anderen Frauen: »Bitte, glaubt, was ich euch sage. Ihr dürft meine Aussagen gerne überprüfen.«

Die Frau nickte und deutete auf Cedric. »Wie es scheint, hast du den Weg umsonst gemacht. Gib deinen Männern Befehl, umzudrehen und von unserem Land zu verschwinden. Tut ihr das nicht, seid ihr alle des Todes.«

Einer der Männer hob sein Gewehr, doch die Anführerin der Wachen war schneller. Mit einer Bewegung, flink wie der Flügelschlag einer Taube, legte sie an und schoss dem Mann in die Schulter. Schreiend ließ er seine Waffe fallen. Schon lag der nächste Pfeil auf der Sehne.

»Der Nächste, der nach seinem Gewehr greift, bekommt den Pfeil direkt ins Herz. Egal, ob ihr euch dann entschließt, anzugreifen oder wegzurennen, wir werden euch alle töten. Keine

Gefangenen.« Sie deutete auf Cedric. »Und du bist der Erste. Also überleg gut, was du deinen Männern befiehlst.«
Inzwischen hatten auch all die anderen Frauen ihre Bögen gespannt und zielten auf die Männer. An die fünfzehn Pfeile waren auf sie gerichtet.
Gwen konnte sehen, wie es hinter Cedrics Stirn arbeitete. Einen Moment lang dachte sie, er wäre wirklich so verrückt, den Angriff zu befehlen, doch dann erschien ein trotziger Blick in seinem Gesicht. Mit einer knappen Handbewegung befahl er den Männern, zum Fahrzeug zurückzukehren und einzusteigen.
Kurz bevor er selbst wieder auf die Ladefläche kletterte, drehte er sich noch einmal um. »Du wirst mir nicht entkommen, Gwen. Wir werden uns wiedersehen – und dann werde ich dich töten. Und deinen Freund auch.« Er stieg zu den anderen nach hinten, befahl Logan, sich auf die Füße zu stellen, damit alle ihn sehen konnten. Er war nur halb bei Bewusstsein. Seine rechte Gesichtshälfte war verfärbt und angeschwollen.
»Noch lebt er«, rief Cedric. »Aber nicht mehr lange. Schon bald wird er eurer Streitmacht in vorderster Front entgegentreten – ohne Waffen und ohne Rüstung. Sieh genau hin, vielleicht wirst du ihn nicht wiedererkennen. Wenn du ihn retten willst, Gwen, solltest du dort sein. Und ich, ich werde auf dich warten.«
Mit diesen Worten klopfte er auf das Autodach. Der Lastwagen fuhr ein Stück zurück, wendete und entschwand in einer Wolke aus Abgasen und Staub.
Gwen taumelte von der Brüstung zurück. Jegliche Kraft war aus ihren Beinen gewichen. Sie spürte, wie helfende Hände sie stützten und die Stufen hinunterführten. Sie hörte aufgeregte Stimmen, die nach ihrer Herkunft fragten, nach den Männern

und ihrer Flucht. Doch Gwen war nicht in der Lage zu antworten. Wie durch einen Schleier sah sie Logans Gesicht. Halb ohnmächtig, blutig geschlagen. Sie wusste nicht, ob er noch am Leben sein würde, wenn sie sich wiedersahen, doch eines schwor sie: Sie würde ihn finden, tot oder lebendig. Und wenn Cedric klug war, dann würde er in diesem Moment weit, weit weg sein.

62

Zwei Wochen später …

Magda folgte der Wache hinunter in die Stollen des Berges. Hier, fünfundvierzig Meter unterhalb des großen Tempels, wartete Zoe seit dem Verschwinden Arkanas auf ihre Verurteilung. Die Dienerin hatte sich geweigert, irgendetwas über die Flucht ihrer Herrin zu verraten. Sei es, weil sie wirklich nichts wusste, sei es, weil die Treue zu Arkana stärker war als ihre Furcht vor dem Tod. Ratsherrin Edana hatte es irgendwann aufgegeben, die starrsinnige Frau zu verhören, und sie stattdessen in eine finstere Kammer im Berg einsperren lassen, wo sie ein kümmerliches Dasein fristete, umgeben von Schwefeldämpfen und Gestein.

Doch am heutigen Tag sollte sich das ändern.

Anlässlich der Truppenparade und des Aufbruchs der Brigantinnen in Richtung der alten Stadt waren sämtliche politischen Gefangenen freigelassen worden. Die Generalamnestie sollte ein Zeichen für einen Neuanfang sein, auch wenn nicht klar war, ob es so etwas tatsächlich geben würde. Genauso gut konnte es das Ende sein. Das Ende von Männern, Frauen, Tempeln, Klöstern – das Ende aller Dinge. Zumindest was diesen Landstrich betraf. Denn über die Welt außerhalb konnte niemand etwas sagen: Keiner wusste, wie die Situation dort war. Noch immer war kein Lebenszeichen von außerhalb zu ihnen gedrungen.

Magda beeilte sich, der Wache zu folgen. Die vielen Treppen machten ihr zu schaffen, das Alter hatte seine Spuren hinterlassen. Sie war über achtzig, eine der ältesten Frauen Glânmors. Sie hatte den Beginn der Dunklen Jahre erlebt und würde vielleicht nun Zeuge ihres Endes werden. Ob zum Guten oder Schlechten, das wussten nur die Götter. Doch eine gute Tat wollte sie noch tun, ehe die Dinge ihren Lauf nahmen.

Sie nahm der Wache den Schlüssel ab und öffnete das Türschloss.

In der hinteren Ecke des Raumes, zusammengekauert, den Kopf auf die Arme gelegt, saß Zoe. Als sie merkte, dass jemand gekommen war, zwinkerte sie gegen das Licht.

»Wer ist da?«

»Ich bin es, Magda. Ich komme, um dich hier rauszuholen. Steh auf, du bist frei.« Sie reichte der Kammerdienerin die Hand und führte sie aus den Stollen hinaus ans Licht.

Während sie nach oben gingen, brachte sie Zoe auf den neuesten Stand. Sie berichtete von der Generalamnestie und von den merkwürdigen Begebenheiten der letzten Tage. Sie erzählte von der Rückkehr Gwens, von ihrem gescheiterten Einsatz und ihrer Begegnung mit dem Inquisitor. Sie hatte dem Hohen Rat Rede und Antwort gestanden, und es gab niemanden, der an dem Wahrheitsgehalt ihrer Worte zweifelte. Immerhin war sie die einzige Überlebende des Einsatzkommandos. Von Mordra, Kendra und den anderen fehlte bis zum heutigen Tag jede Spur. Was jedoch niemand außer Magda wusste, war, dass Gwen unterwegs jemanden kennengelernt hatte, einen Mann. Sein Name war Logan. Wie es schien, hatte sie die Begegnung nachhaltig beeindruckt. Sie hatte sich in ihn verliebt und deshalb den Entschluss gefasst, sich den Truppen anzuschließen.

Die Geschichte warf viele Fragen auf. Nicht nur, was Gwen

und ihre Gefühle betraf – darüber schien sie sich selbst nicht klar zu sein –, sondern vor allem über das Verhältnis der Geschlechter allgemein. War es nicht seltsam, dass es so kurz hintereinander zwei Fälle gab, in denen Männer und Frauen sich zueinander hingezogen fühlten? War das ein Zufall, oder steckte mehr dahinter?
Magda und Zoe verließen den Tempel und traten hinaus auf den Vorplatz. Die Dienerin brauchte ein bisschen, um sich an die Helligkeit zu gewöhnen; der Kerker hatte ihre Augen empfindlich werden lassen. Doch endlich war sie so weit und konnte den Anblick bestaunen. In der Stadt unter ihren Füßen brodelte es vor Aktivität. Überall waren Fuhrwerke zu sehen, Reiterinnen und Bodentruppen zogen die Straßen entlang und marschierten von dort aus in gerader Reihe Richtung Nordtor. Die Geräusche klingender Waffen, Fanfaren und Pferdewiehern drangen bis zu ihnen herauf. Eine Prozession wie diese hatte es noch nie gegeben. Gesäumt wurde die Straße von Tausenden von Frauen, die den Brigantinnen zuwinkten und Blumen warfen. Läden und Stände waren aufgebaut worden, und der Duft von Süßigkeiten und Gebratenem hing in der Luft. Ein wahres Volksfest, wäre der Anlass nicht so ernst.
»Und du glaubst, Gwen ist wirklich dort unten?«, fragte Zoe.
»Ich glaube das nicht, ich weiß es. Irgendwo dort unten steht sie jetzt bei den anderen und wartet darauf, dass es endlich losgeht. Sie zieht aus, um den Mann wiederzufinden, den sie liebt und der ihr das Leben gerettet hat.« Sie lachte zynisch. »Genauso gut könnte sie versuchen, den Mond zu erreichen.«
»Wie meinst du das?«
»Die Liebe lässt uns manchmal seltsame Dinge tun. Einen einzelnen Mann zu finden, der noch dazu zum Tode verurteilt ist, das kann nicht klappen. Das ist glatter Selbstmord.«

»Das kannst du nicht wissen«, erwiderte Zoe. »Ich habe erlebt, dass die Liebe Menschen zu den erstaunlichsten Taten befähigt. Denk an Arkana. Wie schwer muss es sein, zwanzig Jahre lang ein falsches Spiel zu spielen? Zwanzig Jahre lang ein Schattendasein zu führen und die anderen glauben zu lassen, man wäre jemand anderes? Vor diesem Hintergrund kann ich mir durchaus vorstellen, dass Gwen ihr Ziel erreichen wird. Nur, ob er dann noch leben wird, das ist eine andere Frage.«

Magda warf Zoe einen neugierigen Blick zu. »Das klingt fast, als wüsstest du, wo Arkana steckt.«

»Vielleicht.« Zoe zwinkerte ihr zu.

»Keine Angst, von mir erfährt niemand etwas.«

Die Dienerin warf einen raschen Blick über die Schulter, um sicherzugehen, dass niemand sie beobachtete. Dann ging sie in die Hocke und zeichnete etwas in den Staub. Magda kniff die Augen zusammen. Es war eine Art Karte.

»Was ist das?«, fragte sie.

»Ich habe eine Nachricht erhalten. Eine Brieftaube.« Zoe deutete auf die linke untere Ecke des Bildes. »Hier ist Glânmor, darüber Ingran und Alcmona. Hier sind die Grenzlande und die Verbotene Zone. Das hier ist die alte Stadt, und dort …«, sie tippte auf eine Stelle links unterhalb der Stadt, »… dort liegt eine kleine Hütte. Sie befindet sich direkt neben ein paar alten Kanälen und gehört dem Abt vom Kloster des heiligen Bonifazius. Ein perfektes Versteck für jemanden, der für eine Weile untertauchen will. Arkana sagte mir, dieser Benedikt sei ein hilfsbereiter Mann. Ein alter Freund von Claudius. Die beiden wollten dort um Asyl nachfragen. Wie es scheint, haben sie ihr Ziel erreicht.«

Magda stand wie angewurzelt daneben. Das Bild hatte uralte und längst verschüttet geglaubte Erinnerungen freigelegt. Ein

Kloster, eine Hütte? Konnte das Zufall sein? Sie betrachtete die Karte noch eine Weile, dann wischte sie sie mit schnellen Bewegungen wieder weg.

»Wie, sagtest du, war der Name des Abtes?«

»Benedikt. Claudius beschrieb ihn als groß und hager. Brillenträger, ungefähr in deinem Alter. Die beiden waren recht gut befreundet. Stimmt, jetzt erinnere ich mich auch wieder, wie er ihn nannte. Er sagte nicht Benedikt zu ihm, sondern benutzte eine Kurzform.« Sie lächelte. »Er nannte ihn *Ben.*«

Fortsetzung im dritten und letzten Teil:

Das verbotene Eden III –
Entscheidung